起落弧旋

詹文宏◎著

花山文艺出版社

图书在版编目（CIP）数据

起落弧旋 / 詹文宏著. —石家庄：花山文艺出版社, 2019.7
ISBN 978-7-5511-4745-3

Ⅰ.①起… Ⅱ.①詹… Ⅲ.①长篇小说—中国—当代 Ⅳ.①I247.5

中国版本图书馆CIP数据核字(2019)第121997号

书　　名：	起落弧旋
著　　者：	詹文宏
责任编辑：	张采鑫　李　鸥
责任校对：	李　鸥
装帧设计：	陈　淼
美术编辑：	胡彤亮
出版发行：	花山文艺出版社（邮政编码：050061）
	（河北省石家庄市友谊北大街330号）
销售热线：	0311-88643221/29/31/32/26
传　　真：	0311-88643225
印　　刷：	河北省人民政府机关文印中心
经　　销：	新华书店
开　　本：	700×1000　1/16
印　　张：	26
字　　数：	320千字
版　　次：	2019年7月第1版
	2019年7月第1次印刷
书　　号：	ISBN 978-7-5511-4745-3
定　　价：	58.00元

（版权所有　翻印必究·印装有误　负责调换）

著名作家、原文化部部长王蒙先生为本书题词——

　　《起落弧旋》的作者，是一位从知识青年成长起来的领导干部，他努力于党的事业与人民的期待，他的生活经验是充实的、生动的，他怀着对于文学的执着热爱，言之有物、激情饱满地写成三十余万字的长篇小说。

　　我祝贺从青少年时代就热爱文学的詹文宏先生的新作完成，祝愿他能够得到支持和帮助。

2019年5月18日

著名运动员、乒乓球"大满贯"获得者王楠为本书题词——

  谱写生命之歌，弘扬乒乓精神。
  乒乓球运动有多方位、高层次的益脑健身效果，愿更多的朋友了解乒乓球，喜欢乒乓球！
  感谢作者为乒乓球爱好者的倾心创作！
  祝福所有热爱运动、热爱乒乓的朋友们，享受运动，收获健康！

2019 年 5 月 26 日

乒乓球奥运冠军、中央军委军事体育训练中心乒乓球队队长王涛为本书题词——

爱乒乓，打乒乓，看乒乓，写乒乓。

王涛

2019年6月6日

序言：银球起落见凡尘

国务院参事　方　宁

　　乒乓球不是国人的发明，却成了我们的国球。打球的人很多，又打得很好，其证明便是遍布城乡的一张张球桌，各种赛事中收揽的一枚枚奖牌，半个多世纪了，盛行之势不减。这里面有许多可以挖掘的故事，本书就是这样一部取材于乒乓球的文学作品。

　　它浓墨重彩地描画了一群乒乓球业余爱好者，一个活力四射的都市群体，一群洋溢着生命热情的人，讲述了一个平中见奇、俗中见雅的故事，读来令人回味。作者酷爱乒乓球，自然也在这群人中，虽属业余之列，却无碍享受打球的快乐，更不乏对这一层生活的深切体会。

　　闲暇时打球自娱，琐屑而平常，不过要把它写好也非易事。作者观察细致，善于发掘；平实的生活，平淡的小事，平凡的人物，在笔下自然流淌，引读者于不觉之中进入了一个充满阳光的快乐群体，置身于一个美好的精神世界。

　　小说是语言的艺术。这部作品的语言风格在温和圆润中见美，即便是激烈的矛盾冲突，也未见剑拔弩张的文字，让读者在风轻云淡的情境中体会人生百味。能打动人的文字总是蕴藉隽永的，作者朴实无华的表达，体现了驾驭文字的功力，更透显出对生活的雍容豁达，这是一种言之者众持之者寡的可贵情怀。

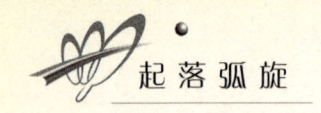

概言之，作品是成功的。它选取了一个鲜为人所涉猎的故事题材，视角新颖，奠定了成功的基础。此外，作品从一个侧面客观真实地切入了官场生活，这是另一个可以点赞之处，其意义在当下则尤其耐人品琢。

近些年来，我国文坛出现了一批官场小说。这些作品描写官场阴暗的一面，揭露官场上险恶的人心、卑劣的手段，吸引了众多读者。然而，这不是官场的全部，它还有光明的一面，还有正义的一面，并居于主导地位，否则，便无以解释现代中国巨大的发展进步这一不争的事实。

生活总是在给文学艺术提供成长的现实土壤和真实的素材。以"暴露"为宗的官场小说时兴一阵之后，便又有新的官场小说登场。谓其"新"，是因为这些作品写出了官场生活中积极、进取、奉献、担当的主流，尽管也有腐败堕落，也有勾心斗角和卑鄙小人，基调却截然不同了。有意思的是，这类作品的作者多为从党政一线岗位上退下来的领导干部，写的也多半是他们亲身经历过的职场生涯，这类作品若干年后或许会被视为中国当代文学发展史中的一个独特现象。客观地讲，若从文学作品的艺术标准来衡量，这类作品抑或还有较大的提升空间，然其价值更多地体现在真实性上，它们较为客观准确地描述了作者身处的时代，为读者提供了全新的阅读体验。

本书的作者是一名从知青成长起来的领导干部，勤于工作和学习，其爱好除乒乓球外还有文学。丰富的从政经历，为他积累了大量创作素材；不间断的写作，又增强了驾驭文字的能力，在繁忙的工作之余，完成了这部三十多万字的长篇小说，可谓倾心倾力之作，值得一读。

2019 年 6 月于北京

目录

CONTENTS

序　　曲……………………………………001
第 一 章　碧血丹心……………………………008
第 二 章　天涯各安……………………………021
第 三 章　玉韫珠藏……………………………037
第 四 章　风起深秋……………………………045
第 五 章　雪落芳心……………………………056
第 六 章　春寒料峭……………………………071
第 七 章　万物生晖……………………………082
第 八 章　暖意萌生……………………………095
第 九 章　同音共律……………………………109
第 十 章　薄云疏雨……………………………127
第十一章　灵山秀水……………………………141
第十二章　南辕北辙……………………………153
第十三章　渐行渐远……………………………166
第十四章　峰回路转……………………………179
第十五章　潜移默化……………………………194

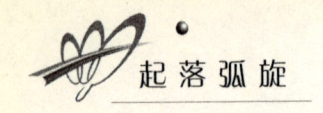

第十六章	进退维谷	207
第十七章	荆棘丛生	219
第十八章	商海沉浮	230
第十九章	乱花渐迷	242
第二十章	劳燕分飞	252
第二十一章	逆水行舟	264
第二十二章	不期而遇	275
第二十三章	五味杂陈	290
第二十四章	明察暗访	303
第二十五章	空城不空	316
第二十六章	清微淡远	329
第二十七章	悲喜交集	340
第二十八章	黑白分明	352
第二十九章	花好月圆	367
第三十章	群英荟萃	383
尾　声		397
后　记		403

序　曲

　　九月秋高，云行风静，天朗气清。登高极目，西山远，卧佛现，长空万里无遮拦。

　　在辽阔的华北平原和连绵的太行山脉交界处，在渤海湾东南部，坐落着一个迅速崛起的省会城市。"头枕太行山，脚踏渤海湾，中间一片大平原"是自古流传的对这座城市特殊地理位置的描述，它就是距北京天安门只有280公里的平原省太行市。

　　这是一座年轻的省会城市，是我国重要的交通枢纽，四条铁路干线交会于此，故享有"火车拉来的城市"之称。历史上铁路运输在太行市的发展和崛起中起到了重要作用。新时代的太行市作为京广高铁的重要枢纽，成为第一个"铁路穿城入地"的城市。这座城市和它的年龄一样，充满活力，日新月异。

　　在2014年"最具体育活力"的城市调查中，太行市在全国三百个城市中名列第十八位。这是一个热爱运动的城市，是一个有浓厚体育文化氛围的城市。而这个城市全民健身运动项目的选择和其他排名靠前的大城市相比，有明显的差别。

　　在多数城市，球类运动一般是年轻人——更多的是学生选择的运动项目，其他年龄段多选择跑步、跳舞、太极拳等受场地约束较小的传统有氧运动。在挥拍运动中，乒乓球、羽毛球运动群众基础较好，

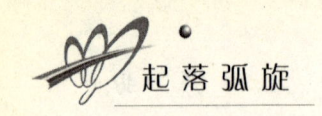

羽毛球因其场地随机更为普及。而在太行市，乒乓球运动有其特殊地位，它跨越了年龄、性别、身份界限，成为一项全民喜爱的竞技运动。这里是乒乓球运动的热土，是乒乓球世界冠军的摇篮，以乒乓球为主导的体育活动正以一种文化的力量改变着太行市人民的生活和城市形象。这一具有鲜明地域特色的文化现象体现并强化了集体主义、爱国主义的城市精神，成为城市凝聚力的源泉之一。

国家乒乓球训练基地就坐落在这里的常山古城，这座被称作"世界上最好"的基地，是在一所少年乒乓球体校基础上发展起来的，它不同于其他基地主要由国家投资，而是由少年体校的老校长凭一己之力，靠多方支持，用化缘得来的一千多万资金把普通的农村业余体校发展成为配套设施齐全的现代化乒乓球训练基地。这个奇迹的创造源于太行人对乒乓球运动的热爱，基地的发展史也是创建者"让乒乓球运动成为太行文化符号"的奋斗史。

1992年国家乒乓球女队首次在这里封闭集训，之后出征巴塞罗那奥运会，获得了全部两枚金牌！这里成为国家兵乓球队走出低谷，重振辉煌的宝地。

这里是蜀汉名将赵子龙的故里。从这里出征的乒乓国手邓亚萍、王楠、张怡宁、乔红、孔令辉、刘国梁、王涛、马琳……最终成为叱咤兵坛的世界冠军。

时至今日，基地已成为集训练、竞赛、教学、科研和培训、国际学术交流为一体的面向社会、面向世界的文明窗口。中国乒乓球队的爱国主义、集体主义和不断创新的"乒乓精神"激励着这里的人们。他们热爱自己的城市，又包容各种文化，他们热情地投身于家园的美化和家乡的繁荣。这是一个开放的城市，这是一个包容的家园。有人说"一线城市容不下肉体，三四线城市容不下灵魂"，而太行市让人肉体安康，灵魂宁和。

太行市有一条见证城市发展的道路——裕山路。六十年前，这是一条350米长的石板路，如今，它已成为一条双向六车道，贯穿城市东西，

· 序 曲 ·

全长约20公里的城市主干道。在很多太行市人心中,裕山路就是王府井、南京路,是太行市的城市符号。

在裕山路东段与体育大街交叉口东南,矗立着一座高大宏伟的建筑——裕康国际体育中心,这是一座集大型体育赛事、文艺演出、公共集会、文化娱乐、商贸购物、餐饮商住为一体的全国第一座商体有机结合的新颖巨型物业。一层是功能齐全的商业广场,二层是用800根石柱撑起来的空中体育场,其中的大型悬空式国际标准足球场,有能力承办任何级别的足球比赛。从2013年起,裕康国际体育中心成为中国足球职业联赛永昌队主场,它还作为中国平安中超联赛举办地,以平均每场2.5万人的上座率,成为震撼中超的魔鬼主场!

这座可容纳3.8万观众的体育中心是太行市的标志性建筑,也是太行人的骄傲。

此时此刻,平原省第十六届群众运动会正在这里举行。

乒球馆内一场男子乒乓球嘉宾组的单打决赛格外引人注目,嘉宾组参赛人员都是地厅级以上的领导干部。

比赛大厅沉浸在紧张热烈的气氛中,橘红色的塑胶地板,整齐的蓝色挡板,明亮柔和的吊灯,球场周围热情的观众和热烈的啦啦队,形成了一幅明快生动、激烈紧张的画面。

球台东西两侧一对斗志昂扬的决赛选手正在激烈厮杀。

球台东侧是平原省师范大学副校长傅剑锋。他看上去50岁左右,身穿红色运动装,身材敦实健壮,气势威风凛凛。只见他横握球拍,身体微微下沉,频频发起进攻,在力量和速度上颇具优势。他沉稳凌厉,左右开弓,不时握拳给自己加油,脸上是一副志在必得的豪迈。

坐在球台南侧挡板外的是由几十个学生和教职员工组成的啦啦队,他们不停地喊着:"傅校长加油!傅校长好球!"傅剑锋每打出一个好球都引发一阵山呼海啸般的呐喊助威声。

傅剑锋实力确实不同凡响。他是上届嘉宾组的金牌得主,也是本届大赛夺冠呼声最高的选手。在上半区的比赛中,他像一支锋利无比

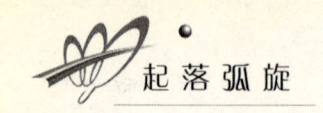

的长矛，一路轻松地把所有的对手纷纷挑落马下，所向披靡，锐不可当。人们纷纷议论：傅校长仍然是苦无对手，孤独求败。

与球台南侧强大的助威阵营相比，球台北侧似乎只有一名工作人员为傅校长的对手服务。这个对手就是42岁的郑青——刚刚从北京调任到平原省三个月的省政府研究室主任。

郑青身穿蓝色运动装，他属于那种穿衣显瘦脱衣有肉的身材，看上去只有三十开外，他的外形和气质很像著名演员濮存昕，儒雅清秀，瘦削挺拔，有一种独特的成熟与持重。他直握球拍，动作不大，美感不强，但非常实用，是典型的防守打法。只见他高来高去，低来低走，左来左挡，右来右防，步法矫健，球风顽强。他认真对待每一个球，几乎是零失误，不少看来是难以接回的球，都被他不可思议地救起。他左右奔突，前后雀跃，形成了身形转换、人影晃动的"满场飞"，好像编织了一张无形的大网，把对方打来的凶狠刁钻的球死死罩住并化解。

郑青在下半区的比赛中，也是一路过关斩将，但每一场球打得都很不容易，他的打法保守，而遇到的对手多是进攻型的，大都有极强的进攻意识，有机会就扣杀，没有机会创造机会也要上手。这对郑青构成一定威胁，但郑青以静制动、以逸待劳、以柔克刚。他看上去波澜不惊，但手感极好，韧性过人，喜怒不形于色，得失不乱于心。这种绵里藏针的风格很容易麻痹对手，导致其大意而失误。输给郑青的对手们多数认为他没什么杀手锏，就是靠磨球取胜。

郑青与傅剑锋的这场决赛属于高手对决，这场球打得跌宕起伏，险象环生，扣人心弦。观众席上的人越来越多，不断爆发出掌声、欢呼声和助威声。傅剑锋的啦啦队自然是只为傅校长加油叫好，观众席里有为傅剑锋叫好的，也有为郑青加油的。其中有两个年轻的女性特别抢眼，她们是被称为"最美女记者"的《太行晚报》记者叶丹和叶丹的小姨齐蓝，在90%是男性的观众席里，年轻漂亮的叶丹和齐蓝成了万绿丛中一点红。叶丹是来报道这场比赛的，而齐蓝是个不折不扣的乒球迷。昨天叶丹给她打电话说今天这场比赛很有看点，下半区比

· 序　曲 ·

赛中杀出来一匹黑马，将在今天挑战上届冠军得主傅剑锋。尤其是当叶丹说齐蓝可以陪她坐在最前排近距离观看时，齐蓝几乎没有犹豫就说：“那我明天跟你一块去，我今晚加个班赶写个报告。”她是中泰证券的行业研究员、业余文学作者、摄影师。

前四局打成了2：2，决赛进入白热化状态，交织缠斗，悬念迭生。关键的第五局傅剑锋先声夺人，连续打出几个好球，5：0大比分领先，傅校长英雄本色尽显！他的啦啦队更是把"加油！加油！"喊得排山倒海。

"小姨，看来黑马要输给白马了！"叶丹看着双拳紧握不时起立为"黑马"加油的小姨，有些紧张地说。小姨从今天来到现场就一直盯着"黑马"郑青，郑青每次巧妙化解危机、顽强地起死回生后，她都忍不住从座位上弹起，振臂高喊"好！"。

此时，听外甥女说黑马要输，齐蓝眼睛依然紧盯着郑青，对身旁的叶丹说："未必！我看黑马胜券更大些！"

小姨语出惊人，决胜局被对手5：0领先，怎么还胜券更大呢！

"小姨，你是看这个郑青帅，太想让他赢了吧？咯咯咯……"叶丹开起了漂亮的单身小姨的玩笑。

在她眼里，32岁的小姨既是长辈，更是朋友，小姨的美让她仰视，优雅高贵而又充满时代气息，将近一米七的身高让她望尘莫及。虽然小姨一直说她玲珑的身材和圆脸大眼的长相是最讨巧的洋娃娃型，但她认为那是小姨对她的鼓励。小姨的气质才是摄人心魄的，不管男人女人，见到小姨，都会不自觉地感叹"气质真好"！而小姨的这种气质又让不太熟悉她的人敬而远之，实际上小姨亲和力也超赞，跟她这个小七八岁的外甥女相处得简直跟小姐妹一般，经常一起打闹。

"没错儿，人帅球也帅！你别小看这个不显山不露水的郑青，这人跟葡萄酒一样，有后劲儿，我喜欢他这种韧性，蚂蚁啃骨头，坚忍顽强不慌不忙！这种人是善于创造奇迹的。"齐蓝一本正经地给打趣她的外甥女分析道。

此时的郑青，眉头微皱，牙关紧咬，方寸丝毫不乱，显示出临危不惧的超人定力。他突然一改常态，变换打法，利用发球抢攻。突然的变换使对手猝不及防，接连失误，而此时傅剑锋发球，郑青也敢于侧身抢拉了，且成功率极高。郑青以迅雷不及掩耳之势连得5分，追平傅剑锋。之后比分交错上升，双方又打到10平。

交战进入令人窒息的赛点。此时，傅剑锋挥汗如雨，体力稍显不支，但他脸上流露出棋逢对手的欣喜和一决高低的勇气。郑青因为年龄的优势和打法的原因，体力保存明显胜过对手，只见他脸色微微泛红，但气色从容。

又轮到他发球了，他突然发了一个直线撞击球，球过网在对方反手位大角擦边落地。傅剑锋摇摇头，一脸无奈，观众席上一片"嘘"声，郑青举手示意，意思是实属幸运。傅剑锋发球，只见他稍一停顿，发了一个急上旋球，直奔郑青正手底线，郑青本能地退台防守，回球偏高，傅剑锋"嗨"的一声大喊，挥拍重扣，郑青海底捞月般地放了一个高球，银球划过一道漂亮的弧线落到傅剑锋的球台上，傅剑锋又是一记重扣……连续八大板，第九板扣出，郑青把球高高放起的一瞬间，脚下突然趔趄了一下，险些摔倒，如果此时傅剑锋再扣，郑青显然身体无法复位，但是偏偏郑青放出的这第九个高球落到了傅剑锋的球台边案上，又一个擦边球。观众席上"哇"地炸开了锅！

齐蓝一直僵直着身子紧张地注视着场上的变化，傅剑锋连续八大板重扣，她的心提到了嗓子眼儿上，太激烈了！也太精彩了！她竟然忘了拍照。待她掏出微单拍摄时，恰好拍到了郑青脚下趔趄的瞬间。

"丹丹，你拍的照片回头发给我几张好的啊，这么精彩的比赛我居然一张好片都没出，偏偏人家打了个趔趄让我给拍下来了！"齐蓝举着相机让叶丹看她刚才拍下的画面。

"小姨，没事儿，我这儿一直在连拍，应该有你满意的。真过瘾！你的黑马果然创造了奇迹，我这篇报道也更有料了。"叶丹拍下最后一个瞬间后，麻利地收拾设备。

郑青险胜，傅剑锋惜败，但虽败犹荣。郑青、傅剑锋上前握手。

· 序 曲 ·

"下面播报比赛成绩，在刚刚结束的乒乓球嘉宾组男子单打决赛中，平原省政府研究室郑青获得第一名，平原省师范大学傅剑锋获得第二名……"大厅里响起了平原省广播电台著名播音员沐春雨专业而辨识度很高的播报声，郑青被这声音吸引了，他握着傅剑锋的手顿了一下。

"郑主任，咱们场下切磋，来日再战啊！"傅剑锋意犹未尽，毫无惜败的沮丧。

"没问题，傅校长的球风球技我非常敬佩，一定再约！"郑青回过神来赶紧热烈地回应。

场上观众议论纷纷，这是一场尖矛与厚盾的较量，一场进攻与防守的碰撞，一场技术与体能的发挥，一场心态与意志的展示。这场球比得过瘾，看得享受。

比赛进入颁奖阶段，平原省党政领导坐在主席台上。随着激昂铿锵的运动员进行曲响起，身穿紫色旗袍的礼仪小姐双手端着奖杯递给颁奖的省领导们。

郑青换上了干净的长款运动装，健步跨上冠军领奖台，省长徐仲达给他颁发了奖杯。

"小郑啊，你看起来斯斯文文的，原来球打得这么好啊！"

"省长好！"郑青彬彬有礼地握住了省长的手。他心里充溢着旗开得胜的满足与骄傲。

郑青是从国务院发展研究中心副司长调任到平原省，担任省政府研究室主任的。他天生热爱运动，尤其痴迷乒乓球。工作、读书和打球是他人生的三大主要乐趣。

从领奖台走下来，郑青还沉浸在这次无心插柳柳成荫的快感中，他没想到，刚调入平原省不久就赶上这届省运会，更没想到，在高手云集的平原省，自己一不留神得了个冠军。"这是不是昭示着我在平原省的好运呢？"他心里暗生喜悦。

这时，工作人员递过来正在响铃的手机，他接过来听了两句，表情立刻凝固了，脸色瞬间变得惨白，一场出其不意的灾难从天而降！

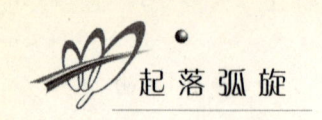

第一章　碧血丹心

蒋雪把佳琪送到幼儿园，郑园长也正在门口迎接孩子们，看着佳琪跑进大门，她悄悄拉过郑园长耳语了几句。郑园长关切地看着她蒙着纱巾的脸。蒋雪摇了摇头，弯腰致谢后转身离开。

她没有像往常一样直接去单位，而是又返回家里，坐在梳妆台前，摘下了遮面的纱巾，肿胀的脸上是一块块带血迹的伤痕，这是昨晚被佳琪爸爸打碎的花瓶扎的，是什么妆容也遮不住的。她也不想再用妆容遮盖了，她想结束这晚上哭白天笑的日子。

昨晚王朝华回来的时候，蒋雪正在卧室接同学电话。他开门是没有声音的，突然出现在蒋雪的卧室门口，睒着发红的眼睛朝蒋雪冷笑，然后晃了晃头就猛地转身离开了。那个迅疾的转身动作通常是他发怒的信号。蒋雪吓得一抖，赶紧掐断电话追到了书房："朝华，你回来啦，吃饭了吗？"她颤抖着声音问。

"少他妈的装蒜，我搅了你和野男人的雅兴了，赶紧回去接着聊。"

"你能不能别这么捕风捉影，他是我同学，我们的关系不是你想的那样。我其实没义务跟你解释。"

"对，你没义务，我们离婚了，你想勾搭谁都自由了！"王朝华开始咆哮。

"求求你别吵醒孩子，佳琪不能再受惊吓了！"

第一章 碧血丹心

"孩子，孩子也是你跟那个野男人的吧，她为什么不叫我爸爸！"王朝华又开始叮住这个问题无理取闹。

"你这个样子配当孩子爸爸吗？"蒋雪终于控制不住嚷了起来。

"蒋雪，你终于说实话了，我不配，不配娶你，不配当你孩子的爸爸！"

"是，你都不配跟我说话！"蒋雪豁出去了，她说完转身向门口走去。

"滚！"王朝华拿起桌上的空花瓶砸了过来，瓶子砸到门上，碎玻璃溅到蒋雪的脸上、身上。

"妈妈，妈……"被吵醒的佳琪光着脚大哭着跑过来。

"哭什么你，你妈没死！"失去理智的王朝华伸手要打孩子。

"如果你还是人就住手！"蒋雪扑过去搂住孩子。她脸上的血，孩子的泪，混在了一起……王朝华被愤怒的蒋雪镇住了，他颓然地倒在床上。

早晨起床后，他彻底清醒了，想起昨晚又喝多了，好像又打了蒋雪，好像是为电话。他站在蒋雪卧室门口，轻轻地敲了几下，没有动静。到厨房准备好早餐，他没有吃，悄悄地离开了。

曾经，他以娶到蒋雪为荣，老婆拥有奥克兰大学的双硕士学位，跨国企业的中层，高薪高能高颜值。刚结婚的时候，他走到哪里夸到哪里，尤其是酒桌上。后来有兄弟提醒他："这样的媳妇好是好，但你要驾驭不了早晚有一天会飞。"他开始活在巨大的不安中，开始严阵以待，时刻提防蒋雪另觅高枝。

他因为受伤从武警部队提前转业，正营职的他在政府机关成了没有实职的科级办事员，无权、无钱、无地位。慢慢地，蒋雪的"三高"非但不能使他骄傲，反倒时时刺激着他作为男人的自尊。他想挣钱，想学习，他开了股票账户，断断续续投入了60万元，蒋雪没在意，不反对，也不鼓励。直到他赔得剩下三分之一的时候，他让蒋雪帮他分析分析。

"我对这个不感兴趣,这样的市场没有普通散户的生存空间,玩儿就玩儿了,别较劲了。"蒋雪轻描淡写地把他投资致富的美梦扼杀在襁褓中。他觉得蒋雪说的普通散户并不是普遍意义,而是专指无能的他,蒋雪看不起他!蒋雪教育的孩子也看不起他,连爸爸都不肯叫!他越来越坚定这个判断。

也正是在这时候,他发现蒋雪跟她的男同学交往过密。他在失落、失败和巨大的危机感面前,慢慢失控了。他由好酒变成了酗酒,他从一个疼媳妇崇拜媳妇的宠妻男变成一个多疑易怒的家暴者。蒋雪的忍耐让他更加认定她早已出轨。他不能容忍,他突然以极端的方式提出了离婚。这让蒋雪觉得他是一时冲动。

离婚后,蒋雪没有像他预料的那样,急不可待飞出藩篱去和意中人团聚,而是和他一起投入了对家庭和婚姻重建的努力中。他们继续在一个屋檐下生活,而蒋雪原本可以赶走他,也有能力再安置一个新家躲了他。

他被感动了,发誓洗心革面,但他还是他,费心费力也难以维持尊严和体面;蒋雪还是蒋雪,轻轻松松就得到了财富、地位和尊严!他觉得他们的矛盾是"阶级矛盾"。他怎么努力也挣脱不出去,他任由自己反弹回去了。

借酒浇愁,借酒壮胆刷存在感,借酒发泄对蒋雪的不满……一次次重复,蒋雪终于对他失去了耐心。他从蒋雪的眼神里读出了蔑视和决绝,他不甘心,他不能拱手让出老婆孩子。

王朝华嘴里的野男人,是蒋雪在奥克兰大学读研的同学宋博宇,也是她的江西老乡,他们一度走得很近,但始终没有发展成爱情。后来她回国,宋博宇去了美国,直到两年前宋博宇回国他们才恢复了联系,那时候她刚刚离婚,宋博宇也是结束了在美国的婚姻回国,他们彼此没有隐瞒真实的生活状况,宋曾一再提醒她不要再对王朝华抱有幻想,不要再自欺欺人,快刀斩乱麻才是对双方的救赎。她听进去了,但她很矛盾,她觉得她和孩子离开后,王朝华就什么也没有了,她怕他彻

第一章 碧血丹心

底堕落，怕他自虐，怕他不想活……

昨天晚上王朝华回来的时候，宋博宇正在电话里苦口婆心地劝说蒋雪。她突然掐断电话让宋博宇很担心，他已经在微信里多次留言请她方便时回电。此刻，她拿起手机，调整好情绪，拨通了宋博宇的电话："我没事，你好好上班吧！"

"你没在单位，没事为什么没有上班？跟我说真话啊蒋雪，我担心你！"

"真没事……"她哭了，她忍了一夜的眼泪汹涌而出。

"你在家等着，我处理一下工作去接你！"宋博宇说完匆匆地挂了电话。

王朝华早晨从家里出来后给蒋雪打过几次电话，蒋雪一直没有接，他心里的不安在扩大：也许蒋雪已经跑了！

他到单位后借口出去办事匆匆绕回到家里，在小区门口看到了宋博宇的车，这辆车曾经在晚上送过蒋雪，他牢牢地记住了它。他转身回到车里拿上了折刀。

十分钟后，他悄悄地出现在家门口。

"蒋雪，你脑子真出问题了！明明有很多办法能让你脱离他的魔掌，为什么要离开北京？"是宋博宇愤怒的声音。

"我在这里一天也不得安宁，北京虽然大，但他找到我们很容易，尤其是佳琪，我怕他到幼儿园伤害佳琪！他一直怀疑佳琪不是他的孩子。"

"这个人心理扭曲了，不再跟他解释，佳琪是你的孩子，也是我的孩子，离开这个魔鬼！我们一起保护好孩子。他再闹事就报警！"

"别这么说他！他不是魔鬼，他也很痛苦，我不能报警，那会毁了他！"

"蒋雪你太善良了！"宋博宇抱住哭得不能自已的蒋雪。

王朝华突然出现在拥抱着的两人面前，武警出身的他两分钟就让宋博宇倒在了血泊中。蒋雪尖叫着报警，他一把抓住蒋雪："看在我

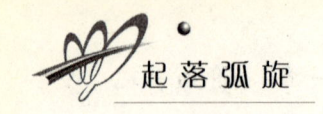

们夫妻一场的分上,我让你死痛快些!"话音没落,蒋雪的颈动脉已被割断。王朝华收起折刀,快速离开现场。他已经杀红了眼,今天是世界末日,他要去幼儿园宰了那个小野种……

"噢!给小叶子找妈妈去喽……"一群孩子像出笼的小鸟从中班教室里冲出来。

"小朋友们,不要跑,先听老师说。"中班老师田梓馨朝叽叽喳喳的孩子们喊。她今天这节课是郑园长在区级园长、副园长优质课评选中获一等奖的课程《小叶子找妈妈》。

"小朋友们,现在我们开始在院子里找叶子,树叶、花叶,都可以,看到地上的叶子就捡起来,然后我们一起帮它们找到妈妈,好不好?"

"好……"刚才还挤在一堆的孩子们瞬间向四面八方奔跑而去。

"佳琪,怎么不去帮小叶子找妈妈呀?"小田老师蹲下来拉住呆立在院子中央的小男孩。

"我要找妈妈!我不帮小叶子找妈妈!妈妈……妈妈……"佳琪突然情绪爆发大哭起来。

"佳琪,佳琪,不哭,宝贝不哭……"小田老师焦急地安抚着突然哭闹的佳琪。

"噢,佳琪,妈妈在呢,妈妈在这儿。"正要出门的郑园长闻声赶过来,她蹲下来抚住佳琪的头,柔声说,"佳琪,咱不是说好了吗,再想妈妈了就随时来找园长妈妈,佳琪妈妈讲的故事园长都会呦!"

"园长妈妈!"佳琪止住哭,一把搂住园长妈妈的脖子。郑园长抱起佳琪轻轻拍打着:"佳琪找不到妈妈很伤心,小叶子们找不到妈妈也很伤心,现在佳琪去帮小叶子找妈妈好不好?"

"好,园长妈妈,我不哭,我去帮小叶子找妈妈。"

"嗯,佳琪真棒!好了,现在看看佳琪能帮几片小叶子找到妈妈。"说着,郑园长放下了已经平静下来的佳琪。

"园长,还是您厉害!我用您同样的语气、手势和动作,都安抚

第一章 碧血丹心

不住她。"田梓馨看着已经跑远的佳琪说。

佳琪是个安全感极度缺失的孩子，经常会突然要找妈妈，有时甚至歇斯底里，只有郑园长能让她安静下来。

"呵呵，我长得像妈妈，孩子在我身上找到了妈妈的安全感。这孩子家庭氛围不太好，爸爸酗酒，妈妈倒是知书达理，但一个女人带着孩子，面对醉鬼也很无助吧。早晨佳琪妈妈关照我多费心，说佳琪爸爸昨晚醉酒后又让佳琪受了惊吓。小田老师，时刻关注佳琪的情绪变化吧。"郑园长看着稚气未脱、一脸认真的田梓馨老师。

郑园长名叫郑媛，是一名有近二十年教龄的"老园长"，她多次获得北京市优秀教师称号，她的课程经常被观摩学习。42岁的她看起来很年轻，也许是常年跟孩子们在一起，使她看起来更像一个年轻的小妈妈。圆圆的脸上永远挂着让人感觉亲切、踏实的笑容，一双大眼里盛满了暖意和慈爱，她的声音有种天然特殊的成分，让每一个孩子都觉得是妈妈的声音。小朋友们很自然地叫她"园长妈妈"。

"园长妈妈"今天要去太行市看"园长爸爸"郑青，她一早晨来到园里，安排好工作，准备早点回家，她要给郑青带一些自制的小甜点过去，她要留出足够的时间做那些甜点。

"园长，您快走吧，不是要出门吗今天？"田梓馨催促着园长。

"嗯，今天去太行市看孩子爸爸。快去看好孩子们，注意佳琪啊！我走了。"郑媛说完快步向门口走去。

郑青上次回家还是一个月前，走之前说是要参加省运会嘉宾组的乒乓球比赛，可能业余时间要用来训练。回太行市的前一个晚上，郑媛出出进进给他收拾换洗衣服、个人用品甚至常用药物，她最后拿起一瓶红花油问郑青："这个带上吧？"郑青一把搂过她："媛媛，甭忙活了，我能照顾好自己，倒是你，你们娘俩，我一点也帮不上……"郑青心里涌起无限爱意和歉疚。

昨天晚上，他们像往常一样微信语音通话，聊了十来分钟后，郑媛非常体贴地说："不聊了啊，你早点休息，保证精力、体力，明天

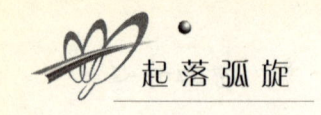

还要比赛呢！"

"哎，明天……"郑青话没说完，郑媛已经挂断了，郑青是想说，明天是咱们生日。

郑媛当然记得今天是他们的生日，这是他们这么多年来第一次生日不在一起过。她准备回家简单地吃碗面，晚上到了太行市再跟郑青一起过生日。她已经设计好了，她要自制一个小小的生日蛋糕带过去。她还要给郑青准备一些易存放的食品。

郑青打完球爱饿，在家时，每次打完球回来，郑媛都会给他准备几样自制的小点心。现在不在一起生活，不知道他饿了怎么办？

郑媛正准备出门的时候微信语音响了，是妹妹郑芳："姐，生日快乐，也祝姐夫生日快乐！"

"哎哟，芳啊，你那么忙还记得我们的生日啊，你姐夫今天比赛呢，我下午去太行市看看他。"

"好啊，姐，你就不能在那儿多住两天吗，你都园长了，又不用为难请假。"

"可不行，不是为难的问题，事儿多着呢，大意不得，行了，你忙吧，不说了啊，我正准备回家呢。"

"哎，姐，收红包！"

挂断语音，郑媛点开了郑芳的两个红包，都是99！"姐姐，姐夫，久久恩爱，久久幸福！"郑媛的眼眶有些发热。

郑媛擦了擦眼角，快步向门口走去，她出门的一瞬间，王朝华侧身闪了进来。"哎，你找谁，上课时间不允许进园的！"郑媛只见过一次王朝华，印象已经模糊了，此时她看着这个浑身上下充满戾气的男人，突然想起来，就是这个人，曾经在幼儿园门口跟佳琪妈妈厮打。是佳琪爸爸没错了！

她一把拉住正要进门的王朝华胳膊，王朝华被激怒了："我是王佳琪爸爸！"他瞪着猩红的眼睛咆哮。

"那也不能随便闯！"郑媛话没说完，王朝华已经挣脱了她的手

第一章 碧血丹心

向院子里冲去。"不好!"郑媛紧跑两步上前抓住王朝华胳膊,"佳琪爸爸,你听我说,孩子们正在上课……"

"活腻歪了吧!"郑媛话没说完,疯狂的王朝华咬牙切齿地威胁,同时使劲挣脱已经用双臂抱住他胳膊的郑媛。

"田老师,快让孩子们进屋!"郑媛大声呼喊,王朝华打开折刀狠狠地插进郑媛的手臂。

"快报警!"郑媛朝跑过来的门卫喊,王朝华又向郑媛的背部、肩部连刺两刀,郑媛仍是用尽全身力气死死拖住王朝华。

哭喊的孩子们被几个老师推着抱着呼喊着向教室跑去。王朝华彻底疯狂了,他拔出刀连连刺向郑媛,最后一刀,狠狠地刺向郑媛的左侧颈部,血喷涌而出,郑媛缓缓地向后倒下去、倒下去……她没有痛感,她只觉得身体渐渐变得轻盈而空洞,她进入了一个虚幻美妙的时空,那里有郑青打球的身影……

闻声冲过来的教职员工一边喊着郑园长,一边展开了和凶手的搏斗!又有人受伤了,但没有人退缩。郑园长的血震撼了他们!所有的人都把生死置之度外了。

110赶来的时候,他们已经把王朝华按倒在地,可是他们的郑园长再也起不来了!梓馨老师抱起郑媛的头:"救人哪!快救人哪!快救救郑园长!"郑媛的血染红了自己,也染红了抱着她的老师们。

120随后赶到,郑媛以及其他受伤的教职员工被紧急送往305医院。郑媛在被送往医院的路上已无生命体征。一小时后,2015年9月16日上午11点20分,郑媛因颈动脉破裂造成失血性休克而不幸牺牲!她的生命定格在42周岁生日这一天。

郑媛的妹妹郑芳赶到医院时,医生刚刚停止了抢救,郑芳扑上去要求医生继续抢救,她疯狂地喊:"我姐姐怎么流了这么多血,你们快救她,救救她!"她随后瘫坐在地上,手拉着姐姐的胳膊摇晃,"姐,姐,姐……"突然,她停止了哭喊,瞪着眼睛怔了一下,掏出手机拨通了郑青的电话。

015

起落弧旋

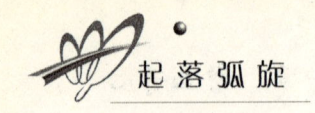

郑青接到电话时刚刚从颁奖台走下来，他整个人像是被电击了一样："媛媛，媛媛！"郑青发自肺腑地低喊。手机从他手里滑落，沿台阶磕绊了几次，一直跳到地面，他无力追赶，踉跄着走下台阶，想弯腰捡起手机，他摇晃了几下，努力想保持平衡，但他从头皮麻到脚跟，像是被施了魔法，石化在台阶前。

1973年9月16日，北京天坛医院妇产科，两个姓郑的小生命相隔十几分钟先后降生。22点16分降生的女孩母亲是7号病房2床的王秀竹，22点32分降生的男孩母亲是7号病房3床的谷一鸣。

秀竹和一鸣同时住院待产，两个年轻的母亲同龄同病房同时住院，丈夫又都姓郑，这些巧合迅速拉近了她们的距离。她们约定：若是生下同性别孩子就让孩子们成为兄弟姐妹，若是一男一女，就约为儿女亲家——这是她们最期待的。

天遂人愿，一男一女两个牛宝宝喜坏了两家人，两个初为人母的年轻妈妈兴奋地交换哺乳，秀竹拍着牛儿（男孩的乳名）的小屁股说："吃了我的奶，我也是你妈妈了啊，丈母娘，岳母，咯咯咯……"说着说着自己乐不可支，一鸣则抱着漂亮的妞儿（女孩的乳名）一遍一遍地说："妞儿，妞儿，我的儿媳妇，你长大要嫁给牛儿啊！"

两年以后，妞儿和牛儿分别上了不同的幼儿园，妞儿叫郑媛，牛儿叫郑青。两家人隔三差五会带孩子们在一起聚聚，两个母亲自是有交流不完的育儿经验，两个父亲到一块就是聊乒乓球，他俩成了坚不可摧的铁杆球友。妞儿和牛儿从不打架，牛儿玩什么，妞儿就紧随着。牛儿聪明懂事，妞儿安静乖巧。妞儿只比牛儿大十几分钟，但牛儿一直叫她姐姐。

上小学的时候，他们已经不肯让大人再呼他们妞儿、牛儿了。郑青也不再叫郑媛姐姐，他总是连名带姓地喊："郑媛，你们学到哪儿了？"郑媛多次抗议，但小小的郑青已是霸气侧漏："十几分钟，忽略不计！"

第一章 碧血丹心

中学，郑青是在著名的北京四中就读的，郑媛上了一所普通中学，但她从未嫉妒过这个聪明勤奋的弟弟，倒是经常骄傲地跟人说："我弟弟那才叫聪明，关键还倍儿用功！"郑青很享受郑媛对他的崇拜，而他也特别知道呵护这个小姐姐。其时，十五六岁的郑媛已经出落得亭亭玉立，甜美沉静，圆圆的头，圆圆的脸，圆圆的大眼说话时瞪得圆圆。郑青曾开玩笑说："郑媛，你的名字错了，应该是郑圆。"

郑青从小牛到大，高考时顺利考入人民大学经济学专业，郑媛考进了首都师范大学学前教育专业。那年开学前，两家人举行了一次隆重的聚会，一是庆祝两个孩子都考入了心仪的大学，二是提醒两个孩子：你们是定了娃娃亲的。

席间，秀竹和一鸣两个人到中年的妈妈拉着手回忆孩子们出生时的情景，说到定娃娃亲时，她俩总是提高音量："对，同年同月同日同姓，这不是姻缘前订是什么！""这么巧的事儿让咱赶上了，俩孩子迄小儿培养起来的感情多扎实啊！"

郑媛嗔怪地看着妈妈："行了，妈，都说多少遍了！"这么说着，她瞥了一眼郑青，旋即红着脸赶紧低头喝了一口饮料。

郑青此时正在专心致志剥一只大虾，似乎司空见惯母亲们的老生常谈，他显然知道两位母亲的用意，她们是在旁敲侧击，她们的担心和不安也是情理之中的。

当时大学生谈恋爱已经很普遍，两个孩子不在同一个学校，万一哪一方被近水楼台的男同学女同学追了去，岂不是破坏了一段奇妙的姻缘？所以，郑青对两个妈妈夸张的提醒非常理解和体谅。

倒是两个父亲，若无其事，自顾自喝酒聊球侃大山，此时他们正在谈论马文革和王涛在第41届世乒赛上的表现，青父对王涛的反手快拨大加赞赏，说这小子大器晚成，心理素质超强，发挥稳定，擅于反败为胜。媛父则更喜欢马文革，说他的弧圈球漂亮，对拉也是特长。

郑青此时加入进来说："马文革的球好看是好看，发挥好了是一流，发挥不好三流都不如，太不稳定。"

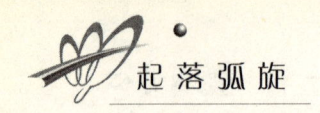

两个父亲不约而同地点头称赞，尤其是刚才还大夸马文革的媛父，此时竖起拇指："青儿说到点上了，稳定太重要，发挥稳定、不大起大落是一个优秀选手必备的。咱们青儿就是靠发挥稳定考上人民大学的。来来来，喝酒。"

这两家人实在是共同的东西太多！

四年大学，两个孩子各自学有所成，尤其郑青，一直担任学生干部，学习成绩也是独占鳌头，毕业时因他在校全面优秀的表现，顺利进入国家机关工作。而郑媛则成为一名有着本科学历的幼师，这在当时并不多见，但喜欢孩子的郑媛乐在其中。

两年后，郑青郑媛毫无悬念地走进婚姻殿堂。婚后的日子平静充实和美，郑媛上得厅堂下得厨房。

在幼儿园，她是个好园长，获得过区级、市级的多种荣誉称号。她曾多次给全国来京参观的教师上观摩课，并参加了很多幼儿教材的编写工作，她是孩子们的"园长妈妈"；在家里，她把家收拾得格调温馨，井井有条，尤其是，她几乎每天都长一个新本事，或者学烧一道菜，或者学做一道甜点，或者是学做一件饰品，或者是学插一篮花束。面对她层出不穷的花样，郑青常常调侃她是魔术师的女儿。

这样的调侃郑媛自是非常受用，越夸干劲儿越大，她包揽了全部家务，同时也包揽了郑青的吃喝拉撒，只要她能代替的，绝不让郑青亲自做。她总是说，别浪费你的智慧在这些小事上，我来做就是了。每次听到这句话，郑青都有一种混合着歉意的斗志从心底升腾。

平衡和谐的二人世界过了三年，他们的宝贝儿子，也是世纪宝宝，郑雷出生了，而此时郑青在单位已经崭露头角并深得赏识和重用，工作越来越忙，家庭的重担落在郑媛一个人肩上。

雷雷的爷爷奶奶姥姥姥爷曾争先恐后地要求代看雷雷，但媛媛坚持自己带，她说："谁也没我带孩子专业啊！"这个理由让双方老人放弃了争取。

这之后，郑媛里里外外处理得妥妥帖帖，忙而不乱的成绩也终于

第一章 碧血丹心

让亲人们觉得，郑媛家里家外都是一把好手。郑青更是时常感慨：媛媛，我上辈子拯救了银河系，娶到了你！

每一个成功男人背后都有一个伟大的女人，郑媛再次印证了这句话。有了稳定安宁的大后方，有了贤淑可爱的媛媛，有了聪明活泼的儿子，郑青全身心扑在工作上，事业上一路绿灯，一步一个台阶，不到40岁，已成为国务院发展研究中心综合研究司副司长，42岁又调任平原省，成为平原省政府研究室主任。

而这也开启了他们牛郎织女的两地生活，虽说太行市离北京不过200多公里的距离，高铁更是让这个距离进一步压缩到"可以当我还在北京"的咫尺之遥，但终归他们都是事业心、责任心超强的人，郑青进入工作状态后，很快便不能保证每周回京了，而郑媛周末要看望双方老人，还要照顾好刚升入初三的雷雷。咫尺终于变天涯。

郑青怎么也不会想到，咫尺天涯变成了阴阳永隔！傅剑锋连扣八大板之后，他脚下那个趔趄的瞬间，正是郑媛被王朝华捅致命一刀的刹那！他后悔自己离开媛媛，后悔让媛媛到太行市看他，后悔没有给过媛媛安静的陪伴。

郑青赶到医院时，已是郑媛离开三小时后，郑媛已被送进了太平间。他支退所有的领导、同事和亲朋，一个人向太平间走去，这是42年来最难走的一条路！走过去，他就要见到他亲爱的媛媛了，走过去，他就要跟他亲爱的媛媛永别了！这条阴阳两隔的路啊，郑青步步沉重，步步绝望……他终于走到了郑媛身边，他轻抚着郑媛苍白的脸，他把自己的脸贴上去摩擦着：媛媛，媛媛，我回来了，你感觉到了吗？他拖起郑媛已经开始僵硬的手臂往自己的脸上贴去，突然，他看到郑媛左手腕上被血染的绿幽灵手链。

那是春节前，郑媛听说绿幽灵是属牛人的幸运石，她和郑青都属牛，就一起买了两个绿幽灵手链。她一直戴着，郑青却不肯戴。

此刻，郑青看着血染的"绿幽灵"，紧紧抓住郑媛的手腕，失声痛哭：

起落弧旋

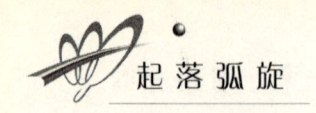

"怪我啊，媛媛，我没保护好你！"

郑媛的追悼会是五天后，公安、区政府、民政局领导出席了追悼会，郑媛生前工作的幼儿园全体同事、园里的小朋友和家长以及众多的亲朋好友，甚至是听到郑媛英勇事迹的群众都赶来送郑园长最后一程！孩子们哭喊着：园长妈妈！园长妈妈！

"郑媛同志用自己的血肉之躯挡住了施暴者的屠刀，为孩子们安全转移赢得了宝贵的时间，她身中七刀……郑媛同志的牺牲……"区委书记沉痛的声音击中了所有人的心，大厅里一片啜泣声！

郑青的心被那"七刀"捅透了！他感觉自己只剩下了一个躯壳，灵魂已追随郑媛而去……

追悼会结束，儿子郑雷被郑芳带去姥姥家，郑青一个人回到家。

一进门，熟悉的气息，属于郑媛的气息扑面而来，这平时让他感觉温暖踏实的气息，此时让他感到一阵阵刺痛，他连鞋子也没脱就走进卧室。他甚至期待：媛媛可能在卧室睡着了，这几天发生的一切都是梦！

卧室里的情景强化了郑青的幻觉，淡绿色的大床外侧，郑媛躺过的枕头上还有一个圆圆的坑，那正是郑媛的头型。郑青扑上去，脸埋到枕头上，使劲嗅着郑媛的气息，突然他发现枕头上的一根长发，这是媛媛的头发，媛媛的头发！他捏起来，轻轻捋过那细细的带着香气的发丝，他闭上眼躺下，用那细长的发丝扫动着脸颊，一如郑媛生前叫他起床时惯用的办法。

他猛地坐起来，在床上细细搜索了一遍，他找到了郑媛的三根长发！

他翻箱倒柜找来一块柔软洁白的绢纱，把郑媛的头发一根根捋顺，轻轻地包裹起来。

"媛媛，谢谢你！"他把洁白的包裹按在了胸前……

第二章　天涯各安

　　这是齐蓝第四次站在这棵半悬空的漆树前，这棵位于嶂石岩回音壁临近出口的漆树，根部在岩石缝隙，躯干斜伸出去悬空，与石板路的延伸线呈 30°角，树冠又倔强地扬起，努力地向上生长。像一位斜仰在峭壁上倾听过亿万年回声但仍是孜孜不倦聆听的仙人。

　　齐蓝靠近"仙人"，无限靠近，靠近她的根部，她的躯体，直到边缘到不能再边缘。她微微前倾着身躯，拢起双手扣在嘴边成喇叭状："利昂——利昂——"顿时，满山回荡着此起彼伏的"亮——亮——"的回声。

　　在这此起彼伏的回声里，齐蓝微微战栗，她惊讶于自己无意识喊出的"利昂"！她突然想起前几次她也跟其他游人一样，对着世界上最大的天然回音壁"噢——哎——"地喊，回声也便成了合声的"噢——哎——"只不过，那几次她也是站在这棵漆树前，而这里并不是得到回声最好的位置。

　　此时，山谷里只有"亮——亮——"的回声。时值傍晚，山里已经没有游人，齐蓝从下榻的月溶山庄出来的时候，邀请她来此地"采风"的副县长肖立刚曾提醒她："齐老师，别往深处走啊，天晚了，在附近溜达一圈儿咱们也就该开饭了。"

　　"好的，我知道，不过，吃饭不要等我啊，我晚饭基本不吃，真

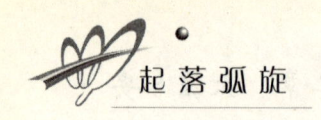

的啊老肖，别客气，简简单单随随便便就是对我最好的招待！"说着，她提起相机走出了院子。

此时，月溶山庄的主人文亮夫妇正在院子里准备烧烤的食材，看着远去的齐蓝，文亮摇摇头："有文化的女人就是不一样！"

肖县长收回追随着齐蓝背影的目光，扭头看向文亮："怎么个不一样，你说说，说文雅一点儿，别浪费你的名字！"

"齐老师吧，不是那种一看上去就特别漂亮的女人，但又特别受看、耐看，身材、五官、肤色、穿戴，哪儿哪儿都让人觉得刚刚好，典型的文化人气质，模仿不了的那种，尤其是齐老师的眼神，亲切、清澈透灵又有点恰到好处的高不可攀，哈哈……"文亮说完这一大段儿溢美之词有点不好意思地笑了。

"喃（我）说不好，肖县长，反正齐老师这样的女人，就是你不介绍她的身份，喃（我）也会特别尊敬。"

肖县长转身又望向齐蓝渐行渐远的背影若有所思地说："对，让人尊敬的女人！"

齐蓝回到山庄时，肖县长他们还在等她开饭，齐蓝很不好意思地解释说，走着走着就走远了，回音壁似乎有魔力，等她身处回音壁的石板路时才意识到自己出去很久了。

肖县长等人丝毫没有怪罪之意，反倒稍显夸张地安慰齐蓝："你这大才女、大作家肯来我们这穷乡僻壤，已经是蓬荜生辉啦，来来来，吃饭吃饭。"

一顿饭吃得随意、可口。深秋、山庄、小院、故人……齐蓝完全放松下来。

回到房间，简单洗漱之后，她坐在灯下打开手提电脑，准备写下第一天的采风笔记。静默了几分钟，她突然切换界面，打开邮箱。

邮箱里几十封未读邮件中有两封是利昂最近发来的。前几天她就看到了，但她没有点开。利昂回美国后，有段时间她是那么盼望他的邮件，但她只回复过几次，后来只是默默地读，不再回复。她不想破

第二章 天涯各安

坏自己定下的规矩，送走利昂的时候她说过：我们就不要直接联系了，通过柳梅知道彼此平安就好。

她一直努力践行，利昂走后第一时间她就把他从 QQ 好友中拉黑，利昂一次次发出添加请求她都狠心拒绝了，直到利昂的母亲柳梅提示她看邮箱。

她并没有因利昂的不听话而改变初衷，她仍是不回应他。但她心里感激利昂的"言而无信"！利昂的邮件支撑她度过了那段艰难的日子。

她今天在回音壁喊出的利昂，曾是平原省师大的物理外教。他们在网上相识，利昂当时刚陪母亲回国不久，妻女都在美国，他业余时间很充足，也很孤独，虽然有母亲陪伴，虽然母亲给他联系了一份师大外教工作，虽然他汉语很好，但他一时仍是融入不了新的环境，跟美国老婆的时间又黑白颠倒着，很难长时间通话。

他注册了一个 QQ 号，用自己的证件照做成真人头像，起了一个奇怪的网名：戴三块表。然后就开始按条件查找陌生人。齐蓝就是被他随机查到的，他注意到齐蓝的个性签名："打乒乓球最正确的理由，那就是我热爱乒乓球。"这是瑞典名将瓦尔德内尔的名言，他很熟悉，难道这个女人喜欢打乒乓球？他发出了添加申请，并且留言说"我也喜欢老瓦"。

齐蓝当时正准备下班，她把办公室整理清扫一遍要关机的时候，看到了利昂的添加申请，奇怪的网名加上老外的头像，使一向不接受陌生添加的齐蓝，不假思索地接受了。她听说近几年有很多老外，以谈对象为名进行网络诈骗，他们的共性就是操着英语语序的半生不熟的汉语探听女人是否单身，特别温情，特别有礼貌，特别懂得投其所好。她想这个"戴三块表"大概也是这类货色，好奇心促使她重又坐了下来。

"为什么叫这个名字？头像是你吗？"齐蓝首先发问。

"头像是我。"利昂没想到叫文竹的女人首先发问了。

"你是美国人？"齐蓝又问。

"我父亲是美国人，母亲是中国人，我现在在中国平原省师大教

物理。"利昂如实回答。

齐蓝的个人资料上，年龄一栏填的是111，头像也是自动生成的脸谱头像，QQ空间更是没有开放，个人信息保护得很好。此刻看着这个完全没有一点东方人元素的"戴三块表"，她准备拉黑他下班了。

"阿姨，您喜欢打乒乓球？"

利昂似乎感觉到了齐蓝对他的不信任，此刻他已经把"戴三块手表"改成了"木卯"，他的母亲姓柳，所以他把柳字拆开来作为自己的网名，同时他切换到了英文模式跟齐蓝对话。

"哦，是的，我喜欢乒乓球。"看着已经改了名字的"戴三块表"，齐蓝迟疑了一下，没有拉黑他，尤其是那声阿姨让她觉得有点好玩儿，看来对方把她当成中年女人了。"也好，也好，我倒要看看这是个什么人。"齐蓝决定留下他，但她必须下班了，于是匆匆地用英语打出了一句：下班了，回头聊。然后就果断地关机了。

接下来她们断断续续又聊过几次，利昂发现这个阿姨的英语对话水平很高，是个有些傲慢，但说话又很有趣的女人。虽然他有些失望，他当然更希望对方是个年轻漂亮的女人。但这个阿姨和他中英文毫无障碍地沟通，让他产生了一吐为快的欲望，他像个听话的学生，一五一十地介绍自己。

他告诉齐蓝，他来自美国麻省理工学院，他叫利昂，母亲柳梅是中国人，父亲安德鲁曾在北京外国语学院任教。母亲是安德鲁的学生，她爱上了自己的老师，但安德鲁当时在美国有家庭。他出生在中国，直到他7岁时，他的父亲安德鲁才结束了在美国的婚姻，把她们母子带到美国。

在国内的时候柳梅一直坚持对他进行双语教育，所以到美国后，并不存在语言障碍。但一下子离开中国，离开每天喊他洋鬼子的小伙伴，面对并不熟悉的父亲，完全陌生的同学，他感到很孤独，对母亲柳梅也就更加依赖。同时他爱上了运动，篮球和乒乓球一大一小两种球类运动是他的最爱。

第二章 天涯各安

他的父亲安德鲁把家里的车库改造成了运动室,墙上钉了篮球筐,他可以练习投篮,柳梅不忙的时候,他们就会在车库支起乒球台练习乒乓球。

他在车库的时间越来越长,越来越不守时,有时候半夜了他还在练习投篮。他们邻居的男主人是安德鲁的同事和朋友,所以对利昂的扰民行为给予了最大限度的宽容。但邻居家小姑娘艾米不干了,她多次警告利昂,晚上9点以后再打球她就会告他扰民!利昂对付她的办法就是让她也爱上了篮球和乒乓球。

"她也爱上了你吧?"齐蓝听到这里,插了这么一句,利昂马上发来一个竖大拇指的表情,他的赞美让齐蓝感到一丝夸张和讨好的成分。一直以来,都是利昂断断续续地说,齐蓝有空了就瞭几眼,但多数时候只是"嗯嗯啊啊"的,插话的时候并不多。并且利昂切换成汉语时她会说:"就英语吧,就算帮我提高英语水平了。"尽管得不到齐蓝太多的回应,利昂仍然是愿意跟这个阿姨唠唠叨叨,除了说自己,他也说他们办公室的两个女同事,他用很夸张的口气说她们多矫情,多虚荣,多臭美……齐蓝这时候会说一句:"不至于吧,好歹都是大学老师,总不会像你说的,浅薄到这种程度。"利昂原本想说阿姨您跟她们不一样之类的话,但齐蓝没给他机会就接着说:"你很闲吗?"意思是利昂很无聊,利昂有些懊恼,为自己的弄巧成拙。他隐约觉得这个文竹阿姨,有些神秘。

几天之后,有个自称利昂母亲的网名叫"蒲公英"的人,请求添加齐蓝为好友。齐蓝接受之后,对方主动打招呼说:"我是利昂的母亲柳梅,利昂让我加你。"

"哦,你好。"齐蓝礼节性招呼过后沉默了,她不知道利昂为什么让他的母亲加她。柳梅倒是很健谈:"你忙你的,有空了再回复我,我是个闲人,回国后,也没什么事可做,每周五下午,去小区幼儿园教孩子们学学英语、做做义工,别的时候没什么事儿。"

"哦,柳老师很高兴认识你。"齐蓝又是一句客套话。

"别那么叫,就叫我柳梅吧,连利昂都这么叫我,他是彻底的美国人了,一点也不像我。"

"但是,他汉语说得很好啊!"齐蓝插了一句。

"嗯,这倒是,我一直没有放松对他的国语教育。他不但汉语说得好,中国古典文学、历史都不错,说起来这个孩子一直不太用功,从小贪玩,但就这么吊儿郎当地考上了名校……"柳梅说起儿子来滔滔不绝。

"您可以用英语跟我对话,我也好顺便学习学习。"齐蓝对柳梅说话的内容并不十分感兴趣,但如果对方用英语,也就多少有点价值了。

"噢?可以吗?"柳梅显然有点惊讶,但她瞬间就切换成了英语。

"应该差不多吧,看不懂的我会及时请教您。"齐蓝也切换了英语模式,接下来柳梅用英语给齐蓝讲述了她们一家人的故事,故事主要围绕儿子和儿媳艾米、孙女蕾拉。

艾米比利昂大两岁,是家里的独生女,漂亮、好学、泼辣、霸气,自从跟利昂为深夜打球扰民化敌为友之后她就成了利昂的粉丝和保护伞。

他俩小学、中学、大学都在同一所学校,艾米经常为保护利昂跟同学打架。有了艾米的陪伴和保护,有了挚爱的大球小球,利昂渐渐融入了美国的生活。7岁前在中国的一切沉淀在他记忆深处,慢慢地,他周围的人也忘记了他曾是一个中国小孩,他的长相并没有多少东方特征。

利昂读研究生的时候,艾米已经是麻省理工的助教。利昂研究生毕业也留校任教并在当年和艾米结了婚,现在,他们的女儿蕾拉已经6岁了,长得很像奶奶……柳梅一口气说到这里,停了一会儿,发给了齐蓝几张照片,有蕾拉的,蕾拉和奶奶的,蕾拉和艾米的,也有利昂、艾米牵着蕾拉的,都是高颜值,画面很美、很养眼。

"很美、很和谐的一家人。蕾拉真是很像奶奶,东方美人儿!"齐蓝由衷地赞美。

第二章 天涯各安

"听利昂说你很漂亮,我没想到你英语还这么好!"柳梅也赞美道。

"什么,利昂说我很漂亮吗?他并没有见过我!"齐蓝不明白利昂为什么跟他母亲这样说。

"利昂没有见过你?那你是?"这回轮到柳梅惊讶了。

"我是利昂的网友,他说是看到我喜欢打乒乓球才加了我,我们认识不久,并没有见过面。"齐蓝向柳梅说明了她跟利昂的关系。

"哎呀,错了,错了,我还以为是他那个舞蹈老师朋友呢!对不起,我搞错了。"柳梅显得有点语无伦次。

"没事,网络上搞错人也是常事,很高兴听到你们一家人的故事。"齐蓝这次不是客套,她敏感地意识到这是个很有故事的家庭。

"谢谢你听我唠叨这么多,利昂有你这样的朋友我很放心,本来我是想跟舞蹈老师聊聊,我曾经跟利昂要过她的QQ号,利昂一直没有给我。前两天他把你的QQ号给我时说了句'也许你们能成为朋友',我就误会成你是那个舞蹈老师了。"柳梅解释道。

"噢噢,是这样。不过尽管是阴差阳错,我很高兴,有您这样阅历丰厚的朋友,扩展视野还能学习英语。"齐蓝说完发了个吐舌头的笑脸。

柳梅对齐蓝印象很好,虽然齐蓝透露的个人信息很少,但从她的谈吐中她感觉到了齐蓝的修养和素质,话不多,但言之有物,又善解人意。那之后她每天都会主动跟齐蓝打招呼、问好,问齐蓝忙不忙,不忙就聊几句。她跟齐蓝说话毫无芥蒂,大部分时间在谈她去世的丈夫安德鲁,她讲述了她如何爱上有妻室的安德鲁,如何引起了学校和家庭的地震,如何固执地生下利昂,如何苦熬苦等,终于和安德鲁修成正果。移民美国后,因为有安德鲁的陪伴,她并没有任何不适应。她说利昂虽然有些调皮,但又步步惊心地考入名校,儿媳妇也是大学老师,命运对她这个犯过错误的人,很宽容。她的多半生是活在安德鲁的温情里的,只是安德鲁走得有点早,她才刚刚60岁,她没有办法忍受安德鲁去世之后独在异乡为异客的孤独,所以决定回国养老。回国不久,就生了

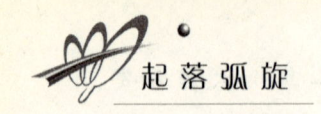

一场大病，利昂不得不回国陪伴她。其实出院后，她已经完全能够自理了，但利昂坚持留下来陪伴她度过适应期，而她也没有过多劝说儿子回美国去陪老婆孩子、去继续自己的事业。她顺水推舟地给利昂联系了师大的外教工作。

柳梅断断续续给齐蓝讲述了这么多在齐蓝看来本属于隐私范畴的家事，齐蓝想这应该是有东西文化的差异，当然更主要的是性格因素。她觉得母子两个都是比较坦率阳光的人。她渐渐放下了戒备心，她几次想告诉柳梅她的真实年龄。每次利昂叫她"阿姨"时她都很不自在，是那种对诚实人撒谎的不适感。但柳梅已经习惯了有这样一个可以聊天的善解人意的妹妹，利昂也习惯了有这样一个可以倾吐心声的阿姨，尤其是利昂告诉了齐蓝，舞蹈老师是他的性伙伴，而这件事艾米支持，柳梅知道。也就是说，他找性伙伴是被家庭允许的，他自从决定留在中国陪母亲一两年后，艾米说他长期一个人不行，可以找个性伙伴，就是单纯的固定的性伙伴，言外之意，她也不会在美国苦守空房，他们在这件事上达成了默契。但艾米对他回中国陪母亲是颇有微词的。柳眉跟艾米的关系并不融洽，艾米不喜欢中国文化，拒绝学汉语，而柳眉为了让利昂保留中国元素，在家里始终坚持用汉语和利昂交流，这让艾米觉得，家，成了他们母子的主场。

利昂说他一直找不到当丈夫的感觉，艾米婚后还是一如既往地罩着他，大到事业规划，小到生活细节，利昂完全被动。虽然他曾多次想转换角色，但艾米始终不自觉地保护着他。这让他多多少少有些逆反心理，有时甚至想逃离。这次回国陪伴母亲不仅仅是因为不放心母亲，也有想脱离艾米掌控的心理。

齐蓝觉得，她知道的人家隐私太多了。而这前提是母子两个都把她当成了一个靠谱稳重、学识渊博、善解人意的中年女性了。如果她告诉他们，她比利昂还年轻时，母子两个会不会有被戏弄的感觉？齐蓝觉得越来越不能说实话了。尤其是利昂把她当成一个长辈，跟他倾诉他跟性伙伴的种种隐忧。他说，她是他们学校的舞蹈老师，比他大

第二章 天涯各安

一轮，但因为常年跳舞，又注重健身保养，看起来并不像四十多岁的人。利昂说着还发给齐蓝一张照片，是那个舞蹈老师。齐蓝认真看了几眼，确实漂亮，身姿曼妙，体态妖娆，媚眼如丝。但齐蓝却一本正经地说："利昂，这样不好，你不能把人家照片随便发给别人，尤其是当你公开她是你的性伙伴以后。""我明白，阿姨。我知道你不会对她不利，连柳梅都没有见过她的照片。"利昂诚恳地说。

齐蓝感觉到了利昂对她的信任，她本想提醒利昂："她也仅仅是把你当成性伙伴吗？"但又觉得这样有打探人家隐私的意思。利昂倒是不吐不快："我这些天很苦恼阿姨，舞蹈老师欲望太强烈了，而且不只是性欲望，她似乎动了想嫁给我的念头，她说她丈夫知道了我们的事。正在跟她闹离婚，她说离了婚她就什么也没有了。为了跳舞她没有生孩子，现在她丈夫因为我的原因也要抛弃她，她说我得对她负责。我很内疚，阿姨，我不知道会惹这么大麻烦，虽然当初是她首先示爱，但我只把她当成了性伙伴，我没有想到会发展成这样，而这也正是柳梅一直担心的，本来柳梅一直想找她谈谈的，是我阻止了……"利昂颠三倒四地跟齐蓝诉说着关于舞蹈老师给他带来的困扰。

齐蓝无以应对，她心里已经认定舞蹈老师是满满的套路，跟舞步一样有章法，她不能这么说。她只是说："跟你母亲聊聊吧。尽早抽身出来，这似乎不是那么单纯的关系。"

这之后的几天利昂没露面，柳梅倒是每天若无其事地跟齐蓝聊几句。齐蓝判断利昂没有跟柳梅说舞蹈老师困扰他的事。

大约一周以后，利昂突然没头没尾地跟齐蓝说了句："阿姨，我已经和她拜拜了。"

"噢噢。"齐蓝不知说什么好。

"阿姨，我心里突然特别放松，终于正常起来了，我有时候想这两年我都干了些什么，扔下艾米和蕾拉回到中国，找了个可以当阿姨的人做性伙伴……阿姨，你是不是特别反感我的做法？"

"没有，只是我不能完全理解而已，但是我觉得你很阳光的，每

起落弧旋

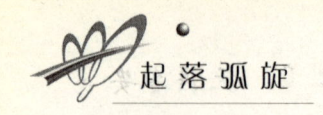

个人多多少少都有些不可告人的东西，甚至有连自己也不愿意面对的一面，谁也没有表现出来的那么纯粹，你也不必妄自菲薄。"

"嗯，谢谢阿姨！我突然很想蕾拉，很想很想……"

"嗯，人之常情，况且蕾拉那孩子那么可爱，别缺席她的成长。"齐蓝说这话时，自己也恍惚了，她已经进入了阿姨的角色。

直到他们在师大球馆偶遇，"阿姨"才被彻底戳穿！原来是个年轻漂亮的姑娘，她还有一个美丽的名字：齐蓝。

那是个周五的下午，师大学生处的董老师——齐蓝的大学同学，邀请齐蓝去师大打球。认识利昂之前，齐蓝经常去找董老师打球，自从知道利昂在师大任教之后，齐蓝不敢再去了。但那天就那么鬼使神差地答应了董老师："好的，5点左右到，我换好衣服，不去你办公室了，直接去打球啊。"齐蓝跟董老师约好。

结果那天提前堵车了，5点15分的时候齐蓝还在二环内蜗牛似的爬行，离二环边的师大还有两千米的距离。待她终于挪到师大时，已经迟到了近一个小时！一步两阶飞到三楼的乒乓球馆，远远地就看到了鹤立鸡群的利昂正在跟董老师激战。说鹤立鸡群是因为利昂比齐蓝想象的高大，照片中看不出太准确的身高。现在看起来利昂至少有一米八六，身材高大协调，五官立体但很柔和，皮肤的黄白跟东方人无异，相对于平面的图片，立体的活生生的利昂，还原了本不该没有的中美混血儿长相里东方人的特征，是个郁郁葱葱的帅小伙子。

齐蓝认出利昂的时候，利昂和董老师都还没有发现她，她是有机会逃掉的。但或许她潜意识里就是要去"遭遇"利昂的吧。

"嗨，董老师，堵车了，不好意思！"

董老师收住拍子气喘吁吁地说："噢，齐蓝，没事儿，来得正好，我招架不住了！"说着把齐蓝拉到利昂面前，"这是我们学校的物理外教利昂，球儿打得很艺术，你俩打吧，我得歇会儿。"

"你好！"齐蓝向有些发愣的利昂伸出手，她确信利昂没见过她的照片。

第二章 天涯各安

"开始吧。"利昂把汗湿的大手在球衣上蹭了蹭,然后用力握了一下齐蓝。

齐蓝不敢多讲话,因为他们曾经语音聊过几次,对彼此的声音是熟悉的。她迅速走到球台另一边,扬了扬手示意利昂先发球,利昂摇摇头,把球传给了齐蓝。

开始几个回合,齐蓝利用前三板优势连续侧身扣杀,利昂似乎不太适应她的凌厉攻势,尤其是他看起来总是发愣。

6:4,齐蓝领先2分,利昂回过神,开始加强节奏变换,频发台内短球,有效地控制了齐蓝的前三板,并在对拉相持中偷袭其正手空当,他的中远台相持能力让齐蓝找不到进攻机会,反手远台反拉更让齐蓝束手无策,反手进攻突然,正手打回头更厉害,灵活多变,声东击西,球风飘逸。比分早就反超了齐蓝。第一局快结束时,齐蓝感叹道:"这球打得太艺术了,我也招架不了啊!"

这个句子太长,长到包含了齐蓝所有的发声习惯。

利昂直起腰,直直地注视着齐蓝:"阿——姨!"

无处遁形的齐蓝只好招供了。那场球没有打完,阿姨变妹妹,利昂不但没生气,反而开心得像个孩子。他拉着齐蓝去见了柳梅,柳梅倒没有太多的惊讶:"我早就感觉到你是个年轻人了!"她洞悉一切的笑容里有理解、有宽容,更有欢喜。

那以后,利昂母子对齐蓝热情依旧,而齐蓝多少有些尴尬。对于齐蓝的新身份,撒谎的齐蓝并没有被骗的利昂母子适应能力强,她的话少了。

这之后不久,齐蓝所在的中泰证券牵头组织了一个研讨会,会议地点在小汤山,三天两夜的会议成了齐蓝减少和利昂母子交流的最好借口。

会议期间利昂基本不打扰齐蓝,只是每天晚上例行问候。第三天下午会议结束的时候,齐蓝告诉利昂晚饭后回去,利昂嘱咐她开车小心时她有意没有告诉利昂并不是她开车,因为她不想让他知道路途可

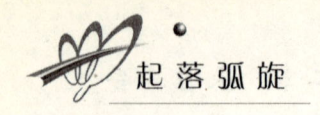

以聊天。

当天晚上 11 点半的时候，齐蓝睡醒一觉发现了一连串利昂的信息：

"到家了？早点儿休息！"

"还没有到？"

"怎么了？车辆故障？不舒服？"

接下来是柳梅的信息："蓝蓝没事吧？利昂坐不住了，满屋乱转！见信马上报平安！"

齐蓝没有意识到，这对母子已经这样惦念她的安危！她马上回复过去："我很好，回来太累，不小心睡着了。"

"上帝保佑，你没事！"利昂显然一直在盯着屏幕。

齐蓝眼眶发热了，但她的文字过滤掉了她的感动："快睡吧，瞎操心！"

这以后，他们三个的交流越发无拘无束，齐蓝体会到了一种类似亲情的理所当然。周末，只要没有特别的事，齐蓝一般会过去和柳梅、利昂一起包饺子。他们家每周末都包一次饺子，而且很有仪式感，似乎在显示他们是地道的中国人。

齐蓝的加入更强化了这种仪式感，利昂说每个周末都像春节。齐蓝一到，他就瞬间变成一个段子手，真真假假煞有介事，天南海北贯通中西。有一次他突然问齐蓝："当美国总统首要条件是什么？""有钱，会忽悠！"齐蓝不假思索。

"错，首要条件是高大帅气！因为女选民多。"利昂一本正经地纠正齐蓝。

柳梅说利昂从来没有这么开心、这么勤奋过，除了教学和家务外，他还揽了一个研究所编程的活儿，说是回美国可以坦然地乘坐商务舱了。柳梅很乐见儿子这种状态，所以她总是热情地邀请齐蓝到家做客。有时候会让齐蓝讲讲摄影，偶尔他们三个也一起出游。

这样的和谐平衡终于没有维持太久。那又是一个周末，齐蓝说不过去了，要赶写两个研究报告，并让利昂告诉柳梅。可是利昂不同意，一点一点跟齐蓝谈条件：晚来一个小时？早走两个小时？报告拿到这里来写？

"有完没完啊！我为什么非要过去？"

"我爱你！"利昂冲口而出。

"混蛋！"齐蓝不假思索，然后怒气冲冲地拉黑了利昂。拉黑之后她一直坐在电脑前，没写报告，没做午饭。她既盼望利昂接受绝交的事实，又期待他求她："蓝蓝，别这样残忍好吗？"她一直不去审视自己的内心世界，她对利昂的感情在见面之后在悄悄地发生着变化。

大约一点多的时候，柳梅在 QQ 上跟齐蓝说话。

"在吗？"

"蓝蓝在吗？"

"在。"

"利昂躺在床上不动了，我们还没吃午饭，饺子是我一个人包的，你们怎么了？"

"我拉黑了他！"

柳梅好半天没说话，接下来她告诉齐蓝，她早就看懂了她儿子对齐蓝的感情，之所以没有阻止，是觉得这种事情只能疏导，另外她相信齐蓝能处理好，尤其是：她也贪恋齐蓝给她儿子的快乐、正能量。她说利昂跟艾米不能说不相爱，但总是有些隔阂，爱得不深刻是因为文化的阻隔，利昂曾抱怨母亲把他培养成了一个怪物——一个美国脸、中国芯的怪物。说到最后，柳梅让齐蓝给利昂一个缓冲期。

齐蓝从黑名单里捞出利昂以后，他第一句话是："阿姨，要不我还叫你阿姨，只要别把我打入死牢！"齐蓝笑出了眼泪。

这次事件以后，利昂跟齐蓝说话总是小心翼翼的，他不再提爱这个字，但他字里行间，一言一行都是爱。他珍惜能听到、看到齐蓝的每一个瞬间，只要齐蓝肯说话，他就说他方便。去上课的路上、吃饭时间，甚至开着车，他生怕错过，怕齐蓝哪天突然消失。

柳梅看着儿子的状态开始认真思考他的婚姻，他内心深处的追求，他嬉皮笑脸背后的苦闷。他感觉到了齐蓝是最适合他儿子的人！她问利昂："你确定是爱蓝蓝吗？不是新鲜好奇吗？虽然时间不对，但是你有勇气纠正你的婚姻吗？你会跟妈妈一样为了爱奋不顾身吗？"

"妈妈，我从没有这样为一个人牵肠挂肚，也从没有这样挖空心思委屈自己取悦他人，跟艾米在一起，我是很自私的，很少为艾米考虑。但是遇到蓝蓝，我想的全是怎么样为她好。妈妈，我已经不能自拔了，选择哪边儿都是一生的痛苦！"利昂无助地看着母亲。

齐蓝也处在巨大的矛盾冲突中，她是喜欢利昂的，跟利昂在一起她能找到非常纯粹的快乐，但她知道她背负不起破坏别人家庭的罪名。况且她不知道随着交往的深入，他们之间的各种差异，尤其是东西方文化的冲突会带来什么。柳梅很郑重地问齐蓝："如果利昂恢复单身，你能接受他吗？"齐蓝没想到柳梅会是这样的态度，按常理，母亲应该竭力维护儿子家庭的完整，何况艾米并没有什么过错，蕾拉又是那样的可爱。

"有什么理由去打碎一个原本很美好的家庭？"齐蓝盯住柳梅问。"因为利昂从结婚后一直没有像现在这么勤奋、这么快乐！"柳梅认为这理由足够充分。

"我承受不起阿姨，利昂即便离婚他也不是单身，他有女儿，有前妻，我会永远记得利昂是因为我而离开她们，他们不是过不下去，是利昂认为遇到了更合适的，而婚姻不该是这样优中择优的，除了爱，还应该受道义、责任的约束。其实娶了谁，都会觉得有遗憾。"齐蓝很认真地跟柳梅探讨。

"嗯，也许我私心太重了，我还是喜欢中国媳妇，利昂骨子里也是很中国的。我可以确定他没有这样爱过。"柳梅说得恳切、坦诚。

"阿姨，我很喜欢跟你们在一起，这些日子我都恍惚了，好像认识你们很久了，好像这儿是我的家，如果利昂不说那句话，我还一直自欺欺人呢！不过，我觉得这样也好，避免我们陷得太深。我想劝劝利昂回美国去，他不该老在这儿耗着。他应该去把博士读完，他应该去尽一个丈夫和父亲的责任。"

"唉，谁说不是，安德鲁去世前还叮嘱我一定要让利昂获得麻省理工终身教授资格。他不听话呀，你劝劝他吧。现在你说话最灵。"柳梅有点无奈，对齐蓝也有深深的不舍，她是多么希望有齐蓝这样的儿媳妇！

接下来，齐蓝苦口婆心终于说服利昂回美国，这期间利昂曾多次反复，齐蓝也在他的深情里动摇过，但最终他们还是含泪告别。到首都机场的时候，利昂给齐蓝发信息说他的眼泪像撒尿一样哗哗的，齐蓝又哭着笑了，她真想说"回来吧！"，但是她没有，她借用了利昂临行前的话："一生并不长，来世，你、我、柳梅，我们一定是一家人！"

月溶山庄的夜很静，齐蓝一直坐在电脑前，她翻看了利昂所有的邮件，但她仍是没有回复。

早晨5点，齐蓝起身来到院子里，除了廊灯辐射出的光亮外，周围还是一片黑暗，对面是漆黑的山，空气湿漉清新，有各种叫不上名的虫儿在浅吟低唱。

齐蓝站在院子东南角的花圃旁边，在黑暗中一丝不苟地完成了一套健身操。黄狗听见动静并没有出声，而是悄悄走近齐蓝，卧到离她不远的地方静静地看着她。

天还是不肯放亮，齐蓝回屋收拾了房间，挎好相机，她决定早餐前先去看日出。

走出院子，黛色的天空渐显曙色，一轮明月还高挂天际。山庄所处的位置是三层叠嶂的第一层平台，要想看日出必须爬山，齐蓝沿主峰入口的山路走了半个多小时，都未能达到高处，视线仍是被四周的山峰阻挡。而此时天色已亮，太阳已经升起，只是被东方的山峰挡住了，她终究错过了太阳冉冉升起的壮美画面，她感叹层峦叠嶂。但她还是看到了朝阳映照在嶂石岩群峰崖壁之上的朝晖，壮观、雄伟、苍凉、神秘。

起落弧旋

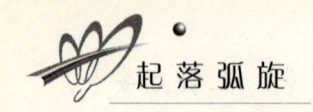

　　他错过了利昂，但人生处处是风景。何况爱可以有很多承载形式，有情就有伤感，就有悲怀，有爱的地方必定有离伤，感恩这人世的缺憾，使我们警觉不至于忘形。

　　此刻，在这壮美幽深的大山里，齐蓝好像从那段情里走了出来，原来释怀是在一瞬间完成的。

　　"利昂，安心你的事业和生活，我也会的，让我们天涯各安吧！"齐蓝心里这样默念着，一路跑下山去。

第三章　玉韫珠藏

郑青来平原省七个月了，工作已全面展开，省政府研究室设在中华路156号综合办公大楼六层。这是省级高级智库，郑青调任这个智库的掌门人，成为省政府参谋部门的参谋长。

他深知这个岗位的举足轻重，每天的工作日程排得满满当当，需要非常严谨高效的时间规划才能完成工作内容。这样做的原因一是工作对他提出了更高的要求，需要他全力以赴；二是他需要用高强度满负荷的工作来排解失去郑媛的巨大痛苦！

白天有工作缠身，到了晚上，郑青则经常陷入思念、痛苦和自责中，这种情绪导致他经常整晚整晚地失眠。

这天傍晚，他早早到机关食堂用过晚餐，6点半便回到了宿舍，他告诉自己：今天必须睡个好觉！他已经连续两个晚上失眠了。

他从书柜里拿出一本莫言的散文集《聆听宇宙的歌唱》，准备读会儿书睡觉，刚翻开扉页，里面掉出一张照片，是郑媛和儿子的合影。

前年夏天，儿子暑假时，郑媛带儿子去了张北，这张照片应该就是那次拍下的。照片上郑媛站在蓝天绿草之间，衣袂飘飘、长发飞扬，微微仰头眺望远方，高高大大的儿子在年轻漂亮的妈妈身边搞怪，他双手举着一束野花，半蹲着，虔诚地仰望妈妈，似乎在说：哦，妈妈！我心中的女神，献给你！……多美好的画面，多和谐的母子。昨日再

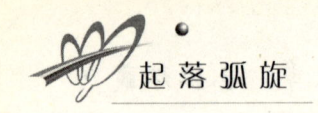

也无法重现!

郑青的心一揪一揪地疼,他深深地自责:结婚十几年,他的时间和精力几乎都用在了工作上,在郑媛生命最后的阶段他甚至没有陪伴过她完整的一天。

对着照片上笑颜如花的郑媛,他轻声地问:"媛媛,你怪我吗?怪我丢下你们娘俩跑到这儿来了吗?"照片上的郑媛依旧巧笑嫣然,似乎在说:"怎么会呀,你想做的事儿我都支持!""是啊,媛媛一直就是我忠诚的拥趸者,你不怪我,可是我怪自己啊!"

年初的时候,郑青萌生了离开京城到基层工作的想法,他当时也被自己的想法吓了一跳,他现在拥有的是多少人梦寐以求的啊!在国家核心部门,有最好的仕途平台,42岁的副司局级,妻贤子乖,家庭稳定,前景美好。可是郑青隐隐地感觉到自己的发展进入了瓶颈。人民大学毕业后,他一直在机关工作,基本是从事数据采集分析以及理论研究和文字工作。

他阅读过大量文史文献、经济学、哲学著作,理论基础雄厚,也深得主管领导的赏识和器重。国务院发展研究中心主管他们部门的汪副主任曾多次会上会下表扬郑青"理论水平过硬,文字功底扎实,政治见解有深度"。

顺利的仕途,并没有让郑青沾沾自喜,他觉得自己厚度不够,历练不深,他希望能够厚积薄发,造福一方。但现在所谓的厚积仅仅停留在理论上,用统计数字总结规律,用理论推演理论,他觉得这中间缺了实践,不是他人的实践,而是自身的、一手的实践,而这一短板只有到基层才能补上。但到基层就意味着分居,她会同意吗?他自己忍心把家庭的重担推给郑媛一个人吗?虽然他现在也并没有为家庭做什么,但至少,他陪在郑媛和儿子身边。

那些日子他失眠了,晚上总是辗转反侧,甚至有时候不自觉地叹气。

终于有一天,在他又在床上翻来覆去"烙饼"时,郑媛扭开了已经熄灭的床头灯,坐了起来:"甭折个子了,反正你也睡不着,起来

第三章 玉韫珠藏

说说吧,你有心事。"

郑媛扳过郑青的肩膀,注视着他。橘黄的灯光下,郑媛的神情看起来安然、沉静、笃定,眼里流露出关切、鼓励还有心疼,她梳理整齐的长发从两鬓飘下来,被灯光染成了金色,饱满而微微上翘的下巴喜气而生动。

受了郑媛的鼓励,郑青噌地坐了起来:"媛媛,我想去基层历练几年。"说完这句话,郑青停下来,用探寻的目光看着妻子。

郑媛用更加平静和温柔的眼神注视着丈夫:"嗯嗯,你接着说。"

得到肯定的郑青把连日来困扰他的想法一口气倾倒给了自己的妻子。郑媛非常自然地把自己的手放进了丈夫的大手掌中,任由他一紧一松地握着。

待郑青终于如释重负地叙述完时,郑媛抽出手,抱住郑青的脖颈,嘴对着他的耳朵:"去吧,不会很远吧?远点倒也没关系,交通这么方便现在,你只要照顾好自己别让我心疼就好,我和儿子你不用担心!"

"媛媛!"郑青更紧地搂住妻子。

第二天,郑青就找到了主管他们司的汪副主任汇报了思想。汪副主任听完郑青的汇报点了点头说:"嗯,好!实干托举中国梦。你有下基层历练的想法很好,就应该有这样的政治抱负,到基层能丰富阅历,获得更多一手材料,也会让你尽快成长成熟,是全面提高能力和素质的有效途径啊!"

汪副主任的话使郑青备受鼓舞,他赶紧趁热打铁地说:"汪副主任,如果有到基层去的机会,我想尽快下去。"

汪副主任说会向党组书记反映郑青的请求,并嘱咐郑青要及时跟正司长沟通。

这次谈话大约一周以后,汪副主任找到郑青。

"小郑啊,平原省政府研究室主任刚刚退休,你要觉得可以去,我们现在就抓紧联系平原省领导和有关部门。"

"我愿意去,汪副主任。"郑青几乎是不假思索。

两个多月后郑青调入平原省，任省政府研究室主任、党组书记。临行前汪副主任亲自书写了一个横幅的"大象无形"送给郑青，郑青明白这是汪副主任提醒他韬光养晦，脚踏实地。

国务院发展研究中心人事司长于成海、平原省省委组织部常务副部长谢正康等人，参加了省政府研究室为郑青履新召开的第一次全体会议。郑青亮相之前，研究室的同事们已经议论纷纷，有说郑青是某大领导女婿的，有说是来混资历的过客，更有为副主任罗列到嘴的鸭子被人夺走而惋惜的。

郑青看起来不到40岁，高大匀称的身材，朴素得体的衣着，细长的眼睛很有神采，轻抿而含笑的嘴唇让人觉得舒适而亲切，整体看起来更像一个儒雅大方的学者。

会议由研究室副主任、党组成员罗列主持，五十出头儿的罗列身体已经明显发福，宽松的衣着使他看起来并不臃肿，郑重和热情充溢在他招牌式的国字脸上，他依次介绍了台上的各位领导，措辞、音调拿捏得恰到好处，显示出他对此类场合娴熟的驾驭能力。

谢正康副部长宣读了郑青的任命通知，于成海司长介绍了郑青的工作业绩和一些基本情况，对郑青的能力、人品和特长给予了充分的肯定和热情的赞扬。

到郑青发言时，他说："感谢组织对我的信任，感谢领导对我的褒扬，感谢同志们对我的欢迎。我在机关工作多年，理论多于实践，来平原省就是来和同志们一起埋头苦干，希望同志们对我的工作予以指导帮助和监督。"郑青的声音比他的外形更惊艳，像是一个训练有素的播音员。他儒雅的形象，低调简单的发言赢得了大家好感。

万事开头难，郑青一头扎进了平原省，一头扎进了新的充满挑战的工作中……

开始，一两周还能回趟北京看望郑媛和老人孩子，慢慢工作头绪越来越多时就不能保证按时回京了，郑媛遭受意外时他已经一个月没回京了，不然也不至于……想到这里，郑青心头的痛又蔓延起来，他

第三章　玉韫珠藏

痛苦地托住额头。

唉……郑青发出了长长的叹息，他重新捧起了书，准备转移一下注意力。这时手机响了，来电显示是"傅校长"，郑青迟疑了一下，接通了。

"郑主任，我傅剑锋啊，近来可好？"

"噢噢，傅校长，晚上好，什么事？您说。"

"郑主任，是这样，省运会以后一直想找您切磋球技，知道您刚来肯定很忙，一直没邀请您，今天我这儿邀请了几个乒乓高手，大家都想会会您，怎么样，可否赏光？"

"哈哈，傅校长过奖，我今天倒是没什么安排，您说具体时间、地点，我过去。"

对于这个傅校长，郑青印象很深刻，在去年省运会嘉宾组乒乓球男单决赛中，他最终惜败郑青获得亚军。

傅校长在当时的一堆厅官里，显得很特别，他没有一点官派作风。低调严谨，对人谦和有礼，不卑不亢，常年打球使他的身材保持良好，健壮的身材配上敦厚的气质，让郑青觉得这个人或许是个能做朋友的人！也正是因为有了良好的印象，郑青欣然赴约。

半小时后，郑青依约来到师范大学乒球馆。傅校长还有几个看起来身手不凡的运动健将已经开始练球热身。

看到郑青过来，傅校长放下拍子迎过来："郑主任，欢迎，欢迎！"

接下来傅校长介绍了今天请来的各位高手，其中还有一位女将！傅校长特别介绍了这位女将："郑主任，这是教育厅米文昌副厅长的爱人梁映竹，我本来是叫老米来会会您的，结果他出差，他说夫人的球技甩他几条街，这不，就让夫人替他学习来了。"

梁映竹此时一边恭敬地伸出手一边说："郑主任好！别听老米吹牛，他吹自己不拉倒，还捎带上我，不过有机会跟郑主任打球，非常开心，因为久仰。"好一个练达干脆的职业女性！郑青心里暗暗评价。

接下来郑青上台应对车轮大战，与几位球友依次过招。郑青胜多

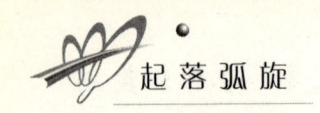

负少，但体力消耗也很大。

郑青与梁映竹战事正酣时，齐蓝快步走了进来，她和映竹既是闺蜜也是球友，晚饭的时候映竹打电话告诉她，晚上去师大打球，傅校长可能会请到一位高手，当时齐蓝正有应酬，但一听说打球、高手，她来了兴致："哎，映竹姐，傅校长，就是省运会那个亚军吧？"

"对对，噢，我想起来了，你现场看过那场比赛。怎么样，过来吧？"

"我这会儿有个饭局，刚开始，我尽量早脱身，你先去，去了观战也过瘾哪，我先进去了啊。"齐蓝挂了电话匆匆跑回包间。

她从饭店出来已经快晚上8点了，偏偏她的运动衣昨天洗了没放进后备箱，再回家拿一趟人家该散了，所以她抱着观战的心态匆匆赶来。

她一进大厅，近处几个球台的人都忍不住看向她，高挑的身材，灵动的外表，时尚得体的穿着，尤其是在人前那股安之若素毫不做作的神情，显得高贵大气。

她老远看到了映竹姐，映竹姐打球动静比较大，不停地跳动不说，还像个斗士似的"嗨嗨"不停，初次跟她交手的人很容易被她的气势唬住从而让她给个下马威。但映竹姐对面这人是谁？"啊！不会吧？这不是那个忍者无敌的郑青吗！映竹姐这回真遇到高手了！"

齐蓝不露声色地走到他俩的球台旁，郑梁之战接近尾声，映竹姐看起来只有招架之功，无还手之力，步伐已经乱了，郑青则完全投入进比赛中，并没有注意到站在他对面的齐蓝。

"郑主任，领教了，领教了，不是一个重量级的，哈哈……"刚刚战败的映竹扭头擦汗时才发现了来晚的齐蓝。

她满脸通红地喊着："来，蓝蓝，这是郑主任，你来和郑主任过两招儿，学习学习。"

"郑主任，这是我的闺蜜齐蓝，本来邀请她一起来会您的，这丫头来晚了，请您赐教。"

齐蓝此时站在梁映竹身边，她用含笑的凤目看了一眼郑青，微微点头致意："郑主任，我看过您在省运会上的现场，久仰！"

第三章　玉韫珠藏

"噢，是吗，看来也是行家。来两局切磋切磋？"郑青看着这个清新雅致没有穿运动装的女孩，一时拿不准她是不是有意跟自己交手。

"切磋可不敢，郑主任是高手里的高手，我这两下子只有学习的份儿，郑主任如不怕捡球麻烦就赐教几招吧。我来得急，没带运动装。"齐蓝谦恭得体。

"谦虚了，请吧！"郑青此时已稍显疲劳，尤其是刚刚和梁映竹这场球，体力消耗很大。女将能打，一般都不会太弱，梁映竹的凌厉打法已让他领教，这时又来一个齐蓝，郑青自然不敢怠慢，他友好而不失风度地请齐蓝先发球。

齐蓝点了点头。左手抛球，右臂猛地一颤，发了一个下旋球，动作规范娴熟。郑青站在反手位立即搓回一个球，球偏高，齐蓝果断攻击，球不幸扎网。她心中一紧，郑青回球怎么这么下沉？她再次抖动手臂发了一个更高质量的下旋球，郑青依然搓回，球仍然偏高，齐蓝手腕一翻，加力扣出一个好球，没想到，郑青只轻轻一挡，球回到齐蓝这边台上，齐蓝身体没有完全复原，触球失误，场上比分2∶0。

该郑青发球了，郑青站在反手位左手将球高高抛起，右腕向下一切，球发到了齐蓝的反手位。齐蓝用力回搓，球扎网。"这么下旋啊！"她嘟哝了一声。郑青再次发球，只见他仍然重复了刚才的动作，球冲过网去。齐蓝想用力还未用力，球似乎跳动着跑过来在她的拍子上碰了一下，飞起一丈多高，出界。"啊！上旋球，他是怎么发的？一点也没看出来！"齐蓝心里越来越没底了，到底是高手啊！

接下来的球，齐蓝发球和攻球，都被郑青轻松化解，而只要是郑青发球，没有一个不吃的，特别是那神奇的上旋球，让她眼花缭乱，目不暇接。

很快，第一场结束，11∶0，齐蓝被剃了个光头，她微微泛红的脸上略显难堪。虽然她知道绝不可能赢球，但被剃光头她还是心理准备不够充足。

第二局，如法炮制，打到10∶0时，郑青猛地翻动了一下手腕，球抛回案子上突然侧拐，齐蓝挥拍打空。又是一个11:0！齐蓝真的有点懵了，她自嘲道："两次都是报警号码啊。"

郑青不是一个不给人情面的人，只是开始他并不了解齐蓝的实力，以为她是一个厉害角色，心中不敢大意，打得过于认真。另外，他一旦投入到比赛里总是全神贯注，往往不去多想对手的感受，更何况，他处在郑媛刚刚去世不久的痛定中，打球是他排解和宣泄的有效手段。不过两局剃姑娘两个光头，他觉得自己有点过分了，他拿定主意第三局要收敛一下。

第三局开始，郑青不露声色，他感觉齐蓝是个自尊心极强的姑娘，明显的让球会让她很不舒服。明让不如暗让，暗让更需要技巧。

齐蓝似乎有些适应，郑青发球也不是个个灵验，回合多了起来，比分交错上升，但齐蓝脸上却浮现出异样的表情。她意识到了郑主任在让她，她心里突然有点委屈，虽然郑青不认识她，但她自省运会以后已经成了郑青的粉丝，她很想给这个郑主任留个好印象，但自己这臭球，真是！

打到7:9，齐蓝领先两分时，她突然收住了拍子。"郑主任，让您见笑了，我突然想起点事儿，今天到这儿，改天再跟您学习！"说完，放下拍子急急地朝门外跑去。

一直在旁边观战的梁映竹此时非常抱歉地看着郑青说："对不起郑主任，蓝蓝失礼了，我替她道歉！"

"没关系，没关系，是我把人家打得太狠了，姑娘家下不来台也很正常，快去看看她吧，可能真有什么急事。"

梁映竹尴尬地笑了笑，向齐蓝追过去："蓝蓝，蓝蓝……"

第四章　风起深秋

　　西山大道是太行市最美最宽阔的一条大道，和省政府门前的裕山大道一样，属于太行市四纵四横交通网中的主干道之一。

　　裕山大道两旁是高大的法国泡桐，而西山大道因为足够宽阔，所以行道树是树冠大而树干较低的红枫。每年秋天来这里赏红叶的人很多，这条大道又被市民称为"枫叶大道"。

　　时至 10 月底，枫叶还没有全红透，有金黄的，有黄红参半的，有通红的。风一吹，有叶子簌簌而下，甚至有急性子的车开过，也会兜落一串同样性急的枫叶追随而去，红红黄黄的落叶一直绵延到西山。

　　西山大道上骑行的人很多，他们大多是全副武装，从市区出发，结伴而行，一路向西，沿西山环山大道绕行数十公里再回市区。周末或节假日的时候人更多，倘若这个时候行走在西山大道，就会看到穿戴红红绿绿、英姿飒爽的男男女女的骑行者相隔十几米，嗖一个嗖一个地从眼前闪过。

　　这天傍晚，骑行的人比周末还多，许是受了枫叶的召唤吧。三三两两绵延不绝的骑行者，没有像平时那样躬身急行，他们放慢速度以饱览深秋枫叶大道的壮美。

　　郑青就夹杂在这些骑行人中间若有所思地缓慢向西行驶。今天下午，他参加完在太行国宾馆举行的全省领导干部大会，回到办公室，

起落弧旋

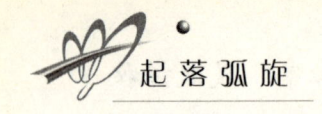

简单交代了一下工作，就信步走出办公大楼。天气难得的好，天空湛蓝悠远，美丽奇幻，白云不停地变换着身姿，引得很多行人驻足仰头观看。这样的景色在污染日益严重的市区并不多见。

政府大楼对面的人民广场上，有闲坐的老人、玩耍的孩子。郑青向广场旁边人行道上的共享单车矩阵走去，早就听说枫叶大道很美，西山环山大道的拓宽升级工程也已完成通车。郑青决定沿西山环山大道绕行一圈。

枫叶大道的美果然名不虚传，宽阔、干净、车辆不多，但也川流不息，和着飘零的枫叶一起，有舞者的韵律。静默的枫树任由叶子离她而去。或急或缓的车辆各行其道，没人按喇叭，甚至没人超车，一切固定在秩序里。让人感到从容、安静。

郑青喜欢这种漫无目的在路上的感觉，思路此时最活跃、最无羁。他从不借助烟草思考问题，或漫步、或骑行、或幽静、或喧嚣，他习惯在路上思考。

沿西山大道骑行五十多分钟，他来到了西山风景区，此时正是日落时分，云泉大桥两侧空道上停着三三两两的车辆，桥头有几个摄影人弯腰守在支架旁，准备捕捉落日最美的时刻。

郑青也停在了桥头向西眺望，一轮橙日静卧于远处墨色的群山中，云蒸霞蔚，燃亮了一片秋空。他的心突然变得宁静，他体会到，自然之大美总是孕育于宁静之中。

过了云泉大桥，他加快了速度，到山脚的时候，夜幕已经降临，西山公园的灯火瞬间点亮，从山脚蜿蜒而上直到山顶。西山大道上也忽然明亮起来，从高处望去，像是一条静卧于秋夜山野中的火龙。

这条盘山路总长50公里，主路双向八车道，沟通了西山与市区，推动了城郊旅游的发展。沿西山大道环行，可游遍西山区十五处景点，区域内融合了历史、人文、休闲产业和农村田园风光，已成为市区人们休闲旅游的最佳选择。属于典型的一条路带动一个区域的发展，这也是盘山公路的共性。

第四章 风起深秋

郑青返程时已是 7 点多钟，路两旁被规划后的烧烤点此时正热闹，人行道上有一群一伙从市区去往西山公园夜游的市民，夜灯灿烂，星光迷离，月色朦胧，秋风微冷，这一切交织成一张魅力无穷的网，世间万物被这温馨宁静笼罩。

郑青不自觉地放慢了速度，这时他听到人行道上散步的人群中有人在议论：

"这边儿真是越来越漂亮了！"

"这得多少钱开发成这样！"

"听说这路灯一个好几万。"

"啊，不可能，这种太阳能灯成本不高，你说好几万是裕山大道上那种中华灯，造价三万，卖八万。吃回扣了呗。"

"噢，真是胃口够大，没辙呀，反正有项目做就能肥一批人！"

郑青刚刚轻松一点的心情沉重起来。他的思绪拉回到今天下午的全省领导干部大会。会议由平原省省委书记赵云杰主持，中纪委、中组部以及省委、省政府领导在主席台落座。中纪委负责同志宣布对平原省省委常委、组织部长陈田彬进行组织审查。陈田彬涉嫌严重违纪违法，中纪委掌握了他大量违反政治纪律、生活腐化堕落、贪污受贿的事实。

赵云杰书记代表平原省省委讲话，他表示坚决拥护中央决定，坚决配合中纪委对陈田彬的调查。他要求全省各级党政组织一定要和党中央保持高度一致，更加深入地推进反腐败斗争，不管什么职务、什么地位，只要触犯党纪国法，必将受到严惩。他指示各地各级部门要迅速召开党委（党组）领导班子会议，召开党员干部大会，传达省委会议精神，统一思想，振奋精神，稳定大局，做好工作。

郑青起身离开会场，心情无法平静。这次省委常委、组织部长被中纪委审查，是中央在平原省打掉的一只大老虎，势必在平原省引起强烈的震动。

风越来越大，深秋夜晚的风有几分寒意了。郑青逆着风往前蹚，很像他目前的处境。他来平原省一年多，经历了妻子突发事件牺牲、

平原省官场地震两件大事，痛失爱妻的折磨如影随形，错综复杂的官场关系，让他如履薄冰。

寒意加重，郑青躬着身子，高大的身躯蜷缩在小小的摩拜单车上，缓慢而费力地往前蹬。到市区的时候，衣服领口处蒸腾着带有汗味的热气。

终于到了，他直了直腰，呼出一口气。此时，他正经过一个路口，突然，他外侧飞出三个骑赛车并行的年轻人，他们正准备右转弯，其中内侧最靠近郑青的一个年轻人的车把剐到了直行的郑青，咣的一声，连人带车倒在了郑青面前，郑青赶紧刹住车上前去扶，他还未来得及弯腰时，对方已从地上麻利地蹿起来，对着迎过来的郑青就是一拳！

"你妈的，没长眼啊！"

"你怎么回事？上来就打人，是你撞了我！"郑青声音里带着明显克制的怒气。

"就打你怎么了！"对方又挥过来一拳。

郑青伸出右臂向前一挡，对方一个趔趄后退几步险些跌倒。他的两个同伴上前扶住他，其中一个身材壮硕脸上充满稚气和匪气的孩子扬起下巴朝郑青喊："打架是吧？"

"不是我要打架，我在正常直行，你们右转弯，是你们这个同伴速度太快，离我太近……"郑青试图给几个年轻人还原撞车始末，但几个火气旺盛的孩子以自己被"撞倒"为由，又仗着人多势众，根本不想听郑青的道理。

"我这是最新款的范思哲，2990元，掏钱吧！"刚刚摔倒的年轻人伸手指着自己被擦破的衣袖，一边说着，几个人一起向郑青围拢过来。

齐蓝这天也去了西山大道拍落日，郑青经过云泉大桥时，齐蓝就坐在路旁的车里等待最佳拍摄时机。

西山的落日，齐蓝已经拍过几十次数百张了。在她眼里，每一天的落日都不同。不同的季节，不同的天气，不同的背景，不同的角度……尤其是，拍摄者不同的心情，拍出的落日也不同。

第四章　风起深秋

"大漠孤烟直，长河落日圆"中的壮美；"浮云游子意，落日故人情"中的惜别；"日落西山头，人约黄昏后"中的期待……每当齐蓝端起相机对准落日的时候，她能够在一瞬间忘我地融入自然，体会壮美、辽阔、惜别、期待，白天所有的情绪此时都释放在大自然孕育的静美之中。

几年来，她的镜头记录了太行市东西南北，角角落落，春夏秋冬，风土人情。她用脚步丈量过无数次这座城市，几万张作品是她勤奋高产的印证。她投稿不多，但投稿获奖的概率很高。她摄影不是为了获奖，更多的是为了完成创作过程，在那个过程中她得到了她想要的，消化了她想放的。摄影让他保持了对生活天真的追求和诗意的浪漫，内心最真挚最纯情的部分在作品中充分展现。

作为一个经济学专业出身的证券行业研究员，她的工作接触更多的是数字。而她的业余时间几乎全部交给了文学和摄影，以至于大家总是忘记她的职业。经常有很熟悉的朋友会突然问："小齐你是干什么的了？"她笑称"都是我的不务正业闹的"。事实上齐蓝很敬业，她的财经论文在业内被广泛认可，她的研究报告也很受欢迎。她的时间利用很高效，每天早晨当多数人急急火火准备上班去的时候，她已经工作几个小时了。

郑青骑到西山山脚返程时，齐蓝也拍完了落日，但她又坐回车里，看着云山与夜色融为一体，夜色中辉煌平淡的色彩，高大渺小的形象，都回归到原始状态，在新的光影中酝酿新的形象。齐蓝静静地享受这奇妙的变化。

日出日落的壮美、瑰丽都是在一瞬间完成和消逝的，但它留给人的视觉美和感官激荡却是永恒的。

齐蓝在这似乎凝固了的静美中突然想起利昂，当她决定"不择手段"逼利昂回美国的时候，她其实想完成一个仪式：拍一张在夕阳中和利昂并肩的背影。那是她心中的永恒，定格一瞬，穿越时空。但她终究连这个仪式也放弃了。利昂走前的一个周末，她和柳梅给利昂包出门饺子，利昂当时凑过来想拍一张三个人的合影，齐蓝借口"头发乱七八糟的"

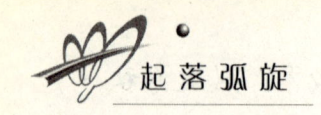

拒绝了，她跟利昂终究未能同框。

因为没有留下任何影像，齐蓝脑子里的利昂经常是若隐若现的，他的声音、他的动作和他的身影依稀可见，唯独脸是模糊的。她一直不愿回忆利昂走前那张流泪的脸，她看不得男人的眼泪。利昂到首都机场时给她发信息说"眼泪像撒尿似的，哗哗的"，每次想起这话，她总是心里一揪。

可是今天，齐蓝笑了，笑利昂的比喻。她摇摇头，发动了车子。日落教给她的就是适时地悲伤，而后更加冷静地看世界。

夜晚的西山大道，灯光璀璨，畅通无阻。十多分钟，齐蓝进入市区，快到省政府岔路口时，她看到几个人围着一个人，听不清在争论什么，她按下车窗玻璃，依稀听到一个熟悉的声音。齐蓝不假思索地把车停在路边十五分钟临时停车位，向争吵的人群走去。

那个熟悉的声音正在说："咱冷静下来解决问题，先别说谁撞谁，事情并不严重，胳膊受伤了，我们去医院，衬衫破了我们看怎么补偿……"

"郑主任！"齐蓝跑到几个人面前。郑青愣了一下，看向齐蓝，夜色下的齐蓝一件淡蓝色软面料风衣加身，头发是散开的，风衣袖子是那种偏长的喇叭袖，此刻她站在路灯下橘黄色的光影里，微凉的夜风吹起她的衣袖和长发。几个剑拔弩张想打架的年轻人，看着这个俊眉秀眼衣袂飘飘突然出现的女子也愣了一下。

"齐蓝，你怎么在这儿？"

"我路过，郑主任。这是怎么了你们？"

"他们……"郑青正要解释，被几个年轻人打断了。

"你们这位大主任撞伤了人不赔钱，还想教育我们！怪不得，原来是个当官儿的呀！"

"我想听听郑主任怎么撞的你们，到底谁该赔偿谁？"齐蓝说着走近三个年轻人。

"齐蓝，你快忙去吧，这儿我自己来处理。"郑青往后拉了齐蓝一把。

第四章　风起深秋

"嘿，这是美人儿要救英雄啊！过来姐姐，凑近点我告诉你是怎么回事儿。"穿"范思哲"的年轻人语气下流地挑衅。他说着就要拉扯齐蓝胸口处的衣服。齐蓝右手紧扣住他的右手臂，然后双手抓住他的右手，迅速向右转身，反拧其右腕，并用左前臂猛硌其右前臂。"范思哲"嗷嗷叫了起来。

"哎哟，这妞儿是练过呀！""范思哲"的两个同伴说着也向齐蓝逼过来。

"老实点我不想伤你们！"齐蓝一边控制着"范思哲"，一边警告凑过来的他的同伴。

"齐蓝，放开他。"郑青想过来护住齐蓝。

"郑主任，他们欺负你是领导不能动手，我不怕！"本来步步逼近的两个年轻人听了这话都草鸡了，看架势这女的打他们三个都没问题。

"说吧，怎么回事，你要什么赔偿？"齐蓝仍是控制着"范思哲"，手下不断加劲儿，"范思哲"一边哎哟着一边求饶："姐，先放开我，他没撞我，是我转弯太快剐到他车把了。"

"哼，就知道你们是无理取闹，仗着人多欺负人有意思吗！"齐蓝松开"范思哲"，三个年轻人自知理亏，这女的一来，也讨不到什么便宜了，他们扶起地上的自行车，很不甘心地看了齐蓝几眼，蹬车而去。

"齐蓝，不好意思，让你遇到这么尴尬的场景。"

"哎，不是个事儿，郑主任，谁都难免遇上这类事。您这是去哪儿了？"齐蓝整理了一下风衣，仰头看着郑青问。

"我下午开完会去西山大道转了一圈，没想到看起来很近，骑到山脚天就黑了，回来就遇到这几个肝火很旺的年轻人。哈哈……"郑青说着笑了起来，"你呢？不会也是从那边回来吧？"

"说对了，就是，我傍晚去那边拍落日了。哎哟，郑主任，我得赶紧走，车在对面停着呢，超时了。"齐蓝说着就快步向马路对面走去。

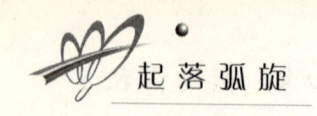

"哎，齐蓝，你没吃晚饭吧！"郑青锁住单车跟了过来。

"嗯，晚饭确实没吃，不过我晚饭本来就很少吃。"齐蓝已经走到了车旁边。

"今天破破例，我请你坐坐，前行三百米，右转有个咖啡厅不错，走吧，捎我一截。"

"好吧，主任请客是我的殊荣。"齐蓝给郑青打开了副驾驶车门。

位于人民广场对面的这家"梧桐树下"，已经有十几年的历史了，装修古朴大气，舒缓优雅的音乐似有似无，空气中散发着浓浓的咖啡香。一个褐色的小牌子伫立在吧台上："我们没有wifi，跟朋友说说话吧！"齐蓝看着这块牌子笑了："我用自己的流量。"她调皮地看着身后的郑青。郑青定睛看了看牌子，旋即反应过来："呵呵，不想和我说话没关系，我们坐一会儿，吃点东西，压压惊。"他半开玩笑地说。

他们找了一个灯光明亮的靠窗位置坐下，客人不多，有的在轻声交谈，有的悄无声息地喝咖啡、吃东西。郑青把菜单递给齐蓝："你来点，我和你一样就好。"

齐蓝给自己点了一杯抹茶咖啡，一小份海鲜饭，给郑青点了一份凤梨咖啡，一份意面，然后又要了一壶西柚茶。

"可以吗？郑主任。"齐蓝轻声问，"很好很好，我够了，你不再点个甜品吗？"

"不了，大晚上的。"

点好餐，郑青看着此时柔和灯光下安静、淡然的齐蓝，这和刚才那个身手矫健、声色俱厉的女子以及上次球馆里那个灵动傲娇的女孩，是同一人吗？！

"齐蓝，看你刚才的身手，好像是练过跆拳道？"郑青想起刚才齐蓝控制"范思哲"的动作有点专业。

"一点防身基本功而已，练过是练过，不过我没有运动天赋，不然也不会被郑主任剃了光头。"齐蓝含笑看着郑青说。

"哈哈哈，不好意思，是我太较劲了那次，一直想跟你说声抱歉呢，

第四章　风起深秋

后来几次见面都没机会单独说话，本来男女对打就不公平。"郑青有点不好意思了。

"没有没有，郑主任，那次我是属于典型的下不来台，自己球臭，又不想让郑主任让球。不过那天确实不在状态，后来又想起点事儿，无心恋战了。"说到那次的事，齐蓝有些抹不丢的。

"好好，翻篇不提，初次见面，都欠得体！"郑青一句话算是给那场不期而遇做了总结。

接下来，他们又聊到了齐蓝的摄影，齐蓝的文学作品，郑青说他被圈粉好长时间了。

"齐蓝，告诉我你不会什么？"郑青突然问。

"哈，郑主任太会赞美人了！我其实恰好会这么几样，恰好都被您看到了。"

"你也很会谦虚。"郑青笑道。

"我没什么家务平时，业余时间也不可能老是工作，要不学点什么，玩玩手机，看看电视也就荒废过去了。"

"嗯嗯，说的很对！爱因斯坦说，人的差异在业余时间，鲁迅先生不承认自己是天才，他认为自己不过是把别人聊天喝咖啡的时间都用到了工作和学习上。"说到这里郑青停顿了一下，"哈，我们正在聊天喝咖啡！"

"郑主任，我没想到你这么会聊天！您看，我不过是说业余时间荒废了可惜，被你们这么一总结提炼，高度就出来了。"

"哈哈，我怎么觉得齐蓝更懂得赞美啊！说老实话，我们年龄差着一大截呢，我在你这个年龄可没你这么全面，年轻女孩子像你这么踏实，又有计划学习的不多吧？"郑青看着齐蓝那张青春雅致让人见之忘俗的脸赞赏道。

"郑主任，我算不得年轻女孩子了，都33岁了。"

"嗯，我大你十来岁，但我们都是最好的年龄啊！工作实践、生活体验都有了，这个时候再系统学习，理解能力和悟性明显高于学生时期。"

"嗯嗯，深有体会。尤其是深入到自己喜欢的一件事情里去，才能真正静下来，像我这种水平的人，纯粹的静是不耐受的，我的静只能是高度专注、投入和心无旁骛的充盈状态，摄影能让我达到这种状态，这样的状态能消化很多不良情绪，悟出很多道理，有触类旁通的效果。"

"你有这样的认识说明你是善于思考、善于自我发现的人。我打球时也基本能达到你刚才说的状态，那应该是生命的最佳状态，这个状态下才能产生正能量，有了充足的正能量才能支撑我们面对工作、生活和人际交往中的挑战和困难。所以说，每个人都该有所热爱，在热爱中生发勇气和力量！"

"到位！郑主任，您说的真的很深刻。您有不良情绪的时候多吗？怎么处理？"

"问得好！"郑青一边思考一边慢条斯理地说，"不良情绪肯定有，但不会极端，一旦意识到是不良情绪的时候，马上要有措施，措施和手段比自我教育有效。我的体会是，越是情绪不好，越是难熬的时候，越要有事情可做，让自己清晰地感觉到自己的价值，也就是成就感吧，它是对抗不良情绪的良药。"

"郑主任，受教，真的受教。您说这些，我都似有所悟，但表达不了这么精准。我的现场表达能力一般，总觉得一表达就失真，所以我喜欢用文字表达自己。"齐蓝诚恳的表情让郑青觉得这是个认真、谦虚、求知欲很强的女孩子。

"嗯，很好，成文的过程就是对思想的一个梳理和系统过程，你的文章条理性逻辑性很强，而且文笔清丽。"

不知不觉，他们已经聊了快一个小时了，桌上的咖啡凉了，饭也没吃几口。

"齐蓝，再要点儿什么热东西吧，都凉了。"郑青略带歉意地说。

"郑主任，不用了，本来也不饿，今天很开心能跟您聊这么多，很荣幸，很受益！"

第四章　风起深秋

"小齐客气了，今天是你给我解了围。不然不知道要怎么演化呢。我这身份，不能动手，对方又一再挑衅，步步紧逼，我哪怕是做出正当防卫动作，明天都有可能出现某某领导撞人拒不赔偿还动手打人的报道。"郑青无奈地摇摇头，"再次谢谢你啊，小齐！"

"郑主任，举手之劳，就别老挂在嘴上了。那我先回去了，您也早点回去休息吧。我送您？"

"不用，我宿舍离这里很近，几步路，我走回去，不会撞车了，哈哈。"说着，郑青向吧台走去。齐蓝两步追过去，拿起手机："郑主任，我用支付宝结算有优惠，我来吧！"

郑青一手按着齐蓝的胳膊："说好我请的，你别动。"

这个场景被从雅间出来的罗列捕捉到了，他看到郑青和齐蓝时，郑青正背对着他，他本能地后退两步，站在雅间通往大厅的过道阴影里，当他看到郑青和齐蓝"亲密"的动作时，他嘴角动了一下，感觉今天来对了。

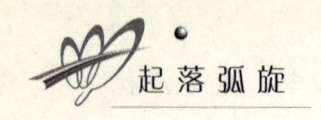

第五章　雪落芳心

　　2016年冬天的第一场雪来得很早，11月底的时候，它就出其不意地在一个夜间光临了太行大地，一夜之间，把人逼进了不折不扣的冬天。

　　清晨时分，雪停了。天气阴沉，满天是厚厚的、低低的、灰蒙蒙的云。在银铺玉砌的世界中，白雪隐没了种种，田野是白的，房顶是白的，树梢是白的，沟渠是白的，马路是白的……汇渠合为陆，天野浩无涯。

　　"呜……"一辆红白相间的"复兴号"闯进这银白的世界，在太行山下、滹沱河畔驰骋。郑芳和雷雷正是乘坐这列早班高铁，赶往太行市看望无暇回京的郑青。

　　郑青上次回京还是10月中旬，天气不冷不热，大部分时间穿单衣，他回太行市的时候并没有见他收拾冬装。这一走就是一个半月，跨越了秋冬。而这场突如其来的大雪使华北平原一带迅速降温进入严冬。

　　听到降雪降温的天气预报，郑芳马上想到姐夫应该是没有冬装吧？她给郑青打电话确认的时候，郑青说："先买两件对付一下，下次回京再拿。"

　　"周末我给你送一趟吧姐夫？"

　　"不用不用，不至于这么折腾。再说了，实在要用可以快递。"郑青拒绝了。

　　"雷雷最近状态不好，高一上半年马上结束，他现在还没进入状态。

第五章　雪落芳心

任性、偏科，不交语文作业，不写作文……姐夫你得管他，光我说不行！再说，我也没法儿说，两边老人都觉得他可怜，惯着。"

"嗯，这倒是个大问题，这样吧，这周末你带他一起过来吧。辛苦了芳芳！"

姐夫总算同意她去太行市探望，她有很多事想听听姐夫的意见。

姐姐去世以来，两家人处在巨大的悲痛中，四个老人先后生病，雷雷刚刚升入高中不太适应，姐夫在外地，郑芳面临着空前的压力。而她自己作为28~32周岁之间的中级剩女，婚嫁问题沉沉地压在父母心头，虽然他们并不像有些老人每天挂在嘴边督促，但他们不遗余力地用他们能想到的方式（有些是他们自认为巧妙的方式），把不同的适龄甚至不适龄的男人引到郑芳的视线内。

这种全网式搜索、地毯式轰炸让郑芳觉得在家的日子如坐针毡。她今年32岁，这场雪化完，这个年过去，她将升级到另一个段位：高级剩女。

郑芳大学毕业后打了两年工，基本是做市场。而她是那种特别"认生"的性格，见到生人手足无措、面红耳赤。她小时候只要家里去了生人她就喊着"妈妈抱抱"扑到母亲怀里，妈妈抱起来安抚半天，然后哄她叫"叔叔、阿姨、奶奶……"时，她会羞涩而略带警惕地从妈妈怀里半抬起头，瞥一眼来客，用耳语一样但却异常坚定的声音说："不叫！"

她这个毛病让重视礼数的父母一度难堪而忧虑。而大她十岁的姐姐郑媛却十分活泼乖巧，每当家里来了客人，不用大人招呼，就会主动地非常准确地称呼来客，然后拿糖、端茶、洗水果，像只可爱的小蝴蝶飞来飞去。这很大程度上抵消了郑芳不肯叫人带来的尴尬。来客也多半会善解人意："孩子小，大了就好了，姐姐多活泼懂事啊！"这样的安慰也一度是父母的心声，所以他们以极大的耐心等待郑芳改掉认生的毛病。

这一等就是三十年，郑芳依然认生。但这个毛病被她众多的优点

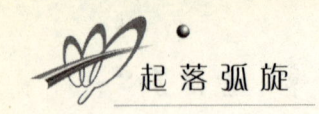

掩盖了，勤奋、踏实、专注、厚道……从小学到中学，她的成绩一直就是中上等，并且年年都是三好学生。中学毕业她考入首都经贸大学劳动与社会保障专业。四年大学生活，她依然像个中学生一样，单纯踏实而勤奋，不同的是，除了学好专业外，她有了大量时间阅读文学作品，她以平均每月两部的速度阅读了上百部中外名著，到毕业时读书笔记已经有两大储物箱！同学们对这个面目清秀、沉默寡言、勤奋好学的同窗非常肯定和尊重，没人跟她特别要好，更没有人讨厌她，她认生的毛病并没有给她的大学生活带来太多障碍。

大学毕业之后，郑芳没有考研究生，她心里藏着一个文学梦，她需要投入工作、深入生活。毕业两年，她换了四份工作，但她终究适应不了销售工作。第三年决定考公务员，经过半年多备考，她考入了西城区德胜街街道办事处社会事务管理科，负责社保工作，这个工作她适应很快，跟同事也相安无事，业余时间还是读书。

至于婚恋问题，28岁以前她不曾遇到过追求者，而她也未曾遇到过她想主动追求的人，她的芳华里没有春心萌动伴随。28岁以后，家里人开始张罗，她也配合过，但终究没见过一个可以再见的，基本上说再见的时候就知道永不再见。

姐姐郑媛牺牲后，父母有段时间是完全沉浸在悲痛中而无暇顾及她。最近一段时间，他们似乎又开始加紧行动了，而且姐姐的牺牲成了他们对付郑芳消极态度的杀手锏："你姐姐走了，你这三十多了也不结婚，你说我跟你爸拉扯大你们俩，最后走的走，不结婚的不结婚，人家当丈母娘的使唤女婿使唤得溜溜儿的，我这可好，一个也见不着。"母亲越说越伤心，"妈，行了，别哭了，我当回事儿啊，别着急了。"

郑芳这么安抚母亲的时候，自己心里却压上了一块大石头，她无力搬开。她到哪儿去找个可以让母亲使唤得溜溜儿的女婿呢！

"小姨，我爸爸到车站接咱们吗？"雷雷的问话把郑芳从纷繁愁苦的思绪中拉了回来，"复兴号"正在驶入太行市区地下隧道。

"噢，接，接，你爸说定个专车接咱们。"郑芳说着开始收拾随

第五章 雪落芳心

行物品。

郑青提前十几分钟到了车站西广场，他叮嘱专车司机在原地等候，然后就去了出站口。当他看到高高瘦瘦的儿子和略显疲惫的郑芳时，他的心使劲揪了一下，"媛媛，我没照顾好他们！"

"爸。""姐夫。"雷雷和郑芳同时看到郑青，他们紧跑几步气喘吁吁地来到郑青面前，郑青两手胡乱地拉过他们的背包、袋子，"给我，给我，都给我，走，车在广场上。"

郑芳看着肩背手提的姐夫高大瘦削的身影，眼圈红了，最难受的是姐夫啊！姐姐，你扔下了个多好的男人啊！

雪后清晨的太行市大街，清冷湿润，宽阔的马路像水洗了一样，路旁绿化带里堆起了一个个雪做的圆台，高大的塔松上挂满积雪，绿白相间，很像圣诞树，风一吹，或者有车辆疾驰而过时，积雪簌簌而下。

十几分钟后，车驶入省政府所在的裕山大道，这条路由于这几年拓宽重建过，路两边的建筑很有现代感，仿照悉尼歌剧院建筑的艺术中心，顶部风帆造型上覆盖着厚厚的积雪，更像要扬帆起航，三十二层的金碧天下很有点外滩金茂大厦君临天下的气度，宽阔的人民广场上白色的地毯还未来得及揭开……

"爸，太行市不错呀，比我想象得好多了！"郑雷探过头来跟郑青说。

"那是。太行市原本就很有气魄，这几年规划开发治理后，确实挺漂亮了。""嗯？雷雷，我听说你不写作文？不交作业？"郑青想借机启发雷雷的写作兴趣。

"哎呀，爸，就那么一两次，老师留那作文题我实在不知道写什么，很多同学也不会写，都是到处摘抄拼凑，我不想那么干。"

"那你想写什么，写得出来什么就写什么，这和开卷有益是一个道理，动笔有益。不动笔永远写不出来，灵感是靠手勤催生的，一会儿到家你就趁热打铁，写写《初识太行》。"

"爸……"雷雷抗议了。

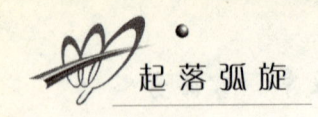

"姐夫,你别一见面就挤对他。好了好了,小姨帮你啊。"郑芳赶紧出来打圆场。

郑青的宿舍是两室一厅的单元房,基本是黑白灰,庄重、雅致、安静,但缺少了家的温馨和烟火气息。郑青放下行李就赶紧往厨房走去:"早餐在家对付一下,我准备了面包、生菜、火腿、牛奶,中午咱们再出去吃。"他边说边从冰箱往外拿东西。

"姐夫,我来吧。"郑芳从洗漱间出来赶紧拉住姐夫,她手脚麻利地开始准备早餐。厨房看起来很少用,台面和洗碗池都有细细的灰尘,冰箱冷冻室空着,冷藏里的水果、牛奶、蔬菜显然是临时采购的。想必姐夫也没机会自己做饭。机关食堂的饭菜虽然花样多,但终归没有家的味道,姐夫应该很久没吃过家里的饭菜了。这么想着,郑芳决定中午给姐夫和雷雷包饺子。

"姐夫,中午咱们也不出去吃了,我给你们包饺子。"郑芳一边把早餐摆上餐桌一边跟郑青商量。

"雷雷,中午小姨包饺子行不行?"没等郑青回答,她又先问雷雷。

"单手欢迎!"雷雷此刻正跪在沙发上捣鼓爸爸的望远镜。

"姐夫,快吃吧。你告诉我超市怎么走,吃完饭我去买食材,你在家陪陪雷雷吧。"

"这样太麻烦了芳芳,咱别把时间浪费到做饭上好嘛。我知道好几家不错的饭店,咱还是出去吃。"

"哎呀,姐夫,不麻烦。你多长时间不吃家里的饭了!没事儿,别管了,我跟我姐一样,喜欢做饭。"郑芳突然收住嘴,她看到郑青锁着眉闭了一下眼睛,她意识到刺激到姐夫了。

虽然郑芳坚持自己去超市,但郑青怎么放心、怎么忍心让刚下火车人生地疏的郑芳自己去采购。最终是雷雷自己在家先做作业,郑青陪郑芳步行到了人民广场地下的永辉超市。

一路遇到了几个熟人,"郑主任好","好好",因为都是远远地打招呼,郑青也就没介绍郑芳。

第五章　雪落芳心

　　到了超市，郑芳驾轻就熟买好了面板、擀面杖、漏勺、面粉、蔬菜、肉以及各种调料，郑青推车跟着，显得有些被动，他并不知道家里有什么，需要买什么。而郑芳准备早餐的时候就把厨房盘点了一遍，在心里盘算好了包饺子要买的食材和炊具。

　　二十多分钟后，他们推着满满一车东西向款台走去，快到收款台的时候，郑芳突然想起了什么："姐夫，你先排队去，等我一下。"说完急匆匆向日用品区跑去。回来的时候，她举了举手里的东西，"买了个围裙，姐夫。"

　　"噢噢，我倒忘了应该给你买个围裙。"郑青埋怨自己的粗心。

　　回到家已经快十点了，郑芳像个主妇一样忙里忙外收拾东西，郑青要帮忙，她不让："姐夫，你去看看雷雷，这里我一个人就行，你帮忙反而乱。"郑芳支着郑青离开。

　　"哈，也是，我什么也不会，在这儿除了挡你的路没别的用。"郑青尴尬地自嘲，说着朝书房走去。

　　雷雷此时摊了一桌子作业，却在爸爸书橱前东张西望："爸，你怎么什么都学啊，但是你这些书我一本也不感兴趣。"

　　"雷雷，做事情要专注，先做完作业再说别的。"

　　"好吧。"雷雷慢吞吞地又坐在桌前。郑青拉了把凳子坐在他旁边，看他做数学。他在做一道函数奇偶性判断题时，郑青终于忍不住指手画脚了！"你都不好好看题孩子，这道题定义域是 $[-2, 5]$，定义域不关于原点对称，还研究什么奇偶性。"

　　雷雷瞥了爸爸一眼，想反驳，但仔细一看题，改了口："噢，没仔细看。"

　　"你就一直是这个毛病，捉起笔来就写，机械地往下走，浮躁啊。"

　　"爸，我哪儿浮躁了，我就是做题快，这部分内容简单。"

　　"那爸爸告诉你什么叫浮躁，浮躁就是时时刻刻想用最短的时间做最多的事情，这不是提高效率的问题，是总想找捷径，不肯付出扎实的努力。"

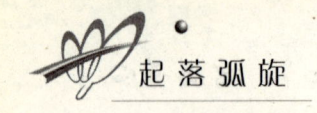

"知道了知道了，不贪快了。"雷雷说这话时仍是显得浮躁，但嘴上总算认错了。

"哈哈，我儿子还是认错很快的。知错就改，善莫大焉。专心点，我去看看小姨用不用帮忙。"

郑青到厨房的时候，郑芳正在和面，她侧着身子、踮起脚、胳膊往下用力的样子很像郑媛，姐妹俩长得很像，都是圆圆的脸，线条很柔和，下巴很生动地外翘。不同的是郑芳身材更纤细些，并且不像郑媛那么爱笑。眼睛大又不含笑意，就难免给人严肃的感觉。郑媛的大眼睛里总是盛满了笑意。

"媛媛，我几乎不记得你发怒的样子，常说，怒目圆睁，你面对我的时候，从来都是一双喜目，你是知道不能陪我终老，所以透支了一生的笑容给我吗？"

"姐夫，饿了吗？我快点！"郑芳看着愣神的郑青问。

"没有没有，我是看看我干点什么呀？"郑青赶紧拉回思绪。

"等一会儿吧，姐夫，你可以试着擀擀皮儿。"说着郑芳把和好的面用湿布盖上，开始调馅儿。

"姐夫，雷雷学习不太用心你也看到了，他理科虽然不错，但成绩也就是中上游，很多知识点不扎实。文科就更别说了，不好好学，每次我说他，他都说那有什么难的，只要我肯学就能学会。那他什么时候肯学呀！我是真的头疼这个孩子，我一周才见他一次，四个老人只知道争着给做好吃的，当小孩子一样哄着，我都没有话语权……"郑芳一边干活儿，一边跟姐夫数落。

"嗯嗯，我意识到这些问题了，这孩子到了非抓不可的时候了，不然不仅仅是考什么大学的问题，浮浮躁躁的将来能做什么！"郑青有些忧虑地说。

"难为你了，芳芳，四个老人一个孩子，都让你操心。你自己都没时间谈恋爱了。雷雷姥姥上周给我打电话让我惦记着你的事儿呢。"郑青把话题转向芳芳的对象问题。

· 第五章　雪落芳心 ·

"哎呀，别提这个姐夫，一提我这心就沉重得不行，他们的工作重心就是给我找对象，简直快不择手段了！我要不去见吧，妈就哭哭啼啼的，各种的威胁。见吧我都麻木了，就等着说再见。"

"爸妈的心可以理解，方法未免有点粗暴了。"

"对，就是软暴力！"郑芳歪过头瞪大眼睛认真附会。这个表情又像媛媛！

"我去看看雷雷，开始包了叫我啊。"郑青赶紧逃离了厨房重地，逃离了总让他想起郑媛的郑芳。

11点半的时候，四大盘白菜猪肉饺子热气腾腾地上桌了，雷雷迫不及待地第一个坐下："饿死了，小姨！"说着就要伸手捏饺子。

"洗手去！才几点你就又饿了。"郑芳疼爱地看着比自己高一头的大外甥。

这场景又让郑青一时恍惚，"媛媛，你们姐妹怎么这么像！芳芳比你小十岁，但是跟你一样贤惠能干哪！"

饭桌上，他们商量下午的安排，郑芳说就在家吧，天冷，也没什么好玩儿的。雷雷却想让爸爸带着打球，郑芳也帮腔："姐夫，你带他去吧，他可是没失传了咱家这个爱好，上瘾得不行。"

"好吧，我联系一下，雷雷吃完饭休息半小时后继续做作业，我们两点以后出发去打球。"郑青不容置疑地看着儿子。

"同意！"郑雷爽快答应。

12点，郑青联系了常山国家乒乓球训练基地的江主任，去年去基地参观时他跟主任聊得很投机，后来又去过几次，渐渐地熟悉起来。

江主任说基地刚刚接待了加拿大、美国、印度等六个国家的乒乓球队集训。这两天不忙，少儿体校的孩子们在训练，正好可以去看看。

联系好基地之后，郑青又拨通了傅剑锋电话，他邀请傅剑锋一起去基地，傅剑锋爽快地答应了。

自从上次受邀到师大打球以后，郑青又跟傅剑锋见过几次面，他很欣赏这个敦厚博学做事专注认真的校长。而傅剑锋对一身学者气质

起落弧旋

又打一手好球的郑青也表现出了明显的好感。他们除了谈球并不多谈别的什么，但通过打球、谈球他们已经很快拉近了距离，球品人品，他们心里都认定：他们是不同岗位上的两个热爱乒乓球的书生。

两点，他们从市区出发，沿胜利大街北行15公里，来到了位于常山古城的国家乒乓球训练基地——这个国际乒乓球爱好者的朝圣地。

基地大院有七座高大的象征世界乒乓球单项最高荣誉奖杯的复制品，迎面训练馆大楼上悬挂的"祝各国乒乓球运动员训练圆满成功"的条幅还在。

1000平方米的训练馆高大宽敞明亮，40张球台分成5组，每列八张。此时训练馆里几十个比球台高不了多少的娃娃热闹对练的场面煞是好看！生龙活虎，活力扑面而来。

"郑主任、傅校长，这些小娃娃们都很了得，随便挑一个，二位高手战胜他们都不容易！"江主任指着正在训练的孩子们说。

"啊！不会吧，叔叔，他们还这么小！"雷雷先惊着了。

"哈哈，自古英雄出少年，试试就知道了。先让你爸来挑战一下小朋友啊。"江主任说着把郑青一行领到附近球台的两个小姑娘旁边。

"停，刘健悦，你先跟这个郑伯伯打几局。"

被叫做刘健悦的小队员看起来八九岁的模样，一身略显宽大的红色运动装衬着她红扑扑的小脸，细眉细眼，小鼻子小嘴，整个人看起来细细弱弱的。

此刻她收拍站定，抬手抹了一把额头上的汗，轻轻地应了一声："好。"她有些羞涩地看了郑青一眼："郑伯伯。"

"噢，悦悦，你几岁啦？"郑青说着弯腰把刘健悦两缕汗湿在鬓边的头发捋到耳后。

"9岁。"刘健悦小声小气儿地答。

郑青看着这个细弱的还有些奶声奶气羞涩的孩子，依稀有几分似曾相识。他尽量温和地说："悦悦，听说你很厉害，教伯伯几招儿？"

"好。"刘健悦抿着小嘴儿，越发羞涩了。

第五章　雪落芳心

练球的时候，郑青就发现刘健悦动作规范、娴熟，球像粘到她拍子上一样。她用手腕手指调节板型，每一个环节都做得丝丝入扣，触球过程中既用了手腕手指的力量，又没有出现多余的甩动。

"悦悦，你果真厉害，练球几年啦？"

"四年了！"悦悦有点骄傲地仰着小脸。

"伯伯，开始吗？"得到表扬的刘健悦有点跃跃欲试了。

"好，开始！"郑青故意粗着嗓子振奋地喊了一声。

一开局，刘健悦小架势拉得很足，一改刚才的羞涩腼腆，一副霸气凶悍的小样儿。郑青只是试探着来，并没有全部投入，但是几个球之后，他开始感叹小姑娘扎实的基本功。

刘健悦每一个动作都做得舒展完整，还原迅速充分，衔接几乎完美。郑青打到她正手她就正手拉过来，打到反手就反手拉过来，而且拉过来的球，那股寸劲儿，那种爆发力，完全不像一个八九岁的小女孩儿的力道儿！

第一局，悦悦11∶6很轻松地战胜了郑青。

第二局，郑青不再悠着劲儿了，他全力以赴地投入，但仍然是8∶11败给了小悦悦！

"哎呀，童子功厉害！这孩子基本功太扎实了！"郑青由衷地感叹。

"哈哈，郑主任，我更惨，差点被小男孩剃了光头！"刚刚跟一个小男队员打完的傅剑锋一边擦着汗一边哈哈笑着走过来说。

"我就不信了！这么厉害？"郑雷一边说一边拿起爸爸刚放下的拍子："来，悦悦，咱俩来两局！"

刘健悦没吭声，侧眼看着郑雷笑了笑，抹了一把额前的头发，又拉开了小架势。

郑雷的挑战以完败中止，他根本接不着刘健悦的球，球不是上天就是入地，高高大大的雷雷被细细弱弱的刘健悦打得满地找球。

几个回合下来，郑雷收拍投降："服了，服了！"

郑青看着刘健悦意犹未尽斗志昂扬的小样儿，越看越觉得在哪里见过，突然他握紧拳头一挥：对，这孩子像刘培志！

"悦悦，你打球这么厉害，是不是爸爸也打球啊？"郑青蹲在刘健悦跟前和蔼地问道。

"不，我爸爸不能走路，他坐轮椅，他喜欢看我打球，看树立叔叔打球。"

"树立叔叔？你是说残奥会冠军周树立叔叔？你爸爸是不是刘培志？妈妈是曹慧珍？"郑青激动地问。

"对啊！郑伯伯，你怎么都认识他们啊？"

"认识，认识！我跟你爸爸妈妈还有树立叔叔很熟。"郑青欣喜地看着健康可爱的刘健悦，由衷地为刘培志有这样的女儿而高兴！

返程的路上，郑青给傅剑锋和雷雷讲述了刘健悦父亲的故事。

今年1月份平原省两会期间，同为政协委员的郑青和周树立分到了一个房间。郑青对于这个平原省走出的残疾人世界乒乓球比赛"大满贯"得主早有耳闻，对他盛名之下为国家乒乓球事业默默耕耘、发掘少年乒乓球人才的事迹尤为敬佩！

出于对乒乓球的热爱，对残疾人群体的关注，郑青对比他小十多岁的周树立非常谦虚和尊敬，而在周树立眼里，郑青是个爱球成痴、博学谦逊、亲民低调，充满悲悯之心的高级领导。

连续几个晚上，他们围绕乒乓球和残疾人交流了很多，对于自己的成长经历，周树立轻轻带过，而对于残疾人群体，他聊起来滔滔不绝，而他谈得最多最动情的就是他的朋友——刘健悦的爸爸刘培志。

"他比我难多了！认识、了解了他之后，我都觉得自己这点残疾和成绩真不算什么。"周树立动情地说。

是怎样一个人，什么样的故事，让在国际体坛叱咤风云的周树立说自己"不算什么"呢？

郑青对这个刘培志产生了浓厚的兴趣，而这兴趣并不是因为乒乓球，他从周树立的介绍中已经了解到刘培志是小儿麻痹症患者，并不打乒乓球。直到今天遇到刘健悦，郑青才知道，刘培志有个打乒乓球

第五章 雪落芳心

的女儿!

两会结束的时候,郑青和周树立已经成为很谈得来只是没交过手的球友了,那以后不久,郑青通过周树立认识了刘培志并进一步了解了他的事迹。

刘培志跟郑青同龄,郑青第一眼看到这个轮椅上的同龄人时,不由得想:如果他能站起来,如果他有健全的肢体,这是个多么英气逼人的男人哪!

"腿不直站得挺直!"是刘培志的信念,他作为一级重度残疾人,高中毕业时,尽管他是那届高考中学校的文科状元,却因为残疾而未被大学录取。后来他通过夜大、函授等方式拿下了英语、计算机、广告传播三个专科课程,并最终取得中国传媒大学广播电视编导专业本科学历。

毕业后,他做过广告策划师、电台嘉宾主持人、影视编剧等工作,每一次尝试他都取得了健康人都难以取得的成绩,但身体残疾终究是他打工生涯难以逾越的障碍。最终他创办了自己的信息技术公司,创业艰难百事多,更何况一个重度残疾人!为了让公司尽快走上正轨,创业初期的一年多他都是睡在办公室的长椅上。

经过几年的努力,在竞争激烈的IT行业,他把一个两三个人的小公司发展成为有百余名残疾人员工的,融软件开发与代理、广告策划、智能设备开发为一体的综合性科技企业。他个人获得了中残联"自强创业奖""平原省十大杰出青年"等众多荣誉称号。

在他创业最艰难的时候,他人生的伴侣——美丽健康的曹慧珍,走进了他的生命中。曹慧珍是平原省旅游行业小有名气的经理人。经贸大学毕业后进入旅游公司做导游工作,看起来文静腼腆的她,进入工作状态后就像变了一个人,天文地理、风土人情都能出口成章,一双纯净的大眼睛闪烁着真诚和热情,她亲切朴实姣好的形象、良好的协调能力、应变能力以及管理感召能力,使她很快在同行中脱颖而出,毕业四年,她成长为一名出色的旅游经理人。

起落弧旋

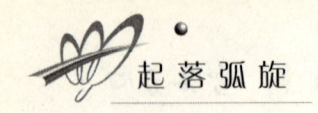

在一次朋友家的生日聚会上，她见到了弹着吉他吟唱《将进酒》的刘培志，他残缺的肢体、帅酷庄重的面容、高亢浑厚的歌声、大方自信的神态，深深触动了她，她莫名地眼窝发热了，她似乎受到了一种精神力量的感召和震撼。

后来他们成了微友、博友，建立了热线联系，刘培志的每一篇文字，曹慧珍都会第一时间阅读，他的才华、他的乐观、他的情怀、他的不以肢体残疾为残疾的不屈灵魂，他雄狮般不可战胜的斗志，召唤着曹慧珍那颗善良、博爱的心！

他们走到一起了，他们恋爱了！一个年轻美貌事业有成的女大学生爱上了一个身体重度残疾的个体户！她遭到众口一词的反对："你图他什么？没钱没地位还是个残废，能不能生育还两说呢！"父母苦口婆心劝她，但她连片刻的动摇都不曾有过，她说："嫁给他的决心跟我的信仰一样坚定。"

这不被所有亲朋看好的一对儿，修成了正果，2005年10月，他们在教堂完成了神圣的婚礼。第二年他们的女儿刘健悦出生时，刘培志的公司已经在日益壮大的征途中。

事业有成、家庭美满的刘培志，充满了感恩和回报社会的爱心。多年来一直心系着残疾人群体，他先后带动、安排、介绍了三百余名残疾人就业，成为最有责任感的残疾人企业家。

认识郑青时，他正在苦苦探索残疾人服务新模式。

"针管和手术刀拯救不了残疾，而健全的知识结构与精神力量，才可以让残疾人最终摆脱残障的束缚，获得快乐、完整的灵魂以及生命、生活的体验。我想给更多的残疾人注入精神的力量，提供更广阔的就业平台。"面对充满悲悯之心的郑青，刘培志真诚地表达了自己的感受和愿望。

郑青被这个比自己更强大更有社会责任感的同龄人感动了，经过他的多方奔走以及刘培志的不懈努力和积极探索，今年8月，受平原残联委托，刘培志的公司承接了"平原省12665残疾人服务热线"的建

第五章　雪落芳心

设、运行任务，并成为一个高标准、专业的助残事务服务中心。刘培志的助残事业正在起飞……

郑青在讲述中，主要强调了刘培志精神的强大和作为残疾人浪漫乐观的情怀，至于自己怎么帮助刘培志，他只字未提。

"怪不得刘健悦那小姑娘看起来有股子从内到外散发的力道儿，原来人家爸爸就很强大啊！"傅剑锋听完郑青的讲述由衷感叹。

雷雷一直在若有所思。"郑雷，有没有感想？"郑青看着有些出神的儿子问。

"有啊，海了去了，刚开始看您输给小姑娘的时候，我还觉得挺丢份儿呢。现在想想吧，基本功训练确实重要，我学习的毛病就是不想学基础，直接做题。"郑雷难得的郑重其事。"哈哈，你总算自己承认了。"郑青很欣慰。

父子俩回到家，天已经黑了。郑青进门换鞋抬头的瞬间，感觉像是走错门一样，家具调整了位置，餐桌铺上了桌布，桌布上边是一层软塑料板，一束百合花插在淡青色的敞口玻璃花瓶中，满屋清香！郑青的鞋子都被擦得干干净净，皮鞋上了鞋油。

"芳芳，你这是大闹天宫啊，你怎么做到的啊？搬动这么沉的家具！还出去买了东西！"

"哈，没多少活儿，家具我用单子垫着拉动的，不沉。我又去了一趟超市，这个超市东西还真全，连鲜花都有。好了，你们俩快洗澡准备吃饭。"

晚饭是小米粥、烧饼，还有两荤两素四个小菜。郑青吃到了家的味道。他不由得感叹：郑家姐妹真的都是贤妻良母型。

饭后雷雷乖乖地回书房学习去了，郑青负责洗碗，郑芳准备洗衣服，父子俩刚刚换下来的运动装已经扔进了洗衣机，郑芳看到阳台筐子里还有半筐待洗衣物。

"姐夫，这筐里衣服也是要洗的吧？"说着她已经动手一件件分类往洗衣机里扔了，衬衫、秋裤、袜子……郑芳开始分类，快到筐底

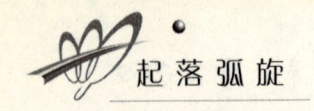

时是两件内裤,她不假思索地拿到手上,此时郑青闻声跑过来,夺过郑芳手里的内裤。"哎!我自己来就好。"他用力有点大,郑芳一个趔趄靠到了阳台玻璃窗上,她又羞又恼,眼泪竟不争气地落下来。

她心疼姐夫一个男人冷清寡淡的生活,她辛苦了一下午,就想让姐夫感受到家庭的氛围、女性的气息,她想尽量地替姐姐照顾姐夫。可是姐夫,是见外还是不好意思?

"哎,芳芳,你这一进门就不停地忙活,姐夫过意不去了啊!"郑青说着赶紧把郑芳拉到客厅。"芳芳你歇会儿,看看电视,衣服我来洗。"

郑芳看着手忙脚乱的姐夫,突然意识到:这种状况不可能持续太久,姐夫刚刚43岁,迟早会有人填补姐姐的空位,姐夫会找个什么人?在这里找还是回京找?将来那个人会对雷雷好吗?会有我对雷雷好吗?想到这里郑芳被自己的想法吓了一跳:为什么拿姐夫将来的爱人跟自己比?

第六章　春寒料峭

　　凌晨 3 点 10 分，齐蓝第四次醒来，这一次她不准备再强迫自己入睡了。"睡不着就当白天过吧，起床！"她对自己发出清晰而果断的指令，迅捷地穿衣、洗漱、收拾房间……

　　十分钟后，她站在了客厅临街的窗前。夜色仍在弥漫，夜总会大楼的霓虹灯诡异地闪烁，马路上偶尔有车辆无声地驶过，远处立交桥上彩带一样的灯光在早春的寒夜里杯水车薪地释放着温暖。

　　齐蓝没有像往常一样开始晨练，她就那样静默地站在窗前，玲珑而高挑的身影镶嵌在夜幕中，静止、孤独、倔强而又让人心生爱怜。

　　"嗡嗡……"茶几上的手机振动起来，齐蓝似已凝固在夜色中的身躯也微微一震，她没有马上转身，凌晨 3 点半，这个时间、这种声音、一夜的不安、整晚的失眠……这一切，让她没有勇气接听这个来电。

　　手机嗡嗡的振动声并没有因齐蓝的恐惧而停止，就那样固执地召唤。而齐蓝，她最怕的就是深夜来电。

　　嗡嗡声终于停止了，齐蓝多么希望是幻听！但仅仅停顿了十几秒，振动声又一次在深夜的客厅回旋。这一次齐蓝几乎是一步扑过去，跪在茶几前，颤抖着划过接听键。

　　"蓝蓝你在哪儿？你马上到北京来！能找到人给你开车吗？"是姐姐努力克制着哭腔的声音。

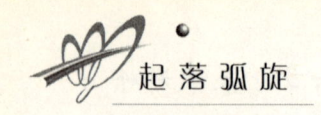

"我在自己家，怎么了？"

"哥，是哥出事了！"

"什么事？车祸还是？"

"别问了，来了再说，别自己开车，找人送你到北京武警医院。"

"告诉我，告诉我吧，哥还在不在？"齐蓝哭了。

"呜呜，不在了，不在了！快来，快点儿！"姐姐终于也克制不住，在电话里失声痛哭。

齐蓝突然止住了哭，她依旧跪在茶几前，绝望而悲怆。四年来，她先后送走了母亲、父亲，现在又是年富力强的哥哥！她不知道自己做错了什么，惹怒上天，以至于她的亲人都走得如此决绝。有一瞬间，她抹掉眼泪，心底深处发出绝望的哭喊："让我也跟着走吧！"但她知道她不能，她要去送哥哥最后一程，她要去安抚嫂子、侄子、姐姐。侄子还小，她要担起这个只剩下女人的家。

她收起眼泪，机械而有序地做着出发前的准备工作：1.给严和严叔叔打电话，请他半个小时之内开车来接她。2.微信委托同事帮她请假并按时提交研究报告。3.收拾衣物、银行卡、现金、身份证。4.重新换了一身藏青色衣服，连内衣都换成了素色。做完这一切，她找到了一个不锈钢盆，拿出一个月前母亲周年祭时剩下的纸钱，在客厅朝北的窗台下，轻轻点燃，火苗蹿起那一刻，她再一次崩溃，匍匐在地失声痛哭。

许久，她抬头凝视着将熄未熄的火焰和变成灰烬的纸钱哑声呼喊："哥，哥，你为什么也这么急？哥，原谅我，那么长时间不见你，跟你怄气，哥，我怎么做你能走好？哥……"她一次次双手合十抵住额头，轻声哭喊，泪水顺着手掌流到臂弯、滴到胸前……一直到严和上楼急促地敲门："齐蓝，齐蓝，开门，你干什么呢？"

她艰难地用胳膊撑起似乎已被抽筋扒骨的身躯，摇晃着给严和打开门，严和刚进来半个身子，她就抓住了严和的胳膊："严叔叔，我哥没了，齐浩出事了！他春节给我打电话我还怄气不接呢，他现在突

第六章　春寒料峭

然出事了！"

严和扳过她的肩膀，使劲儿拍了两下："先不说了，不说了，穿暖和喽，走，下楼。"

严和接到齐蓝电话时还在睡梦中，他从齐蓝的声音中已经判断出齐家又出了大事，他没敢多问，匆忙收拾了一下就开车出门了。

现在听说是齐浩出事了，他非常震惊，齐家接二连三地出事让他开始担心齐蓝能否承受得住至亲纷纷离去的重创。那个精神饱满、不知疲倦、做事效率奇高，总是带给人惊喜的齐蓝还能回来吗？

52岁的严和看起来比他的实际年龄大不少，曾有几次他试探初次见面的朋友："猜猜我多大？"

对方讨好道："严总顶多有60岁！"

他哈哈大笑："六十八了！"然后听到的是："不像、不像，严总充满活力，一点也不像快70岁的人！"

当然制造这尴尬场景的，多是一些用眼不用心的人。严和的"老"只是第一眼的特效而已。他因为瘦，脸上有深深浅浅的皱纹，发际线又偏高，头发向后梳得一丝不苟，戴一副黑边圆框的眼镜，镜片后边的眼睛经常眯成一条缝……这让他猛眼看起来像个年长的学者。而只要肯再多看几眼就会发现，严和不但不老，反而有与他年龄不相称的朝气甚至是顽皮。将近一米八的身高使他的四肢得以尽情地舒展，瘦高挺拔、比例匀称、穿着时尚得体，尤其是他的笑容，他笑着的时候很多，那不是微笑，也不是大笑，他在看到、听到他感兴趣的场景和事情时，常常突然就绽开了灿烂的、充分的、无声的笑脸，镜片后是两道月牙一样看不到眼珠的笑眼，脸上深深浅浅的皱纹恰到好处地成就了笑容的灿烂。老练与童真、狡黠与敦厚、稳重与活泼在他身上和谐统一，他的这种特殊风格和气质使他得以老少通吃。二十多岁的新生代以及七八十岁的老一辈他都能谈得来，齐蓝的父亲齐老爷子便是他的忘年交。

齐老爷子生前是空军某航校校长，离休后定居太行市某干休所。

起落弧旋

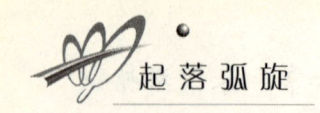

严和早年通过老乡关系结识了齐老爷子，齐老爷子是个京剧票友，一辈子痴迷于谈论京剧流派，梅、尚、程、荀；余、言、高、马，分析得头头是道，入丝入扣，齐蓝最怕被父亲拽着谈论这些她已经耳朵听出茧子却依然一知半解的流派、唱腔。她总是以"爸，今天来不及了，下次回来好好听你讲"为由仓惶逃跑，而严和则是老爷子高谈阔论的忠实听众，他会在老爷子讲累了喘气喝水的工夫不失时机地插一句嘴，也会在老爷子说到兴处拍打着大腿来几句唱腔时热烈地喝彩。齐老爷子盼严和上门比盼儿女回家还热切。

齐浩作为长子，大学毕业后留京发展，先是留校任教，后又弃文从商，生意越做越大，难得回家从容地陪陪父母，长女齐芸随丈夫定居在天津，只有小女儿齐蓝守在父母身边。

齐蓝大学毕业后一度想留在上海发展。她毕业时，父亲已经离休，精力旺盛又好热闹的老爷子一下子无所事事很不适应，整天揪住身边唯一的亲人——齐蓝的母亲，鸡蛋里挑骨头，无事生非，搞得母亲经常给齐蓝打电话哭诉："你爸早晚得要了我的命，我得走到他前边儿。"

齐蓝的母亲比父亲小8岁，和父亲的"人来疯"性格相反，母亲沉静寡言，既能做一桌美味，也能画一手好画，家里里里外外打理得纤尘不染，闲暇时养花画画，做了一辈子家庭主妇倒也不见厌倦，直到老爷子离休后，平静才被打破。

齐蓝面对母亲的哭诉没有过多地劝说，只是安静地听，然后她果断地放弃了留在上海的机会，回到太行市，回到了父母身边。

齐蓝的归来很大程度上缓解了父亲的"狂躁症"（齐蓝的母亲这么定义父亲离休后的表现），但很快齐蓝就被父亲无休止的说说说搞得不胜其烦，明明听不下去还要挤着笑脸奉承，简直比上一天班还累，每当齐蓝实在不堪其扰时就会给严和打电话："严叔叔，快来救命，我快考试了，您来陪我爸聊聊吧。"严和每次临危受命都不辱使命。严和一到，客厅便成了话剧舞台，又说又唱，和谐快乐。

但终归，一个家庭的平衡和谐不能依赖外力，齐老爷子依然是折

第六章 春寒料峭

腾得母亲不得安宁。每天凌晨三四点钟就要出门晨练、唱戏，天亮了才回家吃饭睡觉，像个睡倒了的婴儿。母亲得小心翼翼地伺候着，久而久之，母亲得了顽固性失眠，齐蓝因为要进修考研，经常自己住在市中心的一套小房子里，隔三差五地回家过夜倒也安静，据母亲讲："你们一回来，你爸就老实，他就是欺负我、折腾我。"

不幸终于在麻痹中发生了，不到60岁的母亲在那年国庆节过后突发脑溢血，经抢救保住了性命，但瘫痪在床，勤劳干净了一生的母亲突然卧床不能动，吃喝拉撒让别人伺候，那种无助与绝望是自不必说的。齐蓝责无旁贷地担起了照顾母亲的重任，保姆终究无法替代虽不专业但充满了爱心和孝心的女儿。

那些夜晚，齐蓝都是抱着母亲的一条胳膊入睡的，只要母亲轻轻一动，她就会条件反射般地醒来："妈，怎么了？您哪儿不舒服了吗？"母亲总是口齿不清地说："我哪儿都舒服，快睡吧。"那段时间，齐蓝找到了和母亲相依相偎的童年时期的感觉，只不过，曾经是母亲搂着她，现在是她搂着母亲。

然而齐蓝终于没能搂得住母亲，两个多月后，母亲在去医院复查的路上腿部的血栓上移，导致肺动脉栓塞，连呼吸机都没来得及上。那是齐蓝第一次亲历死别，而且是自己至亲至爱的母亲，她体验到了痛不欲生！

送别母亲是瞒着父亲进行的，她们只说母亲去了北京治疗，他们担心父亲的身体承受不住母亲去世的打击，所以决定集体撒谎，隐瞒真相。

哥哥姐姐因为不在父亲身边，只需要电话里撒谎，可以流着泪向父亲不断报喜："爸，我妈这几天恢复很快，自己试着翻身了都。"

最难的是齐蓝，她要每天面对父亲的追问："蓝蓝，你妈没说结记我吗？这老伴儿要说不至于这么狠心呐，跟我通个电话不行吗？"

"爸，不是妈狠心，是我哥不让，妈说话不清楚，你耳朵又不好，你俩电话里一着急，对身体都不好，对吧？"齐老爷子瞪着眼消化半天

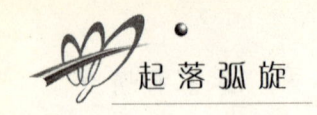

齐蓝这段话的合理性，然后转身在屋里兜着圈子嘟囔："这不至于呀，不至于呀……"每每这时，齐蓝都得赶紧去洗漱间咽下一腔热泪。

痛定思痛，齐蓝那个阶段发表了大量的诗歌、散文，她把对母亲的思念、对亲情的思考、对生命意义的追问都倾注在文字里。

齐老爷子在狐疑和思念中，越来越沉默，连最痴迷的京剧也不唱了，两年后，追随老伴儿而去。

不到三年，齐蓝痛失双亲。她看到比她年长很多的同事、朋友都还有双亲可以侍奉，总是无比羡慕和酸楚，严和给过她很多开导和鼓励。

据严和讲，父亲临终前曾再三托付他照顾好蓝蓝。齐蓝是个知恩图报的人，为感谢严叔叔在困境中给她的关怀和鼓舞，她无偿地担起了严叔叔传媒公司的广告文案设计，而由于她出众的文字功底和不俗的摄影技术，一出手就比严和手下的专业设计人员还高出几个层次，严和几次动员齐蓝："蓝蓝，不然到我公司来干得了？"

"严叔叔，我还是喜欢我现在的状态，不想和您变成雇佣关系，您有什么活儿是我能做的尽管说就是了。"

"好好，也对，也对，不过怎么好总是免费使唤你。"严和言不由衷地客套着。齐蓝的水平和潜力他是最了解的，齐老爷子临终托付他照顾齐蓝时他是正中下怀的。所以，刚刚齐蓝打电话时，他敏锐地意识到，兑现齐老爷子承诺和进一步笼络齐蓝的机会到了。当他听说是齐浩出事的时候，心里既震惊又有一丝如释重负，齐浩是整个齐家最不欢迎他的人，甚至礼节都不顾，连称呼严和都不肯，偶尔两个人"遭遇"在齐老爷子那里，齐浩也仅是以不仔细看看不出来的幅度对严和点点头。严和一直觉得，齐浩对他有很深的成见，到底是什么，齐浩不曾对齐蓝说起过。现在齐浩突然病逝，严和更无从知道齐浩的成见来自哪里。

他回头看了一眼闭着眼流泪的齐蓝："蓝蓝……"他找不到有力度的语言安慰这个接连失去亲人的晚辈。

"严叔叔，我没事儿，您好好儿开车。"说着眼泪又无声地淌下来，

· 第六章　春寒料峭 ·

流泪的时候，她什么也看不见，只是心似刀割。而闭眼的时候，她一次次看到哥哥的脸，看到哥哥到西客站接她时跑过来的身影，想象着刚刚过去的春节，哥哥因为她不肯回去而失望的表情。

她的一个大学好友，一个在哥哥公司任职的同学，因为工作失误给公司造成了巨大损失，被哥哥毫不留情地开除了。为此，她将近一年不肯跟哥哥见面。而此刻，她觉得是自己惹怒了上天，以至于她至亲的哥哥跟她如此决然，连解释的机会都没有了。

他们到达武警医院时，天还未亮，严和把车停在大门口，扶齐蓝下车后便去停车。齐蓝抬眼就看到了双手交握，低垂着头在门口徘徊的齐芸，齐芸也看到了她。姐妹俩同时跑向对方，紧紧抱在一起，无声地流泪。她并不急于问姐姐怎么回事，她只知道，无论什么原因，总之是哥哥不在了！她要抓紧姐姐，再也不能、不许有谁"不在了"。

姐姐先止住了哭，拉住她问："谁送你来的？先安顿好人家。"

"是严叔叔，不用管他。"姐姐紧紧地拉着她的胳膊向门诊大楼走去，到台阶上的时候，一个瘦高的中年男人迎住了她们，他望着齐蓝问齐芸："这是？"

"这是我小妹齐蓝，刚从太行市赶过来。"

姐姐说着又望向齐蓝："这是赵主任，哥生前是赵主任陪到了最后。"这么说着，姐姐又哽咽了。

齐蓝向赵主任伸出冰凉的手，同时深深弯下腰去："谢谢赵主任！"

这个赵主任，齐蓝听家人多次提起，是某汽车研究中心主任，哥哥生前比较要好的朋友之一。

赵主任把她们姐妹带到了一个会客室。一进门，齐蓝就看到了瘫在沙发上哭得有气无力的嫂子，侄子齐歆抱着妈妈的胳膊。

她过去抱住嫂子："嫂子，你得坚强！"说着，她自己先放声大哭起来，姐姐也跟着哭了，房间里回荡着三个女人高高低低的哭声。

赵主任走过来，拉起齐蓝："小妹，别哭了，过来，我跟你交代几件事。"

077

她木然地随赵主任走出房间，到了走廊尽头，赵主任停下来，望着她："齐蓝，蓝蓝，齐浩跟我经常提到你，你是你哥眼里的才女、超女，你得撑起来！现在冷静下来听我说，你哥哥昨晚跟我还有另一个朋友在一起，酒喝得并不多，但他当时心情不太好，饭后喝茶的时候突然发病，我们就近把他送到这里急诊，并且第一时间通知了你嫂子，你嫂子回保定看老妈了。当时诊断是大面积心梗，一个多小时后抢救过来，我和朋友在急诊室陪他，你哥当时已经能正常说话，还跟我们分析他的心电图，说是尾部那个钩再挑上去一些他就正常了。后来我们又聊了一会儿就到下半夜了，急诊室很冷，你哥说送我去病房吧，然后我们征得医生同意后送你哥去病房，推到走廊的时候，你哥再次发病，这次没抢救过来。"说到这儿，赵主任有些抱歉地看着齐蓝。

齐蓝没有接受他带着歉意的注视，她望着他的脸，但是不看他的眼，略带愠怒地问："难道不是常识吗？急性心梗病人不能挪动。"

赵主任有些意外，他也许以为齐蓝会像刚才初见一样跟他道谢，他脸上出现了一丝不易察觉的不快，但很快就克制住了。

他接下来交代了齐蓝几件事：1. 齐浩的后事他已交代给理事长，一切听理事长安排就是。2. 齐蓝代表直系亲属致辞。3. 天亮后会有人安排她们去看齐浩，由齐蓝控制局面，不可歇斯底里，不能让亲人们再出问题。

齐蓝默默地听完，点头说了声："都能做到。"便自顾自地走回亲人们所在的房间。

上午9点多的时候，亲人们陆陆续续赶到了，来一波儿一场哭嚎，齐蓝一直没有再哭。她把亲人们召集在一起，交代了几件事，然后她说："我哥走得太突然，我们死的心都有，但还得活，谁有谁活着的责任，再有就是替我哥做完他没来得及做的事，让我们家的后代坚定信心，都别死了活了地哭闹，我哥一定不希望大家这样。"

10点，齐蓝一行十几人被带去看齐浩，路上，齐蓝一直是微微战栗的，走到通往太平间地下室的台阶时，她晃动了一下，险些跌倒，

· 第六章　春寒料峭 ·

一个晚辈紧紧地搀扶住了她，快到太平间门口的时候，齐蓝已经抬不起脚了，她几乎是被晚辈架进了太平间，先进去的亲人们已经扑在齐浩身上哭成一片，她只能看到齐浩穿着灰色袜子的脚，她轻轻抚摸那双冰凉的脚，她掀起哥哥的裤脚儿，发现哥哥居然也是把秋裤塞进袜筒里！小时候齐蓝这么做时，哥哥曾笑她"小土老帽儿"，此刻，看着哥哥没有塞顺的秋裤，泪水再一次汹涌而出，她蹲下来，抱起哥哥的脚，贴到脸上轻轻地问："哥哥，冷不冷？"泪眼中，她在亲人们身子的缝隙里看到了哥哥的脸，不算苍白，气度依然，甚至有些庄严，除了嘴角那一抹血丝和额头飘下来的几根白发，其他一切一如生前——气宇轩昂、不怒自威，一脸傲然。

过了这一关，亲人们的悲痛逐渐有所收敛，尤其是嫂子关珊，穿戴整齐，一脸肃穆、头发不再凌乱，除了眼睛红肿之外，其他迹象已看不出她刚刚经受了丈夫暴亡的重击。刚强、果断又回到她细长的满族特征突出的秀目中。她的五官立体而标致，只是摆放在一起多了些强悍，少了些柔美，没有齐家人特有的书卷气。而她最喜欢的又是齐家人浓浓的文人气质，尤其是她的丈夫齐浩和小姑子齐蓝，这两个人，她一个深爱，一个嫉妒。

此刻，她坐在沙发上，看了一眼散坐在房间里悲痛的亲人们。严和也一直在这其中，关珊的目光在严和身上停顿了一下，最后落在坐在窗前的齐蓝身上："浩走了，咱们都得坚强！蓝蓝最了解浩，他不喜欢担不住事儿的人，他在天有灵的话，听到咱们这么哭哭啼啼一定很生气，他走得突然，很多事没来得及交代，蓝蓝对他公司的业务比我熟悉，帮我处理一下吧，你哥最欣赏你，你做的，一定称他的心，我只求齐浩走得安心。"关珊说不下去了，房间里又是一片哭声。

葬礼是在第三天上午，一群被死别的悲痛控制了情绪的亲友们，被装进大大小小十几辆车里，齐浩那个高大伟岸的身躯也变成了一个小盒子被放进车里。

一路啜泣，一路无语，十几辆车承载不了亲人们此时的沉重。小

起落弧旋

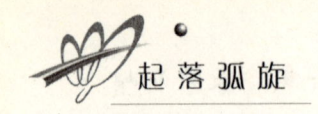

汤山公墓西区，不远处父母的墓地还是新冢，齐浩就急急地过来相伴了。在他四十五年的生命里，他是好儿子、好爸爸、好丈夫，同时还是一个成功的商人，真是天妒英才！又或者是齐浩孝顺吧，父母走得太急，生前齐浩陪伴较少，他是去另一个世界补偿对父母的亏欠了吧？

所有仪式完毕，亲人们各自散去，齐蓝留在了墓地，那么叱咤风云的哥哥就在这个墓碑下方寸之地的小盒子里，这里每一块墓碑下，都是一个曾经鲜活的生命，生命结束后只能这样紧密无声地排列在这里。齐蓝看了看哥哥的左右邻居，竟然有一个比哥哥还年轻的生命，她曾经写下过"黄泉路上无老少"这样的句子，但到了这里，她才懂得了这句话的残酷。

她跪在齐浩的墓碑前，一遍遍轻抚齐浩的名字，哭着絮叨："哥，为什么走这么急，不等我回来见你。快一年了，我不回家，实际是将错就错，蛮不讲理。我早就知道了事情的原委，也早理解了你开除他是不得已，明明是我同学给你闯了祸，我还怪罪你不讲情义。时间越长，我越不好意思见你，其实我早就不生你的气了，我是在生自己的气啊。哥，你就是太惯我了，我跟谁都和和气气，就是跟你又横又不讲理，你老是爱说我：这么混，这么厉害谁敢娶你？但你说的时候总是那么得意。"

"哥，你听得见吗？不是说七天之内你的魂还在亲人周围吗？那你听我说，春节我其实想回家，就等着你哄我，等着你说憋咕了一年了还不行啊？赶紧回来过年！可你没说，你打了两个电话，一个我没听到，一个是我故意抻了一会儿，我总以为你会再打过来，我没想到这是你生前最后一次找我！"

"哥，小时候看人家出殡，看那些披麻戴孝的人们唱歌儿一样地哭，我觉得特滑稽，到底难受不难受啊，难受就哇哇哭吧，怎么还那么多词儿呢？现在我明白了，我也成了披麻戴孝边哭边说的滑稽人。哥，我好多话想说，你走了我跟谁说去？我一直觉得你那么强大，是所有人的靠山。你是山，你不会倒，大家可以尽情地依靠，甚至踩踏。连

第六章 春寒料峭

我这亲妹妹也为一点小事儿抱怨你、折磨你。妈去世的时候，你跟我伸开手，满掌的红点，你说：我身体隐患也很多。我当时觉得你真矫情，那么精神还说自己有病。"

"哥，因为你强大，大家都忽视了你，你自己也认为你不是血肉之躯。哥，我真后悔。这一切应该是能避免的。"

齐蓝一直跪在哥哥的墓前，哭一会儿，说一阵。初春的风，又冷又硬，慢慢地，腿麻了，身子发抖了。

严和在山下等了一个多小时，不见齐蓝下山，他一路奔跑到半山腰齐浩的墓地，发现齐蓝跪在那里，头抵着地，一动不动。

"蓝蓝！"他拉了齐蓝一把，齐蓝仰着苍白的、满是泪痕的脸向后倒去。

081

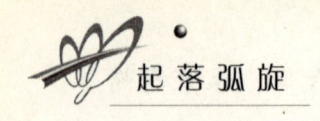

第七章　万物生晖

清晨5点钟，郑青被闹铃叫醒，他揉了揉发紧的头皮，打开床头灯，斜靠在床上，一股凉气立刻包围了他。时值3月中下旬，暖气已经停了，身上微微发冷，他重又缩回到被窝里。睡意已彻底散去，他睁眼看着天花板，昨夜深深浅浅的梦再次浮现。

他梦见郑媛来太行市看他，来之前没有告诉他，也没有让他接站，就那样突然开门进来，他看不到郑媛的脸，只听到她喊："郑青，搭把手儿！"郑媛抱着一个大大的袋子，遮住了大半个身子，她的脸在那袋子后面。

"带得什么，这么大的包？"郑青想过去接下她的袋子，可他像是被捆在了沙发上，动弹不得。

"给你换季的衣服，全在家里呢，你就没拿几件来。"郑媛说着把袋子放在了地上，倏地不见了。

"媛媛，媛媛……"郑青在睡梦中惊醒。

再次入睡不久，郑媛又来了，这次是站在他的床前，郑青睁不开眼，他能感觉到郑媛看着他。突然郑媛伸出手，捏了捏他的被子："刚停暖，晚上冷，这被子不行，太薄！"

"没事儿，我火力壮，不怕冷。"

"行了，别老逞能，让芳芳照顾你。"

· 第七章 万物生晖 ·

"不用,媛媛……"他没说完,郑媛又不见了。

郑青闭上眼,梦境在他脑海里过了一遍又一遍,为什么媛媛不让我看她的脸?是脸上有血吗?媛媛说让芳芳照顾我,莫非这真是媛媛的心意?可是,媛媛啊,这不可能!这么多年,芳芳就是咱们的小妹妹,爱情转化成亲情容易,亲情转化不成爱情啊!

5点半,郑青起床、洗漱、收拾房间。通常他这个时间已经开始晨读、朗诵了。他从小学起就经常参加各种朗诵比赛,中学时甚至一度想报考播音主持专业。虽然他大学最终学的是经济学,但播音主持和朗诵这两个爱好一直保留了下来。他也曾向央视和中央人民广播电台的艺术家讨教、学习。来平原省后,每次会议发言、主持或讲课,台下人都会称赞他的声音好听。

平原省广播电台著名播音员、政协委员、新闻中心播音部主任沐春雨曾多次从专业的角度评价郑青的朗读水平,她说"郑主任的声音华丽、质感,穿透力强"。

郑青对这个科班出身、业务水平高、社会责任感强的播音届精英非常认同和尊重,所以当沐春雨提出成立"平原省朗读者俱乐部"时,郑青为之一振,近几年随着《朗读者》《诗词大会》等电视节目的火爆,诵读经典已经成为新文化现象,触动了很多人的情怀,提升着越来越多的不同年龄的听众、读者的欣赏水平和审美水平。如能办好,将一定程度地改变人们对电子产品的过度依赖,培养阅读纸质经典的习惯。

他们一拍即合,利用彼此在业内和政届的影响,发挥各自优势,经过半年多的论证调研和筹备,"平原省朗读者俱乐部"终于落实了。

春节前,他受邀参加"平原省艺术家迎新春暨平原省朗读者俱乐部揭牌仪式大会"。

会上,他和沐春雨一起朗诵了《金色太行》的片段:"今年盛夏的时候,华北平原的小麦熟了,早晨,我走在华安路上,空气中满是麦香,那麦香真浓啊,它浸染着我的街道……"

他富有穿透力的声音在大厅响起的瞬间,场下鸦雀无声。他的神态充满了自信，他不像是在朗诵，更像是在和诗人有声地交流，他字正腔圆，高而不混，低而不浊，他完全把听众带入了诗歌描述的意境，朗读和倾听者通过声音连结起来，成为一个情感相通的共同体。诵读汉语优美文字所产生的区别于拼音文字的特定类型的神奇脑电波使他们陶醉其中，气氛庄严而神圣。

"平原一脉，生生不息，烟火人间，红尘苍穹，很久很久了，我一直注视着太行市的日出，她是金色的，金黄色！那境界，那璀璨，成为我的城市，成为我的太行，深邃而久远的，浩荡的永恒！"

朗诵结束了，全场先是无声，随后，掌声雷动。

那是他来平原省后第一次在文艺舞台亮相，如果不是特别热爱，他并不热衷于在公共场合亮相。

洗漱完，收拾好，还差十分钟6点。六点是郑青每天出门晨练的时间。

起床——洗漱——搞卫生——晨读——朗诵——晨练，是他每天早晨从五点到七点的活动内容。今天晚起了半小时，郑媛第一次这样真切地出现在他的梦境，让他一夜都是半梦半醒，头昏昏沉沉的。

走出单元门，一股夹杂着泥土气息的清风扑面而来。夜里下雨了，郑青狠狠地吸了一口被春雨净化的空气，和梦境纠缠了一夜的身心立刻舒缓下来。他使劲儿做了两个扩胸动作，沿着湿润干净的人行道向北门的民心河边走去。一群鸽子掠过头顶淡青色的天空。

河边甬路上有三三两两赶往公园晨练或拖着购物车去早市的行人，甬路两边绿化带的冬青树被雨水冲洗掉了一身的尘土，嫩黄的新叶从一片碧绿中脱身出来。河边的垂柳长长的、柔柔的枝条在晨风中摆动。在新柳的带领下，雨后的春意渐渐浓了起来。石缝中，迎春花一丛丛、一簇簇，灿烂的小黄花像点缀在绿色中的小星星。紫叶李开着白花，已经连成片，这些有近二十年树龄的紫叶李，树干粗壮、树冠饱满有型，在甬路上方形成一个小花组成的穹顶，白密如云，枝条更是干脆扎到了甬路另一侧的绿柳里。行人或仰头驻足，或拿出手机留影。

郑青不由得放慢了脚步，观赏着这雨后清丽的春景。如果没有这

第七章　万物生晖

条河，没有这些花树，这钢筋水泥的城市得多么黯然失色呀。

这条河是太行市一项改善市区环境、引水入市、美化市容的大型工程。这项工程结束了太行市污水朝天的历史，将明渠污水改入地下，西山水库的清水引入河道。河道全长60公里，分布在市区东西南北中五个方位，新建、改建22座公园、游园、植物景观、鹅卵石景观、亲水码头景观交替分布在河道沿岸，使太行市成为一个处处可见水景的城市。

省政府宿舍北部的裕兴公园是民心河水系最大的一个综合性公园，是由原来的老动物园改造而成，是城市西半部居民文化娱乐、游览赏景、健身锻炼的不二之选。郑青每天早晨六点十分会准时出现在这里。

今天稍早一些，来公园晨练的人正在陆续赶来，郑青来到东北部的体育活动区，在椭圆形的塑胶跑道上慢跑了两圈，晨练的人渐渐多了起来，基本都是住在附近的中老年人。有调查说中国群众体育运动的现实是"老年人在奋起，中年人在觉醒，青少年在沉睡"。

业余时间，学生最喜欢做的几件事是：上网聊天和游戏、听音乐和看电视。这是他们主要的减压方式，而选择打球、跑步等体育运动的只有32%。因此也就出现了相当多的"肩不能挑，手不能提，下课书包父母背，体育活动难坚持，宅在家里不爱动，天气一冷就感冒"的成绩好身体差的学生。

这会儿跑道上是清一色的中年人，郑青看起来还算年轻的。他跑完两圈后，来到最北头用铁丝网隔离的乒乓球训练区，里面有二十几张球台，郑青每次路过，球台基本都被占满。每个球台旁边都有观战的人，这里的球台使用跟某些小区的车位一样，先到先得，但在长期的磨合中，也基本形成了规律，球台使用者相对固定，来这里打球的大几十号人你来我往，也相对固定。

有个姓钱的中年人是这几十号人里的无冕之王，据说在这里没有过败绩。郑青在铁丝网外观察过此人打球，基本功熟练，特别是有股凌人的气势。此刻老钱刚打败一个对手，正笑着招呼远处在另一球台

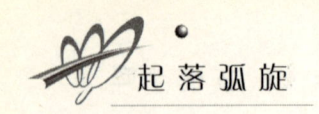

前观战的一个球友:"老李,来,战几局。"

"不打了,今天不得劲儿。"老李笑着摆了摆手。

"哈哈,草鸡了?"老钱想激将。

郑青微笑着走过去:"我来试试?"

"好,老张,把你球拍给这位兄弟用用。"老钱热情地招呼这个来应战的白面书生。

老张把自己的拍子递给了郑青,这是个横板两面反胶"双鱼牌"的拍子,郑青是直拍,显然不适用。但他仍然笑着接过拍子:"谢谢。"

他站在案前,准备开打。对方在业余球友中自认为是个高手,并没把文质彬彬的郑青放在眼里。

"兄弟,你先发球吧。"

"好。"郑青没有谦让。他站在反手位,手型向下一砍,发了一个强下旋。

"好!"老钱大喊一声,憋足劲一搓,回球到了郑青中路,郑青早有预判,侧身一板抢拉,嗡的一声,球劲道十足地飞了过去,对方接空。

郑青接着还在自己反手位发球,他似乎用了一个同样的动作,球急奔对方反手位。对方认为还是下旋球,这次力图想把落点控制好,搓到郑青反手位的小三角。但他没想到接球的瞬间,球突然间向上飞得很高。

"啊,上旋球。"老钱发现上当了。郑青按既定套路,侧身一记结结实实的重扣,几乎把球拍碎。这两个球打得干净漂亮。老钱脸上露出了惊讶的神色。

郑青发的上旋球,前奔冲劲大,上拱力道强,一般业余球友都吃他球。双方打熟了还好些,但一段时间不交手,一打还得吃他的球。

郑青与老钱打了三局,老钱因吃球连连丢分。郑青发球多变质高,直线、侧旋、撞击,球发得神秘莫测,老钱完全被他这手发球弄懵了。

"兄弟,你这球怎么发的?怪啊,太怪了!"老钱一脸无奈。

"互相打多了,熟悉了,就不吃球了。"郑青尽量低调地说,但

· 第七章　万物生晖 ·

心里不免有些得意，这无冕之王水平有限啊！郑青刚想还拍子撤退，一直在旁边观战的老者向他走了过来。

郑青和老钱激战时，铁丝网外有一个七十多岁的老者停住了脚步，他中等身材、微胖，光亮的大圆头上摆着几根稀疏的头发，脸上也是油亮红润。他开始是在铁丝网外观看，越看越专注，后来干脆走进来。

看到郑青这么一会儿工夫直落三局，把这里的无冕之王拿下，老者来了兴趣："年轻人，咱俩切磋切磋？"

"噢，好，老师傅，向您请教。"郑青凭经验和直觉，感觉这位老师傅绝非等闲之辈，既然敢上台，应该会有绝技在身。但毕竟年近古稀，纵有绝技，气力衰减，体力不支，还能厉害到哪儿去？

郑青这样想着，轻松地说："老师傅先发球吧。"

"年轻人先发吧，你球发得不错。"老者淡然说道。

"承让了。"郑青仍按刚才打老钱的套路发球：先发下旋球探路，再发上旋球突袭。这曾经屡试不爽的招数被老者轻松化解，郑青发过去的球被老师傅魔术般吸附住，乖乖地回落在郑青案上，郑青眼花缭乱，疲于应付。像一头壮牛掉进水井里有劲使不上。

老师傅肥厚的手掌把自己的球拍运用得出神入化，推、杵、抖、撇、拧等多种手法，交替使用，百变无常。把一向处变不惊的郑青打笑了。

"太神了！老师傅。"三比零，郑青被老者拿下。他走上前由衷赞道："老师傅您太厉害了！请问您多大年纪？"

"七十三啦，阎王不叫自己去的岁数。"老者高声答道。

说话间，郑青看了看老者的拍子，一面光板，一面长胶，红长胶中间还挖了圆形贴了个黑长胶。板子上油腻腻、黑乎乎的。

"这个拍子有特色啊！"郑青笑着说，周围的球友也都会意地笑了。

"老师傅，今天受教了！我还要赶着上班，改天好好请教您。"郑青握手告别了老者，匆匆往回赶，他今天上午受邀要去省委党校讲课。

上午9点，党校高大的教学楼阶梯教室坐满了听课的学员。

"今天，我们请到了省政府研究室主任、党组书记郑青，郑主任

曾在国家宏观研究机构工作,研究能力强、站位高、信息量大,视角独特。他今天的讲座一定会给大家带来全新的感受和启发,有请郑主任给我们讲授《三维视觉看中国》。"

主持人隆重推出郑青,郑青微笑着走上讲台。

"党校是人才汇聚之地,我来这里是班门弄斧。不过有点想法和观点就教于大家,也是一种交流。"

郑青谦逊的姿态,浑厚的嗓音,纯正的普通话以及浑身上下透出的学者风度,一下子吸引住了学员们。

横看成岭侧成峰,远近高低各不同,不识庐山真面目,只缘身在此山中。这首极具哲理的小诗说明了认识一座山的难度,也说明了全面看问题的方法和途径。

观察一个国家远比看一座山难得多,尤其是认识有14亿人口的大国。按照辩证唯物主义和历史唯物主义的观点,必须从纵向、横向、立体三个角度来看,才会对当今中国有一个比较通透的认识。

纵向看……立体看……横向看……郑青脱稿讲座,娓娓道来:"打个不太贴切的比喻,假如把国家经济比作一个人体的话,那么工业、农业、商贸、流通等实体经济好比人的四肢和躯体。体制机制、文化和科技好比中枢神经,金融好比流通的血液,剩余价值在各部分间的分配好比掌握躯体的阴阳平衡。健全的大脑通过中枢神经的传导和指挥,四肢和躯体才能协调和联动,通过心脏将血液输送到各个毛细血管。再加分配合理,阴阳平衡,动作协调,才是一个健康的肌体。因此,要使经济社会平稳快速发展,执政者就必须掌握平衡术……

郑青的讲座思想性、逻辑性、生动性征服了听众,引起大家的好评。但他觉得很多问题并没有说透,每次上台都是对自身局限性的一次检视和反观。

早晨打球遇到的老者让他体会到:任何领域,学无止境!晚上回到宿舍,郑青准备把明天上午研究室全体会议的讲话内容再梳理一遍。

郑青刚坐下来一会儿,郑芳打来了电话:"姐夫,吃饭了吗?"

第七章　万物生晖

"吃了，有事？"郑青想让芳芳尽快说事，每次打电话，都要有很长时间在询问他的生活细节，这让他感觉琐碎而不必要。如果郑媛问这些细节他会甜蜜而蛮横地打断："谢谢老婆大人，我能照顾好自己，您就不要操心这些小事啦。"可是对郑芳，他不好打断她的好意，而这好意让他感觉到压力。有时候，强加于人的好意对于受者是极大的不适，它只是施者的意愿。

"姐夫，你准备在平原省待几年哪？不能老在那儿吧？孩子、老人都在这边。"

"现在不是讨论这个的时候，我刚来不久，还没学到什么，也没做出多大成绩。现在我需要扎下心来工作。"

"你下去不就是一个形式么？早点活动关系回来吧，我姐出了这事，你回来理由也充分。"郑芳仍是不知深浅地说。

"我要的不是理由，是能力和实绩！芳芳，以后不要议论我工作的事。"郑青口气里带着不悦。

"好吧，对不起，但是你老不回来，孩子你得管！"郑芳说完没等郑青说话就挂了。

提到孩子，郑青不得不认真考虑。孩子上高中了，正处在知识的最佳学习期、性格形成期和身体的快速发育期。这个期间，辅助学校做好家庭教育对孩子的成长十分必要。而雷雷这种情况，家庭教育缺失，显然不是长久之计。郑芳虽然很照顾雷雷，但她毕竟代替不了父母。况且，郑青不想让郑芳因为照顾雷雷而频繁密切地接触他，这种无距离的接触迟早会衍生出很多问题，他不想误导郑芳。

雷雷的问题必须提上日程了，他不能把儿子扔给郑芳，他得想办法增加和孩子相处的机会。潜移默化地影响孩子，就像昨夜的春雨，润物细无声。

第二天早上，天彻底放晴了，一切都明媚起来，视野里是深深浅浅的绿意，风软软的，吹面不寒。郑青从宿舍步行到机关办公室，他每天会趁这个时间思考一天将要进行的工作。

起落弧旋

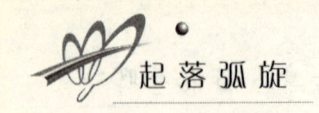

"郑主任,上午机关全体会通知到位了,如果没有变化就按计划安排了?"研究室综合处姜羽东打来电话请示。

综合处相当于一个办公室主任,是研究室的大管家,必须对"一把手"负责。因为经常会有突如其来的事项改变计划,所以事前他必须按程序再次确认。

省政府研究室全体工作人员会议,上午9点在机关第一会议室召开。罗列副主任主持会议,他微胖的身躯在椅子上扭动了几下,然后挺直,清嗓:"今天我们开个全体会,由郑主任专门给大家讲讲调查研究的问题。调研工作是我们研究室的职责,但对这项工作我们并没有深入思考,包括我在内,认识还比较肤浅。郑主任来研究室后把这个问题提到一个相当的高度,而且身体力行,为我们作出了榜样。下面请同志们认真听,认真记,认真思考,结合本职工作,认真贯彻执行。"罗列谦恭尊敬,一口气说了四个认真,再加上他那认真过度的神情,让人觉得有点用力过猛。

郑青朝罗列点点头,然后扫视了一眼会场,开口直奔会议主题:"同志们,我想和大家共同探讨一下,如何搞好调查研究?我们是个调研机构,是吃调研这碗饭的。首先要研究好'调研'本身,这是我们的基本功。工人做工,农民种地,教师教学,商人经商,运动员比赛等等都需要基本功。那我们的基本功是什么呢?最重要的就是学会调查研究。调查研究这个词,在干部群里,几乎天天挂在嘴上。但真正懂得如何调研,且能写出好的调研报告的并不多。原因一是,糊里糊涂,不会调研;二是,心浮气躁,沉不下心来调研;三是,不少人机械地按领导指示搞调研,背着靴子找鞋,按图索骥,上面要什么给什么,这样的调研还不如不做。历史上和现实中这样的教训太多。

"由此我想到一个故事:被忽悠的皇帝。说的是宋真宗大中祥符年夏天,皇帝接到各地许多关于蝗灾的奏折,真宗信佛,相信神仙会来消灭蝗灾。许多官员看出皇帝的心思,就顺杆爬说,蝗虫都害怕皇上的神威,纷纷自杀了,还有的说蝗虫在天上飞行时,忽遇一股神奇

第七章 万物生晖

的力量，莫名其妙就死了，这是神仙在帮助大宋灭蝗灾等等，皇上看到奏折非常高兴，可是几天后，皇上和几位大臣坐在皇宫商议国事的时候，忽然无数蝗虫从天空黑压压飞过来，有些甚至直接飞入金銮殿，真宗见此情景大惊失色，大声嚷道：'此事岂不让天下人耻笑？'

"蝗灾事件过后，真宗开始反思，对自己的迷仙行为作出深刻检讨的同时实行了官员问责制度，对刚开始奉承忽悠他的官员，进行了严肃处理甚至罢免。

"上述例子已成为历史，但领导干部被调研的现象屡见不鲜，大家的功夫没用到工作上，而用到了研究领导的好恶上，一心投其所好。"

郑青深入浅出，说古论今，引经据典，与会人员深受教育。他广博的知识，出众的口才，语重心长的态度，再次强化了他在机关工作人员心中的威信。

郑青讲话后，罗列正在做总结，综合处长轻轻走到郑青一侧，耳语道："李副省长秘书来电话，请您马上到省长办公室，有急事。"

"嗯，备车。"

平原省人民政府办公楼是一座新建的大楼，威严、庄重、明亮。比起过去的两栋又小又窄的旧楼气派多了。

郑青匆匆来到大楼前，职业敏感告诉他，副省长这么急着亲自召见，一定与省领导的决策有关。

郑青先到了六楼丁秘书的办公室，丁秘书通报后，把郑青请进副省长办公室。

"小郑啊，今天请你来，就一件事，这件事很重要，必须当面与你沟通。"副省长面色温和，但语气坚定。

"请领导指示。"郑青欠身道。

"嗯，是这样，省委赵云杰书记近日在省委常委会上强调，咱们省是产钢大省，过去是一钢独大，现在要调整结构，转型升级，中央要求去产能，各地方、各企业，有实际困难。究竟咱们省调整到多少产能为宜，有关部门一直没有确切数字。赵书记点名说：省政府研究室抓紧搞调研，把我省钢铁产能规模搞清楚，会后指示我亲自安排这件事。"副省长说出了事情原委。

"小郑啊，省委主要领导这么重视这件事，这项工作关系重大，今天我专门把你找来，是对你寄予厚望的，尽快调研出个东西来。"副省长越说越严肃。

"明白，我抓紧组织人手，组成调查组，我亲自带队把这次调研搞好，请省长放心！"郑青一脸庄重和自信。

"好，马上去办吧。"副省长笑了笑。突然他表情又严肃起来，"小郑啊，研究室过去工作很被动，一年也拿不出一篇有分量的东西，内部也不团结，现在也有人告你，你还要注意协调好内部关系呀。"

"谢谢领导提醒，我会尽力协调好关系。"郑青心里暗暗吃惊，有人告状？告的什么？我一无所知啊。

"发挥好你的特长，但不要太书生气噢！"副省长充满善意地拍了拍郑青的肩膀。

回研究室的路上，郑青开始思考，如何完成这次重大调研，如何打赢这场硬仗。这件事情并不简单，有关部门情况熟知，人才济济，拿出的东西领导居然不满意，难度之大可想而知。我们能不能搞出来还有很大变数，但别无选择。他心里被任务占满，至于有人告状，他现在无暇顾及。

郑青回机关后，连夜召开主任办公（扩大）会议。他看起来斯斯文文，但工作上历来雷厉风行，任务分配不过夜。

会议一开始，郑青直奔主题："同志们，这次调研工作，既是我们的职责所在，更是省委、省政府交给我们的一项政治任务。我们常说有为才有位，如果我们碌碌无为，怎么让上级重视我们？这项工作时间紧、任务重、标准高、难度大。我们必须打破常规，只争朝夕，迎难而上。有时候，时间就是质量，一项重要工作，一拖半年，报告写得再好，也贻误了战机。有时候，时间服从质量，匆匆忙忙，粗粗拉拉，拿出的东西同样没有价值。我们现在要的是又快又好，今天召集这个紧急会议,恳请大家集思广益,拿出切实的意见和办法。"

接下来副主任、处长、副处长都谈了自己的想法和建议。会议气氛活跃,同志们都踊跃地为这次调研任务圆满完成献计献策。

"这么重要艰巨的工作,只有主任亲自出马,才能马到成功啊!"罗列不失时机地拍马屁,有几个人偷偷笑了。

"我一个人浑身是铁能打几颗钉啊,需要大家齐心协力,共克难关,当然我必须挂帅,研究室只要没有特殊情况,我就会全程参与调研,机关日常工作由罗列副主任主持并全权处理。重要情况及时沟通。"郑青安排道。

接下来会议详细研究了调研具体方案,包括:时间、地点、对象、方法、形式、程序、分工、责任以及注意事项等。

一场重大调研攻坚战全面展开。郑青带领特邀专家和相关工作人员兵不卸甲、马不停蹄、夜以继日地连续作战,先后走访省发改、工信、环保、人社、水利、统计等部门,深入本省三个设区市及相关国有企业和民营企业,采取查阅有关文件和资料、实地考察、集中座谈、解剖典型、咨询专家、请教业内人士、与基层企业干部职工直接对话、参加政府去产能汇报调研会等多种调研方式,边调研、边思考、边深化、边综合。几经碰撞,几经磋商,几易其稿,最终形成了《关于我省钢铁产能规模的分析评估与相关建议》的调研报告。

报告认为,为认真贯彻习近平总书记系列重要讲话精神和中央要求,省委、省政府以化解过剩产能为重点,大力推进供给侧结构性改革,以壮士断腕的决心坚定不移去产能,积极培育新动能,取得了阶段性成效。《调研报告》指出,钢铁产业作为本省传统优势的支柱产业,在今后相当长的时间内将依然是支撑我省经济发展不可替代的重要产业,因此对钢铁产业规模有必要进行科学的符合本省实际的分析评估,以此取得可持续发展的主动权。

《调研报告》强调钢铁产能规模的确定,受多元化因素影响,应多维审视,综合考量。我们将影响全省钢铁产能规模的四大容量因素,

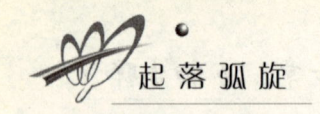

即环境、市场、民生、空间逐一开展匹配性分析，得出结论：全省钢铁产能规模控制在 2.2 亿吨左右比较合适。

《调研报告》还对本省钢铁产能适度规模条件下，如何实现转型升级，更好地培育新动能，以及解决好去产能工作中的问题，提出了相应的建议。

郑青及所带领的团队对调研报告的内容及表述尽可能精准到位，对每一个实例、每一个数字、每一个概念都反复核校斟酌。

《调研报告》相对成熟后，郑青向李副省长作了简明汇报。副省长明确指示：此件可直接向省委赵书记呈报。

很快，省委书记对此件的批示就转到了省政府。李副省长批示：请徐仲达省长、陶士如常务副省长阅示。建议政府主管秘书长先协调有关部门，考虑个意见报省政府研究。

徐仲达省长和陶士如常务副省长批示：赞成，抓好落实。

一个调研报告，这么多高层领导批示并不多见。经过两个月的紧张调研，面对省领导的首肯，郑青稍稍松了口气，但是凭他多年的官场经验，这只是开始。迎接挑战将会是以后工作的常态。

至于有人告状，暗放冷箭，郑青坚信对方只是捕风捉影，扰乱视听。但是，寒流再强，春的脚步也不可阻挡。

第八章　暖意萌生

　　天气一天天地暖起来，尽管齐蓝的心还彻骨地寒。

　　送别了哥哥齐浩，当天下午她就回到太行市，严和送她回家后，嘱咐她好好休息两天，防止身体出现更严重的问题，在齐浩墓地晕倒已经是个警示了。

　　齐蓝虽然嘴上答应了，但她第二天就正常上班了，她摘下了臂上的黑纱。除严和外，她不想让任何人知道齐浩去世的消息，她不愿意一遍遍地刷新痛苦的记忆，接受众口一词的安慰，迎接同情中带着探寻的目光。

　　没有人看出她有什么异样，只是她对春天的感觉有些迟钝了，直到有一天一个同事问她："齐蓝，好久不见你的摄影作品了，春天了，怎么不去拍片？"她这才意识到，不管她心里多冷，大自然依旧是春暖花开了！

　　齐蓝决定还是到大自然中去。自然界那些在春天中勃发的、新鲜的生命，给人的安慰和力量是远远超过了同类的。

　　仓央嘉措说："世间除了生死都是小事。"但齐蓝这几年经历的都是生死大事，大事又怎样？她必须克制她的悲痛，收敛她的情绪，尽量正常地工作和生活。她体会到郑主任那句话：越是难熬的日子越要有事情可做。她不想让消极负面的情绪主宰了自己，任它们消耗自

己的阳气。心情不好的时候去做有意思的、自己感兴趣的事情，摄影、运动都能有效地缓解低沉情绪。

她又像从前一样早出晚归。迎日出，送日落，拍带露水的花朵，追夕阳下变幻的云朵……她在这么做的时候，心里也经常有阵痛袭来。那个时候她会自言自语，跟母亲、父亲、哥哥对话，她相信他们是感知得到的，她流着泪跟他们描绘她所遇到的美好。

齐蓝逐渐恢复了活力，痛并充实着。快乐，她暂时做不到，但在追求一朵花开、一片叶绿的过程中，她时常心生喜悦，她时时感觉到生命的庄严和美好。

除摄影外，她也恢复了正常的运动，只是健身房她不愿意去了。她觉得憋在健身房是对大自然最美好季节的辜负。所以她经常开车到环城水系的景观大道跑步，一路跑下去。风声、水声、车鸣声，声声入耳；花香、草香、泥土香，缕缕润肺。

这天是周六，齐蓝没有睡懒觉，早晨5点多她就赶到环城水系子龙大桥拍日出了。她到的时候东方的天空刚刚有些朦胧的赤红，日出尚在酝酿中，她挎好相机，站在最好的位置等待着。

周六的早晨显得比平时静谧，子龙大桥上除偶尔呼啸而过的火车外，高速路和国道上都少有车辆经过，空气中是夹杂了滹沱河水腥味儿的各种生命的味道，沿河蜿蜒的红色景观大道上，有远远近近三五成群的晨跑人。太阳在迷离的晨雾中准备露脸了。齐蓝支好支架开始调试相机。

一身蓝色运动装的郑青出现在齐蓝的镜头中。

"郑主任？他怎么也到这么远的地方来跑步？"齐蓝狐疑着，以为是自己看错了，再拉近一些仔细看，没错，是郑主任，只是郑主任身边还有一个和他身高不相上下的十五六岁的男孩，因为是跑着的，距离又太远，齐蓝看不清男孩的脸，但从两个人的亲密程度来看，很像是父子。

来不及多想了，只是一愣神儿的工夫，太阳已经跃出水面了，齐

第八章　暖意萌生

蓝赶紧投入工作中。

不到8点，齐蓝结束了拍摄，驾车回市区，脑子里回放着她拍下的一个个瞬间，想象着能出几张好片，哪个瞬间是最美而又把握最好的。

一回到家，她马上上传到电脑上放大看了几遍，有四张她满意，其中就有第一张太阳刚跃出水面1/4时的瞬间，而这一张里恰好有奔跑着的郑青父子（如果她没猜错的话）的身影。

齐蓝盯着这张照片看了很久，突然，她拿起手机，从通讯录里找到郑青，片刻都不迟疑地拨了出去："郑主任，好久不见！您可好？"齐蓝爽快地问候。

"噢，齐蓝啊，早上好！我很好，有什么事你说，小齐。"

"郑主任，没什么事，我是想告诉您，您今天早晨闯进我的镜头了，对了，应该还有一个小朋友。"

"啊！齐蓝，你也去子龙大桥了？"郑青很快明白过来。

"是的，郑主任，我刚从那里拍日出回来，开始我还以为看错了呢，回来上传到电脑一看，真的是您，您怎么也到那么远的地方跑步？"

"那么巧，我今天是第一次到子龙大桥跑步，我是按照计划沿环城水系跑，怎么，你不会是沿着环城水系拍吧？"

"咯咯咯，又说对了，郑主任！"齐蓝被郑青的随意和轻松感染。

"郑主任，一直想跟您学打球呢，您再打球方便时招呼我。"

"噢，好好好，今天我就没什么事，儿子过来了，小齐你要方便下午一起去省工体中心？"

"噢，好的，郑主任，几点？"

"下午4点半吧，二楼乒乓球馆。"

"好的，下午见！"

省工会的体育中心，齐蓝很熟悉，尤其是二楼的乒乓球馆，她有这里的健身卡，利昂在的时候，她经常到这里打球。

师大的乒乓球馆本也很方便，但利昂结识了几位打球的高手：文化厅的高健，教育厅的张连胜，省工会的李文杰都成了利昂的球友，

097

而他们都在省工体中心打球，利昂也就很自然地凑他们过来了。

齐蓝到这里来，观战的时间远远大于打球的时间，她通常是转着圈看，哪台球打得激烈她就往哪边跑，也拍下过很多精彩的瞬间，常来这里打球的人，大多熟悉齐蓝，也习惯她的观战并默许她拍照，往往是越是有齐蓝观战，越有可能打成一场观赏性很强的比赛。如果齐蓝连续几天不来，再过来时那些平时不说话只点头的球友就会忍不住问一句："好几天没来了呀！"

"是是，这几天忙。"齐蓝也笑着尽量大声地回答，也算是招呼了所有关注她的球友。

跟郑主任约的是下午4点半，但齐蓝不到4点就到了，她好久不来了，她想适应一下环境，尤其是适应一下没有利昂的环境。

一上二楼她就看到承包了二楼东区的齐教练正在教几个小学生发球，小齐是杂技之乡吴桥人，体校毕业后当起了乒乓球私人教练，跟齐蓝同龄的他已经在太行市内五区承包了五个场馆，他收费不高，技术好，有耐心，能吃苦。西半区拿年卡来打球的人也经常请教他一些基本功，齐蓝就是一个，经常是看齐教练不忙的时候她就跨过东半区的围栏找他切磋。

齐蓝经常跟人说："我球打得一般，但动作规范啊，也算半个科班出身。"她这么说主要是觉得她的基本功都是齐教练手把手教的。

小齐教练的热心和不计较为他赢来了好人缘。西半区的人们一旦有要从基本功学打球的亲戚朋友，多半会主动介绍给小齐，以孩子们居多。

这会儿，小齐教练身边正围着五六个孩子，齐蓝本想一会再过去招呼，没想到眼尖的齐教练先看到了她，马上放下球拍跨过分区围栏："哎呀，齐蓝，你可是露头儿了，我们都很想你呢！"

"哈哈，我人缘这么好啊！"齐蓝的心暖暖的，这种萍水相逢的亲切和关怀让她觉得纯粹、温暖。

"齐教练，你先忙，我到前边看看老杨他们。"

第八章　暖意萌生

"好的，忙完过来玩儿啊。"小齐边说边来了个立定跳高，跳进围栏里边自己的王国去了。

齐蓝往前走了十几米，就看到了老杨、老张、老李、老查……这是一班退休老头，整天泡在球馆，从开门到关门，除了吃饭和午休时间，他们都在。球打得都很油儿，不在乎输赢，但也不思进取了，就是玩儿球吧，这是老杨他们给自己的定义，他们都喜欢齐蓝，管齐蓝叫"小齐老师"。

齐蓝远远地朝他们喊："嗨，老杨，你们都在呀！"

几个人都收住了动作望向齐蓝："小齐老师，我们老数念你，你不打喷嚏呀？"老杨满脸慈爱地看着齐蓝。

"哎呀，别提了，我就是这几天喷嚏打个不停，觉摸着（估计）就是你们数念我，这不赶紧跑过来了吗。"齐蓝模仿他们的口气答道。

"哈哈哈……"一群人都笑了，齐蓝像找到组织一样的感觉。

郑青父子俩到的时候齐蓝正跟老杨练手热身，她看到郑青马上停下来："老杨师傅，回头再跟您学习啊，我约了个朋友。"然后朝郑青跑过去。

"你对这里很熟啊？"

"是，郑主任，去年经常过来看球，也会偶尔拍拍打球的人们。"

"噢，怪不得，这是我儿子郑雷，快叫……"郑青刚想交代雷雷"快叫阿姨"。

"姐姐好！"雷雷已经抢先自作主张认了姐姐，郑青半张着嘴愣住了。

齐蓝倒是觉得理所当然。"郑雷好！"她说着，身子往前一探，眯眼笑着端详郑雷，"比爸爸帅！"

"哈！"郑雷歪了歪头看着爸爸，有些羞涩地笑了。

"按道理是该叫阿姨呀！"郑青侧过脸看着儿子。

"就叫姐姐，我喜欢这小帅哥喊我姐姐，说明我更像姐姐对吧雷雷？"

起落弧旋

"没——错儿！"郑雷把"没"字拉得老长，两个人一唱一和像是认识了多久似的，郑青不由得感叹齐蓝的感染力和亲和力。

三个人一边说笑着一边来到东南角一个无人的球台前，齐蓝听说雷雷也是"子承父业"喜欢乒乓球，赶紧拉过雷雷："我先跟雷雷打会儿，郑主任您指导。"

"哈哈，好好，我观战。"郑青觉得这个女孩子是如此善解人意。

雷雷球技确实不错，但明显是打得少，手生，第一局5：11负于齐蓝。但齐蓝场上的活力非常有感染力，到了第二局，雷雷就进入状态了，两个人一个球咬一个球地死嗑，比分几次持平，最后11：9齐蓝以微弱优势赢了雷雷。

"爸，郑指导，过来指导指导。"郑雷连输两局后开始找救兵。

"郑主任，你跟雷雷打，我歇会儿，好久不打了，体力跟不上了。"齐蓝说着离开球台让郑青过去。

郑青父子打球的神态、动作很像，尤其是弓身准备接发球时，歪鼓着嘴眯缝着眼的专注神情像是复制粘贴的，齐蓝看着看着无声地笑了，这是她自齐浩去世以来第一次发自内心的笑。

郑青一边打一边给雷雷示范，雷雷领悟很快，立竿见影，模仿爸爸的动作很到位。郑青看起来很满意："不错，小子！你要是学习也这么用心就好了！"

"爸，不是说好了打球就是打球嘛！"郑雷瞥了一眼齐蓝。

"好好，你歇会儿，体会一下我刚才教你的动作，我和姐姐打会儿。"

郑青扭过头来对着齐蓝："来，齐蓝，来几局？"

"好，不过郑主任别再剃我光头了啊，我都有心理阴影了！"

"哈哈哈……"两个人一齐仰头笑起来。

郑青并没有剃齐蓝光头，两个人有胜有负，郑青胜多负少，他明显感觉到齐蓝的进步，尤其是他刚才教雷雷的动作，齐蓝显然都领悟并且用上了。

"是个学习力很强的女孩子。"他心里这样评价齐蓝今天的表现。

第八章 暖意萌生

将近7点钟的时候,他们收拍准备回家了,这个时候,却不见雷雷。郑青和齐蓝环顾了整个大厅也没有雷雷的身影,公共场合又不宜大呼小叫。

"我去找找。"齐蓝说着迅速收拾收好东西背起包跑了。

她先到了三楼羽毛球馆,转了一圈没有发现雷雷,她又准备去一楼的游泳馆,就在她转身下楼时,雷雷不知从哪儿蹿出来用球拍抵住齐蓝的腰:"不许动!"

齐蓝一回头:"啊,雷雷,去哪儿……"话没说完,最后一阶楼梯一脚踩空,左脚拧了一圈,脚面着地,当场疼得蹲在地上!

"啊,姐姐!"雷雷自知闯了祸,赶紧过来搀扶齐蓝,齐蓝摆了摆手:"没事,没事,先别动我。"

此时郑青也闻讯赶过来了,凭经验他感觉齐蓝伤得不轻,要带她去医院,可齐蓝非常固执:"郑主任,骨头肯定没事儿,我崴脚好几次了,都是一两天就没事儿了,你先送我回家,家里有云南白药,我回去先处理一下,看明天不见好再说。"

郑青拗不过齐蓝,只好先依她,他问雷雷是否跟他一起去送姐姐。

"我就不跟你们去了,我先自己回去,给我钥匙。"郑雷低着头,不无沮丧地说。然后他挪动了两步到齐蓝跟前,拉了一下齐蓝胳膊:"姐姐,对不起。"齐蓝这会儿应该还在疼痛中,但她努力挤出一个无所谓的笑:"没事儿,雷雷,我经常受伤,小意思。"

十几分钟后,他们回到了齐蓝位于紫御府的家,这是一栋32层的高层住宅。齐蓝住在临街西楼头的31层,房子刚刚100平方米,但结构很好,客厅的落地窗使房间看起来很开阔,加上是西楼头,前面没有障碍物,街面风景一览无余。齐蓝把客厅阳台变成了花房,钉到墙上的吊兰,悬空的吸毒草,花凳上品种齐全的海棠,石台上各种造型的多肉儿,花间一个三角形的茶几和两把竹凳,让人一下子又觉得这不是花房而是茶室、书房。

郑青一踏进齐蓝家的第一印象是雅致而有情怀,他似乎第一次看

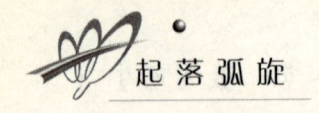

到了情怀的具象。

"这是一个多么懂生活的人啊！"他心里默默地感叹。

他把齐蓝扶到沙发上，然后蹲下来说："小齐，如果你不介意，我想看一下你的伤势，我还是不太放心。"

"嗯，好。"齐蓝说着皱着眉头开始脱鞋脱袜子，脱到一半碰了一下，她"嘶"地抽了口凉气。

"很疼吧？"郑青紧张地问。

"啊，没有，不太疼。"齐蓝不想让郑青着急、内疚。

看到齐蓝肿得亮晶晶的脚，"走吧，咱还是去医院吧。"郑青又一次劝说。

齐蓝的脚面右下方已肿起了鸡蛋大小的青包，并且还有增大趋势，郑青觉得不会像齐蓝说的那样"明天就没事儿了"，他坚持送齐蓝去医院拍片确认一下，而齐蓝仍是坚决不去："郑主任，您别管我了，好吧？我真没事儿，明天看看再说。"齐蓝的语气里有恳求、有固执。

"好吧，云南白药在哪儿，另外冰袋有吗？"

"书房柜子里有药箱，您帮我拿一下。"齐蓝手指着右侧书房的方向，郑青赶紧起身去找。齐蓝的书房不大，除窗户外，三面都是到顶的柜子，里面整齐地排列着不同尺寸的书籍，书桌是嵌入式的，椭圆形的窗前是一个圆形的地毯，地毯上一个折叠沙发，旁边一盆棒棒糖形状的琴叶榕，叶子肥大光亮。整个书房别致而有生机，郑青踏进这间叫"燕窝"的书房，心里果真有燕子归巢的安定和舒适感。

"在写字台下边的柜子里面，郑主任，找到了吗？"齐蓝在外面喊道。

郑青打开柜子，一个长方形透明塑料药箱规规矩矩地躺在柜子里，只是药箱表面赫然是一块黑纱，并没有折痕，显然是刚放上去没多久。郑青看着黑纱愣了一下，齐蓝在外面一喊，他才轻轻地把黑纱放到旁边，提起箱子，走了出去。

郑青蹲下来，找出云南白药喷雾剂，很熟练地按操作规程给齐蓝

第八章 暖意萌生

喷上了云南白药。之后把齐蓝的脚抬高，放在凳子上，握住她的脚腕，轻轻地揉了几下。

齐蓝的脚抽动了一下，"疼是吗？"郑青紧张地问。

"不，没事儿。"

"疼你就说，不要忍。"

"嗯，我知道。"齐蓝看到郑青额头上都冒汗了。

涂完药郑青又从冰箱里取出冰袋，用毛巾包裹好垫在齐蓝的伤处，然后他又把墩布头拆下，剩下一个光秃秃的木棍，暂时做齐蓝的拐杖。做完这一切他又交代齐蓝："今天就将就一下，别洗澡了，明天找人来照顾你。"

"不用郑主任，我能自理，明天可能就没事儿了。"说着齐蓝想尝试着站起来，伤脚又被绊了一下，齐蓝皱了皱眉无奈地坐回到沙发上。

郑青赶紧托起齐蓝的脚放回到凳子上，"你看你这孩子怎么这么固执？"只是这一句话，齐蓝的眼泪毫无征兆地哗就下来了。

"是很疼？"郑青焦急地问。齐蓝不吭声，眼泪从她闭着的眼睛里不断溢出来。

"不行，咱还是去医院吧，我这样走了也不放心。"郑青说着准备扶齐蓝起来去医院。

齐蓝推开郑青的手，努力平复了一下情绪说："郑主任，谢谢你，不是疼，是你刚才那句话让我想起了我哥，他也经常说'你这孩子怎么这么固执'，他才比你大两岁……"齐蓝声音发涩，说不下去了。

此时郑青已经判断出刚才那块黑纱的缘由了，但他还是试探着问："哥哥生病了？"

"哥哥去世了，上个月龙抬头那天！"齐蓝似乎平静的声音里透露出痛定思痛的刻骨。

郑青仿佛在这女孩子身上看到了自己，去年送走媛媛后的自己：绝望中的坚强，安静中的崩溃。

"小齐对不起，没想到你刚经历了这么大的痛苦。"

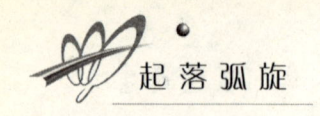

"没事,郑主任,我已经缓过来了,只是偶尔也会有失控的时候。"

"我理解,我理解,我一个大男人都有时候控制不住,更何况你一个女孩子!"

"去年雷雷妈妈意外去世以后有好几个月我都恍恍惚惚的,除了工作外,其他时间都不正常,还不如你呢!"感同身受的郑青身不由己地说出了自己的痛处,此前,他一直是守口如瓶的。

"啊,郑主任,我没想到!对不起。"

"唉,怎么你又说对不起了?大概每个人都不像我们看到的那么轻松吧,从容背后是化解了的沉重。"

"嗯,确实是!"齐蓝深有同感。

同病相怜使他们的距离瞬间拉近了不少,郑青在齐蓝眼里不再只是一个高级干部,而更像一个温暖厚道靠谱的兄长。她告诉郑青她四年内送走了三位至亲,她一度觉得是她命不好,怎么努力前方都有不期而遇的痛苦和打击,但自从哥哥去世以后,她反倒从这种情绪中挣脱出来,生命的无常让她更加懂得珍惜。每一天都要尽力地活好,活得心安理得。表里如一的善,言行一致的真,潜心一志地做事……郑青专注地听完齐蓝这段几乎不带标点、不加停顿的心里话,他被这个比他小十来岁的女孩子感动了。

"齐蓝,我本来还想劝劝你。但是现在我想说,感同身受而且你比我深刻,这就是痛苦和打击给你的回报吧。"郑青脸上是庄重而肯定的表情,此刻的齐蓝在他眼里已经不再是个孩子了。

"快10点了,郑主任,你快回去照顾雷雷。"齐蓝先反应过来,赶紧催促郑青回去。

"没事,那小子知道自己闯了祸,肯定很乖了今天,应该是已经自己解决了晚饭了。对了,小齐你吃点什么呀?"

"别管我,郑主任。我一会喝杯奶就可以,你快走。"

"那好,我先回去,你一定要小心,能不动就不动啊,我明天送走雷雷再来看你。"

· 第八章　暖意萌生 ·

"真的不用，郑主任。你太忙，就别惦记我了。我可以叫外甥女来照顾或者其他的同事、朋友。"

"两码事，我责无旁贷，明天来了看情况咱们再安排，好了，我先走，一定小心着行动啊！"

"知道啦，知道啦，您快点儿吧！"齐蓝越来越不安了，"哎，郑主任，回去别训雷雷啊！"郑青要关门的一刹那，齐蓝又探过身子嘱咐。

"行了，照顾好自己吧，走了啊！"门被轻轻地关上了。

齐蓝一晚上没有睡好，一翻身碰到伤脚就疼醒。早晨起来一看，鸡蛋大小的青包不见了，但整个脚面包括脚腕子都肿起来了，情况并没有她昨天想象得那么乐观。她决定还是先去医院拍个片，她不想再麻烦郑青了，人家那么大个领导，怎么好让人家伺候，她心里想。而她也不想告诉严和，他反感严和对她的刨根问底。闺蜜倒是有两个，一个是律师梁映竹，一个是二中副校长周紫玉。映竹最近手里有个大案子，紫玉一年到头儿就没几天不忙的时候。齐浩去世齐蓝都没告诉她们，一是知道她们正忙，二是葬礼在北京，她们要是知道了再往北京跑，那齐蓝就太不忍心了。

现在除了外甥女叶丹没有更合适的人帮她了。叶丹是大表姐的女儿，燕山大学新闻传播学研究生，毕业后就职于太行日报社，26岁的年纪就已经历练得成熟大方，做事有始有终，非常靠谱，柴静是她的偶像。齐蓝常跟她开玩笑说："你这真是要铁肩担道义，妙手著文章啊！"

"我再怎么妙手也赶不上小姨的文章！"叶丹很崇拜小姨，她常说小姨是跨界人才，财经论文专业性强，文学作品又充满着人文关怀和对生命的思考，摄影作品虽然发表不多，但粉丝众多，总能在别人熟视无睹的景象中拍出新意，拍出故事。

齐蓝曾经戏谑，"哪天我活得没动力了，就来找丹丹夸夸我，夸得真是太狠了！"

看时间已经快8点了，估计叶丹应该起床了，齐蓝拨通了叶丹的电话："丹丹起来了吧？"

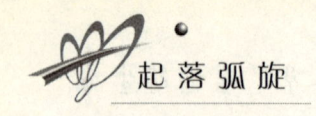

"嗯，小姨，我昨天才出差回来，正想一会儿给你打电话呢，你没事儿吧？"

"这回有事儿了，昨天打球受了点伤，我看过了一晚上也不见好儿，丹丹，你要没事过来帮帮我吧。"

"啊，小姨你别动，我半小时之内到。哎，你是在自己家还是在我姨姥姥他们那边？"

"在自己家。"

不到半小时，叶丹就风风火火地跑来了。这个任何人见了都挑不出大毛病的女孩子，一米六三左右的中等个，腿很长很直，小麦色的皮肤细腻、通透，一双大眼睛，闪动着灵动和热情，偏分的中长发并没有染上时下流行的各种夸张颜色，就那么原生态地规规矩矩地披着，她的衣服精致大气而又不张扬，妆容也是若有若无的那种，总之是很讨巧的女孩，齐蓝就非常喜欢这个比她小不了多少的晚辈。她俩到一块通常很快进入"互捧"模式。

"小姨，伤到哪儿了？骨头没事吧？"叶丹一边换鞋一边急急地问。

"看，伤着蹄子了，这回真成猪蹄子了！"坐在沙发上的齐蓝伸出肿得没型的左脚。

"呀，这么厉害啊！"叶丹咬紧牙瞪着眼的样子像是想分担齐蓝的疼痛。

"走吧，小姨，咱先到附近的市二院拍个片儿，不能耽误了！"

周日，医院的人不太多，她们很顺利地拍完片子，在走廊里等待结果的时候郑青打来电话，齐蓝告诉他正在等结果，有外甥女陪同，郑青马上意识到是情况不乐观，不然不会一大早跑到医院去拍片。"在那儿等着，别动，我十分钟左右到。"

"唉，郑主任……"齐蓝没说完郑青已经挂了电话。

郑青到的时候，结果还没出来，齐蓝指着急得正在大厅转圈儿的叶丹说："我外甥女叶丹，挺靠谱能干的孩子，郑主任您就别老陪着我了。"

第八章 暖意萌生

"我看看结果再说吧。"郑青不容置疑。

又等了十几分钟,结果出来了,果然不乐观,第五趾骨基部骨折并轻微错位,医生建议手术治疗,说是打石膏会好得比较慢,手术比较可靠、彻底,郑青谢过大夫,和叶丹一起搀着齐蓝回到走廊长椅坐下。齐蓝显然没想到这么点小伤还需要手术,她显得有点沮丧,有点无助地看着郑青:"我不想手术。"

"嗯,我知道,不一定非得手术,我联系省三院啊,那里的骨科才是最专业的。"说着郑青开始打电话。

"走吧,我联系了全国一流的骨科专家罗教授,我们现在过去,很近。"齐蓝愣着神没动,她迟疑了一会儿说:"郑主任要不还是别去了,这点伤找专家太小题大做了,让人家说咱矫情。刚才大夫不是说还可以选择打石膏吗,我在这儿打上石膏得了。"

"小姨,就听郑主任的吧,毕竟三院是骨科专业医院,罗教授又是著名的专家,人家给郑主任面子,咱们就去一趟吧,如果罗教授也说要手术,那咱就在省三院手术,如果不需要呢,到哪儿也可以打石膏或者用别的什么手段,你说呢,小姨?"

"对对,丹丹说得很对,我们找罗教授看看再做决定不迟。"郑青很赞赏叶丹刚才的一番话,小姑娘说话真是有理有据。

齐蓝终于被说动了,听由郑青和叶丹带她去了省三院。从三院门口到住院部大楼有将近一百米的距离,这对齐蓝是一个漫长的距离。郑青本想先进去借个轮椅,但齐蓝不让,最后只好是郑青和叶丹一左一右架着齐蓝往住院部大楼走去。

"郑主任,这是怎么了?"迎面有一个微胖的干部模样的中年人招呼郑青。"噢,朋友受了点轻伤。"

"哦哦,"那人直直地盯着齐蓝端详,一边心不在焉地应付郑青:"用帮忙吗?郑主任。"

"不用,不用,你忙吧。"

"没事吧?郑主任,不影响你吧?"那人走后,齐蓝小声问郑青。

"没事儿,是同事。"郑青不想多说。

罗教授是个非常时尚的小老头,典型的知识分子,68岁,身高适中,身材匀称,皮肤白净光亮,眼神亲切智慧,白大褂儿领口处露出的是黑底带字母的非常潮的杰克·琼斯T恤,他把齐蓝的片子挂在屏幕上看了一会儿说:"不用手术,做个支具固定,坚持六周会基本复原,完全没有症状需要三个月。"

齐蓝听说不用手术,如临大赦,但听到三个月,她的心又沉下去了,不过她知道,她已经听到了最权威的意见,别无选择了。

罗教授之后吩咐了他同在三院工作的爱人带郑青一行去做支具、装支具。齐蓝见到罗夫人吃了一惊,她看着走在前面的年轻的罗夫人,拉了郑青一把:"这么年轻,跟我差不多吧?"

"嗯,比你大,四十多了,比罗教授小二十多岁,第二任夫人。"郑青不带表情地低声回答。

"咦,怎么有点本事的人都二婚哪!"齐蓝小声嘟囔着。

"看来你是不太疼了,看这闲心操的!"郑青这回笑了,齐蓝头一扭,也偷着笑了。

第九章　同音共律

　　齐蓝到第二天才装上支具，当天量完尺寸需要订制。郑青走的时候说："明天周一，机关事儿比较多，我就过不来了，让丹丹陪你来吧？"

　　"好好，您不用再跑了，郑主任。"齐蓝已经很过意不去了。

　　"郑主任，您放心吧，这点小事儿就交给我。"叶丹在旁边向郑青保证。

　　周一上午9点，齐蓝和叶丹如约赶到住院部西头附属八楼，支具已经做好了。齐蓝看着这假肢一样的塑料模具，苦笑着说："这怎么穿裤子啊！"

　　"穿打底裤、外边穿长裙，小姨。"叶丹总是这么机智。

　　在护士帮助下，齐蓝戴好支具，在屋里走了一圈儿，果然有固定支撑作用，慢慢走，伤脚痛感不明显。

　　从住院部出来，她们按照昨天罗教授的吩咐要去门诊接洽一下，因为一周后复查要到门诊，路过挂号室的时候，看到队已经排到院子里了。堵着窗口的是一个三十来岁的年轻人，他听到挂号室工作人员说"今天下午的号都挂完了"的时候，他明显有点急扯白脸："那怎么办？你就让我这么断着，明天再来？"他指着下垂着的右臂，看起来是右胳膊断了。之后他不再说话，也不挪开，就那么和窗口里边的人对峙着，里边的人终于妥协了，嘟囔了几句，给年轻人挂了另一科室。

起落弧旋

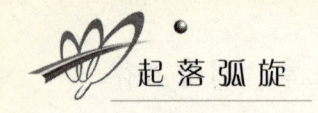

"早说呀，这不有办法吗？"年轻人并不领情，拿起手续有些愤愤地转身离开。

齐蓝在叶丹的搀扶下穿行在门诊走廊的人群里。椅子上坐满了人，还有很多人靠墙站着，甚至过道中间都是人，因为大家都是类似的伤痛，没有谁让谁的道理。走廊里的气味让人窒息。

"怎么这么多人哪！"齐蓝有点怵了。

"这里挂号看病就是这样，永远没有清静的时候。昨天咱要是自己挂号来看，当天都不一定能排上号！"叶丹很了解大医院看病难的状况。

好不容易挤到罗教授介绍的科室，搬出罗教授大名加了个塞儿，跟门诊大夫说了不到三句话。

"总算出来了！"回到院里，齐蓝舒了口气，她一直憋着的。

叶丹把齐蓝送回家就匆忙地赶到单位去了，周一大家都比较忙。走的时候叶丹说下班给齐蓝买些好加工的食品放冰箱，齐蓝坚持说不用，她说在网上下订单，永辉超市半小时之内送到，很方便，谁也不用麻烦。

叶丹说了句："小姨，真潮！什么也难不倒你，那我先走了，不忙的时候随时来看你。"

送走叶丹，齐蓝跟单位说明情况，协调好工作方式然后坐下来准备计划一下如何度过三个月的养伤时间，三个月，多么奢侈的假期，可是一想到不能摄影、不能打球，齐蓝不由得黯然神伤。但她很快恢复了饱满的情绪。这也是她的特点：坏情绪不是没有，但是调整非常快。

她很快做出了养伤计划，除按时保质保量完成单位工作外，整理编辑两年内的摄影作品，比较好的配上文字，这样一想，她甚至觉得一个美好的假期要开始了。

快到中午12点的时候，郑青打来电话："齐蓝，支具戴上有什么感觉？"

"郑主任，好多了，轻微的活动不受影响了。您放心吧！"

第九章　同音共律

"噢,那就好,我这儿今天工作任务比较多,下午下班再去看你。"

"不用来了,郑主任、我慢慢养着吧。"

"嗯,别管了,下午见。"

郑青来的时候,已经过了晚饭时间,他提着两个装满了食物的大袋子,进门就说:"不好意思,小齐,本想着赶着晚饭前给你送来点吃的,结果路上堵车,走了将近一个小时!"

"哎呀,郑主任,您太操心了,我饿不着的,手机上什么都能定啊,超市也给送。"

"嗯,我知道,但是你一个单身女孩子,又受着伤,尽量不要让人送货上门,以防万一。"

听到郑青后边的话,齐蓝暗想:"真是一个思维缜密、行为谨慎的男人。"

分类放好拿来的东西,郑青走过来端详着齐蓝的支具。

"你是直接让支具着地的吗?"他抬头问。

"是啊,我走得很慢的。"

"那也不行,支具外边需要套个大拖鞋走路。不然容易滑倒。"说着郑青打开玄关的鞋柜找大拖鞋。

正在这时,齐蓝的手机响了。

"齐蓝,你个死丫头,你是多大事儿也不告诉我对吧!要不是今天遇到郑主任我都不知道你出了这么多事儿!"

"映竹姐,你不是手里有大案子忙么,我是觉得你自顾不暇。"

"案子天天有,脚可不是天天崴呀!赶紧收拾一下,我明天去接你过来养伤!"映竹的口气不容置疑。

"噢噢,我考虑一下啊,先不说了,我这有点事,回头儿打给你。"

"是映竹姐,她让我搬到她那里去养伤。"挂掉电话,齐蓝跟郑青说。

"嗯,我刚才在超市买东西遇到她了,我告诉她你跟我们打球受了伤,她本来要跟我一起来看你,后来还是我说齐蓝不要紧了,你先回家做饭吧,她才走的。"

"噢，是这样啊！"

"你这个映竹姐对你可真不错，我跟她说你受伤的情况时，她都要掉眼泪了，搞得我赶紧劝她说你不要紧，呵呵。"郑青笑着摇了摇头。

"嗯，映竹姐有时候嘴有点不饶人，律师嘛，靠嘴皮子吃饭的，但心特别软，谁说点伤心事，她听着都眼泪汪汪的。"

"噢，这就难怪了！怎么样，你有计划去她那里养一段吗？我也希望你去。你一个人在这里一是生活不便，二是你出不去也闷得慌啊！"

"我不想去，人家也是一家子人呢，我去了终究扰乱人家正常生活秩序，再说她们两口子也都忙，都上着班，还要照顾一个中学生。"

"嗯，这倒也是，不然我们雇个钟点工吧，帮你买菜做饭打扫卫生，怎么样？"

"郑主任！真的没必要，您多虑了，我自理没问题呀！"齐蓝有些着急了。

"好吧，好吧，尊重你的意见，不过我怕这几天来不了了，按计划我这周要去党建联系点下乡蹲点，你这样我很不放心。"

"嗯，您千万不要为我耽误事，我感觉自己应付不了的时候随时可以去映竹姐那里，您放心去吧。"

"那好，有事一定告诉我，今天我还有事要处理，先走了啊，锁好门。"郑青一边嘱咐着一边急匆匆地出了门。

送走郑青，齐蓝开始考虑要不要去映竹姐家住。去吧，确实有诸多不便，不去吧，她了解映竹姐的脾气，她要想对你好，你不接着都不行，她的热情不容拒绝，是那种强势的大包大揽的热情。

齐蓝跟映竹性格并不属同类，映竹博学、江湖、张扬、热情奔放同时也稍显自以为是，齐蓝则比较内敛、安静，热情但不张扬。

齐蓝和映竹成为朋友，是因为严和，映竹是严和公司的法律顾问，而齐蓝经常去严和公司帮助做些文案设计什么的，她俩曾一起参加过严和的几次饭局，一来二去也就熟了。映竹非常喜欢这个漂亮多才而又个性十足的妹妹，多次盛情邀请齐蓝去她家喝茶。

第九章　同音共律

映竹的家在民心河边，离省政府大院只有一街之隔，属于黄金地段，原来是城中村的地盘，属于小产权，是映竹的一个客户推荐给她这个楼盘，承诺三年内办成市本儿，映竹当时还犹豫了一下，但看了房子之后，她就下决心了：小产权也认了！

房子是东楼头，复式结构，两层面积共239平方米。而且看起来这个面积没什么水分。因为是东楼头，所以有一个转角大阳台，一通到底的落地窗使得视野非常好，而最为关键的是，视野里有水景，从落地窗望出去，正是民心河的湖心岛，亭台楼榭、绿树成荫。映竹把转角阳台装扮成了茶室：蒲团、木桌、竹椅，仅有的一面墙体挂满了绿植。

齐蓝每次应约来喝茶，与其说是为茶不如说是为了这间茶室，而且映竹姐见多识广，自有聊不完的话题。齐蓝多数时候坐在那里，做一个安静的而又不是无动于衷的听众，她插话不多，但用映竹的话说，她的话都在点儿上。

映竹虽然是学法律的，但也曾经是文艺青年，琴棋书画略通，尤好摄影和乒乓球，这后两个爱好跟齐蓝一致，所以两个人很难冷场，除非是累了，各自拿本书窝在一个舒服的地方，可以一两个小时互不交流，这种随意和闲适是很难得的。

齐蓝喜欢这里还有一个重要原因是，二楼有一个将近30平方米的乒乓球室，映竹一家三口都爱打球，他们还给儿子一男请了专业的乒乓球教练，每两周上门授课一次。齐蓝想打球的时候也会偶尔来这里跟映竹或者老米对战几局。

米文昌是格外看重妻子这个朋友的，他跟映竹说："你总算交了个靠谱的朋友，江湖上那些酒肉朋友，别那么认真，爱心泛滥我看你！"

至于他们的儿子一男更是喜欢蓝蓝阿姨，问作业陪打球，蓝蓝阿姨无所不能，尤其是齐蓝一到，一男做作业的效率就特别高，既不跑厕所了，也不吃零食了，一股劲儿做，因为只有他做完做对才能跟蓝蓝阿姨打球。他是这个家最欢迎齐蓝的人，用他的话说，没有之一，每次齐蓝一敲门，他都会从最里边的书房扑过来，抢在妈妈之前打开门，然后露出两个超大的门牙:"蓝阿姨!"

映竹笑话他跟小狗扑向主人一样,他也不在意,还一本正经地说:"我对蓝阿姨无比忠诚!"

要说齐蓝与映竹一家是亲近而和谐的,尤其是父母去世以来,齐蓝倍感孤独,所以每次映竹叫她,她都会欣然前往,过去吃饭的话她就会去趟超市,生的熟的水果蔬菜的买上一堆,映竹每次都狠狠地批评她乱花钱:"你又不会买这些东西,瞎花钱,再带东西别来了啊!"

"行行行,下次不买了,我也是顺道儿。"齐蓝每次都这样解释。有一次映竹邀请齐蓝的时候正好严和在场。

"映竹又请你吃饭哪,我跟你一块去吧?"

"是,可是这样好吗?映竹不知道您在。"

"哎、没事,蹭顿饭而已。"

"那咱们去趟超市买点东西,别空手去。"

"不用吧,你不用每次去都买东西。"严和有些不以为然。

齐蓝不再争辩,自顾自往外走,她不喜欢甚至有点反感严叔叔这一点,手紧,爱占小便宜,与他大老板的身份格格不入。

那天严和跟着齐蓝去蹭饭,映竹倒也热情,饭桌上谈笑风生,对严和表现出足够的尊重。只是饭后严和先走了之后,映竹对齐蓝说:"蓝蓝,是严总自己要跟来的吧?"

"嗯,是,你打电话的时候,他就在我旁边,他说他正找不着饭门。"

"嗯,我猜就是!不喜欢这个人,一个大男人,抠抠搜搜的。"

"啊,映竹姐,那你刚才那么热情!你真厉害,要是我,脸上就挂出来了。"

"哈哈,要不说你小屁孩儿么,喜怒形于色!"映竹有些宠爱地看着这个比她小6岁的妹妹。

"说到小屁孩儿了啊,你是大龄剩女,你到底想怎么着呢!我跟老米给你介绍多少了,你不见的不见,看不上的看不上,难不成咱太行大地就挑不出一个能配上你齐蓝的?"映竹一提这个话题就夹枪带

第九章　同音共律

棒地刺激齐蓝。

"你又挖苦我，哪是那么回事儿啊，这不这几年一直进修啊学习啊，顾不上嘛，谁知道一蹉跎就把热情蹉跎没了呢！"

"嗯，理解，你就是没积极性！"映竹还是懂齐蓝的。

齐蓝正纠结要不要去映竹姐家住的时候，门铃响了，是严和。他进门就数落："你这孩子，越来越冒冒失失的了，怎么又崴脚了，崴了还不告诉我，又逞什么强啊！"

"严叔叔，你怎么知道的，不是不告诉你，是我开始以为没事儿。"

"嗯，梁映竹告诉我的，她在给你收拾房间，让我帮她来接你过去。"

"啊！映竹姐今天就让我过去啊，她刚才说明天啊。我还没想好呢。"

"噢，我以为你们说好了呢！那你是怎么个意思？"

"我觉得，三五天行，长期住在人家家里，大家都不方便，说难听点，人家两口子吵架都没法吵，我这儿也不是几天就能好的，所以我不太想去。"

"嗯，倒也是，不过依我看，梁映竹对你可真是没说的，你这小东西很有人缘呢，老的少的都喜欢你！"

"叔叔你又取笑我了。"

他俩正这么议论的时候，映竹又打来电话了："蓝蓝，出发了没有，正好严总找我有点事，我让他顺便帮我接你一趟！"

"还没有呢，映竹姐，我是觉得……"

"行了，别扭捏了啊，你又不是不知道，这个家老的少的包括一草一木都欢迎你。快点吧，别耗太晚了。"

放下电话，齐蓝无奈地看着严和，严和此时眼睛又笑成了月牙状："这个家老的、少的，包括一草一木都欢迎你！"他学着映竹的语调。

"我说的没错吧，蓝蓝，你是众星捧月啊。连我这大老头子都每天围着你转。"

"哈哈哈，你们真是的，都这么会哄人！"齐蓝终于妥协了，她

115

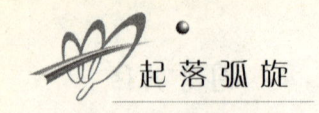

指挥着严和收拾了必要的行李,然后把刚才郑青买来的食品又重新装回袋子里带上就出门了。

映竹一看到齐蓝一瘸一拐的样子就又眼圈子红了:"你说你,伤了第一时间就该告诉我,难不成还有人比我更疼你!"

"映竹姐,没有啊,这不是怕你忙嘛!"齐蓝也有些动容了,映竹姐对她的疼爱不亚于亲姐齐芸了。

映竹把齐蓝安排在楼下一男旁边的客房,屋子收拾得纤尘不染,书桌上还摆了一大束百合花,整个屋子都是百合香而不腻的气息,床边赫然放着一对双拐。

"映竹姐,这么短的时间,你准备了这么多!"齐蓝感动中带着惊讶。

"哎,这不一听说你受伤,火上房一样紧折腾么,知道你大小姐要好儿,哪儿哪儿都换了新的,行了,安心住下吧。"说着,映竹扶齐蓝坐在床边的小沙发上。

"喘口气儿,愿关门关门,不打扰你。"说着她跟严总使了个眼色一起向客厅走去,因为她看到了齐蓝眼里含着泪,她已经听严总说了齐浩的事。

住进映竹家的前几天,映竹几乎不怎么上班,只是每天早晨去事务所一趟。

齐蓝一遍遍强调:"映竹姐,你不能为我耽误工作啊,我这个伤员都没耽误工作,你倒上不成班了!"

"少操心吧啊,我都遥控着呢!"映竹总是这么安抚齐蓝。

映竹工作的事务所原本是映竹投资的,做了几年法人后,觉得太累,关键孩子上初中需要管理,而老米是指不上的。映竹一狠心把事务所盘给了同事,现在,只带带徒弟,有取舍地接些案子,但赶上手里案子多的时候依然是很忙。所以齐蓝总是担心映竹为自己推了案子。

一男自从齐蓝住进来后,每天像打了鸡血,早晨不赖床、晚上不磨蹭,为的是多跟蓝阿姨玩儿会。他说蓝阿姨身残志坚,打不了球讲

第九章 同音共律

故事也超好听，尤其是，他的作文不用发愁了，他甚至对作文产生了兴趣，陶醉于每天回来给蓝阿姨讲笑话。

这天他又给齐蓝讲了个刚学来的笑话。有个同学听到有人说他不识数，很生气，于是郑重其事的警告造谣者："有人说我不识数儿，对于这样的谣言，我只回敬两个字：胡说八道！"还没讲完，自己就笑得滚在沙发上了，齐蓝也被他感染得哈哈大笑，尽管这段子是老段子，但一男讲出来就是新段子，语言、表情、肢体动作都是再创作。

笑完之后，齐蓝启发一男："一男，你模仿着编一个。"

一男翻着眼想了一会儿说："好了，刚想出来的啊，如有雷同纯属巧合。"

话说有个刚升入初中的结巴，听同学背后议论他是个结巴，于是当天下午放学后，他气急败坏地站到讲台上声明："我听说有有有人说我是结巴，这简直是造谣，别让我知知道你（长声）是谁，否则，走走走着瞧。"

"哈哈，牛！模仿成功，而且超快。"齐蓝赞赏道。

"只是，这笑话有一个问题，思想不健康，不能嘲笑有缺陷的人。"齐蓝止住笑正色道。

映竹看着这一大一小和谐快乐的样子，真想日子永远就这样下去，老米更是喜不自禁。他说家里伙食好了，老婆态度好了，孩子不用担心了。

郑青在齐蓝去映竹家养伤的第二天就启程来到了位于太行市东南一百多公里的柳树屯，蹲点调研，这是平原省省直工委设立的100个党建工作联系点之一。

柳树屯是华北平原一个普通的中等规模的行政村，村庄离高速公路很近，下高速上308国道行驶十几分钟就驶入了柳树屯水泥铺就的村干道。

正是四月芳菲的时节，村道两旁是绿毯一样的麦苗，间或有大大小小见方不等的油菜花地和开着粉花、白花的果树林，在一片绿色中

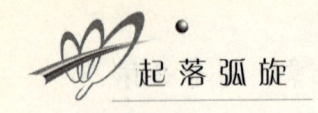

异军突起，让人眼前一亮。

又是十多分钟，车子进入村庄，村里的路坑洼不平，沥青路路面破坏严重，已经基本是土路了，路两旁是一堆堆的生活垃圾和建筑垃圾，再往里走，路越发弯曲狭窄。高低错落有新有旧建筑风格大同小异的农舍边，堆放的柴草杂物毫无约束地蔓延到路中间；轿车、面包车等私家车以及三马子、拖拉机等农用车横七竖八随意停放在宅舍旁。从村边到村委会不到一公里的路程，郑青他们走了将近半个小时。

村党支部书记孟建堂是个五十来岁白净精干的男人，副书记刘胜利是个四十挂零红脸蛋结实健壮的汉子。郑青他们到的时候两人像是在门口等很久了。

他们虽然是第一次见"这么大的领导"，但并不拘束，寒暄客气的话让他们说出来倒凭空生出了喜剧效果："郑书记，喃们（俺们）恭候多时咧，头一次见尼（你）这么大的领导，不知道说啥咧！"刘胜利看着双手握着郑青的手不停地说"郑书记辛苦了"的孟建堂，搔着粗硬的寸头，龇着一口白牙说。

"二位书记，让你们久等啦，一路都很顺利，就是咱村里的路不太好走啊！"郑青笑着说。

简单地沟通了情况之后，两位书记带郑青到了一个看起来很干净利索的农户家里吃午饭，饭后郑青和司机各留下30元饭费就回到了村里给他安排的住处。这是一个一排四间的大平房院落，看起来还没有住过，有基本的生活用品。郑青让司机帮他一起把带来的生活用品摆列安置好后，就让司机回去了，接下来他要一个人在柳树屯蹲点调研五天。

当天下午，郑青就召集了村"两委"班子会，详细了解了村委组成人员情况，党员人数、比例情况，"三会一课"落实情况等，他和孟书记、刘副书记深入交流探讨了进一步加强党建工作的必要性和紧迫性。

这个村共有2700多人口，32名党员，其中三分之一是退役军人，

· 第九章　同音共律 ·

正在培养中的积极分子 5 名。村里三分之二以上的年轻人在北京、天津、太行市打工，也有个别在广州深圳的。

村里人均土地两亩多，基本种植大田作物，少部分经济作物。种地不挣钱，尤其是种小麦，有时候还赔钱，所以人们种地的积极性不高。家庭主要经济来源是出外打工收入，农户之间贫富差距比较大，家里没人在外打工的人家，日子过得就比较紧巴，但特别富裕的家庭和特别穷困的家庭都没有。

"文革"时期，柳树屯的戏班子远近闻名，村里排演的《红灯记》曾经在县文艺汇演中得过奖。戏班子的头儿是县剧团退休的马长河，最初的演员都是临时现派的，看谁像戏里人物就抓谁去演，那时候村里人多数是文盲半文盲，戏文是认不得的，每次排戏也等于是一次扫盲。排戏久了，排过戏的人多了，识字的人越来越多了，人们说话经常引用戏文。村里有了文化味儿。

"文革"结束了，戏班子没像其他村那样随之解散。只不过不光唱样板戏了，排演传统戏、唱歌、跳舞、扭秧歌、拔河甚至打乒乓球，村北古老的戏台子上依然热闹，以戏班子为基底的活跃分子在村党支部领导下成为柳树屯主要的文化力量和舆论主导。村里人不管穷富，文体生活都积极参与，用他们自己的话说是"穷乐和"。

刘胜利书记提到村里的文体活动，话就多了起来。他说他们村一是唱戏有历史了，二是打乒乓球出名。支部每年都搞两次乒乓球比赛，镇里县里都很支持，十里八乡都有来他们村打球和观战的。

"噢，这在基层农村倒是不多见，咱们支部成员有能打的吗？"郑青看着说得正热烈的刘胜利问。

"他打滴可好咧！喃这里木（没）人儿能打过他。"孟建堂拍着刘胜利的肩膀向郑青介绍说。

"这很好，班子成员要积极参加群众文体活动，密切党群关系。"郑青赞许道。他觉得村里经济发展水平虽然一般，环境也差强人意，但党建工作做得有特色，文体活动搞得有声有色，村民多数有所好、

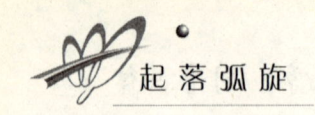

有所乐，赌博酗酒打架斗殴的现象很少，正是因为村民业余文化生活丰富。

郑青在最后的总结发言中，充分肯定了村支部的党建工作，指出了需要完善和强化的内容。同时他认为：村领导班子应以文体活动凝聚人心，从治理脏乱差着手，改变村风村貌，从而让村民们热爱自己的村庄，在各自单干的背景下激发农民集体主义精神，使他们产生建设家乡美化家乡的持续动力。

郑青的提议很快得到了班子的热烈响应，村两委班子立即决定召开"改变村风村貌，建设美丽乡村全体村民动员大会"。

第二天上午，会议在村北戏台子广场召开，村民们都知道村里来了大领导，除外出打工和老弱病残行动不便者外，基本都到场了。主席台就是戏台子上的一个水泥乒乓球案子，村支书讲话之后，郑青做了简短发言。

会议结束后，刘胜利副书记招呼几个平时难得有空的村民打打球，"民子、连贵、亮子，过来过来，让咱们省里来的大领导看看咱的球技。"他站在球台边吆喝着。同时他吩咐了一个村民去大队部拿网子、球拍。

十多分钟后，四个农民球手围在了球台边。

"老规矩，你们三个打我一个。"刘胜利有点君临天下的气势。

郑青不露声地笑了一下，默默观战，不到二十分钟，三个人就被刘胜利扇到了台下。

郑青看来看去，刘胜利似乎就一个动作，但又迅雷不及掩耳，没等看出门道，三个挑战者都被收拾了。

"胜利书记球打得雷霆万钧哪，不错不错！"郑青一边鼓掌一边夸赞着。

"郑书记，喃听着尼（你）也能打，打两盘儿？"刘胜利发出邀请。

"好，好，那我就跟刘书记学习学习。"郑青说着走到刘胜利对面的球台边拿起球拍。周围立即围上来里三层外三层观战的村民。

"领导先发球吧！"刘胜利一副轻松自信的主场姿态，他是这一

第九章 同音共律

带号称十里八乡的"无敌手儿",他看着学者模样的大领导郑青,心里是轻敌的。

郑青试探着发过去一个下旋球,刘胜利反手位迅速回球杵到郑青的反手位,这个球力量大、落点刁,郑青一愣,场上比分1∶0,刘胜利晃了晃头笑了,意思是意料之中的事。接下来郑青又连失两分以后终于看明白了刘胜利的三板斧,正手杵反手杵,速度快,力道大,不讲规矩,没有变化,以不变应万变,他把杵球这一招儿练到了炉火纯青,成了条件反射,他甚至能杵出追身球!

看清门道之后,郑青笑了,连得三分的刘胜利也跟着笑了,观战的村民们看到大度亲民的大领导笑了,也终于不再绷着了,气氛活跃起来了。

郑青看着对面意气风发虎背熊腰的刘胜利,他沉了一下,突然发出一个高抛上旋球,刘胜利依然是直来直去的杵过去,球飞了!

"哎,八(不)灵咧!"他仰头望着被他杵飞的球喊。

"哈哈哈……"村民们被他的神态逗得哈哈大笑。

接下来,他的三板斧被彻底破解,没再灵过,不是杵上天,就是杵下地。

"球咧?"他由杵球变成了找球。村民们笑得前仰后合,他自己也跟着大笑。

郑青轻轻松松打了个2∶0。

"郑书记啊,尼官儿大球也牛啊,这下子可毁咧,尼把我都打败咧,木人儿(没有人)敢跟尼打咧。"刘胜利嘻嘻哈哈地笑着念叨。

村民们倒也不认生,七嘴八舌地问郑书记怎么打球这么神。

郑青给几个围拢过来的村民讲了一些基本要领和技巧,刘胜利一边听一边嘟囔:"看来喃这打法儿得革命咧。"

"哈哈哈……"又是一阵爆笑。

接下来的几天,郑青又召集了村民代表会议、走访了贫困户、美丽庭院代表户、五好家庭等。征集各群体对村经济文化发展的意见和建

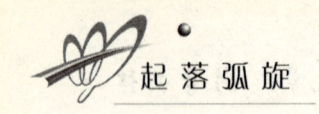

议。同时在村两委的配合、号召、组织下，全民总动员，首先解决各家各户门外柴草杂物占道问题，垃圾乱丢问题，车辆随意停放问题……由外到里，由环境到人，村风村貌以疾风骤雨的形势突变。

到郑青离开柳树屯时，村路重修、垃圾点修建、线路检修、河流清理、农民书屋筹备等工作都已经有序展开。

周六下午的时候，郑青回到太行市，到家第一件事他先给米文昌打电话，表达了想过去看看齐蓝的意思。老米接到电话非常热情地邀请："郑主任，你不来电话我也正想找机会邀请你呢，我听蓝蓝说，你下去蹲点了，我这正准备等你回来再联系你呢。这孩子挺感激你，你不用过意不去啊。这么着，今晚你到家里来，咱随便弄两个菜喝两杯，然后，我有点小私心哪，你教教我打球，哈哈。"

"哈哈，好吧，那就这样，我带行头去。"郑青早就听齐蓝说映竹家有乒乓球室。

约好之后，郑青看时间还早，处理完工作他本来想去超市买点食品带上，后来一想，还是买束花好，齐蓝在家养伤，不能去户外，一定很憋闷，但他觉得他拿着束花上门容易产生误解，于是他决定让花店送货上门。做完这一切，郑青带上球衣球鞋出门了，从省政府到老米家步行也就是十几分钟的路程。

郑青到的时候，老米已经在家等候了，映竹在厨房忙活，齐蓝在辅导一男做作业，郑青感觉扑面而来的是和谐的家庭氛围。米文昌个儿不高，但腿很长，人偏瘦，脸又白白净净的，这使他看起来很年轻、斯文。他说话语速有点慢，但这更显得稳重真诚。郑青一进门，他笑道："郑主任，未见其人，已闻花香。"

"哈哈，花儿到了？这么快！"郑青突然间就放松下来，同一个人在家跟在机关接触的感觉完全不同。他们曾在会议上碰过几次面。

齐蓝和映竹闻声也都出来跟郑主任打招呼，郑青跟映竹打过球，所以大家都不拘束，映竹马上施展家庭主妇的权威："老米，你陪郑主任打会儿球，咱们饭稍微晚点再吃，一男，扶蓝阿姨上楼观战，慢

第九章 同音共律

点啊！"说完，她并不管众人同意不同意，转身跑回厨房去了。

郑青看齐蓝气色很好，而且走路平稳了许多，他由衷地欣慰。

"上楼看我们打球吗？"他弯腰问坐在凳子上的齐蓝。

"看，必须看！小的来也，小的扶蓝阿姨。"一男抢先替齐蓝回答，他边说边像被线拉着一样飘移过来。

"哈哈哈……"几个人都被这个孩子逗笑了。

齐蓝伸出胳膊搭在一男手上："来，摆驾乒球室！"

"哈哈哈"，又是一阵大笑。

郑青看到蓝蓝和一男嘻嘻哈哈的很不放心，他亲自把齐蓝扶到了二楼，看到这一幕，老米若有所思，郑青的情况他是知道的，妻子去世快两年了。

米文昌的球跟他的人一样直来直去，打法没什么变化，重复几个熟练动作而已，几个回合下来，郑青就摸透了他，即便郑青有所收敛，老米仍是应接不暇，两局比分是11：6、11：7。

一男看不下去了："我跟叔叔来两局。"

"好好好，我听你蓝阿姨说你可是科班儿，手下留情啊。"郑青很会鼓励人。

"我听说叔叔是冠军呢，我肯定打不过您，但比我爸强。"

一男打球果然规范，一招一式，有板有眼，尤其是比分落后的情况下，不急不躁，甚至是急中生智，打出了几个好球，第一局打了个8：11，第二局11：9竟然赢了一局，第三局7：11。

郑青像发现人才似的朝老米喊："老米，你这儿子厉害，一上手就知道正经学过。咱们还得加强基本功训练！"

他们打球的时候齐蓝一直坐在旁边的凳子上静静地看，这会儿，看郑青这么说她也站起来说："同感，郑主任，一男基本功好，动作规范，尤其是心性好，上升空间很大。"

大家这么夸一男的时候，老米一直固定在一个表情上笑着，那表情是："多能耐也是我儿子！"

起落弧旋

映竹的手艺获得了一致好评，而且郑青还一再强调："是真好，言为心声，不是吃了人的嘴短。"

郑青、老米喝白酒，映竹和齐蓝一人半杯红酒。大家都没多喝，饭菜好吃，气氛和谐，让人感觉亲切而放松。郑青由衷地喜欢这个地方、这种氛围，尤其是还有他欣赏的齐蓝！

郑青告辞的时候告诉齐蓝："雷雷一直惦记着姐姐呢，下周他过来，我带他来看你？"

"好好，带孩子一块过来吃饭。"映竹赶紧接过了话头儿。

"好好好，看情况。"

终于到了周末，雷雷周五晚上就赶到了太行市，第二天上午8点多就催着爸爸带他去看齐蓝姐姐，拖到9点钟，郑青才带他去映竹阿姨家。

雷雷一见到齐蓝就跑过去附在她耳边说了句什么，只见齐蓝笑着拍了拍雷雷："姐姐争取啊！"郑青看着雷雷这么亲只有一面之缘的齐蓝，不禁脱口而出："蓝蓝真有少年缘，孩子们怎么都喜欢你！"

"哪仅仅是少年缘呀，郑主任，谁不喜欢我们家蓝蓝啊。"映竹不无得意地夸赞。

"确实，确实！"郑青一时语塞，连着两个肯定。

"哎呀，你们这是干吗！恶意吹捧，受不了！"齐蓝脸红了。

接下来，齐蓝就被雷雷拉到她的房间里去了，还神神秘秘地关上了门，搞得郑青有些紧张："这孩子要干吗呢？"他揣摩不出来。

一男见蓝阿姨被雷雷拉走了，他过来拉郑青："叔叔陪我打会儿球。"

"好好，"郑青笑呵呵答应，"不过，叔叔今天没带行头，不能打时间长喽，咱俩切磋可以。"

"好，咱就切磋。"一男又贫嘴。

"这俩孩子，一人霸占一个大人，我做饭去了，郑主任，老米让我告诉你，他今天加班。"映竹对着正上楼的郑青喊。

"噢，知道了，没关系。"

第九章　同音共律

一直快到吃饭的时候，雷雷和齐蓝的门才打开，他们出来后看郑青和一男都在二楼，雷雷说他也要上楼打球。

"二十分钟后叫爸爸他们下楼吃饭啊。"映竹交代雷雷。

"好嘞。"雷雷一步两级蹿楼上去了。

齐蓝过来搂住映竹："映竹姐，辛苦了！"

"说啥呢，我求之不得！"

"对了，雷雷那孩子找你干吗？"映竹有些好奇。

"唉，他们这周末留了一篇必写作文，这孩子就怕作文，刚才让我帮他写作文呢，怕他爸爸知道了训他，才鬼鬼祟祟的。"

"哈哈，一男不也是么，你不在的时候，他写作文比登天还难！怎么孩子们都这样！"

吃完饭后，郑青拉着雷雷告辞，雷雷磨磨蹭蹭不肯走："快点，雷雷，让阿姨她们休息会儿。"郑青站在门口催促。

雷雷不说话。用手指捅了旁边的一男一下，一男很快意会，挺直胸膛大声宣布："郑雷说他不想走，下午再走！"

"不行，你在这儿影响阿姨和姐姐午休。"郑青还在坚持。这时，映竹和齐蓝都出来帮着说情，郑青无奈妥协："下午5点前必须回去啊！"

"噢"，两个孩子一起蹿起来。

映竹家是一块宝地，谁来了谁喜欢，齐蓝是一个可人儿，谁见了都有似曾相识的亲近感。

郑雷自从去过了映竹家之后，每周末都要来太行找一男和齐蓝姐姐，郑芳打电话说雷雷越来越有主意了，大人的话他经常是不反抗不执行。

郑青觉得孩子像是有什么心思，终于在又一次送他回京的路上，郑雷开口了："爸，我想转学来太行，这样您也省心，我也不用老拖累我小姨了。"

郑青有点错愕，这个想法他由来已久，没想到孩子却先提了出来，

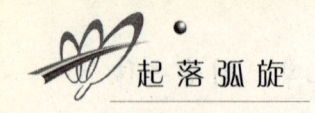

于是他不露声色地说:"爸爸考虑一下,下周作决定。"

郑青征求了米文昌夫妇以及齐蓝的意见后,大家都觉得是个好主意,然后很快就由米文昌去落实了。两周后,郑雷转到了太行最好的高中——第二中学借读。考虑到郑青一个人照顾雷雷有一定困难,所以尽管离家不远,但还是给郑雷办理了住宿。

郑雷如愿以偿,表现也比以前好多了,周末经常腻在映竹阿姨家,齐蓝等于成了两个孩子的辅导老师。

到暑假的时候,郑雷只回京住了两周就又跑回太行,齐蓝的脚伤已经基本复原,搬回到自己家去了。郑雷有时候也会自己去找齐蓝姐姐,更多的时候是在映竹阿姨家跟一男在一起。不管怎样,郑雷越来越积极阳光,孩子的事落实了,一切朝好的方向发展。郑青由衷地欣慰:"媛媛,儿子现在挺好,你放心了吧!"

整个夏天,郑青都很忙碌,孩子到了身边,他回京的次数就更少了,郑芳周末偶尔会过来看看他们父子两个。一切似乎驶入了平稳的轨道。

第十章　薄云疏雨

9月16日,九里山陵园,郑青站在郑媛的墓碑前,看着郑媛怡然的笑脸,叹生死无端事总非,问同来何故不同归!两年来,他咽下的泪水此刻都汹涌而出。

他蹲下来,开始仔细擦拭郑媛的墓碑,湿布、干布、纸巾,一遍又一遍,直到一尘不染。他用手指轻轻地划过郑媛的照片,划过来划过去,那照片上的脸似有了温度,那笑依如生前。

"媛媛,你什么都听得见,是吗?那,亲爱的,生日快乐!儿子我已经带在身边了,我把他转到了平原省最好的学校,他现在表现很好,你放心!他刚开学,我没给他请假,他坚持来看你,我说你好好学习,让妈妈放心,即便不去看妈妈,妈妈也不会怪你。我们父子两个相处得很好现在。我工作开展也顺利,两边老人都好……"郑青事无巨细地跟媛媛汇报,"媛媛你还有什么不放心的?梦里告诉我吧,我先走了啊,梦里见!"

郑青擦干眼泪,收敛起悲伤的情绪,缓缓地走下了山。

回到市里,他和郑芳带四位老人一起吃了顿饭,然后他准备到原单位看看领导和同事们,郑媛出事的时候,大家都表达了慰问和关怀。

汪副主任一见到郑青就开口道:"说曹操曹操到。"

"主任正在念叨我吗?"

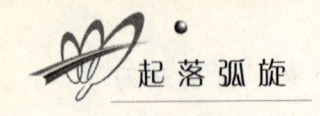

"是啊，估计你是回来了，郑媛走了两年了，唉，小郑啊，该考虑一下个人问题了。"

"噢，主任，这，目前先不考虑这个。"郑青没想到主任是为这事念叨他，他刚刚以为主任会提到他在平原省的工作表现，肯定他的成绩。

汪副主任似乎看穿了他的心思："你在平原省的表现非常不错啊，进入状态很快，核心工作发力点精准。但是，你是空降兵，时刻要注意复杂的人事关系啊！"

"主任，是不是我哪方面出了纰漏？"郑青赶紧站起来，他想有人告状的事是不是传到了北京。

"噢，目前没有，但这是规律嘛，未雨绸缪，未雨绸缪。好啦，不谈工作了，我准备当回月下老啊。"汪副主任又拉回了话题。

"主任。"郑青再次站起来。

汪副主任摆了摆手示意他听下去："我朋友军区林副司令员的小女儿林桐待字闺中，我看跟你很般配，在总政直工部工作，少校军衔，今年32岁，小是小了些，但这孩子成熟大气，怎么样，我看择日不如撞日，先见个面，交个朋友嘛。"汪副主任根本不给郑青拒绝的机会。

当天晚上，汪副主任就安排郑青和林桐在林桐单位附近的一家西餐厅见了面。

可能是一身戎装的缘故，林桐看起来确实成熟大气而不老气，一米七以上的身高，配上挺括有形的军装，矫健严肃，齐耳短发整齐地别在耳后，五官除了端庄外倒是没什么特别，薄薄的嘴唇紧抿着露出几个梨窝。

她见到郑青时，先是目不转睛地盯着郑青，咬着嘴唇晃动着微微上扬的下巴："郑大才子，久仰！"之后才伸出手轻轻地触碰了一下郑青的手，自顾自坐下了。

这让郑青感觉到十足的矜持："林少校过奖，实在是相形见绌了。"郑青故意用了呆板的外交辞令。

第十章 薄云疏雨

用餐过程还算和谐，双方都很小心地不涉及敏感问题，谈论菜品、谈论天气，甚至谈论乒乓球，林桐大概听汪副主任介绍了郑青的爱好，只是郑青没有想到林桐也喜欢乒乓球。

见面前已经通过电话，所以分别的时候郑青说了句"再联系"。

林桐此时倒是落落大方："抽空我去太行玩儿啊，郑主任要负责接待哟。"

"没问题、没问题，一定尽职尽责。"

这么说的时候，郑青只当是成年人给足彼此面子的客套话。

两天后，郑青回到太行即投入到工作中，不曾再认真思考过这个问题，他觉得他已经按汪副主任安排见了面，也算不失礼了。

没想到，回太行第二天下午就接到了汪副主任电话："小郑啊，桐桐对你印象不错，你要抓住机会，主动点啊！"

"主任，人家姑娘还年轻，条件那么好，我不太合适吧？"

"喜欢就合适，别吞吞吐吐的，不喜欢这姑娘？"

"不是，主任，就是觉得自己这么大了，拖着个孩子，怕委屈了人家。"

"嗯，那就是喜欢！主动出击吧，拿出你干工作的执着劲儿，等你们好消息啊。"说完汪副主任就挂了电话，郑青心里压上了一块石头。

周六下午 4 点多，映竹给郑青打电话："郑主任，忙吗？"

"噢，梁律师好，你说吧。"

"嗯，一男打昨天就磨我呢，说两周没见雷哥了，一会儿郑雷放学直接带他到这儿来吃饭吧，我叫上蓝蓝，蓝蓝最近球技可是有质的飞跃，憋着劲儿挑战你呢，咯咯咯……"

"哈哈，好，应战，正好我也想打场球了。"

"那就这样，一会儿早点过来，别买东西啊！"映竹不忘叮嘱一句。

郑青这天破例去学校接了雷雷，从孩子到二中借读以来，他只是刚转学时送了孩子一趟，再也没来过，家长会也不曾参加，好在齐蓝委托了闺蜜周紫玉关照雷雷。

起落弧旋

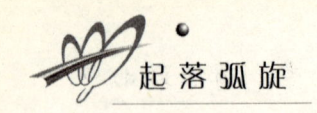

"不管郑雷有什么状况,表现怎样,都用非官方的口径告诉我啊!"齐蓝对闺蜜提出了这样的要求。

郑青没有告诉雷雷来接他,所以从一有学生出校门开始,郑青就紧张地一个个过滤着穿着宽大蓝校服看起来差别不大的孩子们,好在郑雷身高算是出类拔萃,他还是老远就看到了儿子一走一蹿的身影。他迅速迎了过去:"郑雷!"

"啊!爸,你怎么来了?"郑雷对爸爸的大驾光临有点紧张。

"没事,我接你一块儿去映竹阿姨家。"

"噢,带劲!"郑雷跳起来转了一圈儿。

"别撒欢儿,快走,咱们骑单车过去,这会儿正堵车。"

郑青父子到的时候,齐蓝已经换好球衣在门厅恭候了。"看来蓝蓝是迫不及待地赢我呀!"郑青开了句玩笑。

"赢您短期有困难,但110(11:0)将成为永远的历史!"齐蓝有些调皮地说。

"哈哈哈,被110刺激到了!"郑青被齐蓝逗笑了。

"老米呢?"郑青对着迎过来的映竹问。

"他下班就直接走了,回杨庄看一男爷爷奶奶去了。你和蓝蓝先上楼,我准备好食材就上去观战啊。"映竹说着往厨房走去。

"我们俩是啦啦队。"雷雷和一男先抢着跑楼上去了。

二楼乒乓球室,郑青齐蓝郑重其事地分立球台两侧,齐蓝一本正经地说:"先说好啊,不用给我面子,不许让球!"

"好,每球必争寸土不让,打出真实水平!"郑青说着还做了个加油的动作。

"哈哈哈……"他俩一起笑了。

郑青依然是让齐蓝先发球。齐蓝手腕一抖,球跳动着过网,郑青接球偏高,齐蓝挥臂便打,随着清脆的响声,球直奔郑青正手。郑青不假思索,啪,打了一个回头球,条件反射式地浑然天成。

"好球!"齐蓝禁不住叫好。

第十章 薄云疏雨

显然，齐蓝看起来仍是下风球，但郑青明显感到这丫头球技长了一大截。首先她不是接发球个个都吃了。郑青没有了第一次交手时兵不血刃就长驱直入的感觉，同时，他感到齐蓝控球能力和相持能力也明显提高，进攻的准确率也令人刮目相看。

三局结束，郑齐比分分别是：11∶5、11∶6、11∶7，齐蓝毫无悬念地连输三局，但她每一局提高一分，这种看得见的进步让她很是兴奋，同时她也明显地意识到：郑青貌似平淡无奇的打法并不好对付！

郑青打球的奥妙和玄机在哪里呢？她开始暗自思索。

直到郑青齐蓝打完三局，映竹还没上来，这时候，两个孩子闹着要打会儿，他们就把球台让给了孩子们。

齐蓝下楼帮厨去了，郑青陪两个孩子打球，看着齐蓝跑下去的背影，郑青不自觉地笑了，他开始由衷地欣赏这个丫头，她不是一个知难而退的人，而恰恰是迎难而上，不屈不挠，宁折不弯，不喜欢投机取巧的人。她心里有一团火，言谈举止却低调温和。她不是很强调自我感受的人，但她很注意感受周围的一切，也可能是常年摄影训练出来的敏感，她热衷于发现，习惯于体贴……郑青此时脑海里突然出现林桐那扬起的下巴和紧抿的嘴唇，这两个女孩都是军人家庭出来的，但齐蓝明显没有养尊处优的傲气。

晚餐非常丰盛，清蒸蟹、红焖大虾、玉丝菜卷、金玉满堂、炸酥肉、蜜汁山药、丰收大拌菜……"哎呀，梁律师，怪不得你不上楼观战呢，做这么多，这么丰盛！这怎么好坐享其成，不劳而获呢！"郑青并不是奉承，而是由衷赞叹并夹杂着一丝不安。

"哈哈，郑主任的肯定就是对我莫大的鼓舞啊！今天大家都多吃点，减肥的事儿回头再说。下周国庆长假，雷雷要回北京了，咱们就当提前过节了，来，来，开动！"

映竹还没说完，一男拉着妈妈的胳膊："妈，看！"说着，嗖，扭过头去，"您不说减肥的事儿回头再说吗，现在我回过头去了，那你们减肥吧。"

131

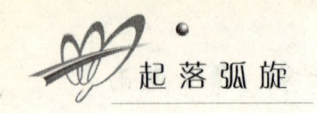

"哈哈哈……"一桌人被逗得差点笑喷!

郑青已经完全融入了这个小圈子,这里的每个人都让他放松、愉悦而又能带给他很多思考。

说说笑笑玩到晚上11点,雷雷又耍赖不肯走,并且也赖着齐蓝不让齐蓝走,郑青佯装生气地问:"不是又有作文求助蓝姐姐吧?"

"爸,说什么那,保证,有,纠正一个词,不是求助,是切磋,跟蓝姐姐切磋。"郑雷一到这里,也是贫嘴得不行。

"明天上午自己回家去啊。"郑青只好又妥协,放下雷雷自己回家了。

郑青难得睡了个懒觉,第二天上午快9点的时候,他还在床上,醒来去了个卫生间之后,觉得意犹未尽,又躺回去了,这时手机响了。

"姐夫,你还没起床啊,郑雷呢?"郑芳听出了郑青带着睡意的声音。

"噢、醒了、醒了,雷雷昨晚去一个阿姨家玩儿,留宿在那边了。"

"阿姨?"郑芳口气里明显带有警惕和猜疑,郑青有点后悔自己的脱口而出。"真是,大脑还没醒来!"他在心里怪罪自己说话不过大脑。

郑芳对他的敏感他已经意识到了,所以他尽量减少和郑芳单独接触,开始的时候,郑芳隔三差五带雷雷来太行,后来郑青要求雷雷自己来去,不要老拽着小姨,雷雷很快也就轻车熟路了,郑芳再跟着来就显得理由不够充分。

雷雷转学过来之后,郑芳每周末都打电话。

"是省教育厅副厅长的爱人,雷雷来借读是人家操持的,他家有个跟雷雷差不多大的儿子,俩孩子喜欢一块玩儿。"郑青赶紧跟郑芳解释。

"噢噢,那就好,不过尽量别让他在人家过夜吧,姐夫,我听雷雷说,还有个蓝蓝姐特别喜欢他?"郑芳继续找机会探问。

"嗯嗯,这小子自带人缘、喜欢他的人不少。"郑青并不正面回答。

"芳芳,你有什么事?"

第十章 薄云疏雨

"噢,下周就国庆长假了,咱们一家好久不在一起玩儿了,我借了朋友一个七座的商务车,咱们一起去京西旅游吧?"

"噢,我这里过节的安排还没下来,我考虑一下,另外,借车不太好,真要去,咱们可考虑开两辆车,你一辆,我一辆。"

"那好吧,姐夫,你赶紧定啊!"

放下郑芳的电话,郑青刚准备去洗漱,手机又响了,他以为是映竹又给雷雷说情中午不回来了,可他拿起手机一看,是林桐!他迟疑了一下,才点开接听键:"你好,林少校!"

"你好!郑主任!咱们能别这样称呼吗?我叫林桐!"林桐的语气并没有开玩笑的成分,倒能听出有些不悦。

"噢,好好,林桐,上午好!"

"你在背课文吗?"林桐又是一句指责。

郑青此时也明显地有些情绪了,只有一面之缘,林桐犯不着这么鸡蛋里挑骨头挤对他,她对他不应该有特权。"郑青惶恐,不知所言。"他半开玩笑半反击。

"哈哈哈,好了,郑大才子,别之乎者也了,国庆节想去你那儿转转啊,怎么样,欢迎吗?"

郑青挣扎了一下咬着牙说:"欢迎,欢迎,领导视察,必须欢迎!"

"嗯,听着还不情愿呢,你安排一下吧,我打算去两天,2、3号。"林桐的语气并没有商量的成分,这让郑青隐隐地不舒服。

"好吧,我安排好了联系你。"

挂断电话,郑青心里的石头翻滚了几下,又重重地压上了,他不知道为什么,林桐的每句话他都会拿来和齐蓝对比,齐蓝让他愉悦,林桐让他压抑。但林桐是汪副主任介绍给他的,而且还暗示了林家对他仕途的帮衬作用,郑青何尝不知道大军区副司令员的威力,但他更想靠自己的能力一步步往上走,他很自信,他从不掩饰自己的政治抱负,他不想一辈子只是纸上谈兵,他想去实践!而他也知道,有多少有才华有抱负的人默默无闻,相比而言他是幸运的,42岁成为正司局级。

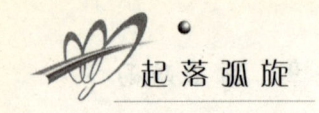

他并没有投机钻营，全靠自己持之以恒的努力，可是再往上走，他感觉难度越来越大了。

郑青在床上呆坐了很久才起身去洗漱，他决定接待好居高临下的林桐，这个决定形成的时候，他眼前再次闪现齐蓝充满活力的身影。

国庆节前郑青没有再联系齐蓝，映竹一家要去山里的爷爷奶奶家，不知齐蓝去哪里？他心里开始惦念齐蓝，但林桐要接待，北京也要回，但愿齐蓝能度过一个快乐充实的长假。

雷雷走的时候问了好几遍："爸，干吗不跟我一起回去啊？"

"爸爸还有工作，假期后几天再回去。"他这样应付着孩子，雷雷到底是个孩子，嘟囔一句"真忙"，也就不再说什么。

但前几天郑青跟郑芳这样解释时，郑芳显然不太相信："不会吧，姐夫，你外地的家，谁都知道，一年回不来几次，放假了，于情于理都应该让你休息啊！除非是你自己安排的！"郑芳有些赌气了。

"芳芳，我这真有点特殊情况，咱见面再说啊，这个假期咱就不远行了，景点到处是人，路上到处堵车，咱们不凑热闹。"

"我都计划好了本来！"郑芳不甘心。

"好了，芳芳，不要情绪化啊。"

安抚好郑芳，郑青开始筹划林桐来了安排什么活动，两个人并不熟悉，吃饭、喝茶、看电影……想象一下都无聊而尴尬。最后他还是决定去采摘，傅剑锋的老乡在山里承包了大片山地养土鸡，山里原来的枣树和柿子树等都无偿送给了承包人。

前阵子打球时，傅剑锋说过国庆节前后可以去摘枣和柿子，郑青觉得这种非景点的地方一定人不多，而且也更有野趣，于是他给傅剑锋打电话想进一步落实此事。

"郑主任，巧了，我也是想带家属去山里转转呢，那咱们一起？你几个人？"

"噢，是吧，可别为照顾我特意陪我去啊！我这儿是北京要来一个朋友，就两个人。"

第十章 薄云疏雨

"那正好，咱一辆车就可以了，那咱是几号去？"

"初定2号吧。"郑青想着，林桐或者1号晚上来或是2号早上来，都来得及，这件事情也就这样定下来了。

1号下午6点多，林桐赶到了太行市，郑青提前预订了滴滴专车接站。他把林桐安排在省政府旁边的太行国宾馆。

晚饭时他跟林桐说了两天的计划：第一天去山里采摘，第二天由林桐选择，可以打球可以在市区转转。林桐表示没意见。

晚饭后郑青把林桐送回房间，嘱咐她早点休息，然后就准备回去了，他转身走向门口的时候，坐在沙发上的林桐突然说："这就走了？"声音里有明显的不快。

"嗯？还有事？"郑青隐约知道林桐不快的原因，但让他跟一个不熟悉的年轻女性待在宾馆的房间里，一是他心里别扭，二是他的身份应该有所顾忌。

此时看着有些愠怒的林桐，他不得不做个姿态："要不出去转转？"

"算了，走吧。"林桐说罢不再看他，转身拿起遥控器去开电视。

直到郑青出门时说"明天早餐前我过来"时，林桐才用若有若无的声音"嗯"了一声。

走出宾馆，郑青长长地舒了一口气。每次接触林桐，他都感觉到压抑，她身上那种不露声色的咄咄逼人让人想逃离，也许是自己做得不好，不懂女人心。

郑媛，他的媛媛从不用他揣摩，她即使生气都会明明白白地宣告。有一次他们去西单，郑媛想买一件风衣，她在好几家店比较了类似的款式，但拿不定主意。穿上问郑青的时候，每一件他都说："好看，好看，适合你。"但分明他并没有用心看，只是被动地跟着她。

后来索性找了一个凳子坐下来说："媛媛你去转，看好了再叫我。"

郑媛无奈："就知道你没心转。"转身自己又去转了，待郑媛终于看好了一件喊郑青过去时，郑青还是那句话"好看好看……"

"显胖吗？"郑媛紧接着问。

135

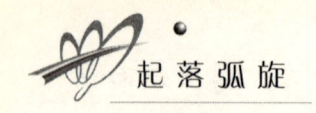

"显胖、显胖。"郑青脱口而出后发现口误已经来不及收回了，郑媛一跺脚："郑青，再这样我生气了，我真生气了！"

郑青上前凑近郑媛，迎着她带着怒气的目光："哟，媛媛很生气，后果很严重！"一句话，郑媛就咬着嘴笑了。她心里对这个生活低能又不会讨人欢心的丈夫，不是没有抱怨，但她心疼他，舍不得责备他，她知道他是被她惯的，但惯他又是她乐意甚至享受的，她每次跟他生气，没开始就结束了，所以郑青从不用花心思揣摩她为什么生气。

正是假期的第二天，市里很多家庭都出行了，要么去景点，要么去乡下的亲戚朋友家，此刻街上很安静，8点多钟，已经少有车辆和行人了，尤其省政府这一带，都是机关办公驻地，商铺很少，就更显得静谧。

省政府东门这条街是这几年唯一没有拓宽重修的街道，路边高大的悬铃木和路中间巨大的塔松以及路两旁在市中心难得一见的多层建筑群，都在宣示着这块地盘的与众不同。

郑青缓步走在这条他走过无数遍的街道，并不急于回宿舍，他多想此刻身边有他的媛媛！

"媛媛，为什么把我扔在半路上让我面对这样的难堪？"郑青在心里呼喊，"媛媛，这个林桐是汪副主任介绍的，我不能一口回绝啊，你不会怪我吧，你刚刚走了两年！你希望我剩下的路怎么走？你一定也不愿看我形单影只吧？如果再找一个伴儿，你有什么要求？噢，对，一定得爱我、爱雷雷，我知道，可是林桐，她行吗？"

郑青徘徊在政府机关外墙的人行道上，不停地问自己、问媛媛。

第二天早晨7点多钟，郑青就赶到了太行国宾馆陪林桐早餐，林桐换了一身巴塔哥尼亚休闲套装，橙红色立领收腰上衣配上黑色的窄脚裤显得她更加修长苗条充满活力，敞开的拉链处露出黑白窄条圆领T恤。和一丝不苟一寸不露的军装相比，这身衣服让林桐看起来年轻而有朝气。当她从步行梯跳跃着向郑青跑过来的时候，郑青似乎看到了齐蓝的身影，齐蓝也是喜欢这样弹跳着下楼梯。

许是郑青早早过来陪她早餐打消了她昨晚的不快，整个早餐时间

· 第十章 薄云疏雨 ·

林桐很开心，不停地夸这里的早餐品种丰富，做得精致。

"我们去摘什么？多远？那里好玩吗？你去过吗？"郑青回答了她一连串的问题，然后简单介绍了将要同行的傅剑锋夫妇，林桐听说要四人同行时，脸上又有些不快，但随后她又调皮地一笑，歪头问郑青："你准备怎么介绍我？"

"朋友啊，北京来的朋友。"郑青不假思索。林桐不再吭声，低头开始划拉手机。

8点刚过，傅剑锋夫妇就赶到了太行国宾馆接郑青他们，看到已经在路边等候的郑青林桐，傅剑锋赶紧招呼爱人一起下车。

"郑主任，都准备好了吧？"

"准备好了。这是北京来的朋友林桐，这是傅校长，这是嫂子。"郑青给第一次见面的林桐和傅剑锋夫妇做了介绍。

林桐微微点头致意，笑容也恰到好处，矜持而不失礼貌。傅剑锋的妻子因药物过敏导致失聪，所以安静、话少，但眼睛里始终荡漾着笑意，给人亲切踏实的感觉。

灵县三公山，是汉代常山郡祭祀、祈雨的重要场所，在华山主峰西南，海拔2000多米，因山上三个峰头各矗立一长方形巨石，远观其形态如三位面向华山主峰而立的先人，故名三公山，三公山山势险峻，危石林立，没有攀山道路，所以连户外运动爱好者也少有到达。三公山北麓，有一条十几里的峡谷，古时风水先生叫它金钱葫芦，说它是华山的命脉。

傅校长的老乡承包的就是峡谷西侧的大片平缓山地，他们在山脚下盖了一栋二层小楼，雇了几个养鸡和管理山林的当地百姓，平时接待来订土鸡蛋或者山鸡的客户，偶尔有朋友过来，也有简单的生活设施，不讲究的食宿都能对付。

山坡上有大量的枣树，但比较分散，不好采摘。雇人采摘的成本很高，而且主人也并不想以此为赢利点，所以就动员朋友们来免费采摘，也算是对土鸡养殖项目的宣传，能订出去一些土鸡蛋更好。

起落弧旋

郑青他们到达后，主人先带他们在小楼稍息片刻，就引领着上山了，他告诉他们哪边树多，哪边的枣甜，同时嘱咐注意安全，郑青林桐谢过之后就开始就近摘枣。

傅校长显然比较内行，"郑主任，别在那儿摘，那背坡，日照不足，不甜。"

"噢，对对，万物生长靠太阳，走，去那边！"林桐积极响应着傅校长，拉着郑青向朝阳的山坡跑去。

"啊，这边儿的个大，这个都红了！"她边喊边跑，打一枪换个地方，郑青都跟不上她，这会儿的她看起来像个活蹦乱跳的孩子。

傅剑锋夫妇比较安静，他们逮住一棵向阳的比较大的枣树摘了个彻底，傅剑锋摘，爱人张开袋子捡，傅剑锋跟爱人说话时，总是做出各种与句子相应的表情和肢体动作，同时做出夸张的口型，他爱人很少会错意，听懂了，就笑意盈盈地点头。郑青看到这场面，心里软软的，有些缺陷是上天送给人类的礼物吧。

准备返程的时候，天下起了小雨，山峦在细雨中迷蒙一片，薄云疏雨不成泥，土路上微微有些湿润，空气里有泥土香、荆条青草味以及动物皮毛湿了的味道。

郑青他们带来的袋子都装满了鲜枣，装车的时候不见了林桐，郑青打她手机也没有回应，傅剑锋急得马上原路往山上跑："可别滚下山坡摔着了吧？"

"不会的，傅校长，她是训练有素的军人哪！"郑青倒是很镇定。正这么说着，林桐从另一条路上跑过来，外罩被她脱下来当了袋子，身上只穿了一个半袖T恤，她两手抱着鼓鼓囊囊的"袋子"喊："看！"里边是一兜黄灿灿硬邦邦的柿子！

"那么高的树，你怎么摘的？"郑青见了那几棵柿子树，那些柿子像挂在天上一样可望不可即！

"我爬上去了呀！"林桐有些得意。

"你啊，这可不是闹着玩的，以后不要做这种冒险的事儿！"这

第十章 薄云疏雨

回郑青是害怕了。

"小意思！"林桐有些顽皮。

路过加油站的时候，傅校长问大家上不上厕所，他需要加点油，郑青跟着傅校长一起下了车，傅校长爱人和林桐坐在车里没动。

从洗手间出来，郑青一眼就看到了齐蓝的黄色 MINI。

"齐蓝怎么会在这儿？"郑青快步向停在出口附近的 MINI 跑去，齐蓝此时头抵在方向盘上，手顶着肚子。

郑青敲敲玻璃："齐蓝，蓝蓝，怎么了你？"齐蓝抬头看到郑青，一瞬间有要哭的表情，她摇下玻璃："郑主任，我去灵山办点事，回来肚子不舒服，我在这歇会儿。"说着她捂着肚子下了车。

"很严重是吧，是吃坏了还是着凉了？"郑青很焦急。

"大概是在山里着凉了，有点肠痉挛，没事儿，老毛病了，现在好多了，郑主任，你没回北京吗？"

"我明后天回，北京来了个朋友。你行吗？蓝蓝，我开你车送你回去吧？"

"不用，我歇会就没事儿了。"

他们正说话的时候，林桐等不及跑过来叫郑青，当她听到后两句话的时候，她的脸瞬间跟天气一样阴沉下来："郑青！"她第一次直呼其名。

"噢，林桐，来，这是作家齐蓝，这是总政的朋友林桐。"

林桐首先伸出手："很高兴认识大作家！"

"哪是什么大作家，只是一点业余爱好。"齐蓝有气无力地弯着腰伸出了手。哪知林桐只是用指尖轻轻一碰齐蓝伸出的手就迅速收回，然后挎住了郑青的胳膊，她这一整套动作迅速流畅，郑青和齐蓝都一愣。

郑青轻轻而坚定地拿下她挎着他胳膊的手："林桐，齐蓝路上突然肠痉挛，我得开车送她回去，你是坐齐蓝的车还是跟傅校长他们一起回？"

"我不倒腾了，车上还有那么多东西呢。"

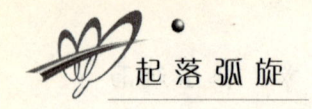

"那好吧，我去跟傅校长说一声。"

郑青跑过去跟傅校长急急地交代了两句，就赶紧回来招呼齐蓝上车："你坐后边，宽敞些，我们快走，别再厉害了。"说完跟一直愣愣地看着他们的林桐招手再见。齐蓝还想推辞，但又一阵疼痛向她袭来，她痛苦地低下了头。

回到市区，郑青直接带齐蓝去了省二院，看着齐蓝打上点滴稳定下来，他才又急急地赶往太行国宾馆，到了林桐房间敲半天门没人，后来服务员过来说，房间客人退房走了。

"走了？"郑青呆住了。

第十一章　灵山秀水

齐蓝打完点滴后已无大碍，她本想回家前打电话告诉郑青一声，她没事了。但她眼前突然浮现林桐挎起郑青胳膊的画面。"也许该跟郑主任保持距离了。"她这样提醒自己。

这次去灵山，她一是去看望资助了一年多的三个孩子，二是去送姐姐齐芸去云隐寺找李居士，李居士是云隐寺的常住居士。

三年前，齐蓝第一次去云隐寺的时候，是被李居士所住的小院吸引。那个小院让她看到了'曲径通幽处，禅房花木深'的具象。

那是齐蓝第一次如此近距离地接触一个寺庙，之前曾到过很多寺庙，她都是带着虔诚和敬畏双手合十拜一拜也就过去了。这次住进云隐寺是受灵山县佛教协会负责人许明之邀参加"青山隐隐"书画院的落成活动。

许明是齐蓝的笔友，开始的时候他们的交流仅限于文字、文学的探讨，未曾谋面。后来还是周紫玉带齐蓝去灵山县参加扶贫助教活动时见到了许明，他是那个活动的组织者。

许明粉碎了齐蓝"文如其人"的思维定式。他的文字给齐蓝的印象是：渊博、温和、理性、正气凛然，像一个布道者。她想象着他应该是一个儒雅大气的知识分子形象，但眼前的许明：邋遢，甚至显得落魄，偏胖的中等身材略显笨拙，花白的头发毫无章法地盘踞在头上，最突

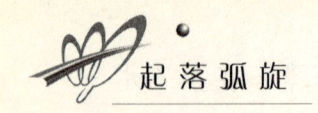

出的是他的鹰鼻鹞眼和他的大大的菩萨耳朵，这是个很矛盾的搭配。鹰鼻鹞眼不可交，齐蓝瞬间想起了这句古语，然后她想到鹰鼻鹞眼的越王勾践，得江山后最终是杀了功臣文种……她正在胡思乱想的时候，许明在镜片后闪烁着他的鹞眼笑眯眯地看着齐蓝："看我像鹰鼻鹞眼？"

"不是，不是，是看您的大耳朵呢，像观音菩萨。"齐蓝被人看穿了心思后赶紧转移目标，也算抓住了亮点。

"对吧，很多外地来的朋友第一眼见我都说我有佛相，耳朵是一方面儿，其实你看我这鼻子根本不是鹰钩鼻……"许明听到齐蓝夸他耳朵，马上顺杆儿爬，谈论起自己能够广结善缘的面相，齐蓝听着那些相面算卦的术语似懂非懂，但对方自顾自滔滔不绝，这让她觉得这人太自恋。

好在许明看出了齐蓝的心不在焉，他马上转移话题："齐老师，我可是你多年的粉丝，你的作品我每篇必看，思想性、哲理性是一般女人比不了的啊！"许明的赞美及时而略显夸张。

"许医生，您是前辈，我只有学习的份儿。"齐蓝赶紧客套了一句。叫许明许医生，是因为许明的职业身份是大川镇的医生，据说他的中医医术得了祖上真传。

那次见面之后，齐蓝成了许明的QQ好友，网上的许明彬彬有礼，知轻重、懂进退，齐蓝慢慢淡化了见到许明的不适感。他们的交流内容围绕文学、医学、宗教、扶贫助教展开。

许明的空间里经常有大量扶贫助教爱心活动图文以及和云隐寺比丘尼无相布施的活动记录，齐蓝感觉这是一个一心为家乡脱贫而能屈能伸的人。许明比齐蓝年长很多，但他跟齐蓝说话的语气总是谦卑恭敬，而且恰到好处地嘘寒问暖。

齐蓝或者家人朋友偶有身体不适向许明咨询时，他总能第一时间，给出专业的解答和简单可行的措施，那些办法大医院的医生绝对不会告诉你，而又偏偏行之有效。

有一次齐蓝得了严重感冒，高烧之后咳嗽，许明遥控着齐蓝，用

第十一章 灵山秀水

什么泡脚,喝什么汤水等,居然两三天就好了,这要是在以往,起码要一周以上才能完全没有症状。至此,齐蓝对许明的医术开始认可。

齐蓝的姐姐齐芸咽部长期不适,异物感强烈,导致没有食欲,久之,肠胃也不好了,而精神状态也受到了很大影响,曾一度怀疑自己是癌症。大医院跑了好多家,检查做了无数次,都没有发现明显病变。

齐蓝跟许明叙述了姐姐的情况,许明沉吟了一会马上打过来一行字:"我怀疑你姐姐是梅核气,因长期情志不舒,肝气瘀滞所致,不是什么大病,不过调养需要时间。"

"那现在有什么办法?能治吗?"齐蓝听起来有道理,赶紧寻问解决方案。

"我得看看病人,现在只是猜测,你姐姐要是信得过我就来一趟吧。"许明接下来说。

"好,我跟姐姐说,她都愁坏了,肯定去。"

一周后,齐蓝如约带姐姐来到许明家里。许明的家在大川镇王坪村,这是隐藏在太行山脉深处的一个小山村,村子三面环山,一条窄窄的水泥路通向村外的国道,这条小路导航不能显示,以至于齐蓝错过了进村的入口。下车一路打听才找到了这条看起来只能容纳一辆车单行的村干道,路西是直上直下的岩石峭壁,路东是农田,她一路都担心迎面有车过来该怎么办,七拐八绕,跟着许明电话的指引,齐蓝和姐姐总算找到许明在村西北角半坡上的家。

见到许明,齐蓝心里还是咯噔沉了一下,尽管已经见过面,已经失望过,但这段时间的网上交流让她重又勾勒出一个怀才不遇,而又充满济世安民之心,博学多闻又谦卑有礼、温文尔雅的中年男人形象。而眼前的许明比上次活动中更显得不修边幅,初秋,天气刚刚有些凉意,他却里里外外穿了几件乱七八糟颜色的、看起来完全不是一个大老爷们该穿的衣服,皮鞋上一层厚厚的灰尘,灰尘上有圈圈点点的水迹,头发依旧杂乱无章,镜片也蒙着一层灰。

他站在门口笑呵呵迎着齐蓝姐妹:"齐老师,快进来,这是姐姐吧?"

起落弧旋

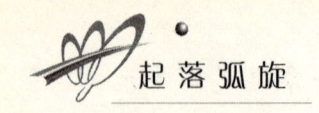

"许医生,这是我姐姐齐芸,你们家可真不好找啊,导航失灵,这真是藏在深山无人识。"齐蓝努力压下心里的失望,她看了姐姐一眼,她怕姐姐怀疑:这样一个人会看病吗?

姐姐倒是一脸的不露声色,她主动向许明伸出手:"许医生,我听我妹妹说你可厉害了!"

许明听到这话,有些弓肩驼背的身体挺了挺:"厉害吧,倒也不敢说,什么病也治好过。"谈到治病,看来许明并不谦虚。

齐蓝姐妹随许明走进院子,这是个让人望而却步的院子,迎面是满目衰败破旧的几间青砖老屋,这本该是正房,但门是空的,窗是用旧布遮掩起来的,看起来并不住人。东侧的两间红砖瓦房像是新建的,院子里是散乱的农具、弃物,地上是鸡屎、枯叶、柴草、塑料袋等垃圾。齐蓝抬起的脚甚至找不到落处,许明极其自在地踏过垃圾,引领着齐蓝姐妹走向东厢房。房间里的陈设倒也很新,电器家具也齐全,只是沙发上堆满东西,茶几上更是找不到方寸空地。

齐蓝姐妹在许明"坐、坐"的招呼声中,竟不知落座何处。许明这才意识到无处可坐,他把沙发上的衣物往边儿上胡乱一推:"有孩子,屋里乱咧。"

齐芸眼尖看到一个小马扎,于是拿起马扎坐到许明面前,开始叙述病情,齐蓝半蹲在姐姐身边认真地帮着补充和解释。此时的许明一脸的严肃甚至庄重,一番望、闻、问、切之后,他一声不吭坐到餐桌旁开方子去了。

许明给齐芸讲解方子使用方法和注意事项,以及各阶段可能出现的反应时,齐芸露出赞许欣喜之色,她的态度越来越谦恭。

出门的时候,齐芸再三谢过之后,递给许明一个厚厚的信封:"许医生打扰了,来得匆忙,没带东西,一点心意,给孩子买点吃的。"

许明伸手接过信封:"啊,没事儿,买什么东西啊。药回去赶紧吃,随时联系,十天后换方子,两个方子吃完就没事了,放心吧。"

返程的路上齐蓝问姐姐:"给了多少钱?""两千,不少吧?"

第十一章 灵山秀水

姐姐反问。

"是太多了,你给那么多干吗?他这个方子还不定管事儿不管事儿呢!"齐蓝有些怪罪许明那么毫不推拒地收下姐姐的钱。

姐姐倒觉得理所应当:"人家跟咱们萍水相逢,凭什么白帮咱啊,再说我看这人肚里有东西,内秀,我这病看了很多医生了,都不如许医生说得准。"

"好吧,好吧,试试吧,反正我拿不准这个人,他在网上的表现,跟现场完全不是一个人!"

齐芸服药一周的时候就给齐蓝报喜了:"我现在嗓子一点儿异物感也没了,吃饭也有味道了,许明这个人还真不能小瞧!"

"噢,这个家伙真是没吹牛!那咱吃完这个疗程再去找他。"齐蓝也由衷地高兴,她没给姐姐找错医生。

第二次去许明家的时候,齐蓝和姐姐买了很多礼物带过去,许明接过那些大大小小的盒子、袋子递给老婆的时候,一脸的骄傲。而齐蓝对许明的家以及许明现场不尽如人意的表现也宽容了许多。此刻,她眼里的许明是一个医术高明充满爱心的乡村隐士。

那次复诊之后不久,齐芸的症状基本消失了,姐妹俩自是不胜欣喜,尤其是齐芸,长期被慢性病困扰,生活全都乱了套,这一下子无病一身轻,心里充满了对许医生和妹妹的感激,齐蓝为此写了一篇《不说出来就于心不安的故事》发在了微信公众号、今日头条等媒体。

许明看到文章激动得语无伦次:"齐老师,能得到你们的认可比金榜题名还高兴,以后再有病号就介绍给我吧,治得了治不了我一定给中肯的意见。"

"好的,许医生,我一定,身边很多人被慢性病困扰呢。另外,我想资助你们村里几个贫困学生,一个月总支出不超过两千块钱就行,我能力有限。"

此时的齐蓝,一心想为许明以及许明所倾心的扶贫助教做点什么。

许明似乎早已料到齐蓝会参与扶贫助教:"嗯,嗯,好,齐老师,

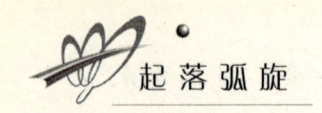

你这周末过来一趟吧,我带你走访一些贫困家庭。"

许明带齐蓝走访了六个贫困家庭,受大病拖累导致贫困的居多,六个孩子全部生活在不健全的家庭里,有父母双亡的、有单亲的,还有一个是父残母病的。

走访前许明大概介绍了这些贫困生的情况,但亲自走进那些贫困家庭,其贫困程度和恶劣的生活环境依然让齐蓝触目惊心,其中一个刚刚7岁半叫英子的女孩儿,让齐蓝流下了眼泪,英子的父母都死于矽肺病。灵山县有大量矽肺病患者,这是因为灵山有丰富的大理石、石英石、银铁等矿藏,其中花岗岩储量华北第一。大理石开采加工是灵山主要的副业,而英子的父母都曾在大理石矿上班,他们分别在英子4岁和7岁时死于矽肺病,英子还有一个常年不归家,偷鸡摸狗只会给家里闯祸的二流子光棍叔叔和瘫痪在床的奶奶,全部家庭重担压在年迈的爷爷和幼小的英子身上。

英子的家是四间没有完工的房子,父母在世时盖到一半就生病了,房子甚至没有门窗,窗户横七竖八地插了一些木棍,木棍上糊的一层塑料纸已经老化,门,是一条看不出颜色的肮脏的旧布门帘,室内家徒四壁,环堵萧然,冬天的夏天的衣物都堆在土炕的一头儿,一个摇摇欲坠的简易餐桌上是吃剩的食物,上面爬满了苍蝇……一个有可能梳洗干净后是一个清秀女孩的英子,靠在土炕上,她的衣服极不合身,显然是接受捐赠的旧衣物,成年人的衣服穿在她瘦小的身上,让人觉得那衣服里面是空的,但她居然看着齐蓝说:"姐姐,你真漂亮!"齐蓝的眼泪瞬间失控,她一边整理着英子乱蓬蓬的头发一边说:"英子长大会更漂亮!"

走访结束后,齐蓝确定了三个贫困生作长期资助对象,她当天就把身上的两千多现金留给了三个贫困家庭。

返回太行市后,齐蓝一直在思考如何能帮助更多的孩子,如何让扶贫资金有企业化的操作,在灵山做点什么事能有稳定的收入,然后把全部收入用来扶助当地贫困生。这些操作齐蓝并不熟悉,她跟严和请教:

第十一章 灵山秀水

"严叔叔,我想在灵山启动个什么项目,赚点钱资助那里的贫困生。"

"别招惹那些人,穷山恶水出刁民,你做不了。"严和的话毫无余地。

但齐蓝还是不死心地嘟囔了一句:"那可不是穷山恶水,那是灵山秀水,风景挺美的,但是为什么穷呢?"严和不再理她。

齐蓝跟许明探讨这个问题时,许明显然兴奋:"齐老师,不谋而合、不谋而合!"

开始的时候,许明提出可否在灵山湖附近搞一个中医养生馆,由齐蓝介绍客户,许明负责实际操作,营收扣除成本后全部用来扶贫。齐蓝觉得这样的概念泛滥了,真真假假,鱼目混珠,已经没有几个人相信了,她否定了许明的建议。但是她对许明提供的云隐寺后院的独立小院很感兴趣。

云隐寺在灵山县最大的人工湖灵山湖水库旁,这是一座以防洪为主兼有灌溉及发电等综合利用的大型水库。水库四周群山环抱,绿树成荫,湖面烟波浩渺,水域宽阔。湖边沟汊纵横,港湾密布。上游森林茂盛,绿草丛生,水清质洁,水深数十米,湖水蓝绿深邃,数米之下清澈见底。晴日天水相接,一片银光映着苍穹,天光云影;雨天云涌浪翻,一片苍茫,迷蒙掩盖着神秘雨脚于涛声中蹒跚。

云隐寺就在灵山湖北部的山脚下,依山傍水,时隐时现,是个幽静、庄严、神秘的所在。

许明第一次带齐蓝到云隐寺时,刚到湖边,齐蓝就走不动了。她用随身携带的微型单反拍摄了很多山光水色的美景,边拍边感叹:"这么美的地方怎么没人来!"

"哈,美吧!来人多了就不美了。"许明倒是道出了真理:人多的地方没有风景。

"但是终究可惜,我看这一路好多山庄、度假村都荒废了,是什么原因呢?"

"没人来!"许明只说出了现象没有找到原因。

而齐蓝认为有以下几方面原因:1.交通状况:通达性不强。2.景观地域组合状况不好,附近类似景点较多,而灵山湖属于开发力度较小的,没能做到人无我有,人有我优。3.宣传力度、市场推广力度较小。

"你比我这个本地人了解得都清楚!"许明伸出了大拇指。

"我只是按照规律推理。"齐蓝赶紧声明自己只是理论上的推理,具体原因还需要一手资料。

云隐寺分上下两个院子,底层院落主要是食堂、库房和接待客房,院子是古青砖墁地,院墙周围是一圈高大的罗汉松,左右两侧各有一个圆形花池,种着旱荷花。

齐蓝一进门就被那硕大的莲花吸引,边跑边掏相机:"呀,这荷花比我的脸都大!"她兴奋地喊。

许明伸出食指堵在嘴上做了个小声点的手势。

齐蓝赶紧收住声说:"不好意思,一见花就忘形。"

"没事儿,在外边怎么都行,我也看出来了,齐老师是性情中人。只是寺里规矩多,咱都注意就是了,这里的住持是个很厉害的老太太,不过对我不错。"许明边向上走边给齐蓝介绍。

上了台阶就是大雄宝殿,和其他寺院没什么不同,从大殿右侧小门出去,有一个长长的走廊,走到尽头又有一个独立的小院,许明拿出钥匙打开院门,眼前是几间红、黄相间的建筑和一分为二的小院,干净、安静。

"这个院子我们可以随便用。"许明摆动着手里的钥匙,宣示着他对这个院子的使用权。

许明的本意是想用这个院子做一个与佛教有关的中医养生馆,齐蓝否定了。

但齐蓝喜欢这个院子:"能不能在这里弄个小型的书画院,我带书画家来创作,作品全部留下,你能卖吗?"

"太能了,齐老师,我正想说呢,我认识的人多,尤其是一些信众,看好的东西不讲价的。"齐蓝发现,不管她提出什么想法,许明总是热情呼应,可见他太想做点什么了!

第十一章 灵山秀水

第二个周末，齐蓝就带了书法家李广林和画家岳立华来云隐寺，这两个人都是通过严和认识的，因为严和在太行商界的地位和威望，李广林和岳立华对严和的"侄女"（严和是这么介绍的）齐蓝也是言听计从，尤其是李广林，殷勤、谦卑，一口一个齐老师，齐作家，齐大美女，这让齐蓝觉得有点儿腻，但看着他瘦小的身子颠前跑后地忙活，齐蓝也不便再说他什么了。

岳立华倒是礼貌客气而又不失风度，齐蓝跟他交流不多。三个人到云隐寺时是周五的傍晚，许明安排好他们的住宿之后即说："我跟法师通报了，今晚咱们要跟法师一起吃饭，几位都没有在寺里吃过斋饭吧，有些规矩，看着别人怎么做跟着学就行了。"三个人点头称没问题。

离开饭还有半个多小时，齐蓝拿起相机又去拍摄了，也就是这一次，她无意间闯进了李居士夫妇的小院。

和齐蓝他们书院遥遥相对的还有个小院，格局看起来是对称的，只是这个小院生机盎然，院外的空地上种了黄瓜、丝瓜、扁豆、茄子，此时已是硕果累累。院门口有长到半人高的两片月季，红色的院门半开着，能看到院里花草繁茂。齐蓝一边轻声招呼："有人吗？可以进吗？"一边已经身不由己地跨了进去，对着那些认识不认识的花草一通拍，准备速战速决后去吃饭。

"拍得真好看！"齐蓝回放片子时耳边突然响起这样一个声音，她惊了一下回头，是一个看上去五十多岁穿僧人衣服但留发的阿姨，正笑意盈盈地看着齐蓝。

"您，怎么称呼呢？"齐蓝一时搞不清对方身份。

"我是常住这里的居士，我姓李，就叫我李居士吧。"

"李居士，打扰了。"齐蓝双手合十弯腰。

"没事儿，我看你半天了，你这孩子做事真专注！你是怎么到这里来了？"

"我是许明许医生介绍来这里写字画画的，我叫齐蓝。"

"噢，许明啊！"李居士欲言又止。

起落弧旋

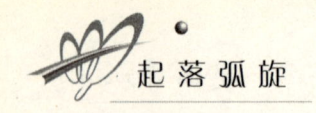

"小齐，到点了，快吃饭去吧，法师规矩很多。"李居士打住话头儿催促齐蓝。

"噢噢，那我先去了，李居士。"又一次听说法师规矩很多，齐蓝心里有点发毛了。

齐蓝一路小跑赶到饭堂的时候，圆桌前已经坐了一圈人，许明、李广林、岳立华都在，另外还有两个比丘尼。迎面看起来面色冷傲的老太太就是住持了。

齐蓝跑进来的时候，她拍拍身边的空椅子，示意齐蓝坐在她身边，齐蓝心里暗暗叫苦，但也不好违抗，她乖乖地坐在法师身边。法师扫视了垂手而坐的一圈人一眼，两个比丘尼立刻随法师一起双手合十诵经："供养清净法身比卢遮那佛，圆满报身卢舍那佛……"

诵经完毕，法师用低沉而威严的声音说："吃吧。"

一桌人端起碗默默吃饭，说默默并不是指不说话，食不言是肯定的，关键是不能有咀嚼的声音。

"怪不得什么菜都煮到稀烂，是为了不出声吧？"齐蓝心想，她看着碗里炒成黄瓜泥的黄瓜片、面条一样瘫软的土豆丝，无声而无奈地吞咽，饭是分好的份饭，必须吃完，吃完不够可以再打，许明吃得最快，他歪着头，碗端着离嘴巴很近，用筷子连续扒拉着碗里的食物。法师停下来看了他足有一分钟，他仍是专注于碗里的食物。

"许明，吃饭时脸不要扎到碗里，看起来吃相不好，贪婪！"法师终于忍不住训斥了，齐蓝都替许明脸红。

但许明似乎不太在意："是是是，我下回注意。"他双手合十对着法师微微点头。

齐蓝此刻已经吃完了碗里的饭，她不知道自己饱不饱，她只想快点离开这压抑的地方。她学着其他人的样子把碗筷放规矩，垂手坐着等法师吃好离桌，法师此刻扭头看着齐蓝，脸上突然有了笑意："吃饱了吗，吃得习惯吗？"

"我吃好了，法师！"齐蓝有点受宠若惊，整个一顿饭时间，她

第十一章 灵山秀水

第一次看到法师的笑脸,而这笑意是对着她齐蓝一个人的。

终于熬到法师吃完了,她让每个人举起碗碟,看是否干净,她自己吃到最后是用馒头擦了碗的。齐蓝不肯那样做,但碗里边没有米粒,盆里没有菜汤,老法师批评了两个没吃干净的人,许明、岳立华。齐蓝想接下来是她了,但法师看了她的碗碟一眼,又是一笑,那笑里甚至有慈爱。

吃完饭走到院中,两个比丘尼一左一右,搀扶法师上台阶回到上院,齐蓝没有跟上去,她想在下院走走,其他人也各自散开自由活动了。此时她看到站在高处的法师,正拿着苹果手机接电话,她隐约听法师说:"姐们儿,你都多长时间不给我打电话了呀……"一口东北腔,高亢、开朗、完全是与时俱进的俗人哪!

齐蓝惊掉了下巴。挂断电话,凝望大雄宝殿的法师又恢复了庄严,她高高的挺直的身影和在晚风中飘起的僧袍,让齐蓝想到了"仙风道骨"这个词。

那以后,齐蓝几乎每周都带不同的书画家去写生、习字,作品全部留给许明处理。

法师依然是很喜欢齐蓝,每次见齐蓝都是一副慈爱的笑脸,但并不交流。倒是李居士成了齐蓝的忘年交。齐蓝的姐姐礼佛,很虔诚,齐蓝把李居士介绍给了齐芸,她们很快就谈到一块去了。李居士几次邀请齐芸到小院短住。

许明依旧是一边行医,一边扶贫。齐蓝最初资助的三个孩子一直由齐蓝个人出资资助,不忙的时候,她也会辅导孩子们课程,尤其是英子,她付出了更多的时间和感情,这孩子盼齐蓝来就像盼过年一样热切!

这次国庆节放假,齐蓝送齐芸去李居士那里后,就又赶到王坪村去看三个孩子了,其他两个孩子学习都有进步。只是英子数学考试不及格,她问英子什么原因时,那孩子只是抽抽咽咽,不肯说话,问不出所以然。

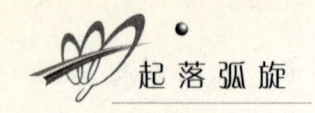

齐蓝只好把试卷给她讲一遍后嘱咐:"把错题好好看几遍,写在错题本上,要用心啊!下次老师来,给英子带漂亮衣服,我要看到英子的进步噢!"

齐蓝出门的时候,英子拉住了齐蓝的风衣带子:"老师可以带我走吗?"齐蓝愣了一下,这孩子从来没有这样过,她又蹲下来:"英子你是有什么事吗?你跟老师走了爷爷奶奶怎么办,小叔也不管他们。"

说到小叔,英子眼里盛满了惊恐,但她很快懂事地说:"老师,我不走,我帮爷爷干活儿。"

"好,英子真懂事,老师很快再来看你。"

齐蓝从英子家出来,本想再去云隐寺看看齐芸,但英子的状况让她有些心烦意乱,于是她直接开车上了返程的路。上国道不久她的肚子拧了几下,那种绞痛让她恐惧,凭经验她知道是肠痉挛。

她赶紧就近停到附近加油站,没想到就遇到了郑青他们。

到她打完点滴回家时,林桐挽起郑青胳膊的画面,依然在她脑海里挥之不去,而灵山的灵山秀水和贫穷的现状,更让她陷入深深的思考中。

第十二章　南辕北辙

林桐的不辞而别让郑青十分被动，他很清楚这其中的原因，但他当时别无选择，他不可能丢下齐蓝。

郑青到前台问了林桐的退房时间，已经过去两个多小时了，林桐该是在回京的路上了。但他还是拨通了林桐的手机，第一个电话无人接听，再拨又响了很久，还是不接。

"这是电话也不肯接了。"郑青正准备挂断时林桐接通了，"喂，林桐，我回到宾馆了，你在哪里？"郑青有些急切地问。

"呵呵，郑主任还顾得上我在哪里吗？我看郑主任实在是忙，所以先回京了！"不给郑青再开口的机会，林桐果断地挂断了电话。

她心里委屈而恼怒，郑青开始要送齐蓝的时候，林桐有些惊讶，那个齐蓝到底是郑青什么人，以至于让郑青中途丢下她。看得出郑青跟这个齐蓝交情很深。郑青刚到太行两年，能和什么人有很深的交情，况且齐蓝是个年轻漂亮的女性，那么，林桐不愿顺着这个思路想下去了，直到她看到郑青对着疼痛中的齐蓝不经意间流露的焦急时，她的心沉了下去。

有句话说"郑重其事时见其假，不经意时露其真"，林桐相信郑青眼里的焦急和怜惜都是情不自禁，而她也笃定郑青并不愿意让她搭乘齐蓝的车，她当时假装不在意，顺水推舟成全了郑青的心意，实在

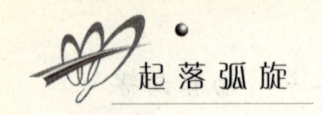

是不想让郑青认为自己小气。为了给郑青留下好印象,她压下了小性子,她知道以郑青的冷静、严肃,不会喜欢公主脾气,尤其是她的出身很容易被人贴上公主脾气的标签。

几次恋爱经历基本都是因为她的骄傲、她的优越感而使对方敬而远之,只有一个人说过喜欢她的率性,酷酷的。无论她怎么无理取闹、颐指气使,对方都委曲求全。而她对这个对她百依百顺的男人毫无感觉,她并不想驾驭谁,她想要一个她欣赏、崇拜甚至稍微有点敬畏的男人,郑青恰恰给了她这种感觉。她相信郑青是她这些年来遇到的唯一一个值得她收敛甚至改变自己的人,她放下身架主动追求,不请自来,而齐蓝是郑青的什么人?郑青的弃她于不顾说明什么?继续在宾馆等下去,她的面子、她的骄傲都不答应。她终于还是没耐住性子,不辞而别了。

郑青打电话的时候,她是欣喜的,甚至有失而复得般的激动,但她决定不接,看郑青是否会想办法再找她。而她也担心郑青打不通电话,会认为自己礼数已尽顺理成章地放弃,所以第二个电话打进来的时候,她握着手机内心挣扎很久,终是怕郑青放弃而违背了自己的骄傲,但她装不出无所谓,她大气不起来了,她吃醋了,很酸。

郑青被林桐掐断电话后并没有尝试再打过去解释。事实很清楚,为了照顾齐蓝中途放下林桐,林桐生气情有可原,林桐不生气说明她确实大气、善解人意。现在显然是林桐生气了,但还肯接他电话,语气里也没有决绝,只是怪罪和醋意,局面不是不可挽回,只要他肯。

但他潜意识里似乎希望林桐说出:"郑主任,谢谢你的盛情接待,再见。"那样他会有一种失去之后的如释重负,但也会有一丝遗憾,毕竟平心而论,林桐并不讨厌,而林桐的家世更是每个想成就一番事业的男人不可能漠视的!这么想的时候,他竟对齐蓝生出一丝愧疚,虽然齐蓝未曾对他有过一点情感的表达或暗示,但郑青的心里已经有了齐蓝的位置,无可取代的位置!

那种发自内心的欣赏,身不由己的挂念不知始于何时,总之已成既成事实。只是他不知道齐蓝对他是什么感觉,齐蓝对他一直很尊重,

第十二章　南辕北辙

不曾有过半点任性和逾规，既可以解释为齐蓝的素质和修养，也可以解释为齐蓝在保持着和他的距离。而他更多的时候也是把齐蓝当成一个讨喜的晚辈，尤其是当齐蓝和雷雷、一男他们玩儿在一起的时候，他会觉得蓝蓝还是个孩子。

可是当他和她正式交流的时候，她对生活的理解，她思想的深刻程度，她语言的逻辑性，她控制情绪的能力，又让郑青觉得这是个非常成熟冷静的知识女性。而他们一起打球的时候，齐蓝给他的感觉是一个充满活力、顽强、认真、悟性极高的运动能手。孩子一样的齐蓝，成熟冷静的知识女性，悟性极高的运动能手，这几种状态的齐蓝都让郑青喜欢、欣赏，进而身不由己地想接近。

他跟这个女孩子不打不相识，一步一步被她的魅力所吸引。可是齐蓝跟他的感觉同步吗？她是否心有所属？如果齐蓝名花无主，他会怎样？他能追求她吗？横在他们之间的有多少可见和不可见的障碍？无论怎样，郑青认定了齐蓝在他心中永远占据不可替代的位置。

10月3号，长假第三天，郑青回到了北京，他下车后先拨通了林桐的电话："林桐，我回北京了，明后天想请你吃个便饭，算对你太行之行照顾不周的歉意吧。"

"郑主任，您没有照顾不周啊，不过我这两天有很多聚会，挺忙的，再联系吧。"林桐的声音里听不出情绪。

"好吧，我等你消息吧。"郑青像完成了一件任务，他并不为林桐的委婉拒绝而沮丧。

雷雷从太行回来之后就被郑芳接到了姥姥家，自从他到太行借读之后，四位老人难得见孩子一面，所以这个假期对老人来说非常宝贵。

尤其姥姥姥爷，大女儿不在了，见到外孙算是极大的安慰，郑青的父母在这一点上非常大度和宽怀，他们虽然也很想孙子，但不争不抢，只对孩子表示关心和爱护，并不强求孙子的陪伴。

郑青父亲退休前是教育出版社的副总编，母亲退休前是朝阳区儿童医院的护士长。他们只有郑青一个儿子，如今又调往外地，孙子也

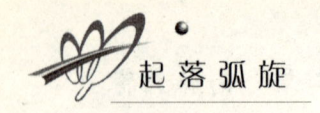

过去借读，孤独和想念是必然的。但他们不像很多老年人那样一天一个电话地追踪、唠叨，孩子来，高兴；孩子走，欢送。

　　为了让儿子安心工作、孙子好好学习，他们最大限度地压抑、克制了自己的情感。国庆节前，郑青打回来电话说晚两天回京，回京后带雷雷过去看爷爷奶奶。他们接到电话后就开始准备，把儿子喜欢吃的、孙子喜欢吃的数落一遍，然后分别从超市、早市、京东一一买回来，房间打扫干净，被褥充分晾晒……万事俱备，只待儿孙归家。

　　郑青到雷雷姥姥家的时候已近中午，老两口都在厨房忙活，郑芳带雷雷在里屋学习。郑青看着系着围裙，两手湿漉漉的岳父，心里一阵酸楚，郑媛很像爸爸。

　　"爸，我来帮您吧，您去歇会儿，妈，您指挥我，看我能干什么？"

　　"什么都不用你，刚进门儿，快歇着去，马上好。"老两口一边说着，一边用胳膊肘往外推郑青。

　　郑青只好从厨房退出来，来到郑芳和雷雷学习的房间。郑芳这时候正逼着雷雷背诵《滕王阁序》。

　　"太长了，先背前两段行不行小姨？"雷雷在讨价还价。

　　"少来吧你，昨天就已经背了前两段了，当我老年痴呆呀，少耍滑，从'披绣闼，俯雕甍'开始，背到'奉宣室以何年'，二十分钟，现在开始！"郑芳的态度不容置疑。

　　门外的郑青听到这儿转身回到客厅，他要此时进去，这孩子就又钻空子凑热闹不背了。

　　能治得了郑雷的，一是齐蓝，二是郑芳。不过两个人风格和手段完全不同。齐蓝是欲擒故纵，郑芳是一贯高压。

　　而郑雷是喜欢齐蓝姐姐，怕小姨，因为齐蓝姐姐总是笑，而小姨生气了会哭、会数落："要是你妈在，我吃饱撑的跟你费这劲！"他最怕小姨这句话，每次提到妈妈，郑雷就像遭了霜打，所有的玩儿心一瞬间灰飞烟灭，乖乖地执行小姨的命令。

　　他有时候觉得：小姨够残忍，为什么老提妈妈？为什么老用妈妈

第十二章　南辕北辙

的去世来做武器,他觉得这个武器杀伤力很强,一瞬间就能让他的心鲜血淋漓。只不过小姨看不到,他不会像小姨一样掉眼泪,他的泪是倒流的,从眼里流回到胸腔,澎湃着他的心脏,让他升腾起一股豪气。

此刻他从小姨的神情里看出了又要使出杀手锏的端倪,他突然发狠地说:"小姨您先出去,十五分钟后来验收!"

郑芳拍了他一巴掌:"算你有志气!"然后走出房间。

"姐夫,雷雷在你那边学习不用管吗?怎么一回来就得盯着才肯学?"郑芳对着正在收拾餐桌的郑青问。

"他在那边平常住宿学校抓得很紧,周末休息我也督促,但没你这么大力度,最近成绩还是不错的,作文还被当范文在班上朗读过呢。"

"噢,我看是那个齐蓝姐姐的功劳吧?"郑芳的语气里明显带出了醋意。

"肯定有齐蓝的作用啊,那孩子对郑雷还是很用心的。"郑青不理郑芳的醋意,顺着郑芳的话肯定齐蓝对雷雷的帮助。

"那孩子?哈,姐夫,那孩子比我不小吧?"

"嗯,差不多吧,好像跟你差不多。"郑青依旧是不接郑芳的冷嘲热讽,只按部就班回答问题,不理弦外之音。

"姐夫,那我想知道,那孩子为什么这么无私地帮助雷雷?"郑芳有些气急败坏了。

"大家关系处得不错,互相帮助不应该吗?"郑青对郑芳的穷追不舍有些反感了,语气已经不再温和。

"大家关系处得不错,是你和齐蓝关系不错吧!"郑芳的语气越发尖刻。

"芳芳!"郑青停下手里的活儿,加重语气叫了一声。

"小姨,好了!"郑雷从里屋探出半个身子来喊,郑芳收回直视着郑青的目光,迅疾地转回身向屋里走去,她眼里有泪光一闪。

"披绣闼,俯雕甍,山原旷其盈视,川泽纡其骇瞩……雁阵惊寒,声断衡阳之浦。遥襟甫畅,逸兴遄飞,逸兴遄飞……"雷雷卡壳了,

通常这种时候郑芳会提示一两个字,但今天她不吭声,她看一眼课本,看一眼雷雷,再看一眼课本,再看雷雷,就是一言不发。

雷雷感受到了气氛的不同寻常。他伸手要拿郑芳手里的课本:"小姨,下一段我再看几分钟。"

"刚才是谁说十五分钟后验收的?敢情是糊弄我呀!第二段就没背是不是?"

"背了,就是不熟,您别这么凶,我能想起来,或者提示一下。"雷雷辩解着。

"噢,合着是因为我凶是吧!"

"本来就是,这么难背的文章,老师一般也允许卡壳,有时候也会提示,要是齐蓝姐姐检查我,我这会儿肯定已经背完了。"

"又是齐蓝姐姐,你知不知道好歹,人家不关心你考上什么大学人家才脾气好,人只是为了讨好你爸爸。"

"小姨,别这么挤对人,明明不是这样!"

"哼,知道什么你,被人卖了还给人数钱呢!"

郑青正过来叫郑芳、雷雷吃饭,后边几句话他都听到了,听到最后这一句,他听不下去了,推门进来,"芳芳,什么时候变得这么情绪化的,教孩子学习不要扯跟学习无关的人和事儿。"

"我变得情绪化?我扯?"郑芳一直在抠字眼,找碴儿。

"芳芳,你今天是不是有什么不开心的事,怎么一家人说话老叨字眼、挑毛病呢?"

"噢,是我找事儿,是我挑毛病呢,对不起了姐夫,您国庆节加班辛苦了,我不该惹您着急!"郑芳把加班两个字用拉长了的重音强调!

"雷雷,先去吃饭,姥姥姥爷等着呢。"雷雷如临大赦,开门跑了出去。

郑青忽觉不妥也随后跟了出来:"爸、妈,您二老跟雷雷先吃着,我跟芳芳说几句话。"

第十二章　南辕北辙

"吃完再说不行吗,这菜都上桌了。"郑媛妈着急,怕菜一会凉了不好吃了。

"没事儿,妈,几句话,几句话啊,先吃吧。"郑青说完回到里屋,郑芳还气哼哼地坐在原地没动。

郑青拉了把凳子坐在郑芳对面:"说吧,芳芳,今天是怎么了,不只是跟雷雷生气吧?"郑芳拧过身子看着窗外仍是一声不吭。

"好,不想说是吗?咱先吃饭,吃完饭慢慢说。"郑青说着站起来准备往外走。

"我不饿,你们先吃吧。"

"芳芳,爸妈忙活一上午了,大过节的,你不吃饭,多扫兴啊,来,走,不饿少吃点儿。"郑青拉住郑芳的胳膊往外走。

郑芳愤愤地甩掉郑青的手:"姐夫也知道大过节的啊,大过节您撂下老的小的不管,您忙什么去了?加班陪齐蓝姐姐了吧?"

"芳芳,你照顾老人孩子辛苦了,姐夫心里都明白,也想尽可能减轻你的负担,可一码说一码,不能因为你辛苦,你就可以捕风捉影地跟姐夫耍脾气,我陪不陪齐蓝都是我个人的事,你没必要在这儿上纲上线吧?"

"哼,是你个人的事,那我也有个人的事,我为了过节一家人好好聚聚,提前借车,推掉个人的约会。您呢,您不是加班吗?怎么现在又变成个人的事了?"

"芳芳,我发现今天很难跟你沟通,你一直在断章取义!"郑青又一次站起来,语气明显有些怒气了。

"我断章取义,我理解能力不行,我中国话没学好,我不是齐蓝那样的大作家!"

"芳芳,有完没完,为什么总把自己跟齐蓝往一块儿扯!"郑青压抑着怒火,他不明白,一向温和厚道的芳芳这是怎么了?

"姐夫,不是我要把自己跟什么齐蓝齐红的往一块儿扯,是你自己用加班搪塞我,结果又去陪齐蓝!"

159

"我没陪齐蓝，齐蓝现在还生着病，我都没再问，是北京过去了一个朋友找我，我陪了一天。"郑青情急之下道出了实情。

"什么朋友这么重要，你本来过节该回北京了，她从北京跑到太行去找你，不合逻辑呀姐夫，麻烦你编科学点好吗？"郑芳仍是咄咄逼人。

"你这孩子简直是怀疑一切了，我还真没编，生活它有时候就这么不科学。我的老领导汪副主任介绍了他朋友的女儿给我，领导的面子我得给，对方说要去太行转转，七天的时间我不能说一天时间也挤不出来吧。这不就陪她去太行近郊转了转，晚回了两天，像这样的事情我得跟你报备吗？"郑青的话里也有了情绪。

"您当然不用跟我报备，婚姻大事是头等大事，您完全自主，我算老几，干涉得着吗！"这么说着，郑芳的眼泪不争气地流到了腮边，她原以为只有齐蓝一个人对她构成了威胁，现在又出来个汪副主任朋友的女儿，姐夫这是要紧锣密鼓地给雷雷找后妈呀，可是她郑芳默默地关心了姐夫这么久，任劳任怨地照顾老人、带孩子，难道姐夫就一点也察觉不到她的心吗？还是察觉了认为她不配呢？想到这里，她的眼泪更止不住了。

郑青看郑芳突然泪眼滂沱，怒气顿时化作了无措，他从心里心疼这个厚道勤奋任劳任怨的妻妹，在他印象中芳芳虽然有些内向、固执，但一直就识大体、知轻重。今天郑芳一反常态的表现，让郑青心里觉得事情有点复杂。显然这种关注、这样的盘问、这样的情绪，已经不是一个小姨子对姐夫该有的正常表现了。

"芳芳，能不能控制一下情绪，我们先去吃饭，爸妈叫好几次了，我这几天没有大的安排，我们抽个时间好好聊聊，嗯？听话，走，擦擦脸先去吃饭。"郑青说着递给郑芳一块面巾纸。

郑芳接过来堵住了流泪的眼睛，她低头使劲按了几下眼睛，然后不敢正视姐夫的眼睛小声说："姐夫，对不起，是我任性了。"

"说什么哪，芳芳劳苦功高，偶尔发点小脾气，不为过，走走，

第十二章　南辕北辙

吃饭啦！"郑青故作轻松地调节气氛。

他俩出去的时候，两位老人和雷雷都神色紧张地巴望两人的脸色，有些争吵大概他们也听到了一部分，此刻看小女儿和大女婿和和气气地走出来，郑妈妈赶紧起身："菜凉了，我热一下。"

"妈，您甭管了，我来热。"郑青心里充满了歉疚，好不容易回来一趟又弄得不痛快，让老人跟着揪心。他一边说着一边端起两盘菜往厨房走去。

"姐夫，我来吧。"郑芳随后也端起一盘菜跟了过去。

两个老人互相对视了一眼又无声地低头吃饭，雷雷观察了一圈后突然来了句："各自心怀鬼胎啊！"

这话正好被从厨房走出来的郑青听到："你这个孩子，你说怎么就这么口无遮拦呢，学会了几个成语，你就乱用，都是你惹小姨生气，还贫嘴！"郑青有意借题发挥想缓解紧张气氛。

哪知，郑雷当着姥姥姥爷面儿逗脸，他站起来，拍打着椅子扶手："此言差矣，我只不过是某人发泄情绪的借口，吾思虑再三，今日并无大过，何以惹小姨盛怒？窃以为乃借题发挥，家父才是罪魁！"

热好菜出来的郑芳听到雷雷这段半文言半白话的反击，忍不住笑了："姐夫，您看您这儿子，快盛不下了，一套一套儿的，可会气人呢！"说着一脸宠溺地看着这个人高马大的外甥。

"承蒙小姨教导之恩，一天背诵一篇古文，鄙人已经不会说人话了，尚在滕王阁中穿行……"雷雷继续逗脸。

"行了，行了，打住，我怎么养了这么个贫嘴儿子啊！"

"爸，不是您养的，学校的菜肉太少了。"

姥姥听懂了这句人话："青，雷雷学校伙食不行吗？"

"妈，别听他的，学校伙食不错，您看他壮的。"郑青说着拍了雷雷一巴掌，"快吃饭！"

"我饱了，各位慢用，小的先撤了。"说着旋转了几圈开电视去了。

一桌人看着这个顽皮，其实是懂事的孩子，都欣慰地笑了。

起落弧旋

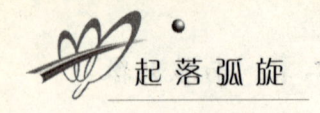

貌似因雷雷引发的一场冲突，又被雷雷的装疯卖傻暂时化解了。

可是郑青轻松不起来，因为矛盾的源头仍在。接下来的事怎么进行？是否还联系林桐？联系了见了面说什么？关系先处着？最终会怎样？林桐喜欢他吗？他喜欢林桐吗？林桐喜欢郑雷吗？不联系了呢，汪副主任那里怎么交代？这一切被郑芳知道了又会怎样？虽然他对郑芳并没有任何形式的逾规误导行为，但郑芳的心迹他似乎有些明白了。还有齐蓝，一想到齐蓝，郑青的心就先是愉悦继而是惋惜和歉疚，多么可人的一个姑娘，可惜是有缘无分啊。

第二天上午，郑青带着雷雷去海棠华府小区看爷爷奶奶。雷雷从小跟姥姥姥爷多些，所以在爷爷奶奶面前要规矩很多，但也是很亲。

一进门，他就拣好听话儿哄爷爷奶奶："奶奶，您逆生长了，比上次见您又年轻了不少！"

"哈哈，我孙子真是越来情商越高了！"奶奶接过雷雷手里的东西转身去归置了。

爷爷一把拉过刚换上拖鞋的孙子："来，雷雷，我看你又长个儿没有？"说完挺直腰板跟孙子并排站好，雷雷屈腿弓腰往下缩着身子，看起来只比爷爷高一两厘米。

"爷爷，是您长个儿了吧，上次我记得您刚到我下嘴唇啊，现在都到我眼睛这儿了！"

"哈哈哈……"爷爷拍着孙子屁股大笑起来！

"青儿，你说你这儿子这么会说话儿像谁呀这是！"

"我也是纳闷儿，这小子快长成马屁精了！"郑青回到家放松多了。

中午饭很丰盛，丰盛到雷雷顾不上说话，嘴里一直填满着各种食物，爷爷奶奶看着孙子的吃相，那简直是巨大的享受，老两口连日来事无巨细的准备，在孙子吞进肚子里那一刻，他们品尝到了幸福味道。

儿媳妇牺牲后，老两口总想为孙子多做些什么，他们想更多地爱护、照顾这个失去母亲的孩子。但雷雷在京时住校，周末小姨接走，老两口没有多少机会照顾孩子，现在孩子又去了太行借读，他们就更爱莫

第十二章　南辕北辙

能助了。他们既希望孙子能在完整的家庭里成长，又担心儿子再婚使孙子受委屈。他们几次想跟郑青探讨再婚的问题，都被儿子搪塞过去了。现在郑媛两周年也过了，他们想趁这个假期正式跟儿子谈谈。

雷雷风卷残云般地吃掉了桌上一大半美食后下楼化食去了。老两口看着默默吃饭的儿子，终于开口了："青儿，媛媛走了两年了，也该考虑考虑自个儿了吧？"郑母试探着问。

"妈，我知道，我回避不了这个问题，但是说起这事儿我是真烦！"儿子在父母面前，还是暴露了真实的情绪。

"我原单位的领导给介绍了一个……"郑青把林桐的情况以及跟林桐的两次见面告诉了父母。父亲在旁边一言不发地侧耳听着，母亲来了句："这姑娘咱怕不好伺候啊！"

"妈，这倒不是我烦恼的原因，行不行的我也不会为任何情感之外的因素将就。我愁的是雷雷姥姥家那边，尤其是小姨对我个人问题比较敏感。"郑青欲言又止。

"噢，芳芳，你是说芳芳对你找对象敏感？"郑母显然有些好奇。

"那她是出于对姐姐地位被人取代的不甘？还是怕外甥不能被善待的不安？"郑母看着一脸烦恼的儿子问。

"这两方面都有应该，但都不是重点！"

"那是？不会是芳芳喜欢你，动了嫁给你的心吧？"

"妈，我说不好，我怕是这样。"

"这是好事啊，妈怎么就没想到呢？芳芳一定会真心对你们父子的，那孩子勤快厚道踏实！"

"妈——不是人好就能娶来当老婆的，再说，郑芳，她是妹妹，这一点在我心里折不过个儿来，怎么可能嘛！"郑青听到母亲的表态很后悔给了母亲这样的提示。

他们正争论的时候，雷雷上来了，郑青赶紧示意二老别再提这个话题。

当天下午，郑青犹豫再三还是再次拨通了林桐电话，本来他昨天

已经把球踢给了林桐说等她消息。如果林桐没有消息他本是可以心安理得地给汪副主任做个交代的，但他思来想去觉得如果非要再婚（看来这是必须的），林桐仍是一个值得认真考虑的对象。

齐蓝，他是从心里欣赏甚至喜欢的，但仅仅是这种朦胧的情愫，就已经使齐蓝成为众矢之的了，他是多么不忍心、不肯让齐蓝为自己受到委屈和伤害啊！在他心里，齐蓝高贵、美好、率真、可爱，让人见之忘俗。他远远地看着、呵护着这个白雪公主一样的女孩子就好，他甚至不忍心把她带进柴米油盐的婚姻。芳芳，芳芳的心思他现在基本明白了，也正是因为这份明了，他想尽快摆脱单身身份以免让芳芳陷得更深。

"林桐，我后天就回太行了，走前还是见一面吧，今明两天你选个地点，吃饭、喝茶都行，尽快给我回复。"

接通电话后，林桐刚"喂"了一声，郑青就一股脑儿地砸过去这段话，林桐有些诧异郑青的强势和果断，而她喜欢的正是这种不跟她商量的男人！

"好，那就今晚8点，还在我们第一次见面的西餐厅。"林桐也没再矜持。

"好，晚上见。"郑青说完果断地挂了电话。

晚上差十分8点时，郑青、林桐几乎同时到达餐厅门口，他们互相点点头，然后并肩走了进去。因为是假期又是晚上客流高峰的时段，一楼竟没有座位了，服务员把他们引到二楼一个有大柱子遮挡的角落里，光线不好，视野不开阔，但他们是来说话的，安静就好。

郑青抬了抬下巴，用眼神征求林桐的意见。"就这儿吧！"林桐说着自己先坐下来。

郑青随后也落了座，很麻利地点好菜品、茶饮。"林桐，那天把你放在半路实在欠妥，但那个齐蓝……"

"打住，郑主任，给我留点想象空间，给自己留点余地，别跟我解释！"林桐伸出右手摇了两下。

第十二章　南辕北辙

"也好,不提那天,那我想我的情况,汪副主任已经跟你介绍了,还有哪些信息不全,你尽管问,问清楚了,如果觉得咱们可以尝试着交往,那就开始,如果觉得不合适,那咱也不用有什么顾忌,都不是脆弱的年龄和身份,直说就好!"

郑青又是一口气甩出这一大段话,林桐有些措手不及,她没想到郑青这么直白、爽快。

但林桐到底是见过世面有丰富经历的。"郑主任,很感谢你的直来直去,我也一样,虚头巴脑的话一句也不想说。你的信息我想汪叔叔是没有遗漏的,我关心的不是信息,是郑主任的心理。"林桐说到这里,停下来意味深长地看着郑青。

郑青迎着林桐审视的目光缓慢而坚定地说:"我明白你'心理'两个字的含义,就是,我基于一种什么样的考虑和你交往!"

"聪明!"林桐赞许地点头。

"你的出身是每个和你交往的人不可能不考虑的,我也一样,但我还不至于为贪图你的出身而不考虑感情,有感情、有真情是前提,必须是前提!"

郑青的不卑不亢,让林桐很庆幸今天没有再次拒绝邀约!这不正是她心目中有礼有节的男人吗!

"郑青,很高兴听你这么说,我不管你的过去,也不管你心里是住着前妻还是什么其他人,我希望咱从今天起,给彼此一个机会,看咱们彼此能不能成为对方唯一的结婚对象!"

"同意!"郑青举起酒杯。

两个高脚杯轻轻触碰在一起,两个不打不相识的人各自一饮而尽。

第十三章 渐行渐远

　　国庆假期结束前一天,齐蓝需要到云隐寺接姐姐齐芸回天津,姐姐头天问她时,她说"没问题",事实上她的肠胃一直没有好利索,她只是不想让姐姐担心。但她自己不敢开车去接姐姐了,于是只好又求助严和。

　　严和接到她电话时先是哈哈大笑了一阵,然后奚落齐蓝:"你到底是把你姐姐弄庙里去了!"

　　"严叔叔,您别老是排斥不了解的事好不好,姐姐的病真好了。"

　　"病好了就好,但是别五迷三道儿的,那个许明没那么神!你姐呀主要是心病,来这儿见了你倾诉倾诉,到山里调养几天,症状肯定减轻,不是谁治好的知道吧!"严和收住笑自顾自分析了一通。

　　"您说的都有道理,所有的病都是身心疾病,肯定跟心情有关系。我们现在不在电话里讨论这个,明天上午能不能去接我姐?"齐蓝赶紧截住严和的话。

　　"去呀,肯定去呀!"

　　"那好吧,严叔叔,明天8点半您来接我吧,然后从云隐寺就直接去天津了。"

　　"好吧,别跟齐芸说我说她五迷三道啊!"严和又嘱咐了一句。

　　齐家兄妹三个,只有齐蓝跟严和最熟悉,齐浩始终不肯正面接触

第十三章　渐行渐远

严和，齐芸对严和不冷不热，齐蓝守在父母身边，受父亲影响较大，自然也就跟父亲的朋友严叔叔走得较近。

第二天上午 10 点多，齐蓝和严和到云隐寺时，齐芸正在扫院子。她在乳白色的长款衬衣外面套了一件淡蓝色的僧袍，看起来素净、淡雅、脱俗、从容，一改之前焦虑、愁苦、心事重重的形状。

齐蓝看着这样的姐姐，心里莫名地感动和欣慰，她心想："姐姐，你快好了吧，你可不能再出问题了，只剩咱们俩了。"

严和完全没有齐蓝的感受，他这会儿眼睛又笑得眯成两条线："你看齐芸还真有点像个姑子。"他指着背对着他们在上院扫地的齐芸说。

"严叔叔，您又乱说话，路上不是跟您说了么，到这里来不要乱说话！"齐蓝不满严叔叔的无所顾忌。

"Sorry！"严和打了个抱歉的手势。

"我不说中国话了行吗？"

"英国话您也别说了，我估计这里的僧人看不惯您这假洋鬼子。这样，您出去到灵山湖边去转转吧，我这儿的事儿办完了，出发前给您打电话您再回来！"

"哈哈哈哈，怕我当着齐芸说错话儿，好好好，这样最好。"说完严和转身向寺外走去。

看着严和走远了，齐蓝收回目光走向姐姐。

"姐，快扫完了吗？"

"啊，蓝蓝，你这么快呀！"齐芸惊了一下，她一边扫院子一边嘴里叨念着什么，竟没有发现妹妹已经走到身边。

"姐，每天都是你扫吗？这么大院子！"

"基本是，有时候他们厨房人手不紧的时候来帮帮我，今天寺里来的人多，厨房忙不过来。"姐姐直了直腰，抹了一把额头上细密的汗珠，"我马上就好啊！"

齐蓝看着姐姐红润、鲜亮的脸色，高兴地说："姐，你看起来年轻了好几岁！"

167

"是吧？我自己也觉得现在浑身轻松。蓝蓝，你先上我宿舍去，开着门呢，我一会就上来。"

"姐，哪有扫帚，我帮你一块扫吧？"

"别别，你太扎眼，一会儿香客都来看你扫地了！"齐芸笑着推妹妹赶紧离开。

在齐芸眼里，这个妹妹从小就聪明漂亮，出类拔萃，即使她再低调，也总是有足够的回头率，父亲的聪明、母亲的高贵在齐蓝身上得以完美结合。唉，只是这么出色的妹妹到现在还是一个人，怪不得人们都说"剩下的多是极品呢"，想到这里，齐芸苦涩地笑了。

齐芸回到宿舍时，看妹妹正在帮自己整理行李，她赶紧拦住妹妹说："别收拾呢，来得及，老法师知道你来接我，坚持让咱们吃了午饭再走，已经报到食堂了。"

"啊，姐，不吃饭了吧，严叔叔跟我一起来的，我们打算直接送你回天津呢。"

"啊！他人呢？你们不用送到我天津，我去你那儿住一晚，明天我自己坐火车走，正好咱俩说说话儿。"

"你这么多行李坐火车多费劲哪！"齐蓝看了看姐姐搜罗的厚厚的经书发愁地说。

"没事，不好带的东西先放你家，你随后快递给我就行，别让严叔叔跑了，尽量少欠人情知道吗？尤其是严叔叔！"齐芸话里有话。

"姐，我没欠他，他有事我也是鞍前马后，不辞辛苦，我都快成了他公司不拿工资的设计师了。"齐蓝跟姐姐辩解道。

"就说这事儿呢，哥之前就跟我说过，说严和这个人太会利用人，小妹都成了他的工具了。"齐芸显然有点忧心哥说的是事实。

"姐，哥的话也有些极端了恐怕，他也不了解情况啊！"齐蓝不知道，原来背地里哥哥姐姐对严叔叔都是有看法儿的。

"蓝蓝，别忘了，不识庐山真面目，别陷进细节里，看人主要看在利益冲突面前的表现。"齐芸还是不放心妹妹，虽然她也没有多少

第十三章 渐行渐远

论据支撑她对严和这个人的否定，但她的直觉跟哥哥一样，她总觉得严和这个人太商人，这没什么不对，但善良、心软又单身的妹妹不适合待在他身边。不知爸爸当时是怎么想的，临终前怎么会托付严和照顾蓝蓝。如果没有严和的"照顾"，兴许蓝蓝早就嫁出去了，现在漂亮的妹妹身边老有这么个男人晃悠，难免会让人多想，甭管是叔叔还是什么！可是蓝蓝自己意识不到啊！难怪母亲曾跟她说，"你们兄妹三个啊，我最不放心蓝蓝，她跟你爸一个样，又聪明又缺心眼儿！"齐芸反复琢磨母亲这句话，越来越觉得有道理，妹妹做学问很聪明，做事很敬业，但跟人打交道缺心眼儿。

"姐，你想什么呢，有什么嘱咐我的你就说吧，趁现在严叔叔不在。"齐蓝看着一边收拾东西，一边想得入神的姐姐开口道。

"唉，蓝蓝，我知道说多了你也不爱听，你这都三十好几的人了，就不着急吗？你让爸妈在那边儿都不安心哪！"齐芸愁苦地望着这个没有危机感的妹妹。

"姐，我是真不着急，主要是我为什么一定得在规定时间嫁出去啊，我不是不婚主义，我也不是被动地等缘分，我只不过不会为了生活，或者说生存，匆忙地把自己将就给能养我的男人，我不需要谁养啊！"

齐蓝说的确实无懈可击，齐芸也不会让妹妹随随便便嫁了，不幸的婚姻不如幸福的单身，这一点她是认同的，只是父母走了以后，她看着形单影只的妹妹总是心有不忍，她和爱人吃点什么费事儿的饭时就会念叨："也不知蓝蓝自己肯不肯做饭，老在外边吃不健康。"

"蓝蓝，哥走了以后，我更加珍惜亲人了，真是不知道哪次告别就是永别，现在就剩咱俩相依为命了。咱别这么天各一方的了，你来天津吧，天津的大型券商比太行多啊，让你姐夫给你联系几个？"

"姐，不用麻烦姐夫，以我的资历和水平找个下家不难，只是，这一行我干得有点伤，写研究报告没有问题，我也肯用心用功，可你看这两年的股市，大起大落，天堂地狱一线间，呕心沥血写出来的报告禁不起一个消息的冲击，熔断、脱欧、去杠杆，哪怕是隔夜美股大跌，

都会让 A 股如临大敌……反正这是个高压行业，没有观点没有地位，观点越多、越鲜明也越容易被打脸，真成了佛说，莫说莫说一说就错，可是说三道四，指手画脚是我的职业啊！"齐蓝说起自己的工作，一肚子辛酸，一脸无奈。

齐芸是大型国企的主管会计，对妹妹说的这些都很清楚，她心疼在高压下工作的妹妹。

"嗯，我都明白，反正不可能永远这样，中国股市还很不成熟，但这也是你学习和积累的好机会呀。"

"我懂，姐，我不会轻易放弃专业的。但我现在出去吧，多数时候是以写手为公开身份的，因为行业研究员这个职业，很多人不懂，也有人叫我们黑嘴，哈哈。"齐蓝说到这儿自己笑了。

"姐，别担心我啊，我乐观着呢，文学和摄影这块儿，我只是出于爱好，也有选择地接些有收入的活儿，但我不会喧宾夺主。我不想丢了主业。"

"好好好，你这么明白我就放心了，我从来不担心你的能力，就是想咱俩往一块儿凑凑。"

"我理解，我也是啊，身边有亲人的感觉多踏实温暖啊，其实我每天黄昏的时候都特别想家，想亲人……"齐蓝说到这里哽咽了。

"好了，好了，不说伤心事儿了，快该吃饭了。"齐芸揽住妹妹的肩贴了贴脸。

齐蓝仰头出了口长气，把眼泪憋了回去说："我叫严叔叔回来吃饭。"

齐蓝正给严和打电话的时候，许明进来了，挂断电话齐蓝朝正跟姐姐说话的许明笑着点了点头，她心想：他怎么也过来了，严和是最反感这个未曾谋面的许医生的，而且她不想让严和知道她扶贫助教的事，万一许明说出来怎么办？严叔叔又该说她爱心泛滥，妇人之仁了，她不想老在这些问题上跟严和争论，永远是两股道上跑的车，她也不想听严和借题发挥的高谈阔论。

不行，我得去迎住严叔叔，不让他上来了，直接去饭堂，这么想着，

第十三章　渐行渐远

齐蓝跟许明说："许医生、您先坐，我下去一趟。"

许明此时正让齐芸伸出舌头来察看，听齐蓝要走，他赶紧扭过身子来："齐老师，怎么样？看你姐姐像变了个人一样吧？"

"是是，我也是说呢，气色太好了，年轻好几岁！"

"哈哈，我没吹牛吧，两个疗程下来什么事儿也没了！"许明反复地卖乖。

齐蓝着急去截住严和，所以这会儿赶紧说："许医生，这几天你去市里吗？去了告诉我，我得好好请请你！"

"好，一言为定啊，我周六可能过去，有个病号需要上门。"

"好好，保持联系。"齐蓝说着没等许明再说话已经跨出了门槛。

齐蓝总算把严和截到了上院的台阶上："严叔叔，马上开饭了，咱直接去斋堂吧。"

"哈，刚才我已经去斋堂溜达一圈儿了。"

"您真行，哪儿也敢去，人家没问你干吗的啊，斋堂重地也乱闯。"齐蓝半开玩笑地说。

"问了，我说是齐院长的司机呀！"

"哪个齐院长？"齐蓝话一出口马上就明白了，严和是指的这里后院的书画院。齐蓝确实是负责组织活动的，但严和叫她"齐院长"，她觉得有挤对的意思，严和总是说她"狗揽八泡屎"。

"严叔叔，您能不挤对我吗！我就是捎带脚儿，做好事儿。"

"你有那时间精力呀，好好帮我弄公司的业务，别专跑这穷乡僻壤来瞎折腾，最后落不了好儿，惹一身臊弄不好，不信你看着！"严和说着说着就有些忿忿了，使劲儿拣着齐蓝不爱听的说。

齐蓝不想在此时此地争论，她做了个休战手势赶紧说："咱去斋堂。"说着她就往下院跑去。

严和正准备转身跟过去，齐芸跟许明朝这边走过来，齐芸先喊："严叔叔！"

齐蓝最终还是没能阻止严和、许明这两个"不对眼"的人遭遇在

171

一起！她只得停下来，等他们一起走过来。

严和见到许明，表现倒也不出大格，他笑眯眯地伸出手："许医生，神医，久闻大名！蓝蓝说你可是民间高手！"

"哈哈，严总是大人物我知道，我可不敢自称高手，但什么病也懂点儿。"许明看着"江湖老油条"（这是他后来跟齐芸说的）严和没敢说大话。

一行人说说笑笑到了斋堂，斋堂是足有200平方米的长方形大厅，整齐排列的长条餐桌可同时容纳100人过堂。主持净妙法师坐在观音像下的法座，前几排端坐的是僧人，后面是居士、报斋的香客和如齐蓝等人来访的客人以及寺庙的工作人员。

11点整，午斋时间到，大众齐诵"供养偈"，齐蓝等人不会的就双手合十闭目低头伶听。之后出食师行"出食"仪礼，所谓出食就是用食具托几粒米或者少许馒头、面条，奉献到门外的一个小台子上，大意是体恤饥困、施食给众生和野鬼神众的意思，也有感恩诸菩萨、感恩供养人之意。齐蓝经常看到那施食台前，有两条流浪狗徘徊。

过堂开始，不能发出任何声音，要止语、正身、端坐，三名行堂师父胸前背负饭桶、汤桶、菜桶为众人打饭。每人面前整齐摆放着三碗一筷：菜碗、汤碗、饭碗，三位师傅依次平等分食。菜有豆角、土豆、蘑菇，汤是豆腐汤、青菜汤，饭有米饭、馒头。行堂师傅每过来添加一次饭菜就代表行堂一次，加饭菜的时候，吃多少要以筷子虚指碗里的高度向师父示意，整个过堂过程要静默不语，用特定手势来表达。

进斋堂前，齐蓝交代严和："严叔叔，您第一次过堂，您不要吭声，您就保证坐我旁边，一举一动都复制我的动作就好。"

此时，齐蓝瞥了身边的严和一眼，只见他认真而恭敬地模仿着齐蓝的动作，齐蓝轻舒了一口气。

三遍行堂之后巡开水，用水把碗里的油都涮干净，洗钵水也要喝掉，碗里不能剩一粒米，一片菜叶，一点汤汁，意思是"施主一粒米，大如须弥山，今生不了道，披毛戴角还"。吃完饭，三碗重叠整齐摆放，

第十三章　渐行渐远

安静离开。

从斋堂出来，严和不禁感叹："规矩很多啊，受教、受益！"

"嗯，严叔叔，这样的过堂仪式，我经历过很多次了，每次都被触动，这种庄严的仪式，让人产生敬畏心，控制贪念、讲究节俭、时刻感恩、完善修养，都是我从这个过程中得以强化的概念。原来吧，脑子里也有这些，但不践行，自从到寺庙过堂之后，我大手大脚扔东西、倒东西的习惯真改了，点菜不多点，做饭不多做。"齐蓝滔滔不绝，她看到严叔叔似有所动的神情竟很欣慰，一直以来是严和对她进行说教，这次她终于有机会，给严叔叔分享一些领先于他的感受了。

饭后，三人帮着齐芸把行李放到车上后，齐蓝突然想起了什么："姐，收费了吗，这些天吃住怎么交费说了吗？"

"人家没人收费，自己往功德箱放就是了，多少自主。"

"噢，这样啊，那我去，你先上车吧。"齐蓝说着就要往功德箱方向去。

"不行，这个谁的是谁的，你不能代替，我自己去。"齐芸拉回了齐蓝自己跑过去了。

严和坚持要把齐芸送到天津，说是要帮人帮到底。齐蓝也是希望能一直把姐姐送到家，省得再折腾，齐芸拗不过他俩，只好随他们了，但齐芸实际是想跟妹妹住一夜，她好多话还没来得及说。

一路上，因为有严和在，姐妹俩也没说什么体己的话，有一搭无一搭地聊些小时候的事，严和偶尔会搭句腔，明显是礼节性的。一向以来，他在齐浩、齐芸面前，少言寡语。他的口若悬河、指手画脚，仅仅是针对齐蓝。

到齐芸家时，天快黑了，因为第二天都要上班，所以齐蓝他们把行李帮姐姐放进电梯，楼都没上，就直接折返了。

出了天津市区，齐蓝让严和到后座休息她来开会儿，严和坚持说不累要坐在副驾驶。

"严叔叔您是不放心我开车，还是真不累呀？"

"都是！"严和笑着说。事实是，严和怎么会放弃这一路教育齐蓝的机会呢！

齐蓝早就料到严和又会唠叨一路，所以还没等严和开口，她就先开口为强："叔叔您别跟我说话啊，我好长时间不跑长途了，安全第一！"

"哈哈！"严和被齐蓝看透了心思，有些尴尬地笑了，他只好调整好座椅闭目养神了。

不一会儿，就响起了鼾声，严叔叔还是累了，齐蓝心想，每次家里有需要跑长途的接送任务，几乎都是严和代劳。齐蓝使唤严叔叔也从来没有难为情过，因为严和给她的感觉是巴不得能帮上点什么。

他让齐蓝帮他做事时，更是理直气壮，甚至横挑鼻子竖挑眼。国庆节前严和谋划收购一个做餐饮渠道媒体的广告公司，让齐蓝写一个"餐饮渠道媒体调研报告"，他要得很急，齐蓝只能凭经验和网上查到的数据资料匆匆写就了一篇不太详实的报告。她发给严和的时候声明了比较仓促，进一步的数据需要调研，但收到报告的严和还是毫不留情地挑剔了一番："你这报告没多少一手资料啊，只是行业的一个现状，对于投资时点和收益、风险等关键内容都没涉及。"

"严叔叔，你要得这么急，一手资料我可来不及弄，更详细的评估您得给我时间。"齐蓝解释说。

"你行业研究不就是零售和餐饮吗，不用费多大劲吧？"

"严叔叔，您这可是概念混淆，我是研究零售和餐饮的没错儿，可您让我调研的是餐饮渠道媒体，只能说是跟餐饮相关，这是广告业啊，我这儿并没有现成的资料和数据。"

"噢，那好吧，过完节搞个详细的报告给我吧，这活儿我只有交给你放心！弄完了，我好好犒劳你。"严和最后不忘忽悠一句，但齐蓝并不是奔着严和的犒劳而帮忙的，严叔叔一向是口惠而实不至，这一点齐蓝太了解了，从来没有出现过意外！

有一次齐蓝帮严和弄图片设计，干完已经中午12点多了，严和请齐蓝吃饭。

第十三章 渐行渐远

"我们去哪儿？严叔叔？"下楼的时候齐蓝问。

"吉祥馄饨吧，离这儿近。"严和有些底气不足。

"国贸自助也离这儿近！"齐蓝成心！

"这会儿早开餐了，晚了。"严和看了看表。

"两点半才闭餐呢，菜品是随时添的，没什么晚不晚的。"齐蓝继续较劲，她说完就转过头，迎视严和不想和她对视的目光。

严和被逼得无处可逃，终于似乎下定了决心是的："那去国贸吧，快点儿！"

到了国贸的自助餐厅，严和正要去排队买单时，齐蓝拉住他："严叔叔，我已经在网上团购了。"

"啊，耍我！"严和突然明白了，这丫头今天为什么这么固执地宰他！

齐蓝有时候觉得，严叔叔的抠大概跟儿时的贫穷经历有关，严和曾多次给齐蓝讲述过他小时候挨饿甚至讨饭的经历，他讲得次数最多的一段是他们一家四口在东北讨饭的经历。

1963年水灾之后，庄稼几乎没有收成，他们家男孩子多，一个个都是大胃王，到了冬天，家里已经揭不开锅了。无奈之下，母亲带着他、哥哥和弟弟去投奔东北的大姨，可一路总得糊口啊，他们一路乞讨到了黑土地。大姨家也是勉强糊口，突然来了四口人，根本养不住，于是给他们一家找了一户废弃的房屋，让他们安定下来自谋生路。

"在这儿要饭也比老家好要点。"大姨临走撂下这么句安慰。从此一家四口开始了异乡的乞讨生涯。母亲说在这儿讨饭好在不用看面儿，意思是没有熟人。但乞讨嘛，有一顿没一顿的，周围人家被讨得次数多了，饭越来越不好要了，母亲只得把三个年幼的孩子锁在家里，一个人出去讨。半径越来越大、出去越来越早、回来越来越晚，讨回来的饭也越来越少！

有一次，母亲天没亮就走了，天黑了还没回来。三个饥肠辘辘的孩子跪在土坑上扒着窗户，哭一会儿歇一会儿，母亲揣着几块冻得石

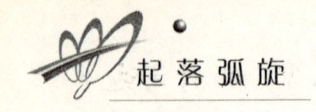

头一样的干粮回来时,孩子们都饿得半晕了,眼泪凝固在脸上,黑一道儿、白一道儿……

每次严和讲到这里,一向强势乐观的他,都会眼里噙泪:"蓝蓝那,你不懂啊,这种经历刻骨铭心,是触及灵魂的痛!倒不是我矫情,小孩子受点苦没坏处,我难过的是我妈,刚刚能吃饱了没几年就生病走了!"

齐蓝虽然不能感同身受,但她想想那些画面,也不禁悲从中来,没少陪着严叔叔掉眼泪!每当她对严叔叔的抠儿有所抱怨时,一想起严叔叔的经历她就立刻释然了。而哥哥、姐姐并不了解严叔叔的过去,对他有成见也就情有可原了。

但齐蓝自己也明白,并不是所有经历过贫穷的人都抠儿,严叔叔那一代人都曾贫穷过,但抠儿到严叔叔这种程度的,罕见!很多同代人只是节俭,大方别人,苛薄自己,并不像严叔叔这样不分对象、不分场合地一路子抠儿!他自己解释是"穷怕了",齐蓝也愿意相信这个解释,不然呢,没办法共事!

还剩三分之一路程的时候,严和醒了,他用惺忪的睡眼看了一眼神情专注的齐蓝:"哎呀,我还真是睡着了,到前边停一下吧,我换你。"

"好的,严叔叔,您是睡足了,还打呼噜呢,我也真困了,我到后座睡会儿。"说着,齐蓝停好车准备到后座眯会儿。

"哎,蓝蓝,你忍忍回家再睡吧,我有话跟你说呢,不然明天一上班就又都忙上了。"严和阻止了要去后座的蓝蓝。

"哎呀,严叔叔!"蓝蓝拖着拉长的疲惫的声音嘟囔。

严和笑眯着眼看了一眼不满的齐蓝:"蓝蓝你最近可是玩儿心越来越大了啊,我听说到处跑着打球去,跟那个郑主任走得还挺近,少招惹那些人!"

"严叔叔,抗议!"刚刚在副驾驶座半仰躺下的齐蓝,此刻噌地坐直起来:"什么叫听说呀,什么叫走得很近那,什么叫少招惹啊!"齐蓝一连串地质问,显得有些气急败坏。一提到郑青,她眼前又出现

· 第十三章　渐行渐远 ·

了漂亮傲气的林桐挎着郑青胳膊的画面，这个画面蜇痛了她。

"怎么了这么敏感？你有点不正常啊！"严和有些诧异地看着一脸愤怒的齐蓝。

"我才没有不正常，我是不喜欢您从别人那里打听我的消息，您有什么想知道的直接问我好了，干吗打听别人！"

"你误会了，怪我用词不当，是节前我跟傅校长打球时，他提到了你，说你自从跟郑主任交手后，球技提高了不少，我没细问他，我是自己分析啊，既然能让你提高球技，那交手肯定不是一次两次对吧？"

"停停停，严叔叔，哪个傅校长，你们俩怎么会说到我？"齐蓝急急地打断了严和。

"师范大学的傅剑锋啊，我原来不就是从师范大学出来的吗！"严和认为齐蓝早就了解他的底细，看来齐老爷子提供给齐蓝的信息不完整。

"哎哟喂，世界真是小，怎么谁跟谁都认识啊！"齐蓝夸张地感叹，好掩饰自己刚才的无名火。

"呵呵呵，你才知道世界小啊，尤其太行这么点个地方，有头有脸儿的不就是这么几个人么，就是之前不认识，三绕两绕也就认识了，再说了，我在这儿混多少年了！"

"那您是地头蛇！"齐蓝冲口而出。

严和脸一绷，佯装生气地说："我怎么成了地头蛇了？我是欺行霸市了，还是欺男霸女了？"

"哈哈哈，这小词儿怎么像旧社会呀！"齐蓝终于又开心起来了。

"你这孩子，就是打雷打闪的脾气，你说你什么时候真正长大呀！"严和有些宠爱地看着笑得颤颤巍巍的齐蓝，他心里是真的喜欢这个灵气勤勉、又有个性的晚辈。

"好了，不扯没用的了，我是有正事儿交代你，上班后你再把手头工作处理好的前提下，前提是不耽误你工作啊，接着弄那个餐饮渠道媒体调研报告，我回去发给你一个表格，有十几个代表性的饭店需

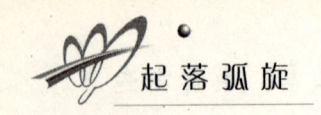

要实地去跑一跑。还有就是程刚公司的财务状况,你需要帮我分析落实一下,尤其是财务报表反映不出来外账。这样,我这几天安排个饭局,介绍你跟程刚认识一下,然后你单独接触他,在他放松警惕的前提下,看能不能套出点什么内容。"严和一口气交代了这么多重要工作。

"严叔叔,我怎么觉着我成您的间谍啦!"齐蓝并不心甘情愿去做这些事,前几项倒也无所谓,辛苦些而已,这最后一项让她去接触被收购公司的法人,以达到套信息的目的,齐蓝觉得不磊落。

"什么间谍呀,不要轻易定性,作茧自缚,都是正常的商业手段!"严和正颜厉色地纠正齐蓝。

晚上9点多,他们才返回太行,齐蓝简单冲了个澡,准备看看假期财经新闻就睡觉了。她刚打开笔记本,映竹的电话就过来了:"蓝蓝,我不叫你,你就自个儿猫着不过来是吧!"

"映竹姐,别提了,累死我了,刚把我姐送回天津回来。你们不是回老家了吗,今天刚回来吧?"

"我们5号下午就回来了,两孩子一直念叨你呢,郑雷说作文没写完,本来想让齐蓝姐姐给讲讲再写呢……哎,蓝蓝我说话你在听吗?"

一提到郑雷,齐蓝心里很不对味儿,她是非常喜欢这个孩子的,她也知道雷雷对她的依赖和崇拜,但她得避嫌了,要想跟郑主任保持距离,就不能跟雷雷接触太多,而这些东西怎么好跟孩子解释,就让孩子以为姐姐心狠吧。

"我在听,映竹姐,最近有好几个调研,都是限时出报告,我恐怕暂时顾不上孩子们,等忙完了我抽空过去啊。"齐蓝嘴上这么说着,但她心里明白,她忙不完了,对于不想见的人来说,永远忙!她知道,这距离一拉开,她跟雷雷、跟郑主任,会渐行渐远。

第十四章　峰回路转

10月6号，郑青带雷雷返回太行，还在火车上的时候，雷雷就说要去映竹阿姨家找一男，最好蓝蓝姐能在，可以问问作文。

"你自己联系啊，看人家是否方便，不能直接说你想过去。"郑青交代儿子。

"我知道，不过回北京前，我跟一男说好了，就是不知道蓝蓝姐在不在。"

"蓝蓝姐……"郑青刚想说蓝蓝姐生病了，但他马上又改口道，"齐蓝姐姐最近好像挺忙，你别老是黏着姐姐。"

"哦。"雷雷听起来并不情愿。

郑青心里很矛盾，他当然乐见雷雷和齐蓝的接触，这对孩子帮助很大，蓝蓝作为一个积极阳光、知识体系较完备的年轻人，对雷雷潜移默化的影响已经显现出来了。雷雷的学习态度、兴趣、方法乃至性格都在朝好的方面转化，蓝蓝对雷雷的爱心和耐心，太难得！可遇不可求。可是终究他和蓝蓝的关系比较敏感，目前的状况不宜走得太近，他和林桐已经开始正式交往。不管他心里多么希望这个开始是属于他和蓝蓝，但他只能用理性支配自己的行动，不管和林桐最后会发展到哪一步，他需要专一和真诚。

雷雷从映竹阿姨家回来后说是没见到齐蓝姐姐，映竹阿姨也没有她的消息。"爸，我这次的作文肯定又写不好了！"雷雷有点沮丧地看着爸爸。

"来，我看看是什么题目，又是话题作文吧？"

"算了，越跟你探讨我越无从下笔，蓝蓝姐说是因为你太深刻，我的思想境界达不到，深刻不起来，我还是追求真实比较好，我自个儿憋吧。"雷雷说完，提着书包回自己屋里去了，并且还随手关上了房门。

被关在门外的郑青有一瞬间的无力感，对孩子的学习，他已经帮不上了。孩子的精神世界他也无法靠近，生活上的作用更是微乎其微，无法替代温柔细腻的母爱。孩子虽然来到了他身边，但他竟给予不了什么！

10月份的最后一个周末，郑青没有休息，周六一早他就带队去扶贫点慰问了，出门前不到8点，他犹豫再三，不得已还是拨通了映竹的电话："梁律师早啊，我还怕打扰你休息呢！"

"哎，郑主任，我不睡懒觉，什么事儿？您说吧。"听起来梁映竹像是早就起床了。

"我一会得带队去灵山、永唐扶贫点慰问，今晚回不来，郑雷下午6点放学，明天正常休息。你们周末有什么安排吗？"

"嗯，我知道了，郑主任。让雷雷到这边来吧，今天有个案子要忙，我争取下午早点忙完去接雷雷过来，明天我们都休息。"

"哦，那太好了，不过不用接他，我给他留张字条，让他回来后去你们那边，反正这么近。"

"好的主任，这样我就早点回来做饭。"

"好好，有你这根据地真是太好了！"郑青由衷地感激。

安排好孩子，工作人员已经备好车在等候了，郑青本想出门前再给林桐打个电话，但看时间已经来不及，只好匆匆下楼了。

昨天下午的时候，林桐在微信上留言问郑青周末是否回京，当她听说郑青要下扶贫点慰问时，发过来一个发怒的表情，郑青当时正忙，

第十四章 峰回路转

也就没再理会。

晚饭后郑青回到宿舍才顾上看微信，从下午5点到晚上7点，林桐发了六个相同的句子："在躲我吗？"

"莫名其妙！"郑青嘟囔了一句，他觉得这不该是成年人所为，因为忙碌不及时回信息是最正常不过的现象，何况并没有需要立即回复的事情，事有轻重缓急，重要的事打电话。

国庆节后，他们已经又见了两次面，郑青回京一次，林桐来太行一次，但郑青总是显得被动，他们的关系僵持在为交往而交往的状态中。

郑青此时能够理解林桐的敏感，但他还是装做不解地回复："怎么会？刚看到，一直在忙。"

"两个小时不看手机？"林桐很快回复。

郑青压抑着反感打出两个字："是的。"不愿再解释，林桐那边也再无声息。

这次郑青是受省领导委托要带队奔赴灵山县和永堂县的四个精准扶贫定点帮扶村，看望驻村工作组干部，并慰问部分贫困群众。两天跑两个县，四个村，行程非常紧张。他们事先设计了科学的行车路线和严谨的工作流程，以确保按时保质完成计划的工作内容。

他们由远及近，当天中午先是到了永堂的北龙岗，结束北龙岗慰问调研之后赶往猪圈沟，夜宿猪圈沟并连夜开展该村的慰问工作，第二天早晨5点从猪圈沟出发赶往灵山张家坞，最后一个村也是此行重点慰问的贫困村就是灵山的王坪村，这个村有大批的矽肺病人，贫困户最多，郑青一行一点半到达了王坪。

他们听取了民政厅驻王坪村第一书记肖新阳关于精准扶贫工作开展情况的汇报，郑青亲自查看了建档立卡资料。其中一个叫王占良的贫困户，引起了郑青的注意。

这户人家的情况是：王占良年逾七十，老伴瘫痪在床四年，大儿子、大儿媳矽肺病去世，留下了一个7岁的女儿。二儿子常年流浪在外，小偷小摸，不务正业，年近四十娶不上媳妇。如此特殊的情况竟没有

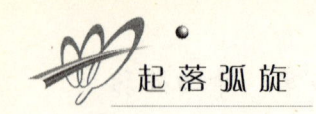

结对一对一帮扶。肖书记解释说这户人家是由民间爱心人士帮扶的，他们驻村之后，马上跟当地县、镇两级就扶贫开展工作进行了对接。

县佛教协会负责人许明就是王坪村的，他开展扶贫工作已有四五年，主要动员的是社会各界的爱心人士，其中一部分爱心人士和一些贫困户形成了长期稳定的帮扶关系。王占良家就属于这种情况。

"走，去王占良家看看。"郑青说着就出了屋，村主任马上跑在前面引路。一行五人到了王占良位于村东头坡下的家。

村主任老远就扯着嗓子喊："占良叔，省里领导来慰问你了。"没有人应声，一行人进了院子。一个看起来八九岁的女孩在一块破木板上剁菜叶子。她蹲在地上，旁边是一堆白菜帮，木板上是她剁碎的菜叶。她两个手握着看起来很沉的黑黑的菜刀，皱着眉头，频率很快地"哪哪哪"剁下去，她看起来专注而烦躁。她显然没有听到村主任的通报，直到村主任走到她跟前。她被吓了一跳，身子缩了一下，停下手里的活儿，有些惊恐地看着突然进来的一群男人。

"英子，你爷爷呢？"村主任看着被惊着的英子，嗓门低了下来。

"爷爷拿药去了。"英子怯生生地说。

"郑主任，这是王占良家的孙女王文英，在上小学，学习还很不错。平时主要是她做家务，照顾瘫痪的奶奶，地里的活儿是王占良一个人干，二流子儿子还老给闯祸欠债。"

郑青看着这个满目疮痍的家，看着怯生生而又懂事勤劳的女孩，看着她被菜汁染绿的小手，看着她被凌乱的长发遮盖的清秀的小脸，心里充满了怜爱。他蹲下来握住了英子的手，把她盖住脸的长发拨到脑后，用尽可能轻柔的声音说："英子，我猜猜这菜叶子是干什么的吧？"

英子的手在他手里抖了一下，想抽出来，听到他这么一说，马上好奇了，用眼神示意他："那你说吧。"

"这是喂鸡的，还要拌上玉米面。"郑青笃定地说。

"叔叔，你怎么知道？"英子没想到，城里来的叔叔知道得这么

第十四章 峰回路转

清楚,他觉得这个叔叔像个老师,说话跟齐蓝姐姐一样好听,一想到齐蓝姐姐,她对眼前像齐蓝姐姐说话一样好听的叔叔也瞬间亲切起来。

"那叔叔你猜我上几年级?"

"四年级?"

"不对,我上五年级了。"英子,似乎有点儿自豪。

"英子都快上初中了。"郑青故意表现出惊讶。

"那英子哪门功课最好呢?"

"语文、英语我都是班上第一。"英子此时小身板挺得直直的。

"哇,好厉害啊!说两句英语,看叔叔能听懂不?"

"Do you know Mr.Qi?"

"No I don't.Who is she?"

"She is an old sister in the city, her name is Qi Lan."

"齐蓝?英子,你是说你认识齐蓝姐姐是吗?"

"叔叔,齐蓝姐姐经常来看我,还教我英语、作文,叔叔你也认识她?"

"哦哦,认识。姐姐的英语很棒,怪不得英子英语这么厉害,怪不得,怪不得……"郑青有些惊讶。

"我语文也很厉害,我的作文老师每次都念呢。"英子越发骄傲。

郑青此时扭过头问身后的村主任:"帮扶这家人的爱心人士有记录吗?"

"不用查记录,我们都知道啊,是太行的作家齐蓝,不过她没跟我们村干部接触过,每次来了,看完孩子们放下钱物就走。这村里有三个孩子都是齐老师的帮扶对象。"

"哦,是这样。"郑青陷入了沉思,国庆节蓝蓝来灵山就是来这里看望孩子们吧。

他们正说话的工夫,去拿药的王占良回来了,看着院子里站着那么多领导,他有点手足无措,他弓着身体伸出一个胳膊,指向屋里的方向。刚想说"领导屋里坐",突然想起屋里没地儿坐,颓然地放下

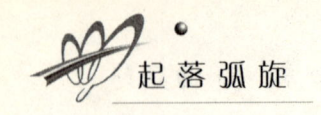

胳膊。

郑青看着这个被生活压弯了腰的老人，干瘦得像老了的鱼鹰。脸上沟壑纵横，深陷的浑浊的双目里透出无措和感动。

他赶紧上前握住了老人干枯僵硬的手，"是王老伯吧，老人家辛苦了！"

"哎哎哎，都不易，都不易。"老人紧张地说不出什么完整的句子，眼泪从他浑浊的双目里渗出来，浸湿了纵横交错的脸，他低头用破旧的油亮的袖口抹拭。

郑青的胸口一阵发热，难以承受的怜悯之心击中了他。

老人平静下来之后，他们详细询问了老人的生活情况、健康状况、老伴儿和儿子的情况。

一行人准备离开的时候，英子拉住了郑青的衣角："叔叔，你能不能告诉齐老师？"

"告诉齐老师什么？"郑青又蹲下来仰头望着小姑娘。

"我有话要跟齐老师说，问老师什么时候能来呀？"

"噢，你有什么要紧的事可以告诉叔叔啊，叔叔转告齐老师。"

英子低头咬着嘴唇，迟疑了一会儿："我还是要等老师来。"

"好吧，那叔叔一定很快告诉齐老师，英子要好好学习啊。"

"嗯，叔叔再见。"

"告诉齐老师，我这次英语考了满分。"郑青他们出门的时候，英子又追着喊了一句。

郑青回太行的第二天中午，吃完午饭他早早回到宿舍，准备在午休前给齐蓝打电话说一下英子的事。

从10月2号送齐蓝到医院以后，他再也没有听到过她的声音，虽然他每天都会有数次拨通齐蓝电话的冲动，但他终究一次也没有按下过那个熟悉亲切的号码。自从他接受了跟林桐正式交往的约定以来，他无法再坦然地面对蓝蓝，即便这种"无法坦然"只属于他单方面的自作多情。

第十四章　峰回路转

也许对于蓝蓝，他还是他，他是郑主任，他是郑雷的父亲，他是映竹的朋友，他是有过几次交锋的球友，他是她曾帮其解围的熟人，他是她不打不相识的朋友。而蓝蓝之于他，满足了她对女性所有美好的想象，他不自觉地想接近她、由衷地欣赏她、他身不由己地惦念她，他甚至心甘情愿地不被她理解和回应！

中午12点半，蓝蓝应该也用完午餐了吧。郑青不时地看着腕上的表。他想找一个合适从容的时间，好好听听蓝蓝的声音。

电话拨通了，郑青心里竟有莫名地紧张和期待。

"郑主任好！"没等郑青发声，齐蓝先发出了问候。

"蓝蓝好！好久不见，身体没事了吧？"郑青尽量放低声音，放慢节奏。

"早没事了，郑主任，谢谢您那天送我呀。"

"不客气，不客气。那天应该等你好了送你回去的，可我这当时有朋友要照顾。"郑青不由得说出了心里话，那天他离开时其实很不放心。

"明白！"齐蓝说完这两个字不吭声了，郑青也一阵沉默，这瞬间的沉默诠释着心照不宣。

"哎，蓝蓝，我这两天去扶贫点慰问了，昨晚刚从王坪村回来。"

"噢，王坪村有你们的扶贫工作队啊？"

"是民政厅的。"

"王坪村有人让我捎信给你啊。"郑青故意停顿下来。

"哈，我知道，不是英子就是许明。"

"噢，关子没卖成。许明我没见，听说了。英子家我去了，那孩子跟你很亲呢！"

"嗯，是，国庆节，就是2号遇到你们那天，我刚刚去看了她，她还要跟我回来呢，弄得我挺不放心。怎么样她？要您给我捎什么信儿？"

"孩子挺好。先祝贺你，育人有方，英子假期后的考试成绩很好，

185

英语第一名。她说她有话跟你说，不肯让我转告，说要见你亲自说。"

"我知道了，郑主任，谢谢你！"

"应该我说谢谢啊，你是我们的无名英雄，悄悄地做好事。"

"也没有啊，郑主任别给我戴高帽，是许医生介绍的那些贫困生。只要有些能力，谁见到那样的情况，也会伸出援手吧。"齐蓝很自然地说。

"可不是你说的那么轻松，一次伸出援手容易，长期无私助人，不容易！"

"哈，郑主任，谢谢您的理解和认可。"

"不只是理解和认可，是感动和赞美。我知道你是个勤奋上进善良的人，但我还是低估了你的境界，我该向你学习呀。"郑青由衷地说。

"郑主任，不能再说了，我脸上的温度已经超过40度了。"

"哈哈，好好好，表扬也不能太狠。哎，蓝蓝，你吃饭了没有？我这光顾自己啰嗦了。"

"吃过了，郑主任，您也吃了吧？"

"嗯，我已经回宿舍了。"停顿了一下，郑青忽然改变了高亢的语调，"蓝蓝，你可好？"

这是他今天第二遍问"你可好"，如果第一遍是问候语的话，这第二遍则有很多无法言说的惦念、思而不得以及鸣雁在云鱼在水的惆怅。

"我没事，郑主任，假期过后就开始忙了，今年耽误了很多工作，最后一个季度了，得出点成绩。另外，最近在帮父亲生前的一个朋友收购一个公司，反正是每天四脚朝天，呵呵。"

"嗯，忙是好事，不怕事难，就怕人懒。你的持之以恒的勤奋是我最欣赏的！"

"哈，郑主任，我发现你说话一套一套的，夸人夸得很有水平。"

"哈哈，官员说套话嘛！看来我得注意了，套话太多让人觉得不够朴素，明明掏心掏肺，但因为形式太俗套，反倒让人觉得虚假，希望我没给你这样的感觉啊！"郑青也意识到了自己说话的毛病或者说

· 第十四章　峰回路转 ·

习惯了。

"没有，没有，我就是觉得郑主任特别善于总结归纳，而且贴切到位。"齐蓝赶紧强调说。

"哈哈，那就好，那就好，不过你的提醒很好，我得注意了，现在不是有人总结了吗？官员说套话，专家说鬼话，商家说假话，明星说胡话，富人说狂话，穷人说气话。虽然这说法有些片面和极端，但值得引起思考。"

"哈哈，郑主任，您也知道这顺口溜啊，不过我真没敲打您的意思。"

"知道，知道，就是敲打，也应该。我很愿意接受齐蓝同志的批评。"郑青半真半假地开了句玩笑，他多希望每天能听到齐蓝的敲打。

"郑主任，不敢，不敢，我三句话以后就口无遮拦，您多包涵啊。"

"我喜欢的就是你的口无遮拦。"郑青脱口而出后觉得有些不妥，赶紧补充了一句，"口无遮拦的都是真话。就和酒后吐真言一个道理。"

"哦哦，怪不得，我总是暴露太充分，就是因为不喝酒也口无遮拦，我也得注意了。"

"千万不要改，改了就不是齐蓝了。"

"哈，说说而已，岂是那么容易改的。"

"嗯，没错，江山易改，本性难移。三观一旦形成不易改变，而且会不自觉地寻找三观相近的人组成群体互相影响，本性会得到强化和巩固。"

"受教了，郑主任。"

"哈哈，我又说套话了吧？"

"哈哈哈，郑主任有心理阴影了这是？"

"不会，这叫警钟长鸣。好了，你休息会儿吧，天凉了，注意保暖，注意饮食。"

"好的，郑主任，你也保重！"

挂断电话，郑青一看表已经1点10分，这个电话足足打了四十分钟。每次跟齐蓝的交流时间都像乌飞兔走，他既担心耽误齐蓝，又不舍得

187

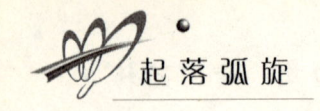

挂断。齐蓝，是他自媛媛去世后交流最多的异性，每次交流他都能够获得极大的抚慰。发自内心的喜悦萦绕着他，扪心自问，这并不仅是因为齐蓝是一个年轻美好的女性。而是她的活力、她的思想、她的一点即通的灵性、适可而止的深刻和尖锐以及她的亲近而不失礼貌的态度。这是一个多么难得的女子！她的一切都让人无法抗拒，难道这就是所谓的情人眼里出西施？可是他跟齐蓝怕是永无再进一步的可能了，即便没有林桐，还会有张桐李桐。最美好的东西永远只在想象中，郑青整个午休时间，脑子里都是齐蓝。

齐蓝挂断电话后，嘴角一直挂着笑意，尽管她还没有明确地意识到郑主任是她最期待的交流对象，但其实每次交流都有刹车失灵的感觉。她一次次提醒自己不能再说了，不能耽误郑主任太长时间，但每一个结束语都变成了承上启下的过渡句。她曾经幻想，就这样不用看时间，不用担心跑题，随心所欲，畅所欲言，反正对面那个人懂你。可是，如果有一天，那个挽起郑主任胳膊的漂亮女人成为郑夫人呢？他们这样的交流不会被误会吗？不逾规吗？或者他们还有这样的交流快感吗？齐蓝被这些问题深深地困扰了。

周六上午，齐蓝九点刚过就赶到了英子家，英子显然没有想到齐老师这么快就来看她了，齐蓝走进来的时候她正窝着腰在院子里的水管前刷碗，她吃力地用手抠着一个坑坑洼洼污垢斑斑的大铝锅，锅底上是烧糊的玉米粥片，她显然抠得时间不短了，脸憋得有点红。

"老师！"她一边在衣服上蹭着湿漉漉的手，一边朝齐蓝跑过来。

齐蓝蹲下来，拍了拍她有些苍白的小脸蛋儿："英子又在干活儿啊！"她总是尽量温柔，尽量小声地跟这个孩子说话，唯恐惊着她。

她拉着英子走到台阶前，拿过一个只有三根带子的马扎子和一把看起来还结实的板凳。

"来，英子坐过来。"她指着板凳说。

"老师，你坐板凳儿。"英子拉过马扎一屁股坐下了，她使劲儿颤动了两下，意思是：它禁得住我。

第十四章　峰回路转

齐蓝眼里的爱怜更深了……"英子，不是让郑叔叔捎信儿给我吗？有什么秘密跟老师说，现在说吧，爷爷不在吧？"齐蓝坐在英子对面，攥着她那双有些发凉的小手。

"老师……"英子低下了头，使劲绷着嘴，似在艰难地寻找着恰当的词句。

"英子，好好儿说，老师能听懂，是在班上挨欺负了吗？"齐蓝伸手抚摸了一下她绷得紧紧的小脸蛋。

"不是班上，是小叔……"

"小叔最近回来过？他打你？"

"他抱我，爷爷打他。"

"噢，爷爷为什么打他？"齐蓝一时没有搞清这两件事的因果关系。

"老师……他脱我衣服，还……摸我！"英子苍白的小脸儿憋红了。

"畜生！"齐蓝终于听明白了，她愤怒而震惊！"英子，告诉老师，那坏蛋还怎么样你了？"齐蓝拉过英子揽在怀里。

"爷爷看到了，打他，他跑了，我怕他回来！"英子在齐蓝怀里，表达逐渐流畅起来……

亲叔叔性侵小侄女未遂！齐蓝听明白了，她抱紧英子，仰起头，憋回要溢出的泪水。"英子，别怕，有老师呢！"

齐蓝随后找到下地干活儿的爷爷，爷爷蹲在地头，老泪纵横，羞愤难当！

"齐老师，那畜生不敢回来了，我已经吓唬他说报警了！"他讲完事情经过之后，像承诺，又像是狠心抉择。

"嗯，爷爷，一定保护好英子，一定……"齐蓝说不下去了。

"齐老师，你放心，那畜生再敢欺负英子，我肯定让政府法办他！"老人喘着气，睁大浑浊的双眼说。

齐蓝塞给老人一千块钱，千叮咛万嘱咐后才离开王坪村。

林桐这一周明显的话少了，除了每天微信上例行公事的问候外，

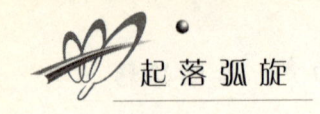

很难展开话题。郑青因为忙于组织"精准扶贫工作深度调研报告"的撰写，也并没有花什么心思揣摩林桐的变化，每天的问候和回应成了程序和任务。

周末又到了，郑青这次吸取了教训，没等林桐发问他先采取了主动，他告诉林桐雷雷这周仍是只休息周日一天，带他回京太紧张，丢下孩子他自己回家不现实，所以如果林桐不忙，可以考虑来太行。

林桐接到信息后，赌气说："我很忙！"但她发出这三个字之后很快就后悔了，立即撤回了这条信息，怎奈当时郑青正拿着手机等回应，并未撤出和林桐聊天的界面，他第一时间看到了那三个字，随后又看到林桐撤回，这个动作让他捕捉到了林桐的情绪。他知道她想赌气又不想放弃，而他自己恰恰是想放弃而不想赌气，他发现自己在感情问题上很不听话，他发现自己身不由己，他发现自己心甘情愿让美好存在于想象中，他宁愿永远守望着齐蓝，至少他要保住这份守望的坦然！

林桐撤回消息后沉默了一会儿，之后说："我看吧，我尽量。"

"好，等你消息。"

周六下午，林桐终于还是来了。这让郑青无奈、不安而又有些荣幸。他照例是把林桐安排在太行国宾馆。为了避免尴尬，当天晚上，他就带林桐去了省工体中心打球。

林桐的基本功比较全面，攻击性很强，但似乎很在乎输赢，输球后脸上明显地不悦。这让郑青没法放开来打，一场球下来并没有酣畅淋漓的感觉。

但郑青终归是郑青，送林桐回宾馆的路上，他不停地感叹："没想到你打球这么厉害，巾帼不让须眉呀，我招架着都有点儿吃力了。"

事实上，郑青对战林桐是毫不费力的，所谓招架不住的是林桐的大小姐脾气，郑青这么说也算一语双关了。

但林桐把这话当成百分百的赞美，她红润未褪的脸上有了几分娇羞："怎么会呀？你是全省冠军呢，是你让着我。不过总政机关里确实没几个人能打过我，甭管男女！"

第十四章 峰回路转

"是啊,一上手我就感觉到你的实力了。"郑青说完这句话,自己都嫌砢碜了,可林桐却很受用,看来是被赞美惯了,迷失在真真假假的恭维中丧失了判断力。

送林桐到宾馆后,郑青没有上楼,他说儿子已经在家等他了,他得赶紧回去,林桐的脸上又瞬间闪现出一丝不快,但她嘴上却说:"哎哟,不好意思,那你赶紧回去。"

郑青到家时,雷雷已经在沙发上睡着了,桌上是吃剩的包子和饮料。他看着熟睡的儿子,心里涌起一阵歉疚。儿子一周才能在家里住一晚上,而他却……要是齐蓝在,多好!他又一次想到齐蓝。

第二天早餐时间,郑青给林桐发了一条信息:"起床吃早餐,我就不去陪你了。"

"谢谢!"过了一会儿林桐回复了这两个没有温度而有情绪的字。

早饭后,郑青交代雷雷说:"爸爸中午有饭局。你是去映竹阿姨家还是爸爸给你订饭?"

"齐蓝姐姐在吗?"

"那我不知道。"

"那你问问,齐蓝姐姐今天在哪里?我想去找齐蓝姐姐。"

"那样不好,儿子,周末,谁都难免有些私事。爸爸要是跟姐姐说,你想找她,那姐姐会碍于情面不好拒绝的,我们不就等于侵占了人家的私人空间吗?"郑青耐心地给儿子解释不便给齐蓝打电话的原因。

"好吧,真是没劲!那我自己在家吧,作业太多,这周要写孟德斯鸠的三种教育自命题作文,太难了。"雷雷明显地失望和无奈。

"爸爸争取下午早点回来。"郑青承诺。

"随便!"雷雷甩出两个字,晃晃悠悠回屋里去了。

郑青从家里出来后,竟然安排不出节目,他不知怎么填满林桐回京前的几个小时。他慢吞吞地向宾馆走去,和见齐蓝的焦急、兴奋形成巨大的反差。

直到见到林桐的时候,他还不知道接下来要干什么,除了吃饭还

起落弧旋

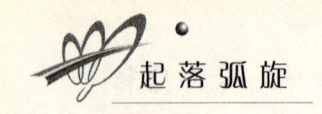

能有什么节目呢？对，消耗在路上吧！

林桐今天照例是打扮得精神干练，见到郑青，她有意地在房间走了几圈。她在等待郑青的赞美，可郑青看起来不熟视也无睹。

"你有事？我是不是耽误你事儿了？"林桐敏感地问。

"啊，没有，我在想我们去哪儿。"

"喔，你没安排好吗？"

"也不是，是没有拿定主意，太行市小啊，你从北京来，我得找个称得住你大小姐的地方啊！"

"哈哈哈。"林桐这回是由衷地笑了，"不用犯难了，就冲你这句话，我不虚此行，足见郑主任对林桐的高度重视！"

"好好好，那我就自作主张安排啦，我们去食草堂吧，在郊区，是个皮具品牌，有吃、有玩、有特色，有收藏品展览。"

"好，听你安排。"

商量好后，他们到前台退了房，打车去了食草堂，郑青一路上只盼着车再慢些，路程再远些，最好到了就吃饭，吃完饭就送客……他看着满怀期待的林桐，觉得这想法有些对不起这个一心想试着住进他心里的女子。他无声地摇了摇头，原来感情是这样的不能将就，无论有多少现实的理由！

食草堂一行，林桐说"超预期"，郑青长舒一口气！

送林桐到火车站后，他没有等她上车。

"孩子自己在家，傍晚就得回学校了，我就不等你上车了。"郑青并没有用问句，他的陈述里没有商量的余地。让林桐不快的不是事情本身，而是郑青的不容置疑。

但她依旧是不表达她的不快，她努力让郑青觉得她通情达理。

"嗯嗯，我知道，你回去吧。"说完拉起箱子头也不回地向候车大厅走去，她的声音和她的动作传递出两种不同的情绪。

郑青回到家时，雷雷居然不在家，他到雷雷屋里看了看，桌子上是摊开的作文稿纸，并没有留言。他又去了客厅，茶几上也没有发现

第十四章 峰回路转

纸条。这孩子去哪儿了呢？已经3点多了，早过了午饭时间，不会是去吃饭了。他突然想起家里的座机，跑过去一看，果然14点23分拨过齐蓝的手机。这小子到底还是去找齐蓝了！

郑青走后，雷雷先把其他科作业赶写完了，午饭后他没有休息就开始构思孟德斯鸠的三种教育。

"在我成长的路上，有三句话一直充斥在耳旁。"写完这一句，他再也写不下去了。他想分别写一句妈妈的话，老师的话，社会上流行的一句话，但这些话都太多了，尤其是想到妈妈的话，他突然想流泪，他几乎不假思索地拨通了齐蓝姐姐的手机。"姐姐，您在哪儿？"他声音里有委屈、有期待、有想念。

"怎么了？雷雷，我在外面呢，在开车。"

"没事儿，作文不会写了。"

"哦，我当怎么了呢，一个作文就把咱们郑雷给愁哭啊！"

"没哭啊，我是有点感冒。"

"吃药了吗？你爸爸在吗？"

"没有，不严重，姐姐我能见你吗？"

"噢，那好吧，那你现在准备下楼，我一刻钟左右到宿舍门口接你，我带你去转转，路上给你讲作文，怎么样？"

"正合我意！"郑雷放下电话跳了起来。

一刻钟之后，他已经坐在了齐蓝姐姐的车里，郑青进大院的时候，他们刚走。

第十五章　潜移默化

雷雷一出大门，一眼就看到了齐蓝停在马路对面的黄色 MINI，他左右张望了一眼，看没有车辆，撒丫子就朝齐蓝跑来。他穿着一身干净的黄黑相间的"探路者"运动装，午后温暖的阳光透过高大的悬铃木枝丫，影子绰绰追随着他跳跃的身影。齐蓝按下了车窗玻璃，看着这个披了一身阳光的男孩朝她跑来，多像她的侄子齐歆啊！她心里漫过一股母爱般的暖流。

雷雷看见齐蓝，突然就绽开了暖暖的笑脸，眉眼神似郑青的英气儒雅，又有郑青没有的俊秀和顽皮。

"蓝蓝姐。"到了齐蓝跟前儿，雷雷竟有些羞涩了。

"快上车！"齐蓝朝副驾驶座位摆了摆下巴。

"我带你去远点的地方放风啊，安全带！"雷雷刚坐稳，齐蓝的车就窜了出去……

一个小时后，齐蓝已经带雷雷登上了佛光山山顶。11月初的佛光山，已经错过了枫叶流丹、万山红遍的壮丽秋景，但景区内奇峰林立、飞果叠瀑、深谷环套，古柏参天，幽静、神秘、灵秀、狭奇，尤其是山峰峭壁自然形成的巨佛栩栩如生，堪称奇观。

"呀呀呀，真是神秘的所在，离家这么近居然不知道！"雷雷走几步就发出一阵惊叹声。

第十五章 潜移默化

山并不高，他们爬到山顶也就是二十来分钟。齐蓝看时间不早赶紧拉了一把还在啧啧称奇、东张西望的雷雷："不能玩了，身心活跃的目的达到了。跑着下山，路上讲作文，到家后四十分钟写完，OK？"

"没问题！"雷雷举了个胜利的手势转身朝山下跑去……

雷雷进门的时候，郑青正坐在沙发上看报纸。

"爸，您在呀？"

"嗯，早回来了。"郑青抬头看了一眼气喘吁吁的儿子，又低头看他的报纸了。他故意不露声色，看儿子怎么说。

"爸，您怎么不问我去哪儿了？"

"去哪儿也丢不了你！再说你想说自然会主动告诉我吧？"

"牛，真沉得住气，就不怕我出去勾结不良少年！不对，是齐蓝姐姐发信息告诉你了！"

"哈哈，就这点本事，才几句话啊不打自招！"

"哼，根本就是我不想隐瞒。我得赶紧赶作文了，齐蓝姐刚给我讲完。"雷雷说着就往里屋跑去。

"哎，蓝蓝姐姐怎么有空……"

"先不跟您说了爸，时间来不及了！"郑青本想打听齐蓝的消息，雷雷没等他说完，已经回屋去了。

齐蓝送回雷雷准备去映竹姐家看看，她最近几乎每个周末都给严叔叔忙活餐饮渠道媒体的事，都一个月不见映竹姐她们了。

车子刚刚调头准备往映竹姐家走的时候，手机响了，是映竹姐！

"哈哈哈哈！"齐蓝接起电话先笑了起来，"映竹姐，我正往你家那边走呢，你这长着千里眼似的！晚上吃什么？我顺路买回去。"

"什么也别买，蓝蓝，你快过来就行！"映竹的语气有点不对，要是往常，遇到这样的情况，两个人先得在电话里笑闹一通。

"有什么事吗，映竹姐？"齐蓝有点不放心了。

"来了再说吧，电话里不说了。"映竹的声音带着哭腔了。

齐蓝不到十分钟就到了映竹家楼下，她正要按单元门门铃的时候，

起落弧旋

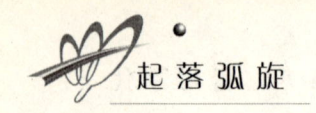

米文昌推门出来,神情很仓惶,见到齐蓝努力挤出了一个极不自然的笑脸:"蓝蓝来啦,我出去办点事。"

"噢,姐夫,您去忙吧。"两人侧身而过的时候,米文昌扶着单元门停下来:"蓝蓝,你映竹姐跟我闹了点矛盾,正生气呢。你好好劝劝啊,我先走了。"说完,头也不回地走了。

映竹给齐蓝开门的时候,齐蓝吓了一跳。她红肿的眼睛,蓬乱的头发,尤其是左腕上缠绕的渗血的纱布,让齐蓝触目惊心!

"映竹姐!这是怎么了?"齐蓝一把拉住了映竹的胳膊。映竹的嘴唇颤抖了几下,眼泪又从她红肿的眼睛里滚落下来,她指了指自己的房间,齐蓝马上意会,不能让一男听到。

她们来到主卧转角阳台改造的茶室,多少美妙的时光她们都是在这里一起度过的啊!齐蓝的新书发表,映竹姐在这里以茶代酒为她庆贺。映竹胜诉一场棘手的官司,齐蓝陪她在这儿好好吟诗品茶,让争斗见鬼去吧!明媚的春日倚栏附庸湖心岛的风雅,萧索的冬天,共享冬日暖阳,分食一块热热的烤地瓜……此刻,映竹姐,还是这个美妙的所在,你这是要干什么?蓝蓝心疼而焦急地望着只流泪不说话的映竹。

"我上楼时看见姐夫了,他说你俩闹了点矛盾,让我好好劝劝你,我没想到这么严重!"

"别叫他姐夫,他不配,人渣!"映竹突然咬牙愤愤地说。

"映竹姐,别说这么极端的话,闹点矛盾很正常,可是伤人的话说出去覆水难收。男人还是计较的,姐夫再怎么着也跟人渣不挨边啊!"

"哼,蓝蓝,你以为人渣是一眼能看出来的吗?我跟他在一起快二十年了我才认出他人渣的本质!"

映竹还是口口声声骂米文昌人渣,到底姐夫做了什么,让一向理性客观的映竹姐这么激愤,这么不容置疑地说他是人渣。齐蓝想象不出来了。

在齐蓝眼里,他们的爱情见证了很多美好的词汇。他们从小青梅竹马,两家是邻居,长大后比翼齐飞双双考入名校,他们是彼此的初恋。

第十五章 潜移默化

毕业后水到渠成结为秦晋之好。婚后夫唱妇随，一个仕途，一个白领，两个人无论知识修养还是社会地位都旗鼓相当，平淡的日子被他们过得雅致丰富。人前相敬如宾，人后也是琴瑟相和。映竹姐上得厅堂，下得厨房。米文昌仕途平稳，待人温和，低调厚重。儿子一男活泼阳光，学习中上……这教科书一样的完美家庭是哪里出了问题呢？

"映竹姐，到底出了什么事？"

"蓝蓝，老米跟一个年轻姑娘有了孩子！"

"啊！别是有什么误会吧。你千万别捕风捉影啊！"齐蓝相当震惊。

"我是个律师啊蓝蓝！不见证据我谁都不信，可是！"映竹闭上了眼睛。

映竹姐的神情和语气告诉齐蓝，这件事应该是确凿了！可是有了孩子不一定是爱情。只要姐夫爱的还是映竹姐，只要感情还在，就要妥善处理而不是同室操戈。

"映竹姐，这确实让人难以接受，不过我想知道这是一个什么性质的出轨，也许只是一时糊涂被人设计呢？毕竟姐夫有地位有能力。你先冷静下来给姐夫个解释的机会吧。"

"蓝蓝，我确实想冷静，可我做不到！这一切太突然，我一点都没察觉。"

"我知道，我知道，姐夫现在是什么态度？"

"他承认做了对不起我的事，但是他说不是我想的那样，他没有想过放弃家庭，真是无耻，孩子都快生出来了，还说不放弃家庭！"说到孩子，映竹脸上又现出绝望的神情，那女人是那样地理直气壮和不容置疑。倒好像破坏人家庭的是她梁映竹！

女人叫杨晓华，乳名小花，25岁，是米文昌父母邻居的女儿，大学毕业之后，一直没有合适的工作。她父母几次求助于米文昌，米文昌碍于邻居的情面，加之自己的父母也在旁边撮合，就答应了给帮忙寻觅着。

两年前米文昌通过关系把杨晓华安排到高速公路管理局杨庄收费

站工作。杨晓华本人比较喜欢这份工作，收入虽然不高，但稳定、独立、关系简单，休息时间固定集中，比起之前在一些私营企业、超市做销售轻松很多，正规很多。

孩子总算安定下来了，杨家父母自是千恩万谢，每次米文昌回杨庄老家看望父母，杨晓华父母总是想法拽过去吃顿饭，赶上杨晓华在家休息，就更是隆重，杨晓华会把家里里外外收拾干净，提前到镇上买些鱼肉水果，自己看着菜谱，一样样仔细操作，从来不会做饭的她一来二去竟然摆列得像模像样，尤其是她很走心。她对米文昌的口味把握很准，对米文昌的健康状况也很关注，食物搭配遵循了先健康后美味的原则。

米文昌自然也体会到了小花的这份用心，甚至他隐隐地感觉到这已经超出了知恩图报的范畴，但他不愿意深想，他沉浸在小花家人尤其是小花对他的仰视、关注和无微不至中了。他体会到了在映竹身上从未体会过的被尊崇为救世主的感觉，男人的价值和尊严以及暂时逃避现实的诉求都在小花身上实现了！小花崇拜的眼神，小心翼翼的照顾，小花父母堆在每一条皱纹里的讨好和感激……这一切放大了这个男人的成就感！在强势的映竹面前所受的打击在这里都找补了回来，这使他每一个节假日都不顾舟车劳顿，来奔赴这无声的召唤和莫名的吸引。

映竹并没有察觉到老米的变化，米文昌本来就是一个孝子，父母年纪渐大多跑几趟老家也在情理之中。他只有一个妹妹，已经远嫁外省。父母身边没有子女，幸得邻里和睦，乡里乡亲对米家都很照顾。更何况，米文昌也算得杨庄出来的最大的领导，由不得乡亲们不对其父母高看一眼，所以平日里倒也没有难事。

米家的日子殷实、平静、舒心，美中不足就是儿孙离得远，儿子倒还孝顺，节假日经常回来陪伴父母。但儿媳妇和孙子难得一见，就连春节也只是一划而过。年三十下午才姗姗来迟，初二上午就匆匆忙忙回市里了。理由永远是"一男要学习，一男要补课……"

米家父母对儿媳妇"霸着"孙子不让亲近爷爷奶奶意见很大，背

第十五章 潜移默化

地里也数落儿子"这么大的官儿管不了媳妇"。米文昌心里也是窝火的,但在父母面前,他还是尽力维护媳妇:"娘,映竹要强,抓孩子学习抓得很紧,您也不愿孙子没出息吧!"

每次米文昌抛出这个理由,母亲总是直盯盯地望着米文昌,似乎想要掂出他这句话真假的成分哪个更多,然后伸出满是裂纹的干硬的手捋一捋花白的头发:"俺老了,俺不知道这市里人得天天儿这么急扯白脸地活着啊!你小时候我跟你爹都没管过你学习,你看看你现在,比谁差了!"

"是是是,现在不一样了娘,家家都是围着一个孩子折腾,不光咱家这样,我们对门儿那家的女孩才刚刚上了四年级,一年到头休息不了几天。学校的兴趣班,外边的各种加强班、艺术班,报了一大堆的班,父母轮流陪着上,比咱家一男忙多了……"这么说着的时候,眼看着母亲原本愤愤的脸色渐渐平和,米文昌自己对映竹"拿着鸡毛当令箭"的虚张声势也多了几分理解。

孩子一上学便进入了一场淘汰赛,小学的入学考试,初中的中考,高中的高考,大学的考研。每一场考试都意味着有胜有败,败者出局淘汰。而学生生涯这几场考试无一例外地要求考生面面俱到,你不能有短板,纵使你长板再长,也不给你以长补短的机会。由此,社会上五花八门的补课班应运而生,数理化补课、英语补课最为常见,家长也不允许孩子在某一学科有明显劣势。什么差报什么补习班。补来补去,劣势学科成绩可能略有起色。优势科目却没有时间和精力使优势最大化。孩子被逼着学习自己不擅长的学科也自然是被动而痛苦。家长、老师只得不厌其烦地打鸡血,励志。头悬梁锥刺股的不仅仅是孩子,每天斗志昂扬的还有学生家长,一个学生,尤其是一个中学生带动一场战争,家庭成员都是战士。战斗的目的无非是在一场场淘汰赛中成为优胜者而不是被淘汰对象,但多数优胜者也无非是泛泛的没有特长和个性的应试型考生,而淘汰群体里不乏有个性有创新能力的人才。

身处这样的淘汰机制中,在学科必须全优的高压下,即便是他教育厅副厅长的儿子也得积极投身进去，尊重敬畏这一场场的淘汰赛。映竹的如临大敌也自有她高瞻远瞩的一面，何况，一男接下来面临的是人生大考：高考。

　　米文昌还是理解妻子的，但同时他也清楚，这并不是映竹不带儿子在爷爷奶奶家多停留的原因，而只是理由。真正的原因是映竹无法融入这个家庭，她要的只有米文昌。从生活习惯到精神层面，她都不能接受这个农村家庭。虽说她也算是杨庄的孩子，但看不起农村人的往往是蜕变成城里人的农村人。她6岁时就离开杨庄到了太行市，6岁前她是米文昌眼里的邻家女孩，是两小无猜的玩伴。

　　6岁那年秋天，映竹父母的拖拉机翻到山谷，映竹在杨庄的世界也随之颠覆了。日出的时候，她坐在米文昌家的门洞里，是一个等待父母给她收回来大苹果的小公主，日落的时候她看到的是一群人抬着浑身是血百叫不应的爹娘，她成了孤儿！

　　米文昌紧紧拉住这个不断哭喊着要扑向爹娘的邻家女孩。他幼小的心里产生了强烈的保护欲：一辈子做映竹的亲人！这是7岁的米文昌在那一天发出的无声誓言，后来这个誓言成为他的信念。

　　丧事办完后，映竹被在太行市的姨妈领养了。此后米文昌只能从大人们的谈话中获得映竹一星半点的信息，但他一直记得他的誓言，记得那个一日之间成为孤儿的邻家妹子。

　　中考的时候，米文昌考上了在全省选拔人才的平原省最好的高中太行二中。新生入学军训点名的时候，他听到梁映竹这个名字，他不知道是不是那个邻家妹妹潘映竹（他后来听说了映竹随了养父姓梁），他当时在不引起老师注意的前提下把头拧到了最大幅度，努力从那个刚刚喊"到"的女孩身上寻找儿时邻家妹妹的影子。

　　十几年过去了，一个侧影很难判断，好不容易熬到解散，米文昌追着刚才喊"到"的梁映竹喊了一声："梁映竹！"

　　映竹停下来，回过头看着米文昌，他们相隔数米互望着，终于从彼此的眼神里认出了对方。他们几乎同时往前跨出两步："真是你啊！"

第十五章 潜移默化

两个十多年没见的小伙伴互敬了一拳。映竹并没有传说中的女大十八变。细看她的眉眼还是小时候的样子，大眼睛、高鼻子、大嘴巴。只是她现在蹿到了近一米七的个子，一切都放大了好几倍。不细看真的不敢认呢。米文昌从小就长得清清秀秀白白净净的女孩样。他母亲曾骄傲地断定"男有女相，主富贵"。

映竹看着眼前豆芽菜一样白净细弱的米文昌，脱口而出："米文昌，你是不是吃不饱啊，这小身板怎么还这么弱不禁风啊！"说着上来跟米文昌比个头。

米文昌其实身高已经一米七三，但因为瘦弱，看起来并不比映竹高大，这让他有点羞涩，但他还是争辩了一句："我看着瘦，其实可有劲儿呢！"

此后的三年，两个人铆着劲学习，米文昌因为比较全面，没有明显的弱势科目，成绩总是排在映竹前面，而映竹的数学处于明显劣势，总是勉强及格。尽管她文史成绩非常突出，但数学真是拉分王啊，一科就被米文昌落下将近50分，映竹不服气了三年。米文昌帮她补了三年数学，总算在高考时考出了历史最高水平的87分，但总分仍是比米文昌少了20多分。

最终米文昌上了北师大，映竹上了中国政法大学。从那时起，映竹的职业规划就非常清晰：她要当一名律师！

四年大学生活，米文昌当了四年护花使者，每个周末，都会跑到映竹学校去看她。映竹每次看到瘦弱的米文昌举着一根北京糖葫芦过来，都会小声说一句"下次别买了"，这句话一直说了四年。

米文昌毕业后，他们一起回到太行，米文昌进了机关，映竹则一边进修一边在事务所实习，后来考了在职研究生，米文昌则一头扎进了仕途。名校出身加上他的勤奋随和、谨言慎行、低调谦逊，使他在复杂多变的官场权斗中一次次渔翁得利，他把这归结为自己的运气，事实上是他的不得罪人成就了他的"年轻有为"。

映竹决定嫁给米文昌时，并不看好米文昌的官运，她觉得米文昌毫无领导魄力，没有观点没有个性又不会钻营。她嫁给他并不指望他成什么气候，只是觉得这是个让人踏实温暖的男人，从高中到大学再到工作，米文昌十年如一日的守候也足以证明他的专一和忠诚，他们的婚姻完全是水到渠成。

　　映竹的养父母抱着女大不中留的思想，也巴不得映竹早早嫁给一个可靠的男人，何况米文昌除了出身农村其他条件都算上乘，倒是米文昌的父母对这个儿媳妇并不满意。映竹作为米家的邻家，他们自然是非常了解的，6岁父母双亡这一点是他们最忌讳的。说这孩子命硬，克父母，长得也不喜相。在民间有"男人嘴大吃八方，女人嘴大吃谷糠"的说法，意思是命里贫贱。命又硬又贫贱，米家父母的忌讳似乎振振有词。但看起来斯斯文文好说话的米文昌在自己的婚姻大事上根本没有给父母话语权。他从7岁树立起的信念岂是几句迷信的顺口溜能动摇的！

　　婚后的事实证明，映竹非但不贫贱，而且还特别能干、能挣钱，是家里的聚宝盆，生了儿子，买了房子，开了自己的事务所……而米文昌在全无后顾之忧的条件下仕途顺利，也并没有被"命硬"的媳妇克到。

　　只是在一片祥和的表象下，米文昌隐隐地感觉到映竹对他的"看不起"，当然在人前映竹做得非常得体，标准的夫唱妇随，但私下里她短不了数落："你说你当这么个小官，听起来多瘆人似的，副厅长，钱不能挣，事儿不敢办，连我都夹着尾巴做人，生怕让人说狗仗人势，买套房子都恨不得昭告天下这钱是我挣的！"

　　米文昌默然地听着媳妇数落，不接火儿，不争辩，但心里难免苦涩。从他的人到他的事业，映竹已经毫无欣赏的成分了，映竹沉浸在个人英雄主义里了，里里外外一把手，并不给米文昌表现机会。就连说话她也常常打断米文昌，"你说那不对，都多少年不学习了这是，陈词滥调，套话废话连篇！"

　　当着孩子，米文昌只能自我解嘲式地说："你看你妈能的，什么

第十五章　潜移默化

都知道，百度百科。"然后扭头讨好似的跟老婆说，"你就不能装不知道一次，给我个机会。"

映竹自然是得理不饶人："知之为知之，不知为不知，是知也。"

米文昌内心却感慨：知道装不知道比不知道装知道难多了，我米文昌要不是会装傻早人仰马翻了也未可知。

生活在映竹的张牙舞爪和米文昌的息事宁人中达成了平衡，日子过得平静祥和，映竹忙工作，忙孩子，忙家务，对米文昌采取的是放养手段。她有时候会笑着跟米文昌说："有组织上管着你呢，我不操心，你只要想保你的乌纱帽，你就不敢造次，何况你的智商不支撑你阳奉阴违。"

米文昌听到一半就咧开嘴，等到映竹说出最后半句，他终于知道自己又是高兴得太早了！僵持着笑容挣扎半天后自卫反击："你说你一个女人家，嘴怎么就这么损呢？就不能好话说到底？什么叫智商不支撑啊！忘了当年是谁给你补数学了吗？"

"好汉不提当年勇，梅花不提前世绣，失败者才靠炫耀过去意淫。"

"行了行了，你是狗嘴吐不出象牙，你也就天生是个律师，说好听了是善辩，说难听了我就不说了，哈哈。"每次的争论结果都是米文昌对虎视眈眈的映竹一笑泯恩仇。

这样的状况多了，米文昌也就尽量避开舌战，办法就是少说话，多干活。但是米文昌干什么，映竹都能挑出毛病来，碗没刷净，地板用湿布擦完没用干布擦二遍，收完衣服没整平挂顺，浇花浇得水漫金山……米文昌干活时总觉得背后有一双刀子一样锐利的眼睛在审视监督着他。他越想干好就越手忙脚乱，往往是在他出点差错还没来得及补救和挽回的时候，映竹就幽灵一样地出现了，她一件件拎起他的罪证数落："行了行了，快去吧，越帮越忙！"映竹充满鄙夷的声音让他无比沮丧。他觉得映竹就差一句："祥林嫂，你放着吧！"他觉得他在家里已经成了一个符号，一个父亲、一个丈夫的形式，没有实际意义。有他没用，没他不完整。

起落弧旋

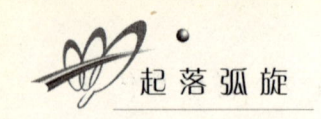

  他越来越没有存在感了，尤其是家里高朋满座的时候，映竹对他表现出的尊重让他觉得滑稽。除了齐蓝，他对映竹的朋友一概使用统一程序，谦和有礼微笑致意，接下来是"你们聊，我还有点事"，然后上楼回自己书房。身后是映竹嗔怪的声音："天天忙得没法儿。在单位忙公事，回家来还是没完没了。"

  "领导都这样，领导都这样。"客人随声附和，此时，老米在心里也会模仿着映竹的鄙夷和刻薄："真能装，懒得跟你争辩。"

  对抗这种没有存在感的家庭地位的措施就是：休息日回老家看望老爹老娘。这样做，爹娘高兴，米文昌自己舒心，映竹也落得清静，少伺候一个人。一举三得的行为变成了惯例。

  每逢节假日前夕，映竹都会主动问："你是今天下午下班直接走还是明天上午走？东西给你准备好了啊。别忘了多带点现金。"

  平心而论，映竹嘴不饶人，但心地善良，为人大方，对于自己不待见的公婆礼数说得过去。尤其是钱上没计较过，米文昌的工资她从来不巴扯，还经常问："你这个月钱够吧？"这一点，米文昌心里很宽慰，他从来不曾捉襟见肘，尽管还有个农村的家拖累。

  手头不紧，跑老家就更勤。直到给小花安排了工作，杨家又成了他的第二根据地。回家看看的吸引力无形中又增加了一倍，一切在潜移默化中。不要说映竹没察觉，米文昌自己也是梦里不知身是客，他并没有意识到他从小花身上获得存在感，被尊崇被爱戴的同时，小花也被他所传递出的热情、温暖、踏实、力量感所吸引。他们之间的引力磁场已悄然形成，只不过，本该敏感的神经麻痹在小花一声声"叔"的呼唤中。论乡亲辈，小花应该叫他叔，论年龄，他也确实是叔叔辈。

  去年春节的时候，映竹母子随米文昌回老家过年，杨家请米家吃饭。小花得以近距离接触这个很少在杨庄露面的婶婶，在她眼里，婶婶不漂亮，但有一种高不可攀的气势和随和中拒人千里的冷傲。米叔在婶婶面前努力维持着平日里的风度，但依然能看出缺乏底气和讨好式的迁就，貌似暖男实则是不想引发事端，而婶婶一副事事请示老米的小

第十五章 潜移默化

女人姿态里，秀的成分显而易见！

小花，这个还未来得及世故的女孩，在米叔米婶两口子身上生生看出很多世故来。事后她问老米："叔，你很怕婶儿啊？"

"怕啊，当然怕，哪有好男人不怕老婆的！"

"啊！"小花没想到米文昌会这么回答她，她原本以为米叔会极力否认。

"不过，这个怕啊，不是真怕，是敬，是让。"米文昌不露声色地扭转了主题。

"在家庭中，女人的贡献远远大于男人，既要忙后方，也要上前线，男人理应对劳苦功高的女人敬让三分哪！"

"婶婶真幸福！"小花眼里刚才还燃烧着的两簇火苗扑闪着挣扎了两下熄灭了，她长长的睫毛盖住了她失落的眼神。

那次春节假期回去后不久，映竹居然给小花介绍了一个对象，是她所里的一个年轻律师，也是她政法大学的学弟，家在内蒙古，人长得高高大大，粗粗拉拉，勤奋上进，跟小花年龄相当。

老米把小伙子照片给小花看的时候，小花的表情相当淡漠，只瞥了一眼老米手机上那个看起来蓬勃向上的男子一眼，就扭头望着窗外说："叔，我不习惯这样被人拉着去相亲，太尴尬了！跟谈生意一样。"

"可你的工作接触不到人哪，没有机会，哪有缘分，你现在的年龄拖不得了，再拖一两年就是剩女。你父母虽然当面不催你，可背地里跟我说很多次了，让我费费心，给你留意着合适的人，这不正好你婶婶她们单位年轻人多，这个小伙子跟你是最般配的，去见见吧。起码表明了你积极配合的姿态。"

"好吧，安排好时间地点提前通知我就行。"小花突然间来了个急转弯。

"真是年轻人哪，这弯儿转得真快。"老米在心里感叹着。

"好好好，我马上告诉你婶婶让她安排。"

"叔，您是怕我嫁不出去还是？"小花看着老米的雷厉风行突然

起落弧旋

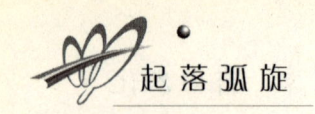

问出了这半句话。

"叔不担心你嫁不出去啊,这么漂亮、条件这么好的小花怎么会嫁不出去,我是想让你在最好的年龄遇到最合适的人,不打折,不将就。"

"咯咯咯……"米文昌煞有介事的一番话把小花逗得笑弯了腰,但她抬起头的时候,眼里分明有泪,那是笑出的泪吗?

粗心的米文昌没有看出那笑中的委屈。

第十六章　进退维谷

小花的相亲是在一周后进行的，见面前他们已成为微信好友，做过简单的沟通。

男孩叫韩烨，二连浩特人，家里有父母和妹妹，一个人在太行市，和小花同龄。韩烨本人要比照片精神不少，身材适中、结实，充满活力的脸上总是带着笑意，眼睛很有神采。

他们约在一家叫"研磨时光"的咖啡厅。时值早春，乍暖还寒，他们约定下午3点见面，韩烨提前二十分钟就到了"研磨时光"。他先到里边察看了布局，相中了几个理想座位，然后出来等小花。

梁映竹主任已经详细介绍了小花的情况，他看到小花的两张生活照时本能地问了梁主任一句："不是美图效果吧？"显然，小花的漂亮程度超出了他的预期。

"只怕你见到本人更会两眼发直，这孩子皮肤特别好，照片看不出来。"

"噢，那人家条件这么好，看得上我吗？"韩烨有些紧张了。

"哈，咱条件也不差呀，没听说么，天下最好的男人在中国，中国最好的男人在二连浩特，何况咱还是名校毕业。"梁主任不愧是激励高手。

"哈哈，梁主任，您过奖了，不过我突然有信心了！"韩烨瞬间

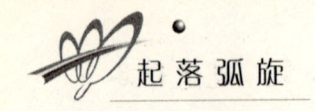

找到了山登绝顶我为峰的豪气。

小花卡着点儿来到了"研磨时光"。她穿了一件浅灰色毛呢大衣,里边是蓝色羊毛长裙,脚上是一双深灰多孔翻毛小皮鞋,短筒袜子上是两颗乳白色小毛绒球,让人一眼就注意到她裸露的、白嫩修长的一截小腿。她应该刚刚够一米六,但单色长衣长裙给人整体的延伸感,使她看起来玲珑纤细。她的一头中长发自然地披着,左侧别了一朵鸡蛋花发卡。她的皮肤,正如梁主任说的,雪白晶莹。都说一白遮三丑,更何况这女孩眉目清秀。

韩烨老远向小花招手,随后迎着她走过来,"小花吧,穿这么少,冷不冷啊?"他说着先伸出了手。

小花咬住上唇矜持地一笑:"还好吧,不太冷。"她在握手的瞬间迅速打量了韩烨几眼。心想:这人不上相,本人比照片精神多了。

韩烨看出小花在打量他,脸不由得有些发热,只是他偏重的肤色掩盖了微微泛起的红晕。

"我们快进去吧,外边冷,你穿得太少了。"韩烨做了个请的手势,然后跟在小花左后方,保持着一步的距离走进了咖啡馆。

"我们去那边吧。"他及时地引导着小花来到书架旁的卡座。落座后,他先征求了小花的意见,然后利索地点好了咖啡和甜点。等服务员离开后,他微笑着凝视着小花说:"小花,我很会说话,因为我的职业就是说话。但见了你,却不知道该说些什么,你让我不自信了。"

一个不落俗套的开场白,小花笑了,笑得两颊绯红。这回轮到她不会说话了,她侧过头沉吟了半天才羞涩地开口:"哎呀,我才是真不会说话呢,我的工作每天只见手不见人,不用说话。"

韩烨愣了一下,随即反应过来。一个高速公路收费员,可不是每天只见拿卡递钱的手么。

"哈哈,真天才,这哪是不会说话啊?是不会说不形象的话!"

"哈哈哈哈……"两个人一起笑了起来,这真有点一笑如故。

之后他们在一起聊了两小时,随和、亲切、放松,不像是被介绍

· 第十六章　进退维谷 ·

人捏合在一起第一次见面的相亲人，倒像是故人相见，旧友重逢。

这次相亲对韩烨来说是喜出望外的，小花清新、轻灵而又混合着一丝乡土气息的外形很符合他的审美，而小花的略带羞涩的率真让他感到亲近、放松。最重要的是，他觉得小花对他也是充满好感的，时间能说明很多问题，第一次见面，他们居然聊了两个小时！

这次相亲对于小花是非常必要的，且不说韩烨各方面的条件都衬得起她，单是说她目前的状况，她也必须接受这次相亲。25岁了，这个年龄在农村已经是当妈妈的年龄了。

她之所以能待字闺中到25岁，一是因为她是村里为数不多的女大学生，心气高、条件好；二是父母比较开明，不逼婚，甚至都不曾当着她的面表现出焦虑。她总觉父母对她的宠爱里有一种小心翼翼的成分，她稍不高兴，母亲就会紧张地巴望着她，却不敢刨根问底。而父亲这时候总是爱说："花儿啊，该买两件衣裳了吧？爸这儿有钱，姑娘家，正是要好的时候，别舍不得。"每当这时候，她总是满怀歉意地收起她的情绪，搂着爸的肩膀，抬头看着惶惑不安的妈妈说："爸、妈，没事儿，别老那么紧张，我不高兴的时候一会儿就过去了，别管我。"是啊，她有什么理由难为父母啊。

她是父母的独生女，从小被当公主一样地供养，村里比她家日子富裕的大有人在，但谁家的孩子也没她各方面条件优越，父母几乎是竭尽全力地供养她，她感恩父母的拳拳爱心。她并没有被惯坏，她学习一直很努力，多数家务活也都能帮上手，地里的活儿爸从不让她参与，说她细皮嫩肉的不禁造。不到60岁的父亲却显得苍老了，母亲倒还好，身板挺直、精神、利索，但也没法跟市里五十多岁还风姿绰约的阿姨们相比。

她多想在父母老去之前能够回报他们，给他们更好的生活。她多想让自己挣钱的速度超过他们老去的脚步。

大学毕业之后，她抱着一腔热情奔走于各大人才市场，可是眼花缭乱的岗位并没有几个能落到实处的，何况她自己既不是名校毕业也

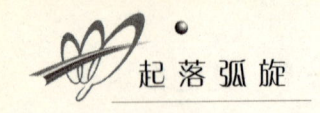

没有突出的特长和才能。于是只能在一些小公司的销售岗位上，走马观花地流动。

一年多下来，她的热情被耗掉了大半。收入连自己都养不起，更何况孝顺父母。

父母看出了她的焦虑，也是看在眼里，疼在心里。有知识、有文化、念了大学又貌美的女儿竟然连个稳定的工作也找不到。他们背着她，求了邻居米爷爷、米奶奶，因为他们有个在省里当副厅长的儿子。

米叔叔终于还是帮了她，准确地说是帮了她的父母。因为这之前她几乎没跟这个当大官的米叔叔正面说过话，只是听着邻家车来了、车走了，听着乡邻们过分热情的招呼寒暄："米厅长回来啦，到家去吃饭啊，有好酒。"

她从未像其他邻居一样假装路过，趁机热络几句。即便真的碰巧遇到了，也会远远地避开，等米叔叔进了门她再返回原路。她觉得米叔叔那样的级别不属于她的世界。或者说她的自尊让她刻意回避攀附权贵之嫌。

她有时候也会顾影自怜，唉，十几年的教育，最大的收获似乎就是这越来越薄的脸皮和越来越敏感的自尊了。

米文昌、米厅长、米叔叔，这样一个高不可攀的人，突然就成了她的贵人，给她安排了工作，坐在了她家的炕桌前。起初，她是惶恐而羞涩的，但是米叔叔的温和、质朴，善解人意，拿捏到位的亲切，恰到好处的威仪……一下子颠覆了她对大官儿的认识。

原来让人舒服就是素质，她不由得感叹自己的幼稚和眼界狭窄，米叔叔貌似随意的谈吐里都大有文章，她迷上了这个比他大将近20岁的长辈，这种迷恋开始只是崇拜、仰视、敬畏，她更像是米文昌的一个粉丝，但慢慢地随着接触的增加，她滋生出一些连她自己也不好定义的情愫。

她盼着米叔叔回来，费尽心思倒班，为的是"碰巧"赶上米叔叔回来。她观察米叔叔的饮食偏好，悄悄研究菜谱，她努力把这些"刻意"

· 第十六章　进退维谷 ·

做成不经意。

　　直到春节，近距离接触米叔米婶之后，她发现米叔很怕米婶，尽管后来米叔有一套冠冕堂皇的解释，她仍是觉得米叔很难，甚至有些可怜。她凭空生出一些心疼来，尽管渺小位卑如她，是没资格心疼位高权重的米叔的。

　　也就是这时候米婶给她介绍了韩烨，她没理由不见。见了，韩烨这样的条件，她没理由不谈。跟韩烨试着谈下去，对父母、对米叔米婶、对她自己，都是一个交代。尤其是，她要用这场光明正大的恋爱，阻止那危险的、一步步逼近她的对米叔叔的爱慕。她终于承认是爱慕了！

　　两个年轻人相亲成功，驶入正式交往的轨道，梁主任高兴，老米开心，小花父母欣慰，当事人之一韩烨更是精神百倍。

　　小花也配合着周围或高兴、或开心、或欣慰、或精神的人们，投身到这场被一干人等看好的交往中。只是，只有她自己知道，她只是投身，她的心，还在米叔身上，她不知道什么时候能收回这颗无望的单恋的心。

　　自从小花有了对象，米文昌来杨家更坦然、更气势了，小花的工作是他给找的，小花的对象是媳妇给介绍的，杨家父母像对待大恩人一样地对待米文昌。有点什么好吃的，也得留着米文昌回来吃。

　　只是小花和米叔"碰巧"一起休息的机会少了，连续几个周末，米文昌回去都没能见到小花，他心里竟然空落落的。每次听映竹说韩烨多么兴奋，多么如获至宝，老米心里总是说不出的不对味。他有种"珠到掌中偏不取，花看人采方知惜"的遗憾和嫉妒。他被自己的想法吓住了，他虽不敢以正人君子自居，但他不曾做过伤天害理的事。很多难登大雅之堂的私心杂念也仅仅是停留在想法上。至于女人，他更是从未招惹过老婆以外的，连发乎情止乎礼的暧昧对象都没有。

　　可是，小花触动的似乎是他早已麻木的情怀，她是他的乡情，她是他对青春的回忆，她是他释放压抑的出口。而韩烨的出现，使这一切不可持续，但他心里，仍是祝福这对年轻人能修成正果。

211

起落弧旋

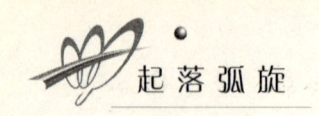

中秋节的时候，米文昌照例是一个人回杨庄，映竹准备了一堆包装精美的节日礼品。出门前装车的时候，米文昌嫌占地方，他动手拆掉一些包装，把东西并在一起。

"停！过节了，要的不就是这份隆重么，你把包装拆了算怎么回事儿啊？"映竹制止了他。

"这包装太虚张声势了，你看看，这么小两个猪蹄子，弄这么大个盒子！"米文昌拎着一袋猪蹄说。

"老家人不就喜欢这咋咋呼呼的效果吗？"映竹不管不顾地甩出了这句轻蔑的评论。

一向听惯了映竹刻薄言论的米文昌突然间发作了，他把手里正准备拆装的盒子重重地扔到映竹脚下："不带了，装不下！"

"你摔谁你？费尽心思地给你家准备礼品倒有错了？捡起来！"映竹声音不高，但咬牙切齿。

米文昌不想大过节的置气，他忍着气捡起了地上的盒子，扔到后座上，扬长而去。

他知道映竹始终看不起他的家，看不惯他的父母，她只是用钱来维持她的体面。他甚至觉得映竹比后备箱那堆花花绿绿的盒子，那些华丽的包装还矫饰。

到杨庄的时候，他的坏情绪已基本消化完。看着父母一趟趟从后备箱提出那些华而不实的盒子时那种珍惜和满足，他想，也许映竹是对的。他想起自己扬长而去的激愤，突然有些内疚。他掏出手机给映竹发了一条微信："到了，放心。"

吃午饭的时候，母亲说起了小花："你媳妇给小花介绍那个对象，吹啦！"

"嗯？没听映竹说呀，前阵子还听说两人挺好呢。"米文昌有点惊讶，莫非韩烨没跟映竹说？

"可能是刚吹的，昨天小花送来两盒月饼，我问她什么时候结婚，不小了，早点办了吧。她说，结什么婚，吹了！"

第十六章 进退维谷

"噢,可能逗你呢吧,挺般配的两个。晚上我过去看看,这会儿该下地了吧?"

米文昌到杨家的时候,天刚擦黑,院子里静悄悄的,堂屋的门没有关,彩条的塑料门帘在风中摆动。

"国平哥,在家吗?"离堂屋几步远的时候,米文昌喊了一声,没人回应。都这时候了,下地还没回来?他心里嘀咕着,迟疑着往回走。

"米叔!"小花两手分开彩色的塑料门帘,倏地出现在他眼前。几个月不见,小花圆润了不少,他刚想说"小花胖了呀",突然收住嘴,小姑娘最怕被说胖吧。

"你爸妈呢?下地还没回来?"米文昌说着进屋把手中的礼品放在了堂屋的地上。

"我妈妈她大姨突然病危,他俩都去医院了,刚走。"

"噢,我说呢。"米文昌有些进退两难,进去吧,人家一个姑娘一个人在家。回去吧,他又想跟小花说会儿话。

"米叔,到里屋坐吧。"小花倒是大大方方,米文昌借坡下驴地跟着小花进了里屋。

"好几个月没见了,挺好吧?"米文昌有些尴尬地说。

"嗯,挺好的,米叔也挺好吧?"小花也显得有些局促了。

"跟韩烨,是叫韩烨吧?处得挺好吧?"

"吹了。"小花沉默了一阵说。

"可惜了,看你们俩挺般配的,怎么说吹就吹了?"

"米叔不知道为什么吗?"

"不知道啊,你婶没顾上跟我说。"

"嗯,我心里有人,装不下人家,不赖人家。"小花低着头,不敢看米文昌。

米文昌心里突突的,他已经明白了七八分。"我先回去了,该做饭了,小花你做饭吧。"米文昌说着站起身。

"米叔!"小花猛地起身抓住了米文昌的胳膊,米文昌身子一震。

213

"米叔，留下吃顿饭吧，我爸妈本来也要过去请你呢，东西都准备好了。"小花的眼神里有恳求。

"不太好吧……"米文昌迟疑着。

"哎呀，米叔……"

"好好，那我帮你一块弄。"

那天晚上，米文昌留下吃了饭，喝了不少酒，还鬼使神差地上了床。事后他后悔万分！

"小花，对不起，对不起，我，没控制住。"

"叔，不赖你，是我主动的，你不要有心理负担，也不要你负什么责任，我心甘情愿的！"

那之后的第二天，小花家的大门就落了锁，米文昌也提前一天回到了太行市。

直到两个月后，小花突然给米文昌打电话："叔，我有了，怎么办哪？"米文昌耳朵嗡的一声，他惊着了！

"小花，不会吧！确定吗？"

"确定，我用测孕纸测了好几遍！"小花带着哭腔。

"你在哪儿，我一会儿过去，见面说。"

半个小时后，小花坐到了米文昌车里，米文昌再一次确认之后，低头沉默了很久。然后很艰难地说："小花，去做了吧，医疗费、营养费我出，但是我不能出面。"

"我害怕！"小花的眼泪滴到了腿上。

"别怕，听话，不能耽误了，去做了吧！"米文昌低声恳求。

小花抬起泪眼，看了一眼米文昌，欲言又止。

"小花，这孩子你确定跟韩烨没关系吗？"米文昌终于说出了他心中的疑虑。

"叔，你怀疑我诈你？"小花咬着牙，双眼喷火。

"我是觉得太巧了，一次就……"

"叔，对不起，让你受惊了！"小花说着就跳下了车，愤怒地摔

第十六章　进退维谷

上车门，头也不回地朝反方向跑去……

"小花，小花……"待米文昌发动车子到前方调过头之后，哪还有小花的影子。

此后，米文昌被小花拉黑了，微信、电话全部失联。他正准备通过关系到小花单位找她时，小花拿着怀孕证明去找了映竹！

一时间，他感觉黑云压城，他对局势失控了。小花对映竹发出了通牒：两周内要见到他们的离婚证原件，否则就去告发米文昌。

铁证如山，米文昌并没有在映竹面前辩解。他只是求映竹不要过激处理，给他时间想办法。但是骄傲的映竹哪里容得下米文昌背叛，她觉得自己活成了一个笑话，她又哭又笑，当着米文昌的面割脉。内外夹击，米文昌几近崩溃！齐蓝进门的时候，他正准备出去通过小花的单位联系小花。

映竹稍稍平静以后，闭着眼靠在墙上给齐蓝讲述了关于米文昌、小花、她、韩烨几个人的瓜葛和以她的视角看到、想到的事件经过。

齐蓝听完后沉默了很久，虽然她并不认为米文昌有主观故意的背叛行为，虽然她对米文昌的处境表示同情，虽然她试着理解小花的感情。但终究，一个好男人的人设崩塌了，一个嫁给爱情的婚姻再也不完美了。她甚至比映竹还失望，只是少了些伤心和愤怒。

"映竹姐，真想离婚？"

映竹看着困惑而失望的齐蓝，突然心疼起来。"蓝蓝，对不起，不该跟你说这些烂事儿，不过，跟你诉说一遍我脑子清醒多了，我不会跟老米离婚，我不能毁了他。再怎么不济，他也是一男的爹，我想通了，先不跟他算账，先帮他过了这个坎。"

"这就对了，映竹姐，不要把人民内部矛盾转化为敌我矛盾。"齐蓝双手拉住映竹摇了摇她的手。

"嗯，蓝蓝，我知道，放心吧，我不折腾了。对了，老米这事别跟任何人说啊，尤其是郑主任！"

"我不会说的，家丑不可外扬，不过郑主任不至于吧？"

起落弧旋

"你说什么不至于，不至于传播老米的丑事？不管他至于不至于，守口少祸，官场险恶，人心复杂。以后少跟这些当官的掺和，男人，哼，我太失望了！"

"我懂，映竹姐，我也是。"齐蓝说着扭头望向窗外的夜幕。

周一早晨上班后，郑青接到通知9点钟去见省委副书记宋良玉。关于精准扶贫的调研工作就是宋书记亲自布置给郑青的，调研报告在上周四下午已经呈交给宋书记。今天应该是为这件事吧，郑青心想，他对他们部门出的这个调研报告还是比较有底气的。有实例、有数据、有分析、有建议，其中渗透着他和同志们大量的心血和深刻的思考。

"郑青啊，报告我仔细研读了。非常好！有理有据有观点，文字表达也不错。"郑青刚一坐下，宋书记就提到报告的事，和他预想的一样。他不由得挺直腰板，正了正身子。

他迎视着温和而不失威仪的宋书记："宋书记，报告还有很多意犹未尽的地方，不够详实，也不够全面，您尽管批评！"

"嗯，不足肯定有，但是值得肯定，能看出不是坐在办公室憋出来的，做了大量深入细致的调研工作啊！"

"是，宋书记看出来了，确实做了不少实地调研工作，但不到位的方面还很多。"

"好了，不要谦虚了，这是我最近看到的最有内容的一份报告。"宋书记加重了语气。

"宋书记，我一定继续努力，多做些务实的调研！"郑青说着恭敬地站了起来。

宋书记摆了摆手示意他坐下，然后脸色有些凝重起来："小郑啊，最近连续收到四封关于你的匿名举报信，主要是针对你的生活作风问题。"

"宋书记！"郑青有些急，宋书记摆了摆手接着说："你的情况组织上是了解的，爱人去世两年多了，谈恋爱也正常，但是要注意你的领导干部身份，要注意影响。同样的事，发生在普通百姓身上不是事，

· 第十六章 进退维谷 ·

发生在领导干部身上就是大事,要正确对待呀!尽快解决个人问题,不要因小失大,授人以柄。"

"明白,宋书记,我一定认真反思,客观对待。"

从宋书记办公室出来,郑青的步伐沉重凝滞,到底是什么人老在他的个人问题上做文章呢?他又如何尽快解决个人问题呢?

林桐自上次误会郑青"躲着她"之后,不知是觉得自己太咄咄逼人了还是心里对郑青失望,说话越来越客气、温和。郑青能体会到这客气背后的疏远。他也没有主动去拉近这日渐疏远的距离。两个人不咸不淡、不冷不热地保持着联络。

郑芳自从国庆节对郑青发难后,心思已经昭然若揭,四个老人也隐约知道了郑芳和郑青的微妙关系。郑青的母亲已经明确表态"是好事",岳父母没好意思直说,但促成之意也是毫不掩饰。郑芳本人每天在微信里履行着嘘寒问暖的程序,什么"姐夫,累了晚上泡泡脚""别熬夜姐夫,晚上11点前必须睡"……除了称呼外,其他俨然都是郑媛的口气。

郑青多数时候不回应,隔几天回复一次也很策略:"芳芳,不要老惦记我,我有自理能力,家里都拜托你了,我知道你很辛苦,就不要在我身上分心了,我和雷雷都好,就是忙。"

郑芳当然明白姐夫的意思,但她同时也相信"精诚所至,金石为开"。她的固执在这件事上体现得淋漓尽致,这令郑青颇为劳神,说重了,怕伤了她的心;说轻了,她置若罔闻,我行我素。

郑青面临着有史以来最大的难题,选择郑芳是绝对没有可能的,他完全没有过感觉也无法转换角色,郑芳是亲人、是妹妹。选择林桐不要说他自己有些勉强,曾经一腔热情的林桐现在也未必能下定决心呢!

齐蓝,是他最渴望的人,但是他们始终不曾有过半点感情的表白,何况,他和林桐的交往已经展示给了齐蓝。他能感觉到齐蓝对他有意的回避。但上次调研回来他和齐蓝的一通电话又让他看到了曙光,蓝蓝跟他依然是有说不完的话，而他更清楚地反观到了自己的内心："媛媛去世后，除了齐蓝，任何人不曾住进过他的内心。"

郑青，这个一向沉稳内敛有主见的人，陷入了艰难的抉择中，进退维谷。

如果说郑青面临的选择还有一定程度的主导权的话，米文昌的处境则是完全被动，当然，前提是米文昌有错在先，自作自受。

米文昌想通过关系让小花单位领导把小花约出来，没想到小花请假了。米文昌只好给老家父母打电话，旁敲侧击地打问小花是否回家了，得到的信息是两三个礼拜不见了。

四处碰壁的米文昌突然想到用公用电话给小花打电话，他找到一个小卖部的公用电话，紧张地拨出了小花的手机号。通了！

"喂？"小花居然接了陌生号码。

"小花，别挂，听我说，出来一趟，我在……"

"米厅长，不用了，手术我已经做了。吓着你们了，抱歉。"

"小花……"没等米文昌再说话，小花已经挂断了电话。

米文昌木然地从小卖部走出来，他并没有危机解除后的放松，凭他对小花的了解，小花是因为被他的怀疑激怒才做出了一系列违背她本性的行为，她是被情绪支配的。

米文昌本想先控制住她的情绪，但她没给米文昌机会就去找了映竹。正当米文昌觉得一切变得不可收拾的时候，小花放弃了讨伐，悄悄地做了手术。米文昌这次相信小花不是故意麻痹他，小花一定是已经做了手术，而且凭直觉，他断定小花既不会再找他，也不会找映竹。

米文昌觉得对不起小花，小花对他是有感情的，而他，让一个姑娘怀了孕，做了流产。他的质疑伤害了她。她，又伤害了映竹。不，是他自己伤害了两个女人。

小花，敏感要强的小花，不会再理他了。映竹，能原谅他吗？他们还回得到过去吗？

米文昌颓然地走在夜色渐浓的大街上。

第十七章　荆棘丛生

周五下午，齐蓝早早忙完工作准备去超市买些方便食品给映竹姐送去，她估计映竹姐肯定没心思好好做饭了。

她拿起手机准备问问映竹姐几点到家，刚好这个时候程刚的微信过来了："齐姐，晚上可以赏光请您吃个饭吗？别拒绝，我是握拳振臂才发出的这条信息！"齐蓝看着这条信息噗嗤一声笑了，真是程式风格：前半句庄重，后半句诙谐！

她迟疑了半分钟左右，回复了程刚："好的，你说时间地点，我车今天限号，别太偏。"

映竹姐那里，齐蓝决定先不去了，没有车，买很多东西再打不上车会很拖累，再说周五傍晚最容易堵车。

程刚是严和刚刚收购的餐饮渠道媒体公司的总经理、法人，公司被严和收购，现任严和公司的副总，主管餐饮渠道媒体的运营。

齐蓝因为在这个项目收购过程中帮严和做了大量工作，所以跟程刚有过几次接触，程刚给她的印象是能屈能伸能折腾。多年在体制外打拼，抗压能力极强，让她最为惊讶的是他的文字能力和办事效率。

严和当时跟他要了很多文字材料，而且完全是严式吹毛求疵的标准，想起来什么突然就说："小程，这方面的情况还是写个文字材料给我吧，数据要准确啊，下午4点前给我吧。"

说这话的时候往往就中午了，就是齐蓝这种常年与文字打交道的人，都觉得时间太紧，可程刚每次都说："好咧！"

每每这时齐蓝总是为他捏把汗，因为严和要的可不是什么随便组织组织文字就出来的材料，有文字、有数据、有总结、有展望……严和不是个好伺候的领导！可几次这样的情况，程刚都顺利过关了，不仅有理有据，文笔还很好，逻辑性很强，没一句废话。

连严和看完都说："蓝蓝，你看看这个材料，这个小子的文字水平快赶上你了！"

"人家可不仅是文字水平，是肚里有东西呀，实践和理论都有，这么多年一个人在体制外混，不是白给的呀，严叔叔你可拣到宝了。"齐蓝由衷地欣赏程刚的生存能力！

"嗯，我当时决定收购他这个公司，他的业务跟咱互补是一方面，他这个人我是早就看好的。但我担心他不肯屈居人下，这是个有野心的人。"严和流露出他的忧虑和担心。

傍晚6点半，齐蓝步行来到阳光大酒店四楼。程刚听说齐蓝的车今天限号，所以他选了这个齐蓝步行就能到达的地方。

齐蓝一下电梯，程刚就晃晃悠悠笑眯眯地迎了过来。他还是那身深灰暗条西服！从齐蓝认识他第一天起，他就是这身穿越季节的西服。有好几次，齐蓝都想问他："你不洗衣服吗？"

第一次见他的时候，齐蓝觉得他长得简直没毛病，就像是标准男人生产线里出来的一样。眼睛不大不小，眉毛浓密，鼻子挺阔，嘴略大但嘴唇饱满有型，一口排列紧密整齐的牙齿洁白无瑕，一米八还多的身高，宽肩细腰……但他走起来的时候齐蓝发现他高大但不算挺拔，弓肩、八字脚，走路晃晃悠悠，让人觉得有点儿吊儿郎当，尤其他总是龇着一口白牙笑，一个男人老是笑，冲淡了他的派头。

"有型没范儿"，齐蓝给了他这样的评价，但齐蓝还是挺喜欢跟他聊聊。他社会经验丰富，读的书也不少，雅的俗的说起来都上道儿，而且看起来特真诚。他的普通话本来很标准，但感叹句会蹦出家乡话，

第十七章　荆棘丛生

连词带调儿纯方言，比方说受惊时他会说"俺滴那个娘哎"，齐蓝第一次听到这句话时笑得腰疼，因为这之前他俩正说着话，程刚字正腔圆、滔滔不绝地边走边跟齐蓝介绍他签约的饭店情况，突然被一个沙土袋子绊了一下，他一个趔趄跟着就是一句完全切换成家乡调儿的"俺滴那个娘哎"！

他看齐蓝笑成那样，自己也笑了："你别笑话啊，农村孩子，乡音难改。"

"你确定不是为了搞笑才这么说的吗？"齐蓝好不容易止住笑问。

"不是，不是，你高看我的情商了，我属于一着急就原形毕露。"程刚一本正经地说。

"哈哈哈哈……"齐蓝又被他逗得哈哈大笑起来。

阳光大酒店是个老牌的四星酒店，餐饮部经营一直比较好，有几样特色小吃上榜了"中华名小吃"。

程刚带齐蓝来到预订的座位后，就招呼服务员过来点菜，他并不问齐蓝，而是一口气点了八个菜，四种小吃。齐蓝正忙着脱大衣、归置包的功夫，他已经点完了。

服务员报菜名确认的时候，齐蓝一听点了那么多菜赶紧说："撤两个，太多了！"

"去吧，不用撤，就这些。"程刚朝服务员点了点头，服务员斟好茶离开了。

"我请到齐姐不容易，不是很了解你的口味，多点几个，总有可口的。"他朝齐蓝笑了笑说。

"太浪费了，我其实不挑食啊，荤素都吃，说吧，我知道你可是个工作狂，不会是请我聊闲天儿。"齐蓝盯着程刚，意思是等他开门见山。

"这次还真是没工作可谈，就是想给齐姐聊聊。另外，我能得到严总重用，也跟齐姐对我的认可有关。所以，今天这顿饭，一是感谢，二是想聊聊我的故事，权当给你这个大作家提供创作素材了。"

程刚端起茶抿了一口，又露出一口白牙笑："怎么样，齐姐，有

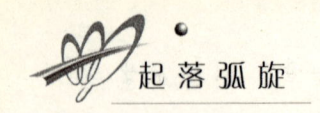

兴趣听听吗?"

"有,当然有,早看出你是个经历丰富的人了。"

"嗯,我还差两个月不到30岁,但是我已经破了两次产,离过一次婚了。"程刚以这样一句让齐蓝惊悚的话开启了他的故事。

我出生栗水农村,我父亲是开石棉瓦加工厂的,母亲料理厂里的事之外就是照顾我和妹妹,我们家的地包给别人种了,所以,虽然出身农村,我没干过农活。

小时候,父亲的厂子很赚钱,家里的条件比普通农村家庭好很多。我因为没压力,比较贪玩,学习成绩不太好,但语文很好。除了语文,别的课我不怎么听,偷偷地在课堂上看小说。真懂假懂的囫囵吞枣也算看了不少中外名著,这些书没能让我考个好大学,但培养了我的野心。我想我将来肯定不会像父亲一样弄个小厂子没日没夜地赚点辛苦钱,我得做成点大事,用脑子的事,虽然我妈老是说我猪脑子。

高考我考了个信息学校,属于三类,我是计算机系。学校管理很差,课程很水,我经常是白天溜出去到网吧打游戏,晚上才回宿舍睡觉。整天泡网吧,加上在校外吃饭比较贵,我的消费比其他同学高很多,我编各种理由跟家里要钱。我母亲有时候也抱怨两句,说我花钱太多,说爸的厂子越来越不好干了,我心里也内疚。但是,学校的课我上不下去,游戏戒不掉,就这么自欺欺人,混天度日。

大二那年的冬天,父亲病了,是一种非常罕见的恶性肿瘤——胸膜间皮瘤。发病原因是长期接触石棉纤维,石棉是致癌物,石棉里的元纤维直径只有0.5微米,人体吸入后会导致肺癌、胃肠癌、胸膜间皮瘤。

我父亲是成也萧何败也萧何,半辈子开石棉瓦厂的积蓄差不多都用来治病了。当时厂子也已经不景气了。一是国家不鼓励发展石棉产业,二是多数养殖户开始用彩钢瓦代替石棉瓦。在那种情况下,我父亲一生病,又流失了不少客户,母亲陪着父亲到处寻医问药,厂子靠我叔叔支撑着。叔叔好酒,喝多了就出口伤人,得罪了不少人,厂子一天

· 第十七章　荆棘丛生 ·

不如一天。

　　父亲治病花了几十万，到第二年夏天就去世了。看着悲痛欲绝的母亲和幼小的妹妹，我再也不能自欺欺人地在学校混了。我没给母亲商量就退了学，我告诉她我请了长假处理父亲的后事。

　　我先去父亲厂子了解了一下情况，已经资不抵债了，我决定申请破产。三个月之后，我亲手终结了父亲经营半生的产业。母亲知道真相后，跪着求我去上学，说你爸一生的愿望就是儿子做个文化人，挣点聪明钱。我说我已经彻底办了退学，不可能回去了。我发誓我离开学校一定比继续上下去混得好，我一定挣来大钱。

　　我先去上海打了半年工，因为年龄小又没毕业，找工作很难，最后在一家通讯技术公司站住了脚儿。我这人不懒，喜欢的事儿也能学进去，我当时的偶像是李想，他不就没上大学照样成了成功的创业者嘛。那时候3G刚刚兴起，我看准了手机预订行业，订餐、订票、订房间。我在上海打工期间也搜集了很多有关方面的信息，回平原省后我通过同学找到了天津大学的王教授帮我设计程序，我自己其实也在编程方面有些特长。我找了两个合伙人，他们一是懂程序，二是能拿出一部分资金，我当时也借了几万块钱。

　　半年后，我的"新起点网络科技公司"开业了。开始的时候没钱，租了个民房，但是哥几个同舟共济，都看好行业未来，我们几个都是身兼数职，又跑业务、又编程序、又管后台、又写软文推广。当时我们这个项目在全国省会城市招商，三个多月的时间，招了七八个代理商，手里有些流动资金了。我们继续完善程序，增加项目短期盈利点。当时西安、青岛等几个代理商营销很好，这样又带动了一批代理商。

　　到对头一年的时候，公司已经有130万元的账面盈利了，我当时把总部搬到了北京，因为想做大的话，人才、技术都在北京。北京什么都贵多了，房租、人员工资、公司运营成本一下子提高了好几倍。加上有两个代理商运营不好，在网上散布谣言，说我的公司是骗子公司。我当时也不懂什么危机公关，没有及时辟谣，负面信息影响越来越大，

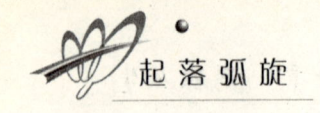

招商工作彻底进行不下去了，还有个别代理商要退钱，内忧外患，致使我又一次破产。

伴随着这次破产，我结婚两年的媳妇对我彻底丧失了信心，毅然决然地跟我离了婚。我当时没做任何努力挽留她，心想我是为创业而生的，无家一身轻，离就离吧，光棍一条，没什么可怕的，只是想到我母亲时我就心颤。我记得我的誓言，我没来得及喘息、疗伤，就又开始折腾这个餐饮渠道媒体，这个项目比较接地气、传统，看得见摸得着，豁出脸去跑饭店，找广告主就行了，启动成本也低。

不到一年，我就又折腾起来了，到现在你也看到了，空间不敢说，盈利很稳定，不然严总也看不上啊。

"英雄！"齐蓝端起了酒杯。

"哈哈，不是不是，充其量是打不死的小角色。"程刚也端起酒杯和齐蓝碰了一下，然后一饮而尽。

"哎哎，这是红酒啊，哪有喝这么猛的！"

"我不管它什么酒，我高兴，齐姐肯听我的故事，我好几年不说这么多话了。"

程刚又给自己续上酒端起来："齐姐，我还有个不情之请，我早晚还要去北京发展，虽然严总现在对我不错，也一心想留住我，严总提供的平台也不错，但我天生就不是个受人管制的人，我还得自己做事。当然，我现在肯定不离开，我得把我交给严总这一摊子业务理顺喽，北京那边我也需要看准机会再说。如果有一天我真要走了，还望齐姐跟严总好好疏通，我不是个忘恩负义的人，严总、齐姐对我的知遇之恩我会记住的！"说完他又一饮而尽了。

"好了，好了，你不能喝了，非常理解并支持你，你不是池中之物，时机成熟了就振翅吧！"齐蓝也端起酒杯一饮而尽了。

那之后，程刚经常通过微信与齐蓝分享创业体会和对传媒行业的认识、设想。有些是转发的，更多的是程刚自己写的。

· 第十七章　荆棘丛生 ·

　　每一篇齐蓝都认真阅读、思考，虽然她并不篇篇回复，但她心里认可程刚的业务水平，尤其欣赏他的文字能力。而程刚的精力之旺盛、办事效率之高也常常让齐蓝感叹：这是一个创业者必备的吧！

　　程刚经常说的一句话就是：只要我不死，最不济就是个大器晚成！这是齐蓝听到的最动听的豪言壮语。

　　随着严和公司业务范围的扩大，需要齐蓝做的事情也越来越多。除了广告文案设计这些案头工作之外，齐蓝要经常到合作饭店去摄影，而这些饭店都是程刚的客户，初次去的时候，一般会由程刚陪同、引见。两个人接触多了，程刚在齐蓝面前越来越自然，有时候还会开几句玩笑，但出言有尺、嬉闹有度。

　　齐蓝在他眼里不再是高不可攀的女神。他原来一直以为高贵美丽的女人通常不好接近，天赋的优越感会使她们身上有一种凌人的盛气。初见齐蓝的时候他本能地有些怵，但齐蓝一开口，竟让他有如沐春风的舒适感。后来的接触颠覆了程刚关于高贵的认识：高贵不是高不可攀，而是贵而不骄，脱俗而亲和。

　　他发现齐蓝不管走到哪里，见到多么难缠的人都能迅速适应，短短几句交流就让对方身不由己地顺从她的意志。

　　有一次他们去开发区的湘鄂情酒家，对方推出了六个新菜，需要设计一个辅助菜谱做特别推广，程刚应约带齐蓝拍摄新菜实景。他们出发并不晚，但路上因为有交通事故耽搁了，到湘鄂情的时候整整晚了二十分钟。接待他们的季经理是个三十大几岁的清瘦精致的女子，见到齐蓝他们，她双手交握腹部，并没有握手的意思。

　　"今天恐怕拍不了了，马上到中午饭点了。"说完就去招呼别的事了，把程刚和齐蓝晾在了一边。程刚也是第一次见这个季经理，当着齐蓝，遭到这样的"礼遇"，他又恼火又没面子。

　　他往前跨了一步，朝着季经理的背影喊了一声："哎！"显得有些急赤白脸。齐蓝拉他一把，然后自己朝季经理走过去。

　　"季经理！"齐蓝几步追过去，季经理一回头，齐蓝抓住时机，"咔嚓"拍下了她回眸的瞬间，然后才走到季经理跟前，递过相机让季经理看刚拍下的画面。

"季经理，你今天这身紫色的旗袍和这整体的环境特别协调，很美！没经过你同意忍不住拍了下来。"

"哇，我有这么漂亮吗？"季经理眼角眉梢都露着笑意。"拍得真好，真好！"她由衷地赞美。

"是季经理这身穿搭真的很美！"齐蓝也真诚地赞美道。

接下来的事情就顺理成章了，齐蓝给季经理拍了一组工作照，季经理安排后厨把新菜品全部按严格的操作程序推出排列，让齐蓝拍摄，之后又请齐蓝、程刚品尝、评价。她显然被齐蓝的认真专业的工作态度和灵活大气的做事风格吸引，说了好几次"你真是又漂亮又能干"。

从湘鄂情出来，程刚学着季经理的样子，轻轻拍了一下齐蓝的肩膀："你真是又漂亮又能干！"

齐蓝停下来看了程刚一眼。

"对不起，齐姐，忘形了。"程刚马上意识到自己动手动脚不合时宜。

"嗯，知道就好，我们是出来工作，你刚才这动作尽管是学季经理，但别人看上去无非是一男一女打情骂俏，不符合咱们的身份。"

"是是，齐姐批评的是，我已经意识到了，但我散漫不羁惯了，有时候身不由己。"

"知道，注意自己的形象塑造是一方面，更重要的是你必须时时刻刻具备高度的自律意识，这是你要加强的。因为你几乎一直是自己创业，受约束少，他律这个环节缺失，主要就靠你自律了。"

"对极了，齐姐，我就是缺乏约束，很多毛病形成习惯了自己才意识到，但是没有外力约束，改起来还真是很难！"

"嗯，理解，不过我感觉你很听得进批评，不娇气，脸皮也不薄。"

"哈哈哈……"程刚听齐蓝这么说的时候突然笑了。

"对对对，我脸皮厚，脸皮薄了活不下去呀。像我这样没关系没背景的自己折腾点生意，全靠勤奋和厚脸皮了。最怕的是无能而娇气，

第十七章 荆棘丛生

注定一事无成。"

"嗯嗯，肺腑之言，创业者心声，要不是深有体会，说不出这么深刻、通俗的话来。"齐蓝不由得鼓起掌来。

他们一路热烈地交流着走到了停车场。刚上车，程刚的手机响了，程刚接起电话，马上换成家乡口音："娘，你奏这么着急回去么，我这儿车不方便，下礼拜不行么？明儿后儿的我带你出去转转。哎哟，我说娘哎，就那几只鸡就让你惦记成这样儿啊，行了，行了，晚上回家再说啊娘，我这儿正忙着。"说完程刚摇着头挂了电话。

"我妈来看病了，刚看完没两天，我说让她在这养养观察观察，这非着急回去，惦记着家里鸡鸭的没人管。"

"噢，我听出来了，你先送老人家回去看看把家里交代好了再回来呗。"

"嗯，倒是个好主意，这不是车不凑手吗，我的车被黄标刚刚报废了，新车我还没看好呢。"

"噢，没事儿，开我的。"齐蓝几乎不假思索。

"可不行，齐姐，借车可不是闹着玩儿的。一不借车，二不借钱，这都是特别犯忌的事情，你可不要轻易做这两件事，别乱发善心，我这方面教训太深了。"程刚严肃而诚恳地提醒着齐蓝。

听程刚这么说，齐蓝也深有同感，她只是有时候遇到类似状况，总是下意识违背原则，不遗余力帮助人。看着程刚坚定严肃的神情，她不由得感叹男人在大事上的原则性。起码，他们中优秀的人是懂得吃一堑长一智的。而她以及多数女人，往往不能从历史中吸取教训。这么想着，她对程刚的好感又加深了一层。

"后天，周末，我没什么大事，要不我开车送阿姨回去看看？"齐蓝诚心想帮程刚这点忙。

"哎呀，齐姐，我知道你是真心帮我，不过我们那穷乡僻壤的，怕你见笑呢。"

"说什么呢，农村我经常去，也喜欢，再说你们那里可不是穷乡

227

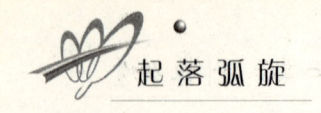

僻壤，就这么定了啊，你带路，我开车。"

"哈，那好，那好，齐姐，受宠若惊！那咱明天再敲定具体出发时间。"

程刚的家在著名的"杂技之乡"吴桥县。这个曾经的贫困县随着"吴桥杂技大世界"的开发运营，对外开放交流程度越来越高，人们的思想也相对活跃，乡镇企业、个体工商业都比较发达。

程刚父亲经营的石棉瓦加工厂就是最早一批规模较大的民营企业，只可惜程父在转型关键期身患重病，导致家道中落。

53岁的程母看起来比她的实际年龄要苍老不少，头发已近半白，黑黄的脸上有深刻皱纹，高瘦的身躯已经不再挺拔。也许是因为病痛，她走路经常佝偻着腰，眉头习惯性地紧皱着。但她跟人说话时，眼里的焦虑和愁苦瞬间就消失不见了，诚恳、善良、热情让她的眼睛充满神采。

刚见齐蓝的时候，大概是已经听儿子介绍了不少，所以她并没有流露出太多的惊讶和不安，只是连着说了几句："这多不落忍，你这还专门送我一趟。"

"没事儿，阿姨，我这周末不忙，你安心坐后边养神就是。"

一路上，程刚和齐蓝交流工作的事，后座的程母悄无声息。一到家，她立即像充满电的机器人一样里里外外忙碌起来。

安排齐蓝落座之后，她伺候她的鸡鸭，归置零散物品，打扫满是落叶柴草的院落……程刚陪齐蓝坐着说话，齐蓝都坐不住了："咱俩别在这儿瞎侃了，帮阿姨收拾收拾。"说着，齐蓝不等程刚反应过来，已经起身找了把扫帚从院子的另一头开始扫起来。

阳光下薄薄的尘雾立刻笼罩住了她，程刚想去拦，但齐蓝不容置疑地朝身后挥了一下手："你也赶紧帮着干活儿。"程刚无奈，只得去院子另一头替下了母亲。程母拍拍身上的土，整理了一下头发，就拿起一个空塑料袋往院门走去："你们俩扫完歇着，我去小卖部买点菜回来。"说着，她人已经走出了院门。

"你妈真能干，这还病着呢，这么利索、有条理。"齐蓝看着程

第十七章 荆棘丛生

母的背影由衷感慨。

"唉，就是个劳碌命，你不让她干活就跟受刑一样难受，剥夺她什么权利都行，就是不能剥夺她劳动的权利。本来，这几年我慢慢地缓过劲儿来了，应该接她到身边照顾，可她非要守着这个家，养这些鸡鸭……有机会你帮我劝啊，齐姐。"

"嗯，接出去跟着你倒是正途，但恐怕那只是你心安了，阿姨都不觉得享受，故土难离是人之常情啊！"

"嗯，也是，我知道，可我们家这情况，父亲不在了，妹妹嫁得远，我又常年在外边漂着，家里就我妈一个人，现在身体又这样了，唉……"程刚说到她母亲的身体时，隐隐的有种不祥之感，虽然医院暂时排除了恶性肿瘤的可能性，但程刚想起父亲的病因，难免会担心同样常年在石棉瓦厂的母亲。

午饭程母坚持要包饺子，猪肉香菇白菜馅的饺子味道非常可口，齐蓝吃了满满一大盘子，这让程母非常开心。她看着埋头吃饺子的齐蓝和程刚，黑黄的脸上泛出红晕，笑容里满是慈祥和期待。虽然她不知道齐蓝的感情状况，但她多希望有这样知书达理又善良漂亮的儿媳妇啊。

吃过午饭，程母悄悄把儿子拉到一边："刚子，我今天就先不跟你们回去了，我在家这住几天，安顿一下，下礼拜我自己坐长途车去。"

"那怎么行，我这么兴师动众地找车找人送你回来看看，说好当天一起回去，你又变卦，这个破家有什么安顿的，再说有什么比你身体重要啊。这还不断地得跑医院呢。"程刚说着说着嗓门越来越大。

程母赶紧抓住儿子的双手："小点声，你嚷什么，你这孩子，娘知道你不放心我，可这回你就再依娘一次啊。"说着，程母一阵剧烈的咳嗽。

"唉，行吧，行吧，那你赶紧躺下休息，我们就早点回去了，一会儿天黑了，不好让人家跑夜路。"

返程的路上，齐蓝建议程刚带母亲去北京看看，程母的气色、消瘦和整个儿的身体状态让她觉得不是小病。

"齐姐，真是心里特别感动，你太善良了，我不知道说什么了。"

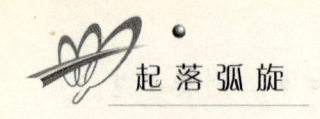

第十八章　商海沉浮

齐蓝刚到市区，严和打来电话问她在哪儿，不忙的话晚上一起吃饭。

"严叔叔，我送程刚母亲回老家了，刚回来，进市区了，有急事吗？"

"噢，不急，你还是过来一趟吧，见面说。"

"齐姐，你直接告诉严总去送我母亲了，不太好吧？"齐蓝一挂电话程刚就若有所思地问。

"没什么不好，这是我的自由，再说，对严叔叔，说实话是我的本能。"齐蓝不以为然。

"嗯，我知道，不过我很推崇的一个做法是：真话不全说、假话全不说。要是我的话，刚才我会说在路上，不说那么具体，给自己留点余地，有时候，给对方的信息量越大，自己越被动。"

"男人就是比女人善于隐藏自己，还说女人心海底针，其实我所接触的女性大多比男人更率真，她们只是不善于隐藏自己的复杂，成人的心有几个不复杂的，差异在演技。"

"哈哈，这套理论有点意思啊，那齐姐是演技不到位喽？"

"也不是，是不想演，也不想有太多的不可告人。幸福指数和秘密数量反相关，秘密越少，幸福感越强，否则多累呀！"

"确实是，你可以做到，我们不行，人在江湖，身不由己。再说了，你就是百分百的赤诚也没人信，说句悲观的话，多数时候，人们更愿

· 第十八章　商海沉浮 ·

意相信谎言。"

"不悲观，是事实，因为现实残酷，谎言美好。"

齐蓝把程刚送回家后就直接到了严和办公室，她推门进去的时候严和正在打电话，印象中每次见严叔叔他都在打电话。

齐蓝坐在沙发上有一句没一句地听着，严和在跟爱尔兰的女儿语音通话。齐蓝凭经验判断，这个通话半个小时之内结束不了，而且严和也不会因为齐蓝到了就提前结束通话，除非齐蓝失去耐心用肢体动作提出抗议，但她多数时候不会么做，因为她知道，如果不让他们父女掰开揉碎说够、吵透，严和接下来做什么事都会心不在焉。

齐蓝从书柜里找了本《陆犯焉识》，稳稳当当地拉开架势看了起来，意思是：你们聊吧，尽情聊，当我没来，当我没在。

严和注意到了齐蓝的动作，他举了举手，点了下头。齐蓝把他这个动作翻译为：这就对了，看会儿书，别着急，我这儿说正事儿呢。

严和说的"正事儿"是女儿严语对象的事，用严和的话来说，女儿严语到了"生死存亡的关口"。

严语今年28岁，毕业于北京外国语学院，毕业后又去伦敦学院进修了硕士学位，拿到学位后回国，本想去大学当个老师，但大学对硕士学位并不买账，中学又不想去，报考了一次公务员无果。东一头西一头在国内撞了一年，终是高不成低不就，对象也见了有一个排，但严语似乎并没有多大诚意在太行市这个"很土"的城市扎根，所以她的态度就像是闲来无事上淘宝溜达一圈，万一遇到什么打眼的货色呢，就随手下单，遇不到也正常，甚至是遇不到更好，省得乱花钱，省得看着衣柜眼花缭乱。

因为没诚意也就难有结果，通常是第一面就能挑出对方的毛病，但并不拒绝见第二面、第三面，直到下一个出现，而且以绝对优势压倒上一个。所谓绝对优势包括：长相、品性、学历、工作、出身、社会关系、发展潜力等一系列指标。

之所以把长相放在首位，实在是严和这一家人都是外貌协会的，

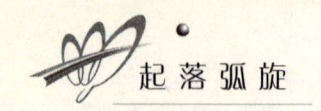

重视外貌到了吹毛求疵的地步。曾经有一个农大姓张的博士，各方面都符合严家的标准，严语在一个月内见了小张四次。第四次的时候他们去了"慢话"酒吧，严语看着坐在高脚凳子上品鸡尾酒的小张，突然就坏了兴致，她发现他的腿很短，跟上身不成比例。

她回到家第一句话就是："妈，小张是个小短腿儿，我今天看他坐在酒吧高脚凳上晃动着两条小短腿儿，真的觉得好恶心！"

"是吧，是人都有美中不足，但这男人小短腿儿确实腻歪，我当初找你爸除了其他条件外，主要是看他条儿好，男人有了绝对高度再加上成比例的身材才算基本打眼，这是前提，不能凑合！"严母真是骨灰级的外貌协会会员！

严母胡萍是太行市前副市长的女儿，中专毕业后进了区政府，一直就是普通科员，工作上并不怎么上心儿，主要是也没她什么具体工作，每天上午去单位点个卯打个卡就回家了，所以她有大把的时间盯着严和和严语，盯着严和别乱找对象，盯着严语赶紧找对象。他们一家人建了一个微信群叫"找碴儿三人组"，通常主动发起微聊的都是胡萍，而话题多半是围绕严语的对象和工作。

齐蓝曾听到过严和在三人组跟那母女两个对话，那与其说是在聊天、讨论，不如说是那母女两个开严和的批斗会，从严和反馈回去的语言就能判断出那母女两个很刻薄。

"别这么说话行不行！"整个对话过程中，这个句子出现的频率非常高，高到触发齐蓝密集恐惧症的地步。

齐蓝怕看到密密麻麻的东西，也怕听到反反复复的一句话。她大学时的写作课老师曾经一节课说二十多次"美得不可方物"！以至于齐蓝一听到这句话就想呕吐。

"别这么说话行不行！"严和又开始启用这个句子了，通常如果通话时间很长，肯定是沟通不畅，最后演变成严语或者胡萍对严和的指责，而严和在连续说几次"别这么说话行不行"之后会气咻咻地掐断，确认掐断之后他会对着手机悲愤交加地喊一句："一个女人毁三代！"

· 第十八章　商海沉浮 ·

严和骂的"毁三代"的女人是胡萍，娶了高干子弟胡萍是他有生以来犯的最大的错误！这是近几年他得出的结论。他的手机通讯录里有一个"胡言"一个"乱语"，分别是老婆和女儿。他总认为他的老婆脑子里就是一团浆糊，稀里糊涂又自以为是，阶级观念严重，无论严和做出多大成绩，她都拿他的出身说事儿，"你不就是个农民么，要不是我们家，你哪有今天，不过话说回来，给了你这么好的条件你也没成多大事儿，你看人家那个张强他爸，在北京都好几套房子了……"张强是严语的高中同学，其父是个搞地产的暴发户。

"别拿别人跟我比，张强的爸，挺着个大肚子，抽烟、喝酒、耍女人，给你那样的男人你干吗？"严和奋起反击。

胡萍并不漂亮，只是皮肤很白，个子很高，捯饬得很凶。严和曾经戏说："没见过你素颜，你成了宋美龄了，当着人不卸妆。"严语继承了妈妈的白皮肤、爸爸的好身条，尤其是她看起来要比妈妈大气很多，客观讲严语的外形条件还是很不错的，只是她学会了妈妈的刻薄、挑剔、喋喋不休，遇到不顺心的事就埋怨爸爸，一边埋怨一边挑剔一边又特别依赖，事无巨细，都得跟爸爸说说，这个习惯倒跟同龄人反差很大，90后一般是不太愿意跟父母沟通的，但这严语见对象的每一个细节都跟爸爸描述一遍。

严语前年得到了一个在爱尔兰教对外汉语的工作机会，去年和那里一个开超市的华人建立了恋爱关系，同年获得了绿卡，要说是逐步趋于稳定了，但严语总觉得超市男太胸无大志，又说其父母都是普通工人，在国内一家子都是小市民等等。这也不好，那也纠结，但真要分手也下不了狠心，所以一有点时间就跟父母讨论这件事，翻来覆去就是那几句话、那点意思。

齐蓝从《陆犯焉识》上抬起头看着愤怒了的严和："别这么说话行不行！"他又对着手机喊出这句话。

"行，以后这个事儿别跟我说了啊，我不管了，你跟你妈看着弄吧，别再问我了！"这次，严和终于狠狠地摁了一下手机，掐断了。他站起身，

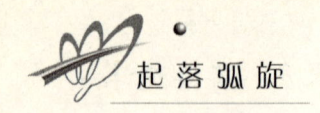

一边捶打着腰部,一边调整着表情向齐蓝走过来。

"唉,你说女人怎么都这么糊涂啰嗦呢,这娘儿俩简直是一对儿糊涂蛋!"严和说这话的时候脸上的表情已经由愤怒转成无奈。齐蓝并不搭腔,就那么目不转睛地看着严和。

"蓝子,说实话,像你头脑这么清晰的女人少。"严和迎着齐蓝的注视说。

"那倒不是,主要是没人惯着我胡搅蛮缠,我也没时间胡言乱语地矫情。"齐蓝不带表情,但声音里有嘲弄。

"哈哈哈,胡言乱语,我老婆、女儿!"严和突然开心地大笑起来,不知是为齐蓝的机智还是为自己起名的贴切。

"严叔叔,您找我是什么事?我刚跑了长途回来,有点累了,您说完事儿我就回去休息了,不想吃饭了。"齐蓝靠在沙发上,一脸的慵懒,一身的疲惫。

"程刚怎么这么好意思使唤你啊,他自己怎么不送呢?"

"他的车黄标不能开了,新车正等着提车,他母亲着急回去,又生着病,送一趟也是应该的,再说是我主动的,人家没像你说得那么使唤我。"

"以后这样的事不要主动张罗,一是不安全,出点事儿不好说,二是程刚是男人哪,蓝子,你太热心了,防止他蹬鼻子上脸。"

"是男人他能怎么着我呀!让您这一说就不能对男人发善心,就得跟你家那娘儿俩一样,每天把男人当仇人?"

"看看,刚夸你头脑清晰、理性呢,这会儿这话就情绪化了。不是不能发善心,是不要太主动、太热情,不要给男人想象空间。你单身,他也是单身哪,不是你不想他就不想的。"

"好的,严叔叔,我自己会把握分寸的,再说了,程刚在您眼皮子底下,不会做出什么出格的事儿的。"

"嗯,目前看这小子做事确实有板有眼的,其他的,还要观察。山中有直树,世间无直人哪!"严和不禁感叹起来。

第十八章 商海沉浮

"哈哈,严叔叔,您这口气特别像我爸,我爸爱唱戏,所以经常说有板有眼。"

"唉,说起老爷子,我又该说你了,老大不小的就这么没事儿人似的。映竹那天跟我说,她给你张罗了一个律师,说你不肯见。你到底是什么心思呢?跟我说说。如果就是打定主意不找,我们就不瞎张罗了。如果心里有人放不下,也跟我说说,看我能不能帮你解开点什么。到底什么情况,你得让我心里有数儿啊,不然我这儿觉得对你没尽到责任,对不住老爷子的托付。"

"严叔叔,先替我爸谢谢您!您不用有心理负担,就是我父母在,他们也左右不了我的感情啊!我自己都身不由己呢,并不是那么概念化的东西,想找啊、不想找啊,心里有什么放不下啊,都不是!没这么清晰,也不是这么绝对,并不是我不愿意提及这个问题,在我自己还没搞明白自己的时候,一表达就失真。有时候就是一瞬间、一闪念,我告诉您了,我表达了,然后对您来说,那就是我的想法,甚至是决定。在很长时间内您会认为,噢,原来她是这么想的。局外人很容易找到真相,原因也在这里。我说这么多您可能觉得我在绕着真相说,好吧,总有一个最接近真实的表达,那就是,我自己不把婚姻这件人生大事当大事了,起码目前阶段是,它不是我必须要定时完成的任务!至于感情,好像是过了那激情燃烧的岁月之后就越来越冷静了,越晚越不觉得晚。我在感情问题上很懒吧。"

"哈哈,蓝子第一次跟我说这么多啊。关于感情问题,我听明白了,尤其最后一句我非常认同,你在感情问题上有点懒了,觉得婚姻可有可无。是,我也不认为婚姻是生存之必须,但我知道孤独很可怕,越老越可怕,很少有人能打败孤独。我就是败给了孤独才有了现在的各种困扰。"

"噢,您的困扰跟孤独有什么因果关系吗?"齐蓝有点不懂严和这个说法。

"如果不是感觉孤独,我当年就不会从英国回来,坚持把博士学

235

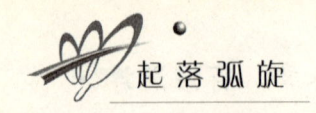

位拿下来，眼界会不一样，合作机会会很多。"严和提起他的英国留学经历总是充满了遗憾和追悔。

"李梦瑶还在英国吧？你们还联系吗？"齐蓝忍不住八卦了一回。李梦瑶是严和的情人，严和早年从师大出来一头扎进商海，遇到的第一个女人就是李梦瑶，她后来成了严和公司的会计，再后来成了严和的情人。

李梦瑶毕业于经贸大学会计专业，是个很有男人缘的女生，长相甜美、性格温婉、做事认真、勤奋上进。大学时期班里的男生就都喜欢她。但喜欢跟爱还是有距离的，并没有人对李梦瑶展开热烈追求。男生们觉得她完美而寡淡，适合一步到位当老婆，却不是个理想的恋爱对象。恋爱对象是要满足人很多幻想的，甚至有时候，我们爱的并不是那个人，而是迷恋恋爱的那种感觉，可以把很多美好的想象依托恋爱对象展开。这时候，那个人被我们的想象镀上了金身。而李梦瑶或许是太透明因而太纯粹，无法让人展开幻想。这样，到大学毕业的时候，她在班里成了为数不多的落单的漂亮女生。虽然那些成双成对飞出校园的，终成眷属的比例并不高。

因为品学兼优，她顺利地进入了平原工商银行计划财务部，很快她的业务水平和为人处事的能力以及工作态度得到上上下下的一致肯定，科里的各种先进、模范非她莫属。最难得的是：没人嫉妒！因为她周围的同事跟她有可比性的不多，而嫉妒是产生在可比的基础上的。

在她进入计财部两年的时候，风险控制部的侯力勇开始追求她。侯力勇属于那种恋爱观很量化的人，在他的恋爱账簿上，两个人的指标一定得是互补的，一加一大于二的，而且最重要的是风险可控的。李梦瑶的各项指标，稳定而有潜力，所以也就顺理成章地成为他窝边草的首选。

李梦瑶第一次被追求，而且是知根知底条件不错的同事，所以几乎没有挣扎就顺水推舟了。两个理性严谨的人在同事眼皮子底下秘密进行了一年多竟没被发现！这期间他们酝酿两个人调开工作然后再谈

第十八章　商海沉浮

婚论嫁，正巧平原省招商局成立期货公司，侯力勇通过关系把李梦瑶运作到了新成立的期货公司，一去就是财务部部长，而严和就是招商局派驻期货公司的老总。

严和天津大学毕业后被分配到平原师范大学，几年的大学老师生涯安稳归安稳，但他不喜欢这一眼看到底的人生，这固定的舞台，固定的收入……他信奉"名利危中来，富贵险中求"。他一直在寻找机会，而同时他的婚姻被纳入事业规划中，他非常清晰地要一个能帮助他事业的婚姻。

胡萍的出现，满足了他对婚姻事业的规划，而他的大学老师身份以及精致讲究的生活习惯，符合了强调社会地位而又有严重洁癖的胡萍的标准。两个精致的利己主义者一拍即合，半年后就步入了婚姻的殿堂。

婚后，严和很快调入省招商局，他并没有直接用当副市长的岳父，他的身份本身就是通行证。

进入招商局后，严和的经商天才很快就显露出来，由他牵头的几个大项目都很成功。但他不满足于配角，最终他独立地开创并掌管了平原期货公司。

李梦瑶出现的时候，正值严和事业上春风得意、感情上危机四伏。严和似乎从来未对胡萍有过激情，但他也并未在外拈花惹草，用他的话说，他的心思都在做事上。但胡萍不这么认为，她固执地认定严和利用她成就了自己后，便开始了自己真正的风流。而严和并不肯跟他眼里的"糊涂女人"解释，任由她疑神疑鬼，有时候严和看着胡萍被醋意控制、折磨，他甚至有一丝快感："在你嘴里屁也不是的严和也是有人喜欢的。"胡萍的狐疑、审问能帮助他完成这样的意淫。

但意淫终归是建立在虚构基础上的，严和始终是只拥有一个女人的"废物"。废物一说自有出处，当时有说法是：有一个女人的男人是废物，有两个女人的男人是人物，有三个女人的男人是动物。

严和喜欢上李梦瑶倒不是为了成为人物，有没有李梦瑶他都是个

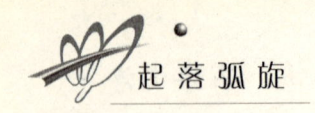

人物。在李梦瑶出现之前，严和一直以爱江山不爱美人自诩，殊不知他是没有遇到自己的菜。李梦瑶的聪明、低调、乖巧、善解人意，全部迎合了严和的需求，他从欣赏、重用到喜欢，逐步上升到想拥有。在这个过程中，并不迟钝的李梦瑶似有意无意地呼应着老总的感情升级，不主动、不拒绝，拿捏得很巧妙。终于在一次庆功宴之后，李梦瑶献出了自己的女儿身。

多数严和这个年龄的男人是有处女情结的，严和自认为自己很开明，因为老婆胡萍初夜没有见红，他是几年之后才回忆起细节的，当时并没有在意更没有追究。但李梦瑶给他的初夜，着实让他吃了一惊。李梦瑶有男朋友他是知道的，他甚至跟侯力勇打过交道，侯力勇竟然还让李梦瑶保持着女儿身，这个事实颠覆了严和对他们这一代人的认识。李梦瑶整整小严和一个轮回，在严和的认识里，这代人搞对象和上床是几乎同步发生的。

而李梦瑶是个例外？不管是什么，他严和拿走了李梦瑶的初夜，有家有室的严和拿走了有男朋友的李梦瑶的初夜！有一瞬间他是感动而得意的，但很快被不安和紧张取代，李梦瑶会跟自己提什么条件呢？

接下来的发展出乎严和的意料，李梦瑶没有提任何条件，也没有恃宠而骄，工作更加努力，行为更加低调，同时还报考了注册会计师。她并没有沉浸在跟严和的欢情里，这让严和对这个小女子刮目相看。他的感情成分里又多了一层敬佩，隐藏很深的敬佩，这才是能助他事业辉煌的伴侣，他萌生了娶她的念头。

但李梦瑶从未向他要求过婚姻，她只是默默地承接着他的激情，他的娇宠。她很沉默，又很火热，每次严和和她在一起都能感觉到她烫人的温度和如火的激情，她不说话，但她的身体是战栗的，那种幸福的战栗。严和为她丰富的肢体语言和她紧闭的双唇着迷，他觉得这一切无比性感、无比销魂。

胡萍对这一切并没有察觉，因为她一直觉得有狼，现在狼真来了，她反而麻痹了。严和自从有了李梦瑶之后，为稳定后方，对胡萍温存

第十八章　商海沉浮

了很多，他忍受着她的浅薄、无知、自大、聒噪，他不再跟她争论是非曲直，他不再企图改造她，他只是给她足够的钱和适时的温存。

侯力勇同样也没有察觉李梦瑶的变化，或者说，李梦瑶就没有变化，她依旧努力、依旧寡言、依旧温婉，依旧坚守着不让他逾越她身体的最后一关。

两个低调缜密的人悄悄相爱了，两年没被发现！第三年的时候，他们的感情依旧保持着合适的温度。这个时候，侯力勇开始催婚，而严和作为非科班出身的期货公司老总，在国内不太成熟的市场中，越来越觉得底气不足，知识不成体系，他萌生了急流勇退带李梦瑶出国深造的念头。当他透露给李梦瑶这个想法之后，李梦瑶激动到语无伦次："太好了，太好了，我一直想有机会出去学习，我想考 ACCA（英国特许公认会计公会 The Association of Chartered Certified Accountants）。"这是严和第一次见李梦瑶激动到失态，他顿时升腾起一股自豪感：我能给心爱的女人她最想要的！

一拍即合，半年后，他们双双飞往英国。胡萍和侯力勇都在等他们充电归来。

严和到英国最大的困难是语言关。作为78级的老大学生，他的英语水平很初级，根本无法适应英文授课，而李梦瑶基本无障碍。因为基础不同、起点不同，他们不能在一起学习，只是每周见一次面，严和给李梦瑶提供了充足的生活和学习的资金保障。李梦瑶全身心地投入学习，慢慢地，因为学业的压力，一周一次的见面不能保证了，半个月、一个月，间隔越来越长，聚少离多，李梦瑶有了变化，她开始回避严和，实在躲不过的时候，她也要尽最大努力不让严和碰她，走在街上她会和严和拉开距离……这一切都明白无误地告诉严和，她不需要他了！

没有质问，没有争吵，甚至没有告别，严和一个人去了南方，在一个小城，找了一所学校继续学习，边打工边学习，因为他带来的钱基本都留给了李梦瑶。

李梦瑶后来去看了严和一趟，一反常态地与严和共度了一晚，只

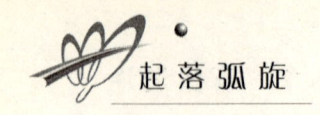

是没有了那烫人的温度，那幸福的战栗。他们都知道这是最后一次，是告别演出，甚至是最后一面！

严和没有悲哀，只是感到刻骨的孤独，加上上了中学的女儿总是打电话让爸爸回来。

严和在经济困扰、感情冲击、学业艰难的条件下挣扎了两年半，一个人悄然回国。

这一切齐蓝并不完全知道，她只知道李梦瑶，她给她定位是心机女，她为严叔叔叫屈，但也不认同严和说输给了孤独。她马上想到，严叔叔所谓的孤独应该跟李梦瑶有关。

严和没想到齐蓝会想到李梦瑶，因为齐蓝从不问他的私事，很多时候都是严和主动谈起，严和说多少齐蓝听多少，从来不追问。

严和注视着齐蓝，停顿了一会儿，齐蓝马上意识到这是严叔叔最不愿面对的问题。

"噢，对不起，对不起，您不必回答这个问题。"

"唉，没那么敏感啊！她在英国定居了，男朋友后来也过去了，发展得很好。好了，不说这个了。"

"嗯，严叔叔，您看，让我把话题绕开了，您找我什么事儿？"

"也没什么急事儿，跟利昂还有联系吗？"

"没有，过年过节他会定期发邮件，我通常不回复。"

"嗯，刻意回避说明你心里还没放下啊。其实做个正常的普通的朋友，利昂绝对是值得交往的，在美国也算精英了。"

"也不是没放下啊，就是因为他是精英，我觉得是两个世界的人，没必要刻意保持一种什么关系。"

"蓝子你知道你还是太骄傲吗？你总怕别人误会你高攀，这本质上是一种不务实的骄傲！"

"严叔叔，我听出来了，您是希望我跟利昂保持一种友好的关系，正常联络。"

"聪明！"严和又笑成了包子脸，月牙眼在他的包子脸上跳动。

第十八章　商海沉浮

"利昂对您的生意有帮助？"齐蓝想尽快说透，然后好回家休息，她是真的累了。

"只是个设想，我想在香港再注册个科技公司，关于5G的，利昂可以给我们提供技术支持啊。"

"利昂恐怕无心做生意了，他之前在波士顿的公司都转让了，他说他想全身心致力于教学，有可能的情况下再去伯克力学学音乐。他说研究量子物理、懂音乐比较好。这些我不懂，总之我感觉他对你的公司不会有兴趣。"

"首先是你啊，你就比较抵触，你认为我唯利是图，脑子里全是功利，所有的社会关系都想变现。"

"我没想这么极端的东西，我只是不愿让所有的关系都跟利益挂钩，一沾上利益，就没法儿坦然了。我希望有永远的朋友，淡如水的朋友。"

"好吧，蓝子，你有你的理论，你的理论也有你的道理，今天不争论了，我看你真累了，走吧，我带你去吃饭。"

"吃什么，严叔叔，我真不想吃了，想回去早点休息。"

"肯定不吃吉祥馄饨，我这个葛朗台今天要出点血，去世贸吃海鲜怎么样？成全我吧，让我大方一次！"

"哈哈哈！"齐蓝被严和逗笑了。

"好的，严叔叔，我一定舍命为老葛翻案！"

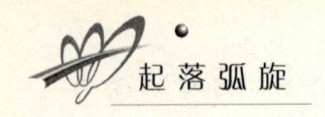

第十九章　乱花渐迷

世贸大酒店是太行市除希尔顿、洲际酒店之外最高级的酒店了，客房部规模和档次比希尔顿、洲际稍差些，餐饮部比上述两个酒店要好得多，性价比也高很多，本地人讲究的宴请多数去世贸。

严和带齐蓝来到六楼的皇冠中餐厅，这个餐厅原来是不接待散客的，全部是二十位左右的大包房，包房多数带阳台，视野开阔，从这里可以看到裕康体育中心的空中体育场，省图书馆广场上的白鸽，沉绿湖上的轻舟。夜景就更加灿烂了，白天有些不起眼略显暗淡的建筑、门店，晚上五彩的霓虹灯一亮，交相辉映，顿时都显得神秘而堂皇。这一带号称太行市的小上海，高楼林立，高档消费场所集中，但中央八项规定实施以来，公款吃喝现象被遏制，这里迅速冷清下来。

一些动作快的商家纷纷转型，适应新形势，制定出亲民的经营模式和价格。世贸皇冠中餐厅便是转型比较成功的案例，原来一桌万元以上的价格，现在都调整成以千元计了，甚至赶上优惠活动，几百元也能在世贸吃顿饭。

严和订了一个带阳台的中包，一进去他便指着阳台说："蓝蓝，你可以先在阳台上拍拍夜景，我来点菜，这里起价是1200，咱俩可以点几个精致的菜。"

"严叔叔，我怎么感觉有点像鸿门宴啊，哈哈，根据我的经验严

第十九章　乱花渐迷

叔叔没事儿的时候就像葛朗台，有事的时候才像巴菲特。"

"你这孩子，什么乱七八糟的，不过你说得有点道理，纯粹的消费我会比较节省，但如果是投资性的消费，我是一掷千金不眨眼的。"

"那今天这顿饭是投资吗？我有什么投资价值？不说清楚我不敢吃啊！"齐蓝半真半假地开玩笑。

"我给蓝子花的每一分钱都有价值，在你身上的投资回报率是最高的，你帮叔叔太多了！"

"严叔叔，我还是有点不安，别这么夸我，受宠若惊。"

"别瞎说了啊，叔叔没啥特别的事儿，就是想跟你一起好好吃顿饭。"说着，严和叫来服务生开始点菜了，他点了佛跳墙、石磨黄鱼、木瓜炖雪蛤、纸杯蛋糕、手工面……

"停，严叔叔，晚上不想吃主食了，怎么又是蛋糕又是面条的呀！"

"今天就破个例吧，蛋糕可以拿回去，面条必须吃两口。"

"为什么？对了，严叔叔您生日？"

"哈哈，对，今天我生日，这顿饭不是投资吧，放心吃吧，哈哈哈……"

"不是投资，但是有回报。"齐蓝说话间，发了一个199微信红包："不只生日，要久久快乐！要久久健康！"

严和低头看手机，"哈哈，这必须得收吗？"

"快点开，图个吉利！"

"好吧，"严和点开后开心地笑了："199，我喜欢，但愿人长久，但愿事长久。"

点好菜严和去了趟洗手间，回来的时候，齐蓝正站在阳台看夜景。

"咱隔壁现在正坐着郑青的政治对手。"他突然站在齐蓝身后小声地说。

"什么？"齐蓝收回专注于夜景的目光转头看着严和。

"看来对郑青还是比较关注啊！"严和脸上虽然没有表情，但声音明显意味深长。

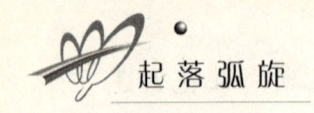

"严叔叔，先别给我下结论，直接说事儿好不好，谁是郑主任的政治对手？怎么那么巧坐在隔壁让您看到了。"

"无巧不成书么，再说世界小啊，太行市的世界尤其小。罗列知道吧，省政府研究室的副主任，郑青的搭档，现在在隔壁呢，刚才去洗手间碰上了。"

"噢，见过一次，矮胖矮胖，但是一副正人君子样。你们很熟吗？怎么说他是郑主任的政治对手？他们关系好像挺不错。"

"算熟吧，但是直接打交道不多，他老婆是严语妈妈的同学，她们走得比较近。国庆节我公司的联欢会他们两口子还过来了呢。"

"这个人挺活跃啊，要说到了他这个级别的人，多数比较矜持，不会随便参加社会上的活动。他怎么不忌讳啊，现在还敢大摇大摆地来这儿吃饭。"

"这个人善于贼喊捉贼，看起来谦恭厚道，平易近人，不拿身份说事儿，很会扮朴、扮拙。实际这一切有很大的欺骗性，他老婆最有发言权了，他的家呀，风平浪静、夫唱妇随的背后也是斗争精彩着呢！哈哈，八卦了，不说这个。"严和发现自己在晚辈面前有失大体，赶紧刹住车，招呼齐蓝吃饭。

罗列的家庭生活，确实很"精彩"，他老婆是前省工商总局局长的女儿，只是他们结婚没多久，父亲还在职的时候就心梗去世了。这让罗列倍感惋惜，攀个高枝不容易，没借上什么光就去世了。

罗列毕业于燕山大学中文系，写一手好字、好文章。毕业时，正是大学生被称为天之骄子的80年代，罗列在省政府机关从科员做起，一步步也算按部就班，他的目标是爬到正厅退休。在他53岁离正厅一步之遥的关键时候，半路杀出程咬金，北京空降来一个郑青，他和研究室主任终于无缘，这个意外的结果使他的正厅之路充满变数。

官场失意，情场得意，罗列跟单身女邻居于露的关系，终于有了突破性进展。

第十九章　乱花渐迷

　　于露是省委党校的老师，41岁，离异，孩子跟了男方，罗列是四年前去省委党校讲课认识了于露。

　　那时候于露刚刚离异后一个人搬到罗列的小区。在探得这些信息后，罗列当天晚上就行动了，他听说于露有每天晚饭后散步的习惯，于是他晚饭后迅速收拾干净，准备去公园"巧遇"于露。

　　罗列在家，是个典型的贤夫良父，照顾老婆，教育孩子，买菜做饭搞卫生……包揽了所有家务。并不是老婆有多忙，老婆赵玉阁是市质量技术监督局的科级干部，一个闲职，上班很轻松。长得人高马大，浓眉大眼，脾气派头儿十足，虽然父亲早早去世，但她的门第优越感一直如影随形。

　　搞对象的时候，她看好罗列是个潜力股，科班出身，能说能写能干。常年在省领导身边，再加上有她父亲的背景，仕途有很大想象空间。但让她腻歪的有两件事：一是罗列身高不足一米七，二是出身农村。她当时为这个纠结了很久，几次想放弃，但罗列追得很用心！一天一封信不说，隔三差五制造点小惊喜、小浪漫，其手段在今天看来也没什么新鲜，无非是买束花，突然拿出个稀奇物件儿，悄悄准备个生日晚宴……但在那个年代，算是很有情调了。他对赵玉阁的昵称是：我的格格。

　　婚后的日子一如罗列承诺的一样，给了她一个温暖的家，饭来张口衣来伸手，她不用做任何家务，她果真过上了格格的日子，需要什么只需喊一声：罗罗！这个称呼是对应罗列喊她格格的谐音。

　　罗罗使唤起来非常顺手，甚至于给她做发型。而她退化到什么都不会了，两年后，她终于亲自生了个儿子，儿子罗宁随了她，浓眉大眼，长胳膊长腿。母凭子贵，罗列更是对她照顾得无微不至了。

　　罗列对儿子的教育也颇为用心，儿子从上幼儿园开始就表现得很出众了，上小学时，数学语文经常考双百，家庭作业从不需要大人帮助。罗列终于可以松口气了，这口气松下来，他发现自己是那么强烈地渴望女人——温存又刺激的女人。

起落弧旋

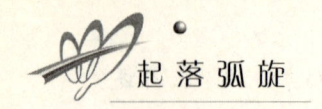

罗列是最擅于吃窝边草的空调男。所谓空调男就是能温暖一群女人的男人，他对女同事、女邻居、女球友……都很贴心。单独面对她们的时候，他会堂而皇之又恰如其分地施展他的功夫，释放他的暖。哄女人、伺候女人，他可以说是科班出身了，这方面，赵玉阁成就了他，他表面上的奴性，实际是征服欲。

罗列找女人有两条硬性的标准：美貌和才华。他会先以欣赏对方才华为由接近，和女人高谈阔论，谈到激动处，他会站起来非常诚恳地说："哎呀，英雄所见略同，女人能有这样的见识不容易，很佩服你呀，不仅有美貌，还这么有才华！来来，握个手，表示敬意。"

这种情况下对方多数会伸出手，罗列先是一个手抓住，看其反应，羞哒哒顺从的，他会不失时机按上来另一只手，由握手变成抚摸，再没有反抗，有可能就拥抱了，拥抱的时候还满嘴的颂歌："哎呀，太敬佩你，太欣赏，发自内心地欣赏！"除此之外，他还会用嘘寒问暖、祝贺生日等常见手段和身边女性套近乎。用类似办法他先后弄到手了四个女人，有同事，有邻居，有球友，他自认为很巧妙地周旋在几个女人和老婆之间，但其实老婆已有察觉，只是找不到证据。

罗列做事很谨慎，而且她跟外边女人玩得越凶，回家对老婆越温存。赵玉阁明明知道他有女人，却一直抓不到把柄，因为罗列的出轨对象都有光明正大的身份和正当的接触理由，他坚信最危险的地方就是最安全的地方！

赵玉阁无奈，只是牢牢地控制了家庭的财政大权，罗列手里没钱。殊不知，罗列玩女人根本不用钱，赞美关怀和空头支票基本就能搞定。当然有些举手之劳的许诺他是会兑现的。

赵玉阁曾跟胡萍说：男人越乖越有问题，都想找暖男，其实他暖得了你，也暖得了别人。他根本就是中央空调，男人太虚伪了！

但是虚伪的罗列一直给她女皇般的待遇，而且罗列除了工作之外，大部分时间在陪伴她。罗列曾语重心长地跟她讲："格格，你的疑心病什么时候能好啊！我这样的男人你还怀疑，那天下还有老实男人吗？

第十九章　乱花渐迷

你说我一没钱，二没时间，除了工作就是老婆孩子，我拿什么去搞女人啊！"说到动情处，他拍着胸口痛心疾首，"我这些年的委屈跟谁说啊，在单位是老黄牛，在家里是老妈子，是嫌疑犯……"赵玉阁有时候也怀疑自己确实有问题，话说男儿有泪不轻弹，罗列经常是吵架和好之后流着泪说："谢谢你，谢谢你的信任！"每每这时，赵玉阁都心怀愧疚，心想自己的疑心病把一个好好的大男人逼成这样！

但是好景不长，她就又会发现一些蛛丝马迹。于是，可疑的罗列，可信的罗列，虚伪的罗列，真诚的罗列，老实的罗列，狡猾的罗列……一对对相互矛盾的罗列在她脑海中大战，使她在养尊处优的生活中焦虑疲惫！

生活在怀疑、吵架、解释、合好、再怀疑……的循环中，转眼人到中年。儿子研究生毕业后安排到了建行工作，不到半年就结束了和大学时代的女朋友长达五年的爱情长跑，爱上了本系统业务部的一个女孩，又是不到半年，跟女孩闪婚，蜜月之后即怀孕，一眨眼，孙子出生。这一套连续的大动作，搞得罗列和赵玉阁眼花缭乱。罗列这期间自顾不暇，确实顾不上拈花惹草，赵玉阁也结束了养尊处优的格格生活，打起精神适应婆婆、奶奶的新角色，这是他们矛盾最少、最和谐的一段日子。

孙子不到一周岁的时候，儿子闹离婚，罗列以断绝父子关系相要挟都没能阻止。最终，孙子甩给了爷爷、奶奶，两个年轻的爸、妈各奔前程了！

赵玉阁几乎当起了全职保姆，罗列也不敢怠慢，下班后第一时间就扑到家里替换赵玉阁。每每看着罗列夜里起床给孙子喂奶，赵玉阁都莫名地感动和愧疚，她慢慢地认同了罗列以前对她的批评：无事生非！

真是无事生非吗？无事生非的不是赵玉阁，而是罗列。儿子离婚风波平息之后，新的生活秩序形成并稳定了，罗列又蠢蠢欲动了！于露的出现客观上给他制造了机会。

起落弧旋

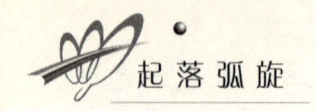

连续三年，赵玉阁没有发现罗列不老实的迹象，早就放松了监管，所以那天晚上罗列要去公园"巧遇"漂亮的单身邻居于露时，赵玉阁丝毫都没怀疑他要去散步，临出门时还递给他一件长袖："披上，晚上风凉。"

罗列出门后，刻意绕经了于露所住的6号楼，然后一路搜索着两边的行人，唯恐错过于露！

功夫不负有心人，罗列终于在公园西北角的花坛旁边，搜索到了于露的身影，当时于露正在跳绳。

"于老师吧，运动哪？"罗列佯装快走经过。

"呀，罗主任，你也到这儿运动啊？"于露停下来，胸脯还在剧烈起伏。

"是啊，我隔三差五来运动运动。"罗列不错眼珠地盯着于露轮廓清晰的乳房，说出的话却显得随意而漫不经心。

他们说话的功夫，一队夜跑的人正绕过来，罗列很自然地拉了于露一把，意思是别撞着。其实只是跑步的人而已，不是机动车，速度不快，况且于露并没有挡着他们的路，但罗列依然是实实着着地抓住了于露裸露的汗津津的胳膊，于露并没有本能抽回的动作，罗列暗喜。

回去的时候，他们顺理成章地结伴而回，罗列批评于露："晚上再出来运动带件长衣服，一身汗容易受风，年轻也得注意啊！"

"是是，罗主任你这么注意生活细节啊！"

"是啊，必须呀，自己疼自己是最及时最可靠的温暖。"他特意强调加重了"自己"两个字。

这之后，他们又"巧遇"过几次。后来变成了相约，约会内容就是一起运动运动，聊聊天，偶尔罗列也会一展歌喉唱几首，罗列的男高音很养耳，于露有点佩服这个多才多艺暖心体贴的罗主任了。但罗列面对侃侃而谈一本正经的于露总是难以找到突破口。

他们的关系在亲近暧昧中维持了四年，于露并不像罗列以前耍过的女人那么容易上钩，她似乎只是把罗列当成一个暖心的蓝颜，并不

· 第十九章 乱花渐迷 ·

想逾越这个界线，每次罗列苦心制造出身体密切接触的机会，都被她不露声色地瓦解。不揭穿、不配合、不明着抵抗，她拿捏得恰到好处。而罗列并不敢霸王硬上弓，他怕于露翻脸，他担心连暧昧也维持不下去，他欣赏于露的才华，喜欢听她说话，他也跟于露倾诉了很多他内心深处不为人知的苦恼，于露的安抚总是让他豁然开朗，他觉得这是个智慧的女人。

跟于露接触多了，他有了比较，慢慢疏远了那些很容易到手的世俗功利的女人们，对于露还真是有了几分真情，但他始终怀着得到这个女人身体的强烈欲望！

罗列在工作上没有他追女人的手段多，但他理论水平不低，为人处事也中庸，没有突出的成绩，也没有出现过大的失误，老主任在的时候他跟主任关系很和谐，主任退休前，他曾推测过他接替主任的可能性超过七成。但他没有预料到研究室会空降来一个年富力强的郑青。

他觉得窝囊、愤怒，但他表面上对有能力、有魄力的郑主任，又非常配合，他不时流露出对郑主任的欣赏佩服，也经常背地里夸郑主任，"到底年轻、有魄力、敢干、关键还是有水平能力支撑！"他知道这些话，会有相当一部分传到郑青耳朵里，这比当面赞美、恭维，效果好得多！

一面制造一团和气的工作氛围，一方面密切关注郑青的动向，他相信总能找到郑青的问题和漏洞，从而给他制造麻烦，赶不走他也能出口恶气。但郑青工作上非常严谨认真，原则性很强，大的漏洞没有，小的疏忽也很难找到。

然而，罗列还是从乒乓球和女人两个方向找到了突破口。郑青工作以外的一举一动都被他密切监视，齐蓝、林桐、郑芳都纳入了他的视野。郑青跟每个女人的交集都被他龌龊的眼睛看到了龌龊，他夸大其词、贼喊捉贼、张冠李戴、移花接木、异想天开，在脑子先上演了一部一个男人和三个女人的情感大戏，演绎到后来，连他自己都信了，他把自己和女人交往的细节，移栽到郑青身上，洋洋洒洒，绘声绘色，写了几个版本的举报信，分别匿名寄到省纪委、省委组织部……

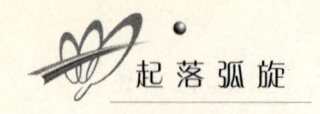

他等着看郑青的好戏，可是始终风平浪静，而郑青的工作能力逐渐被上上下下认可，风头正劲。他更加愤怒不平，甚至在家，在他尊贵的格格面前，有时候也失控。赵玉阁知道他在官场失落，甚至为他感到委屈，所以对他也就宽容了很多。客观上小孙子缠住了她，她没时间没精力对罗列关注太多，这就给罗列制造了拈花惹草的宽松的家庭环境。

罗列得手是借了于露生病之机。有一次，连续几天在公园没遇到于露，罗列打过电话去，听出于露感冒了，然后他马上赶过去送温暖、施关怀，一连四天，伺候于露，做饭、喂药、泡脚、熏醋、洗衣服、搞卫生……于露感动得要哭，罗列看出了于露眼里的柔情和感动，他故意不多停留，干完活儿嘱咐几句就走，简直是个善良温暖贴心的大叔！

第五天的时候，于露彻底好了，为庆祝于露痊愈，晚上下班回来，罗列做了几个精致的小菜，开了一瓶红酒。

酒入愁肠，罗列打开了话匣子，说到了老婆的霸道、仕途的不顺、官场的不公、儿子的不孝……说到动情处涕泪交横，他抚着自己的胸口："露露啊，这些话我跟谁说去啊？我就把你当个亲人，当个知己，跟你说说我痛快，在你面前多露底我也不觉得丢人，我是把你当亲人了啊！"说完他趴在桌子上痛哭！

于露从桌子另一边走过来拍着罗列的肩，也动了情："罗主任，我知道，你对我好，拿我当自己人，我知道，我都知道，您别哭了！"

罗列抬起头，抽出面巾纸抹了一把脸，紧紧地攥住于露的手："露露，真知道吗，真知道我对你的好吗？"

"嗯，知道。"于露本能地想后退，想抽出手，罗列哪肯放过这机会，他站起来，一把抱住于露："露露，我真感动，从心里感激你理解我，发自内心地欣赏你，喜欢你，我今天喝了点就才敢这么说。"

一边说着，他一边使劲地摩擦于露的身体，终于，于露在抵抗中发出了轻轻的呻吟，罗列抓住时机把手伸向了于露的乳房……啊！于

第十九章　乱花渐迷

露的呻吟变成了失控的尖叫，罗列顺势把她按倒在沙发上……

这个矜持四年的女人终于成了我的女人！罗列穿好衣服的瞬间，嘴角露出了一丝得意！

尝到甜头的罗列几乎每天都要亲近于露，因为方便，利用散步之机，十五分钟到二十分钟之内就能解决问题，于露也被逗弄的欲罢不能！毕竟是如狼似虎的盛年，但于露每次做完后都后悔，她发现他们除了肉体的纠缠已经无话可说了。罗列在她眼里已经不是那个多才多艺、温暖可亲的罗主任了，而是一个欲望极强的掠夺者，她不愿、更不甘心成为罗列泄欲的工具。

她开始躲他，做完爱光着身子痛骂他流氓，用枕头砸他，用浴巾抽他，但罗列总是能用他非常好用的男性武器，把歇斯底里的女人送上如醉如痴的巅峰。

有一次罗列正在于露身上策马扬鞭，一脸得意和扭曲的快感，于露那时没有同步，于是就又痛骂他："你就是个不折不扣的流氓，你只对女人的身体感兴趣，欣赏我才华，愿和我说话，狗屁，都是前戏！"

"哈哈，宝贝儿算你说对了！欣赏你没错儿，但我更喜欢……"

罗列在于露面前，彻底撕掉了道貌岸然的外衣，他自信他的武器，能征服这个寡居的、如火的女人。

然而，厌恶和不甘，甚至是仇恨，已经悄然在于露心里滋生了。

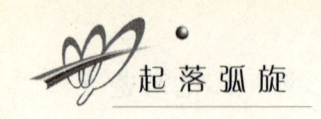

第二十章　劳燕分飞

齐蓝自从听严和"八卦"了一回罗列之后，她眼前总是浮现罗列那张胖胖的堆满了礼貌和谦恭笑容的脸。"笑里藏刀就是这种表情吧？""笑面虎、口蜜腹剑……"她受严和的影响，给罗列下了很多定义，没有一个是褒义。或许是严叔叔对罗列有成见，但无论如何，该让郑主任多留心这个搭档。

齐蓝想给郑主任打个电话，但她犹豫了好几天，终是没拨出去，打电话说什么呢？说听人说你那搭档不是好人，长点儿心吧！传递这么无凭无据、没有情节、没有事实的揣测和道听途说，郑主任会反感的。再说，郑主任会不会认为我是找借口接近他呢？人家已经跟林桐正式交往了，我最好还是少出现，以免引起误会。

郑青自从宋书记跟他谈话之后，就陷入了纠结郁闷中。组织上接到的对他的反映，关于索贿受贿、乱用公车、上下级关系等问题他都不怕，因为都是无中生有，经不起调查。唯独这生活作风问题，容易越抹越黑，组织上不会拿这个问题做文章，但私下里人们对这类问题宁信其有，不信其无。客观上他的单身身份就很敏感。目前确实身边有林桐、齐蓝、郑芳三个交集比较多的女性，原本也只有林桐是正式交往对象，可是这样的事情人们最容易捕风捉影。不能再授人以柄了，郑青决定跟林桐尽快确定下来。

第二十章 劳燕分飞

　　林桐通过这段时间和郑青的接触，对两个人的实际情况和一些不可回避的问题也有很多思考。她欣赏郑青，郑青散发出的成熟男性魅力和毫无官场气的文人作风以及磊落大气的个人品格，让她觉得这是个稳定可靠优秀的男人。而郑青的历史和现状又让她觉得他们之间要面对很多不好调和的矛盾，郑青和他的亡妻青梅竹马，感情基础深厚，亡妻的影子会永远存在于他们的生活中！而郑青的儿子雷雷正处在成长关键期，郑青显然有很大精力在儿子身上，她能当好后妈吗？还有最重要的一点就是目前他们在两地，郑青将来的走向会是什么样？会为了她而改变规划吗？或者他根本身不由己，那么如果她动用父亲的关系把他调回北京，他配合吗？愿意吗？通过这几个月的观察，林桐觉得郑青是个表面温和、内心坚定独立的人，他深思熟虑后才会作出决定，一旦作出决定就很难妥协，无论面对多大的阻力。而她林桐也不是一个跟着人跑的角色，我行我素惯了。两人一个是外柔内刚，一个是表里如一的刚，一旦意见不统一是不是容易冲突……

　　林桐跟郑青一样，对这段姻缘信心不足，但要说就此放弃郑青也下不了狠心。她跟父母流露过她的纠结和顾虑，这是绝无仅有的现象。以前谈对象她从来不给父母反馈情况，即便他们问起来，她也是敷衍："哎呀，别问那么细了，到了该汇报的时候我会说的。"

　　而这次她主动跟父母提起过几次了，关于他和郑青。林爸爸意识到了这个郑青在女儿心中的分量，何况是他的老朋友汪副主任介绍的，看来这个郑青值得认真考察。"约个时间把郑青带家里来见个面吧。"他跟女儿交代。

　　"早不早爸？我们交往也没多长时间。"

　　"决定结果的往往不是交往时间的长短，听爸爸的吧。"

　　"好吧，我看什么时间合适吧，你们俩的时间都太难得。"

　　林桐跟爸爸谈话之后，就给郑青发了一条信息："最近安排时间回趟北京吧，我们该见面好好聊聊了。"

　　"好的。"郑青这次是秒回，因为这也正是郑青的愿望。

起落弧旋

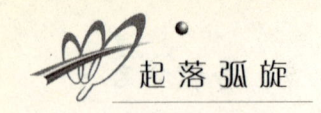

郑青预定了周五晚上回京的高铁。计划周六下午返回太行市，这样不耽误照顾雷雷。

周五晚上9点半，郑青一到北京，马上就通知了林桐。周六上午他们如约见了面，郑青来之前已经打好了腹稿，他要坦诚、彻底地跟林桐聊聊。

"这次怎么这么痛快说回来就回来了？"林桐话里带着明显地责备。多少次她要求郑青回京，郑青都是这情况那情况的不能回。

"嗯，没办法，抽身真的难，工作是一方面，还有就是一个人带着个孩子。他一周就休息一天，我扔下不管不行啊，这样周末就把我拴住了。"

"嗯，知道，也理解，所以咱俩的事情得好好商量商量了，很多事会结束在等待里。"

"对对，我想也是该好好聊聊了。"

郑青话没说完，手机响了，是单位值班室电话，郑青马上接通了，两分钟之后，他挂断电话，说了声"不好意思"。

林桐没有吭声，她的这种态度就是"我虽然理解，但不痛快"。她不像齐蓝那样很快能换位思考。她通常是事过之后才反省自己，是不是没有设身处地考虑郑青的难处，但她这种事后的考虑也并不跟郑青表达。而郑青做不到的事也不愿过多地解释。他们的沟通始终有很大的局限性。

"我目前的情况呢，主要矛盾就是时间分配，刚到平原省没多久，工作开展并不太容易，尤其我这个部门，不用心、不下点功夫很难出成绩。另一方面，我是空降过去，很多情况并不了解，特别是复杂的人际关系，这些事消耗我很大的精力。再就是孩子，他本身就住校，平时没办法了解他的情况，难以及时管教、疏导，所以每周他休息一天，我就必须保证陪伴他。这样就几乎没时间陪你，我知道咱俩目前的状况，主要责任在我。"

话说到这儿，手机又响了，是太行市的一个副区长，约郑青汇报

第二十章　劳燕分飞

工作事项。

"能把手机关了吗？咱们见一次面并不容易！"林桐这回语气比较强硬了。郑青想说不能关机，领导干部即使节假日，工作手机也不能关机，但他想林桐不会不知道，所以他默默地调了静音，把手机装进了背包。

"我爸想见你。"林桐冷不丁甩出这么一句。

"啊，司令员要见我，太仓促吧？"

"没什么仓促不仓促的，有些事永远准备不好，就像咱俩初次见面，不也是毫无准备吗？"

"嗯，也是，那次是汪副主任压着，说择日不如撞日。"

"这次咱们还如法炮制吧，明天上午见我爸！"林桐的语气里充满着不可置疑。

郑青还是提出了自己的意见："下周六吧，我今天晚上得赶回去，雷雷晚上回去家里没人。"

"下周六的话就别见了！"林桐开始赌气。

而就在他们赌气的时候，雷雷在学校出事了。课间操的时候雷雷突然肚子疼，他痛苦地蹲在地上，几分钟后疼痛仍没有缓解。老师吩咐同学把雷雷扶回教室，喝了热水，症状反而越来越严重，雷雷脸色苍白，面部因疼痛而扭曲。

老师问他："郑雷，疼得特别厉害吗？是坚持不住了吗？"雷雷艰难地点了点头。他已经不能顺利表达了。

班主任老师赶紧一方面拨打了120，一方面通知家长。120很快接通了，可是家长郑青的电话直到郑雷被抬上救护车也没有接通。

在车上，班主任史老师还在一直拨打郑青的电话，仍是无人接听。后来史老师突然想周校长周紫玉曾经关照她照顾雷雷，他马上联系了周校长："周校长，郑雷突然腹痛严重，我叫了120，现在我们正在去医院的途中，孩子家长联系不上。您看您有什么其他联系方式。"

"好好好，你们先去，随时保持联系跟我。我马上联系朋友。"

255

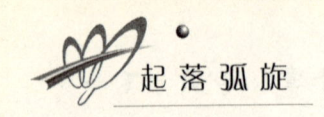

周紫玉找到齐蓝，跟她及时通报了郑雷的紧急情况，并告知她学校联系不到郑雷家长。

齐蓝当时刚洗完澡从卫生间出来，她来不及擦干头发就冲出来发动了车，这时她才又拨通周紫玉的电话："紫玉姐，哪家医院？我马上过去！"

"省二院，现在人刚到医院，正在检查。"

齐蓝冲到医院急诊室的时候，雷雷已被确诊：急性阑尾炎，需要立即手术。齐蓝焦急地拨打了郑青的电话，还是无人接听，她用微信、短信都留了言，但依旧没有回音。

"大夫，马上安排手术吧。我来签字，情况紧急，不能等了。"大夫点了点头同意了。

郑青看林桐赌气只好妥协，他换位一想，林桐既然说明天见她父亲，应该是跟司令员沟通过了，他这点困难应该自己克服。

"好了，咱们不赌气，我安排一下孩子，那就按你说的，明天我准时到家拜访。"郑青说着从包里拿出手机。

十几个未接来电，微信、短信留言，尤其是，蓝蓝的短信："郑主任，雷雷急性阑尾炎，需要手术，速回电！"郑青手抖了一下，他甚至有瞬间的眩晕，经历了郑媛意外去世的冲击，郑青很怕手机里传来亲人不好的消息，尽管他知道阑尾炎不算大病，但是急症，孩子肯定很痛苦、无助，蓝蓝肯定很焦急！

"怎么了？"林桐看出来郑青的异样，郑青摆了摆手，他拨通了蓝蓝的电话："蓝蓝，雷雷怎么样了？

"郑主任，雷雷已经做完手术，送到病房了，手术顺利，我在陪他，还有学校老师也在，您没事儿吧？"

"我没事儿，刚才手机不在身上，对不起，蓝蓝，让你着急了，我现在在北京，我马上回去。"

"林桐，我又要爽约了，我得回去。"

"我都听到了，不是手术很顺利吗？你晚回去一天问题不大吧，

第二十章　劳燕分飞

阑尾炎手术术后不会出什么状况的。"

"那不行，孩子最需要我的时候我不在，已经很内疚了，我必须回去！"郑青的语气坚定。

"好吧，我懂了，也理解。郑主任，这都是天意呀。我，决定了，咱们，到此为止吧。"说着林桐伸出了手。

郑青愣了一下，随即他平静地握住了林桐的手："对不起，真心希望你找个更适合你、能给你更多呵护的人！"

"你也是！"林桐的眼圈红了。

郑青轻轻地抱了她一下，然后迅速转身离开了。

郑青赶到病房的时候，齐蓝正陪在雷雷床边，"蓝蓝姐，我都有点饿了，上午的时候我都觉得自己要死了，现在一点事儿也没了，脑子里都是好吃的。"

"嗯，可不是，人可不是那么容易死的，禁折腾呢，不过你这个病啊，不是重症，但发病的时候肯定特别痛苦我知道。还不到六小时，饿也得忍着点啊，估计你爸爸快到了。"齐蓝说着拿出手机准备问郑青到哪儿了。

"我爸来了您也别走好吧？"

"又跟蓝蓝姐耍赖！"郑青走了进来。

"爸，您怎么关键时候玩消失啊？"郑雷看爸爸来了，一高兴又支起半个身子，放开了嗓门。

"躺好，小声点儿说话，别一惊一乍的。"齐蓝按了雷雷一下然后看向郑青，"你看看，上午疼得死去活来，这不眨眼就没事了，要吃的呢。"

"嗯，臭小子让多少人跟着着急呀？蓝蓝，辛苦你了！我——"郑青欲言又止。

"哎，没事儿，这不都没事儿了吗，就是您在，我也得过来看看雷雷，姐姐是雷雷的止疼药，对不对雷雷？"

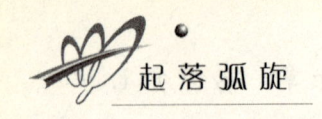

"对对，镇痛。爸，我手术完自己走回病房的。"郑雷骄傲地说。

"噢，没问题吗？"郑青有点紧张。

"没问题，郑主任，雷雷坚持走，医生说没事。"

"嗯，那好吧，这小子，这时候逞什么强！"郑青说着摸了摸儿子的额头。

郑青撩开被子看了看儿子的伤口，又捏巴捏巴儿子的大腿说："好好养几天啊，遵医嘱，现在闭眼休息会儿，我跟蓝蓝姐说几句话。"郑青说着跟齐蓝做了个手势，自己先往病房外走去。齐蓝拍了拍雷雷："睡会儿吧。"然后随郑青走出来。

郑青指了指护士站旁边的长椅，他们一起走过去坐下。"蓝蓝多亏了你！关键时候我这个父亲不在，你是雷雷的保护神啊！"

"郑主任，我今天是真着急了，主要孩子的手术我担心有什么问题啊！"

"明白，明白，我也是第一次出现这样的状况，除了开会，我手机一般都是能接通的。今天……唉，怎么就这么巧！蓝蓝，难为你了！"

"没事，好在雷雷没事。你没遇到什么麻烦吧？"齐蓝有点担心地问。自从听严和说罗列是郑青的政治对手，齐蓝总是会突然担心郑青会遭人算计，刚才郑青欲言又止的样子，加重了她的担心。

"嗯，没有，能有什么麻烦啊，我也不是招惹是非的人，又没仇家，就是今天有点特殊情况。"

"你没仇家？你挡了谁路谁就是你的仇家，人心险恶，官场更是，郑主任不要大意。"

"蓝蓝，你是听说什么了吧？方便告诉我吗？"郑青探询地看着齐蓝。

"嗯，不是不方便，是没什么具体事儿，只是听到了一些关于罗主任的议论。"齐蓝清澈的眼睛盯着郑青，她从来不会吞吞吐吐、含糊其辞，更不会卖关子，她只是怕没根据的揣测误导了郑青。

"没关系，你说说看，我自己会判断的。对罗主任有什么议论？

第二十章 劳燕分飞

和我有关吗？"

"嗯，我听说这个人不简单，两面三刀耍得很油儿，善于贼喊捉贼，还挺好色，反正是个好演员。郑主任，你留心就是了。说这话的人跟罗列老婆走得很近，所以应该不是一点根据也没有。"

"哦，我明白。谢谢你蓝蓝。雷雷已经够让你着急受累的了，还替我操心。你今天的提醒很是时候，最近确实有人搞我的小动作，不过你放心，都是无中生有的捏造，对我不构成什么实质性的威胁，他们除了拿我的个人问题大做文章外，别的事情连影儿都没有。"

"个人问题？婚姻问题？这也是问题吗？你跟那林小姐男单女单的，这有什么问题呀？"

"捏造其他事实呗，别有用心的人啊，总能制造出事端的。我跟异性吃个饭，也能演绎出一个故事来。"郑青说这话的时候，脑子里是罗列那张谦恭的擅于奉承的胖脸。"善于奉承的人，一定也精于诽谤。"他想起了拿破仑这句名言。早该注意罗列了，为什么自己忽视了这么明显的特征？

"哦，郑主任，希望我不是那些人诽谤你的目标，更不希望我影响了你和林小姐的关系，今天这种情况我不可能回避，所以又在大庭广众之下跟你在一起了。"齐蓝说着，有点委屈地低头抓了一下脑门儿。

"蓝蓝，你这么说让我很难受，很内疚。我和雷雷给你添了很多麻烦，你对雷雷的成长起到了我无法替代的作用，我心里经常是感动着的，但表达出来总是觉得不恰当，今天这种情况，又是你一马当先，找不到我，一点抱怨都没有，还担心我有麻烦。哎，我很内疚。"郑青一口气说了这么多他平时埋在心里的话。

"郑主任，我做这些事，身不由己，你别觉得是多大的事儿，有时候明明知道自己该避嫌，你身份特殊，现在又是敏感阶段，我该少出现才对。"

"蓝蓝，别再这么说了，我跟林桐已经结束了。就是没有，你也是我最不想疏远的人。"郑青加重了语气。

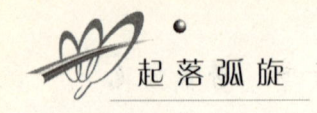

"噢，什么时候的事？跟我没关系吧？"齐蓝有点诧异。

"今天上午我跟林桐在一起，手机调了静音放包里了，平静和平地分手。"

"噢，原来是这样，你没事儿吧？"齐蓝看着一脸平静的郑青。

"没事儿，预料之中的结局，原本一开始就别扭。"

"那就好。"齐蓝不知再说什么了。

"蓝蓝，你回去休息吧，这有我呢。"

"也好，我出来得急，家里乱七八糟的，雷雷到六个小时后才能吃东西啊，你还是去见一下大夫吧，看看有什么注意事项。"

"好，你别管了，赶紧回吧。"

齐蓝刚走，郑芳的电话就打过来了："姐夫，雷雷怎么样了？你走得那么急，四个老人都急坏了！"

"我正要打电话呢，雷雷没事了，手术很顺利，告诉姥姥、姥爷、爷爷、奶奶都别惦记了。"

"姐夫，我收拾一下，一会儿过去。"

"不用吧，芳芳，雷雷挺皮实的，再说也不是什么大手术，不是一会儿也离不开人的。"

"那我也得去，孩子大病一场，哪能看不到亲人呢。姥姥、姥爷都闹着要去呢。我这儿劝半天，说我去了让雷雷跟他们视频报平安，刚消停了。好了，我赶紧订票啊，挂了。"

郑芳请了一周的假期照顾雷雷，这样郑青只在下班时间去看看雷雷就可以了。雷雷恢复得很快，第二天就开始在病床上学习了。郑芳也在一旁陪着看书。病房是六人间，人来人往，探视的亲戚朋友很多，乌泱乌泱的像集市一样。只有雷雷和四床的一个大爷清静。郑青因为不用耽误工作，所以单位的人并不知道，也不会有人探视，学校老师带了几个同学来看了一次，其他就没什么人了。

每次病房有探视的人进来，雷雷都巴望一下，然后有点失落地继续低头看书，四床的吴大爷则是死心塌地躺着，听说是老伴儿去世，

第二十章 劳燕分飞

儿子在美国。老人自己请了个护工，出来进去在大爷床前晃的也就只有护工了。

郑雷有时候望着两耳不闻屋内事的吴大爷，然后顾影自怜，故意夸张地说："这病房里最可怜的就是吴大爷和我了。"

"你可怜什么？我这么天天儿守着你。"郑芳轻轻地在他后背上拍了一巴掌。

"蓝蓝姐都不来看我，我做完手术她就跑了。"雷雷有点委屈地说。

"噢，是那个齐蓝送你来的？"郑芳警觉地问。

"怎么可能啊，我发病时在学校呢，当时学校联系不到爸爸，周校长认识蓝蓝姐，蓝蓝姐是后来赶来的，我手术是蓝蓝姐签的字。"

"噢……"郑芳陷入了沉思。

齐蓝从医院回去的当晚就给郑青打了电话询问雷雷的情况，得知雷雷小姨过来照顾，赶上她周一一上班就忙活起来，就没顾上到医院看雷雷。

直到周二下午下班，她才顾上买了些雷雷能吃的食品往医院赶来。

齐蓝进病房的时候，郑芳出去透气了，雷雷大概是看书看累了，仰面躺着，张开的书盖住了整张脸，齐蓝看到这场景竟有些心酸，她能体会到这个没妈妈的大男孩隐藏在顽皮、乐观背后的思念和伤感，她能感觉雷雷对她的依恋中有对母爱渴望的成分，尽管他一直叫她蓝蓝姐。

"哟，这是闭着眼看书，瞎看！"齐蓝轻轻拿开雷雷脸上的书，温言软语地打趣。

"蓝蓝姐！"雷雷一激动噌地一下想坐起来，不小心抻到了伤口，他皱了一下眉，又赶紧装作没事地慢慢斜靠在床上。"

"抻着了吧，老这么愣儿吧唧的。"齐蓝伸手把枕头凑到他背后。

"没事儿，没事儿。你没事吧？蓝蓝姐。"

"我没事儿啊，难不成陪着你得阑尾炎啊？"

"那怎么……"本来想说"那你怎么好几天不来看我？"话到嘴

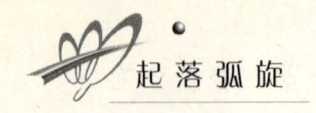

边又觉得不合适。

"那我怎么好几天不来看你对吧?"齐蓝已经看出了雷雷的心思。

"嗯,我都成张之洞了!"

"什么?张之洞?这是什么梗?"

"猜猜,您不是大作家吗!"雷雷说着用拇指和食指圈成两个O扣在眼上,同时做巴望动作。

"哈哈哈,望穿双眼成了洞,这谁琢磨的呀!"齐蓝笑得捂住了胸。

"有才吧,还可以是张可久,张之洞、张可久都对。"

她们说笑得正欢的时候,郑芳进来了,她猜到这个高挑清丽跟雷雷看起来非常亲热的女子,应该就是雷雷嘴里的"蓝蓝姐",她的直觉告诉她,她真正的情敌并不是林桐,尽管当时她还不知道郑青和林桐已经结束了,而是眼前这个俊眉秀眼,让人见之忘俗的女子,她已经成功地俘获了父子俩的心。

她调整了一下脸上复杂的表情,尽量热情地走过来。"雷雷这是?"

"小姨,这就是蓝蓝姐。"雷雷骄傲地仰着下巴介绍。

"噢噢,你好。雷雷提起你好几次了,雷雷叫你姐姐,咱俩差不多大吧,这辈分不好排了,就直呼其名吧?"郑芳伸出手:"郑芳。"齐蓝握住郑芳伸过来的手:"齐蓝。"

两人一时尴尬,雷雷看看小姨,看看蓝蓝,不明白两个大人为什么突然沉默。

"蓝蓝姐,你给我带好吃的了吗?"他打破了僵局。

"哦,对了,我给你带了青菜鸡肉粥,赶紧趁热喝,馋肉了吧?"齐蓝说着弯腰从地上的袋子里拿出保温桶。

"噢!我馋得不行,想吃红烧肉、大排骨……"雷雷兴奋地说出一串好吃不能吃的。

"雷雷,慢点儿吃啊,齐蓝,我出去打几个电话。"郑芳找了个借口退了出去,离开了这不属于她的和谐。直到齐蓝走,她的电话也没打完。

第二十章　劳燕分飞

雷雷一周后出院了，出院后还需要在家养一周再去学校。郑芳想试着跟单位续几天假，她怕雷雷吃不好。郑青阻止了她："不用了芳芳，你不能耽误这么长时间，雷雷没这么娇气啊，大小伙子，这么个小手术，再说我也能照顾他呀。清淡有营养的流食半流食不就这标准吗？不会可以学呀。"

"跟齐蓝学吗？我看她什么都会！"郑芳讥讽道。

"齐蓝姐姐还有映竹阿姨做饭都特别好吃！"雷雷不明就里地插话进来。

郑青克制住反感，尽量平和地说："芳芳，放心回去上班吧，我会照顾好雷雷的，随时微信、电话联系。"

郑芳走后，郑青果真认真学起了做饭。映竹和齐蓝也遥控指导，雷雷好几次央求齐蓝姐姐到家里来，但齐蓝一想到郑青目前的处境，还是狠着心拒绝了。

郑青最近开始关注罗列，这个比他大十来岁的副手一直对他表现出足够的尊重和配合，他严守自己的定位，履辅助之职，尽分管之责，不倚老卖老，不逾权越位。但他也从不主动提出建议和意见，他总等郑青观点明确之后再补充阐述，即便属于他分管的工作，他也会事无巨细地跟郑青汇报沟通，他不抢功更不担责。

郑青现在回忆起来，来平原省政府研究室两年了，这个副职竟然没有一件事是和自己意见不一致的，几乎都是"郑主任这个意见好，高瞻远瞩，又有可操作性"，"郑主任的这个提法有全局观念，还是郑主任理论水平高，实干精神强，我们就按郑主任的思路分头行动吧"……曾经觉得这一切是这个老同志的境界，现在看来这是一种麻痹手段，一个很不正常的现象。

"你挡了谁的路，谁就是你的仇家。"齐蓝的话让郑青意识到，敌人并不是主观上不树敌就不存在的，他的出现和存在本身触犯了一些人的利益，无论他做得多好，他都化解不了对方的敌视！

郑青准备应战了，他要跟这个罗列罗副主任过几招儿。

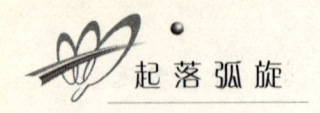

第二十一章　逆水行舟

罗列这些日子过得很忐忑,一是他对郑青全方位的攻击不见动静;二是于露对她的态度阴晴不定。

他罗列了郑青的三大罪状:1.利用职务职权索贿受贿。2.用公款租用豪华球馆,聘请私人教练。3.与多名女性保持不正当关系。

他把网上看来的故事,街谈巷议的传说,加上自己的想象,加工成有情节、有细节、有过程、有依据的所谓事实,故意用生涩的语言表达了对郑青所谓违法违纪行为的愤慨,读之让人感到情节真实、情感激奋。为做到万无一失,他用家里的私人电脑打印出来,帽子、墨镜,全副武装亲自出马,投到了城郊结合部比较偏远的邮箱里。他分别寄给省委、省政府主要领导,省纪委、组织部、监察委、检察院。目前还都没有表明公开调查郑青,或者是私下调查,但看郑青的状态四平八稳,他心里急呀!既担心举报石沉大海,对郑青毫发无损,更担心打不成狐狸惹身臊。如果他诬告郑青的事败露,那被处理的就是他,而不是郑青了。他很清楚那三大罪状都是莫须有。

于露最近跟他翻脸好几次了,并且越来越抗拒他的身体。每次见到于露他都要很小心地隐藏起真实目的:"要于露的身体"。

他需要东拉西扯,甚至是高谈阔论半天,在于露不经意中靠近她的身体,抚摸她的敏感部位,让她燃起生理欲望,最终欲望战胜理智

第二十一章 逆水行舟

而配合他。但这样的手段于露也早已识破了,有几次他从于露身上爬起,穿上衣服,恢复他一本正经的仪表和装腔作势的架势时,于露咬着牙说:"你又变成人了,装吧!"

于露不是笑骂,而是充满鄙夷。她蔑视这个道貌岸然的流氓,她也看不起总是败给欲望和幻想的自己。罗列确实给了她生理上巨大的快感,而她也幻想着天长日久,罗列能对她有一些真情,给她一些实质性的帮助。但每次她提到具体的困难,罗列总是推三阻四,借口忙匆匆离开,等她的事情解决了,罗列又来装腔作势地问候。她渐渐地认清了这个虚伪、自私、好色、胆小怕事的伪君子。所以她一次次不受控制地跟罗列大闹,她在做爱之后,咒骂他、挖苦他,但她下次依然不能抗拒他的挑逗,她在巨大的生理冲动面前,一次次无力自控。

罗列虽然每次被咒骂之后都摆出一副好男不跟女斗、大人不计小人过的高姿态,极尽耐心地哄劝:"露露,我知道你委屈,我不能完整地给你,不要耍孩子脾气,我会好好疼你的,好吧?"

开始这些话有些效果,于露也会动容地点头,慢慢地药效越来越短,于露对他的信任越来越少。他知道原因,因为于露几次求助于他,他都自认为巧妙地避开了她,他不可能为于露去求人,那等于把他和于露的不正当关系放在阳光下,让众人揣摩议论。那会带来不可预知的后果,但总是不办实事,于露已经越来越反感了,他必须用些实际的行动安抚了。

这天下班前,罗列正琢磨晚上见于露怎样安抚,怎样给他解决些不用兴师动众的小事取悦她。内线电话响了,是郑主任。

"老罗,下班后,如果没什么急事,咱打会儿球吧,另外有点工作上的事沟通一下。"

罗列心里一惊:郑青从来没主动邀请过我打球,这次一反常态,事出反常必有妖,是我告他的事被察觉了,还是真有什么工作的事情要谈?不对呀!工作上的事,今天班上的时间并不紧张,为什么要等下班谈。告状的事,我做得万无一失啊,即便察觉也是猜测,我一定

起落弧旋

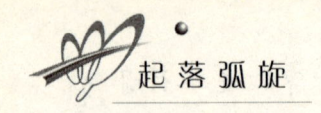

不能自乱阵脚，要沉着应战。

"郑主任，今天真有点儿事儿，不过难得郑主任有兴致约我打球。我早去会儿晚去会儿都没事儿。好，我准备一下，一会儿活动室见。"

郑青来到研究室之后，在机关倡导健康工作方式，活跃文体活动，促进和谐机关建设，让工作人员腾出了一个较大的房间，作为党员活动室和文体活动室。郑青利用自己爱好乒乓球的优势，带动机关工作人员以乒乓球为主要健身手段和活动项目，很快引发了研究室的乒乓球热，但郑青给机关做了一些硬性规定：上班时间严禁打球，下班和节假日时间可以利用活动室进行文体活动。这一举措深得人心，强身健体活跃气氛的同时也密切了上下级关系。

罗列原来球打得就不错，活动室使用以来，他经常趁午休时间打上几局，但从未跟郑青交过手，他暗地里研究过郑青的球路。

罗列放下电话，很麻利地换好运动装，这时也就到了下班时间，他掂起球拍，向活动室走去。

郑青随后也到了活动室。"老罗利索呀，这么快。"郑青看罗列已在等他，赶紧招呼了一声。

"郑主任约我打球，必须认真对待。"说着，他开始晃动肩膀热身，微胖的身躯非常灵活。

这时办公室主任和一名工作人员闻声跟了过来。

"你们下班吧，不用陪。我和罗主任打会儿球，顺便说点儿事儿。"郑青打发走了他们。罗列心里又一阵发紧，这郑青今天确实有点来者不善。

郑青一直不露声色地观察着罗列，他注意到罗列的球拍正面是反胶，反面是长胶，果然是"两面拍"。

他们先练了几分钟，准备开局。

"七局四胜啊！"郑青说着，做了个请的手势，请罗列先发。

"恭敬不如从命。"罗列说完拉开架势发球，他今天话特别少，牢记言多有失。

第二十一章 逆水行舟

罗列以一个反胶下旋球开始了他和郑青的第一次正面交锋。球发得很低很转，郑青推球过网。罗列发球时，顺势将球拍颠了过来，此时他用长胶猛力搓球，球飘飘忽忽飞过来，郑青接球本能地一抖，球虽过网但偏高，罗列把球拍倒成反胶，一侧身出其不意一板扇过去，球啪的一声，着案落地。

"好球！"郑青喊道，罗列脸上浮起一丝不易察觉的得意，很快又恢复了平静的表情。随后憨憨地笑着说："误打误撞，凭下意识过去的这个球。"

接下来罗列招招灵验，郑青很不适应他的"两面拍"，罗列拿下两局。

"老罗，你这两面拍手法玩儿得高啊，领教了。"郑青感慨。

罗列听到这句话，身子僵了一下，眼神很不自然地向下躲闪。他知道自己玩的这一套并不高明，但他控制不住自己的愚蠢。

郑青注意到他这瞬间的反应，之后罗列装傻充愣，故作轻松，抬高了声音："哈哈，郑主任，我也就这两下子，前两盘唬人，后边就黔驴技穷了。"

"可不是，罗主任是真人不露相，而且对我研究得很到位。"郑青意味深长地笑着说。

"哈哈，郑主任高估我，我这人就是胡同里赶小猪，直来直去。"罗列夸张地大笑，明显在掩饰心虚。

接下来的四局，郑青通过投石问路的打法，基本上摸清了罗列的路数，从第三局开始，回合多了起来，郑青逐渐掌握了主动，控制了长胶的优势，打了不少回头球。

六局下来，郑青面不改色，气定神稳，但罗列已经气喘吁吁，汗如雨下，步伐明显跟不上了。

郑青连胜四局，罗列一边擦汗一边喘着气说："服气、服气，后来居上，路遥知马力啊。"

"哈哈，罗主任其实是技高一筹，我是靠有把力气拼到最后。"

"郑主任适应能力太强，我的三脚猫功夫蒙过不少人，都被郑主

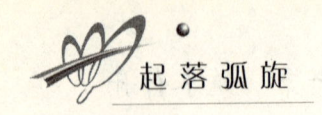

任破解了，厉害厉害，不是对手啊。"罗列这几句话是由衷的。

这一场球下来，郑青不断地旁敲侧击，使心浮体虚的罗列，惊出一身大汗。郑青连扳四局，一是适应了罗列的打法，破解了他的招数，还有更重要的一点罗列失误连连，明显自乱阵脚。郑青感觉罗列诬告的疑点更大了。

郑青之前曾怀疑是朱俊柯，因为他到研究室后只得罪过这么一个人。

机关十条禁令明确规定：严禁工作时间上网炒股、游戏、聊天、看电影，但这个朱俊柯身为副调研员，无视十条禁令，上班时间偷偷摸摸看股票，郑青多次强调，如发现违反十条禁令者，严肃处理，但朱俊柯我行我素，终于撞到了枪口上。

在一次省直纪工委突击检查中，朱俊柯被抓了现行。郑青严格按照违反十条禁令的相关规定，经上级有关部门批准，对朱俊柯进行了处理，给予其党内警告处分。

朱俊柯很不服气，认为郑青是小题大做，拿自己开刀，不为下属开脱，只顾自保。尽管郑青两次找他谈话，帮他认清目前的形势，并希望他正确对待对他的处理，接受教训，恪守职责，争取早日撤销处分，并且强调我本人对你不会有任何成见，更不会因一时一事就给一个同志下定论，不要背思想包袱，好好工作，不怕犯错误，改了就是好同志。

郑青的坦诚客观，并没有换来朱俊柯的理解，他被处理之后就到处发牢骚，讲怪话，有人提醒他注意点，别传到领导耳朵里去，他一副破罐子破摔的蛮勇："怕什么？反正我也已经这样了，当着他面我也敢说，现在这些当官的就是欺软怕硬，越刺头他越不敢怎么样你，拣软柿子捏，我就是明白这一点太晚了才落了个处分。他妈的，等着瞧！"

也就是朱俊柯到处散布不利言论的同时，有关部门和领导不断接到恶告郑青的举报信，郑青一度怀疑是朱俊柯干的，但他也曾考虑到：想告他的话，就没必要在同事间这么大张旗鼓地议论，这不是在暴露

第二十一章 逆水行舟

自己吗？俗话说咬人的狗不露齿，一定是有人利用了朱俊柯跟他的矛盾。现在看来，这个人极有可能是罗列。

"朱俊柯最近有什么言论吗？"郑青突然问了罗列一句。

"怎么他又告状了？"正在喝水的罗列没有防备，本能地反问了一句。

郑青心里一沉，他多么不希望证实心里的猜测啊。组织上并没有公开调查他，只是宋书记找他谈话后，省纪委六室华克祥处长，又找过他一次。省纪委统一部署要对一批反映省管干部，特别是各单位"一把手"问题的举报信，作一次综合办结，对于问题反映比较集中、举报线索清晰的，不管实名还是匿名，要组织彻查；对于举报内容比较含糊，举报线索不清晰的，要求被举报单位或被举报人对有关问题作出文字说明。郑青属于后者。华克祥处长要求他对被举报的三个问题作出文字说明。谈话结束的当天，郑青就用最快速度向省纪委六室做了文字说明。因为举报的内容完全捏造，毫无根据，所以郑青的说明材料，言简意赅，光明磊落。他相信组织上不会让他平白蒙冤的。

他被恶告这件事，除了省领导和相关主管部门掌握情况外，其他人并不知道。罗主任为什么说"他又告状了"，这说明罗主任对告状这件事知情，而且他用了"又"这个敏感的字眼，这说明他知道告状不是一次。

郑青此时并不回答罗列的反问，他只是不露声色，看着罗列，罗列已经意识到自己千虑一失，还是说漏了嘴。他马上补救："这小子还是经常到处发牢骚，撒怨气跟我告状都不止一次了，郑主任是不是听到了什么？"

"他跟你走得比较近，说我就是因为他是你的人，才这么处理他。积极做他的工作吧。"郑青把话题引向了朱俊柯的开导教育。但他心里明白，罗列所说的"他又告状了"，绝对不是指在内部发牢骚。

这场球打得罗列心惊肉跳，他意识到自己可能暴露，但同时也侥幸，郑青只是怀疑，无法落实证据，而上级有关部门的调查重点是被举报人，对举报人的调查很少，真正被处理的更少，落实不了的举报内容充其量算错告。

郑青心里很沉重，躲在暗处恶告他的人终于露出马脚。他并没有拨开迷雾的快感。他没想到他的搭档，他尊敬的老同志罗列，竟时时刻刻想置他于死地！以后的工作怎么做？关系怎么处？姿态怎样摆？他需要好好思考这一切。

这天早晨一上班，他吩咐工作人员，一般来客替他挡一下，不特别重要的电话也不接了。一是他要把罗列的事情理出头绪，二是他要审阅一篇代省政府起草的向国家有关部门的报告。

他一头扎进文稿，字斟句酌，文稿上布满了圈圈点点，两个小时他终于审修完了最后一页，从头又翻阅一遍，感觉很顺畅，那一刻有一种竭尽全力把一件事情做到最好的充实感和成就感。他轻轻地舒了一口气，起身踱步沉思，罗列那躲闪的眼睛和慌乱的神情又一次闪现在眼前。

"郑主任，有个叫何晓强的基层干部，坚持要见您，是从池州赶过来的。"工作人员敲门进来报告。

"池州，基层干部？认识我？"郑青对何晓强没有印象。

"说是在池州听过您讲课。"

"哦，先让他进来吧。"池州和基层干部这两点改变了他今天不见客的决定，基层同志跑这么远来见他不容易。

"郑主任，谢谢您肯见我。"何晓强进门先弯腰致谢。

郑青打量着这个风尘仆仆的年轻人，看上去三十多岁，干净利落，偏瘦的中等身材，很结实，一脸的恭敬和焦灼。

"坐下说。"郑青指了指沙发，温和地说。

"谢谢郑主任！"何晓强又一次弯腰致谢，他半个屁股坐在沙发上，扭身对着郑主任："郑主任，我叫何晓强，是池州县景田镇的副镇长，我在地委党校培训时，您给我们上过课。"何晓强说到这停顿了一下，他仰头望着郑青，看郑主任是否对他有印象，因为他曾经请教过郑主

· 第二十一章　逆水行舟 ·

任几个问题，郑主任的回答精炼、到位，态度谦逊而自信。

"噢，我是到池州党校讲过课，但时间短、学员多，印象不深了，你直接说事儿吧，我时间很紧，开门见山，简明扼要啊。"

"谢谢郑主任！"何晓强欠欠身继续说，"郑主任，我知道我很冒昧，我是被逼急了，壮着胆子来找您，我没什么关系和背景，您是我认识的最大最好接近的领导，虽然您不记得我，但我觉得您一定肯听我的申辩，我刚刚在党员身份问题上，受到了很不公正的处理！"何晓强说到这情绪有些激动，太阳穴上的青筋暴涨。

"嗯，平静一些，不要情绪化，尽量客观简要地叙述事实。"郑青又一次提示。

"我是高中期间加入的党组织，到现在已经十八年党龄了。我从小就梦想成为一名共产党员，上高中时我就向党支部提出了入党申请，学校把我确定为入党积极分子。

"高考结束后，学校党支部着手在优秀学生中发展预备党员，我作为重点培养对象，学校党支部根据我一贯的良好表现，一致研究通过，接纳我为中共预备党员。我当年因一场大病未能参加高考，而学校要求毕业生将组织关系转走。我咨询了在县机关党务部门工作的一位叔叔，并经这位叔叔搭桥联系，把组织关系转入了县气象局。组织关系在气象局期间，一方面我按期缴纳党费，一方面积极参加党务活动。这同时我报名参加了高考补习班，备战来年高考。不幸的是第二年高考我发挥失常成绩不理想，最终被平原省科技师范学院补充录取。

"10月下旬才到学校报到，这期间县气象局通过考察，支部大会一致同意我转为中共正式党员，并报县直工委批准。我是带着入党的完备手续进入大学的，在大学四年的学习生涯中，我作为班里唯一的中共党员，曾两次担任同学的入党介绍人。

"毕业前填写档案表格时，为统一起见，我按班主任意见把入学日期填写成9月份。并未反映出补录生入学报到晚这个特殊情况。当时也不觉得是什么大事儿，没想到十八年后，问题就在这次省委巡视

271

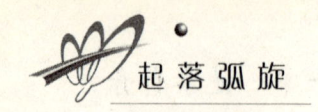

组巡视中被抽查出来了，巡视组认为我的档案有问题，入校日期在先，入党转正日期在后，存在异地转正的可能性，要求组织部调查处理。组织上没有调查，没有给我申辩机会，就做出了决定，对我的党员身份不予承认，免去党委委员、副镇长职务。但我接受不了这样的处理，十八年的党员身份怎么说没就没了呢？如果我真的弄虚作假、违法乱纪、欺骗组织，我愿意接受处理，可是我只是按学校意见填错了一个日期，并不存在党员身份作假的问题。学校、气象局都能证明我说的一切属实，可为什么就不能给我澄清事实的机会呢？这样处理我真的难以接受！请郑主任，帮我跟上级反映反映，我不是要求上级照顾我，而是给我澄清的机会，还我公正。"何晓强说到这儿，声音哽咽了。

郑青边听、边记、边分析，他被何晓强的事情触动了。上级的一个不负责的草率行为，就可能终止一个基层干部的政治生命。

郑青又跟何晓强核实了几个细节，然后他不带倾向性地表态："小何，你讲的情况必须实事求是，每个事实、每个细节都要精准，不要加上主观揣测，更不要用情绪说话。我跟有关部门沟通一下，我需要全面了解情况，不能只听一面之词啊。"

"郑主任，虽然组织上不承认我的党员身份，但我仍然以党性和人格保证，绝对没有半句假话，绝不误导您，我跟您没任何私人关系，敢冒昧闯来，一是我确实被冤，二是相信郑主任会为我们基层干部实事求是地说句公道话。"

"好，我知道了，材料留下，我调查了解之后再联系。"

何晓强站起来，深深地鞠了一个躬，离开了。

当天晚上郑青靠在床上，一边看何晓强留下的材料，一边回忆何晓强的叙述，他慢慢地理出了事情的来龙去脉，找到了问题的症结和要害所在。

事情的成因应该是这样的：在党中央反腐倡廉、从严治党的大背景下，平原省第五轮巡视工作全面铺开。省委组织部负责选人用人专项巡视，巡视工作中审查干部档案是重点内容，也是发现问题的主要

第二十一章 逆水行舟

渠道。

巡视人员责任重大，巡视过程中也就不放过任何一个细节，何晓强的档案就是在这样的背景下被查出问题的。巡视组认为何晓强涉嫌入党异地转正问题，要求当地组织部门，调查处理并报整改报告。当地组织部门为了对上级好交代，也为整改报告能够顺利通过，未经严格调查就对何晓强作出了从重从快的严肃处理。

这种唯书唯上，讨好上级，糊弄领导，却不对党员干部负责的情形，让郑青心里一阵阵沉重。他还是想以何晓强个案为例，认真调查取证，不为出风头，只为一颗公正心，一点为基层干部出头的担当精神。

郑青调查的结果，何晓强所反映的情况属实，他决定与省委巡视组选人用人组组长正面接触。

组长吴丽冰是一位四十多岁的女干部，他通过电话先和吴处长做了沟通，听起来吴丽冰温和有礼，说话条理清晰，并不像传说的那么清高冷傲。

随后吴丽冰带助手和郑青进行了面对面交流，郑青谦和有礼的风度和诚恳认真的态度，让她产生了极大的好感，尤其是当她确认郑主任和何晓强毫无私人关系时，她被触动了。

为一个素不相识的副镇长，在已经形成决定的情况下，坚持实事求是，据理力争，很容易给自己带来非议，而郑主任图什么呢？

"我和何晓强非亲非故，他仅凭听过我讲课，找到我这里，可见也是被逼急了，我既然了解到真实情况，就不能装聋作哑使一个正在成长中的基层干部终止政治生命。我们的一句话，既有可能毁掉也有可能挽救一个人，巡视问责不是越多越好，越重越好，而是越准确越好，问责失之于准，就违背了这项工作的原则和初衷。"

吴丽冰点了点头："郑主任，您说得有理有据，我们的巡视工作还有待于完善提高，有时候下面的同志与组织部门各执一词，不能不听，也不能全听，何晓强的问题，我们一定再调查落实。"

一周后，吴丽冰给郑青电话汇报：经过与市县组织部的沟通，责

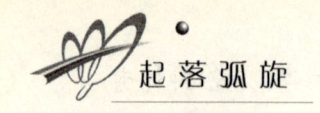

成池州组织部门对何晓强入党问题全面调查。结果表明何晓强入党手续完备，本人一贯表现良好。但填表问题上确有失误，下面为了整改好过关过度处理，工作上出现偏差，已责成当地组织部尽快恢复何晓强的党员身份。"

"吴处长，太好了，你为基层干部办了一件大好事，也为党的事业增加了一份正能量。"郑青由衷地欣慰。

何晓强在得到消息后的第二天带妻子专程赶来感谢郑主任，郑青拒绝了他们所有的感谢方式。

"谢我最好的方式就是好好工作，回去吧！"郑主任态度异常坚定。

"郑主任，我听说您是乒乓球冠军，我打得不好但是个球迷，下次如果有机会我希望跟郑主任打场球。"

"嗯，这个没问题，看机会吧。"

何晓强的问题圆满解决了，郑青因罗列告状而带来的困扰，顿觉消失了一大半。

他试着体会罗列的心态，因为他的到来阻断了罗列的正厅之路。他不来就一定是罗列吗？他来是组织安排的，这一切并没有个人意志，可罗列却挖空心思地报复他个人，实在是利令智昏，想必罗列的内心是被怨气和仇恨充塞着的，这样的情况，向他表达善意是没有意义的。

与其说，罗列要对付的是他郑青，不如说他对付的是"一把手"，谁来当这个一把手，他就会针对谁实施报复。

这一切都是他应该从容面对的。他内心找到了与环境共舞的宁静，这种宁静驱散了小我的困扰，蕴含着一种逆水行舟的豪放意志。

第二十二章　不期而遇

进入 12 月份，大家都忙碌起来，一是总结一年的工作，二是为来年做规划。齐蓝要到云南调研几家医药行业上市公司，年底前要赶写出医药行业深度调研报告。

周末，雷雷学校因为有考试要占考场，所以这周休息两天。郑芳周五的时候打电话问雷雷这周怎么休息，郑青没有注意学校在家长群发布的通知，也就想当然地说："还是周日休息一天吧。"

"姐夫，带雷雷回来一趟吧，爷爷、奶奶、姥姥、姥爷都很想孩子，也不放心，他病好了以后都还没见过呢。"

"嗯，这倒是，老人不放心。不过时间够紧，雷雷回来我跟他商量吧。回去的可能性不大啊，他生病耽误了不少课，这周回不去，元旦肯定回去。"

郑青这段时间感觉很累，年底工作繁多是一方面，罗列的问题和何晓强的事，也让他付出了很多时间和精力。

周五下班以后，中电所的陆光秋问郑青是否有时间打球，郑青很快就答应了。他们约定晚上 7 点到中电所健身中心。

郑青是在陪国家部委领导视察时认识陆光秋的。陆光秋是所里一个分公司的总经理，高级工程师。清瘦，斯文，质朴，真诚，是知识分子那种丰富而又单纯的气质。

起落弧旋

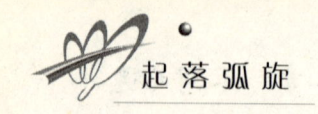

陆光秋早就听说郑主任球打得很好,所以工作结束后主动跟郑青聊起了乒乓球,他说他们一家四口全打乒乓球,爱人也在这个单位,是工会主席,高级政工师。球比他打得好。

"哦,乒乓之家呀,难得!"郑青觉得很有意思。

"郑主任,有机会来所里打球吧,我们单位大,人多,乒乓球打得好的也不少。"陆光秋诚恳地邀请。

"好好,就冲你们这乒乓之家,我也得来会会。"郑青显然也不是虚套,他是真想看到一家四口齐上阵的场面。

那之后郑青陆续见到了这个乒乓之家的全体成员,果真是一个和谐美满、朝气蓬勃的家庭。

陆光秋的爱人肖知春是个素净干练很有气质的女人,面容端庄,稳重大方。皮肤紧致光泽,身材匀称适中,走路轻盈而富有弹性。

政工干部一般口才都不错,健谈善讲,她却话不多,但每一句都有含金量。

郑青打趣说:"肖主席说话像诗句一样凝练。"

后来听陆光秋说,肖知春已经出过几本诗集了,尤其擅长格律诗,音韵规范,风格清新。业余时间除了家务就是打球和写诗。

郑青跟她交手十几分钟后就认定,这是他来平原省遇到业余球手里最强的女性对手!她是直拍两面长胶,特点是不退台,打起点,速度快,善于左推右挡,长攻短吊,不时变换角度和落点,控球能力极强,失误较少,具有稳定的心理素质和顽强的球风。

陆光秋说,肖知春一直是他们家的老大。他原本并不爱运动,当年为了追求爱打乒乓球的肖知春才硬着头皮学打球,功成之后想身退,回归他的宅男本色,被肖知春"无情揭露并严肃批评"。慢慢地,被动坚持中体会到了打乒乓球的妙处,他开始真正用心用功打球,但始终是"千年老二",打不过老婆。直到双胞胎儿子长大,他不进则退,目前是稳居倒第一。陆光秋说到这些时,总不忘加上一句"尺有所短,寸有所长"。

第二十二章 不期而遇

也确实，他除了专业研究上的丰硕成果之外，生活中也是个多面手，烹饪、修理、投资理财，都有相当水平。长江后浪推前浪，两个儿子一路成长，光芒万丈，他只能也甘愿守住这个倒第一。到上次春节比赛，他已经蝉联了七次"高风亮节冠军"了，这是夫人给他的称号。

他们有一对人见人夸的双胞胎儿子，老大陆双鹏，老二陆双鹰。兄弟俩儿差五分钟，五分钟之差铸就了长相一模一样性格大相径庭的哥俩儿。

说到兄弟俩的长相，见到他们的人几乎是众口一词：这俩孩子真会长！

父母亲个子都不高，相貌也不特别出众，文人气质加运动活力，使他们透出健康之美。所以看起来很精神。

两个儿子则不是看起来很精神的级别了，而是英姿勃发出类拔萃。

郑青并不是个爱品头论足的人，他很少拿别人的长相说事儿，但他见到双鹏、双鹰时，不由得脱口而出："真是两个小帅哥儿"！

两个人都是一米八出头儿的身高，宽肩细腰大长腿，剑眉虎目，脸部线条明朗流畅。

两个孩子都特别喜欢"郑叔叔"，老大在英国读博士，几乎每次跟父母视频聊天，都会问一句"最近跟郑叔叔打球了吗"，这个孩子厚道、担当，吃亏让人，做事专注，感情专一，他的女朋友是大三开始交往的，一直就非常稳定。

老二从小就顽皮任性，聪明过人，有时爱耍点小赖。从幼儿园开始，每次陆光秋去接他们哥俩时，都会有小朋友围过来告状，因为辨识不清哥俩，老大没少为老二背锅。

长大后双鹰敢闯敢干，不循规蹈矩，文化课没老大突出，但因为田径特长被中体大录取，又顺利地考上了硕士研究生，毕业后留校任教。正在谈的女朋友不会打乒乓球，他要求人家"先把球练好喽再拜见准公婆。"

郑青见过一次这哥俩打球，两个复制粘贴版的帅哥儿，完全不同

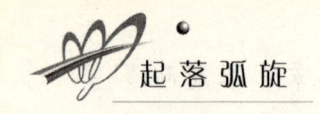

的球路，别开生面，趣味横生。

老大原本基本功扎实，悟性很好，但这几年在国外，打球少了，跟弟弟的差距逐渐拉开。老二虽是搞田径的，但在中体大，除教田径外，也教乒乓球。有条件钻研训练，已经达到专业水平了。

哥俩打球并不在乎输赢，他们的愿望是为使父母开心。弟弟老是逗哥哥，有时爆冲弧旋球，有时在案子下边放高球，手上功夫灵活，内转外转莫测，看着哥哥打空，笑得前仰后合。老大也不是吃素的，很快适应后，用一些夸张的假动作戏弄弟弟，弟弟也是被唬得一愣一愣的。

郑青再看观战的陆光秋夫妇，一直是半张着嘴笑着的，因为笑点不断，表情都没机会复位。

郑青跟这个家庭萍水相逢，但因为性格相近、球路合拍、水平相当，自然成为知心朋友。他喜欢他们为人处事的风格，热情而不媚俗，率真而不任性。跟他们在一起放松、愉悦。

中电所的健身中心，外观朴素，内里实用，功能齐全。一楼是游泳馆，二楼是跑步机、动感单车等器械健身馆，三楼是羽乒馆。

郑青到健身中心的时候，离约定的七点还有半个多小时，他走到二楼的回廊处停下来，在这可以俯瞰一楼游泳馆的全景。

游泳池的水瓦蓝瓦蓝的，清澈见底，站在二楼就能感觉池里的温热。北边挨着的两个泳道里，有一对看不出年龄但身材很健美的男女在练习蛙泳，像是一对夫妇。他们俩交错而行，你过来，我过去，速度相当，有一种人体的律动美。郑青出神地俯瞰着这对自如潇洒的运动健儿，一段时间以来的紧张和压抑在这一刻舒展开了。

时间差不多了，他到三楼羽乒馆的时候，中间的羽毛球区场地基本已经占满了。他来到西侧的乒乓球区，陆光秋他们还没到，他一边脱下外套热身，一边看着羽球区的比赛。

打羽毛球的基本上是50岁以下的人，男女比例相当，乒乓球区女性要少一些，而且年龄跨度也大，整个场馆传递出一种蓬勃的生命力

第二十二章 不期而遇

和热爱运动热爱生活的朝气。郑青喜欢这种力量的传递和蓬勃向上的精神感染，他今天要好好释放，好好放松。

郑青回家时已是晚上10点多了，他开门时发现门没有反锁，中午走的时候他记得是反锁了的。

"嗯，雷雷回来了？"果然，一进门，雷雷两只大船一样的旅游鞋挡在了门口，他弯腰把鞋子放到一侧。

"郑雷，你怎么回来了？"儿子的屋里亮着灯，但是没人回应，他走过去发现儿子又是把书盖在脸上睡着了。他没有动他，轻轻退了出来。

雷雷回家看爸爸不在，估计是爸爸没看到群里的通知或者有什么事，他自己去附近的小店解决了晚饭，然后赶紧回家做作业。这周虽然休息两天，但也轻松不得，因为有一篇作文，这仍然是他最怵头的事。

作文是关于共享单车的话题作文，他在网上查到了很多关于共享单车的讨论。作为互联网大背景下的新四大发明之一，它在给人们带来交通便利，解决最后一公里的同时也出现了很多问题，毁损严重，导致大量共享垃圾……这些观点他都能够理解并认同，但如何让一篇话题作文不成为他人观点的堆砌，他不想说空话，但怎样才能不说空话呢？他卡住了，脑子又发懒了，犹豫了一下，拿起电话给齐蓝姐姐拨了过去。

"蓝蓝姐，你忙吗？"

"呀，雷雷，你回家了，是不舒服还是怎么了？"

"没有不舒服，我这周休息两天，不过我们班里三分之一的同学发烧了。蓝蓝姐，帮我构思一篇作文，共享单车的话题作文。"

"哼，又让我帮你构思，先自己思考，这个话题并不难写，网上讨论很多。但要写出你自己的观点，思路要顺畅，观点要明确，看问题的角度要别致。"

"唉，我倒想呢，做不到啊！我刚才看了半天网上这方面的信息了，就是不想拼凑，但自己也没思路，这才求助姐姐啊！"

起落弧旋

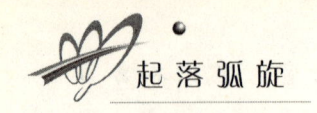

"嗯,有进步了啊,知道不拼凑了,要不你先做别的作业,躺在床上再构思,咱明天再沟通。我现在有点事儿。"

"噢,好,明天接见接见我吧蓝蓝姐。"

"好好,明天上午联系。"齐蓝想到周一就要出差了,从雷雷生病以后她还没有再看过他,也就答应了孩子。

雷雷昨晚睡得早,早晨7点就醒来了。不知爸爸几点回来的,爸爸屋里还没动静。他跑到厨房,想看冰箱里有什么吃的。

郑青也醒了,他想让儿子多睡会儿才没有动,这会儿听雷雷起来了,他也就赶紧起床了。

"雷雷,学校又有考试啊?"

"噢,爸,是,又占考场,群里通知了应该。"

"嗯,爸没注意看,要知道你回来我昨晚就不去打球了。你小姨昨天白天打电话问,我还说休息一天呢。"

"噢,我小姨来吗?"

"不,她是想让咱们回去,你姥姥、姥爷、爷爷、奶奶都想你了,我说你休息一天太紧张了呀!"

"哦,两天也紧张,反正放假多作业就多,每次休息两天就有一篇作文!"

"嗯,应该的。作文最重要,不管从事什么工作,都需要迅速、精准、流畅的文字表达能力。别老不重视啊!"

"我——知——道——"郑雷用这拖着长长尾音的回答阻止了郑青。

"哈哈,老生常谈也得谈。"郑青自我解嘲道。

吃过早饭,父子俩一起搞完卫生,郑青就到超市去了,想到孩子老吃外边的饭,没点亲人的味道,郑青想试着给孩子做两顿饭。

郑青刚走齐蓝就到了。"雷雷下来吧,我带你去兜兜风,车上讨论作文。"

"蓝蓝姐,咱别兜风了,减少碳排放,你上楼来吧,这会儿就我自己。"

280

第二十二章　不期而遇

好吧？"

齐蓝迟疑了一下，郑青的领导干部身份让她顾虑，尤其是有人拿郑青的个人问题借题发挥，这让齐蓝在与郑青的接触中不得不小心翼翼，何况郑青跟林桐刚刚结束了恋爱关系，她这么突然登门，郑主任会不会误会？

"蓝蓝姐，想什么呢，你们大人怎么那么复杂呀！"

"好吧，我先找地儿停车啊，路边不行，一会儿就该贴罚单了。"

齐蓝第一次走进这个两个男人的家。还好，整齐、干净、区域分工明确，条块感强，就是缺了些生活气息。

"恭迎蓝蓝姐大驾，您往里边请！"雷雷见到齐蓝总是又调皮又开心。

"不贫嘴，咱快点讲正事儿啊，讲完我赶紧走。"

"这么急？扎心了，老铁！"

"这孩子，怎么满嘴网络热词儿啊，你都什么时候看的啊？"

"封闭学校封得住我的身，封不住我的心。"

"哈哈哈，越说越来劲，别贫了，说人话！"齐蓝止住笑把雷雷按在书桌前，自己拉了个凳子坐在他旁边。

"这个共享单车的话题，建议你从一个新生事物成长的历程这个角度来立意，共享经济是新生事物，其实说它是中国新四大发明并不太确切，共享单车、高铁、扫码支付、网络购物都不是起源于中国，但我们在推广应用方面做得好，成气候了，蔚然成风，这么短的时间横扫中国的四大发明，肯定会伴随着一些问题出现，尤其共享单车，商家重投放、重规模，不重运营维护，有点野蛮生长，不能一味地抱怨国民素质。目前阶段的国民素质水平它是一种客观，要面对，这是背景，记啊！另外，始终围绕新事物的成长不是一帆风顺的，而是一个曲折的过程，它是逐步完善从而达到适者生存的这个状态。"

"高，疯狂打 Call，无知限制了我的想象力！"

"你哪是无知啊，是懒、浮躁！先列提纲，然后按照提纲把思考

过程顺起来，议论文更强调逻辑性，一切都是理性思考下的严谨逻辑，不要东一句西一句的。"

"好，再说一遍一开始那几句话。"

"有人按门铃，我去看看，我爸没带钥匙啊。"雷雷跑了出去。

"小姨，你怎么来了？"雷雷惊讶地喊道。

"嗯，你休息了啊，你爸昨天还说你休息一天呢。姥姥、姥爷想你想疯了都，白眼狼！"郑芳一边挂包一边拿指头戳着外甥的头。

齐蓝闻声走出来："齐蓝？"郑芳对齐蓝出现在这里非常惊讶。她换鞋的动作凝固了。

"你好，我来给雷雷指导一下作文。"齐蓝看出了郑芳的惊讶。

"谢谢你呀，非亲非故的这么照顾雷雷。"郑芳说这话时并不看齐蓝，自顾话里有话地说。

"不客气。"齐蓝不理郑芳的弦外之音，她转向雷雷，"雷雷，该讲的也都讲了，我走了啊。好好陪陪小姨吧。"说着转身回屋去拿包。

郑青这时候开门进来了，他买了满满两大袋子食材。

"咦？芳芳，你怎么突然来了？""啊，蓝蓝在呀！"郑青看到屋里的情形一时有点语塞。

"我让蓝蓝姐来给我讲作文，小姨是刚来看我们的。"雷雷一句话解释了这一切。

"郑主任，我走了，你们快忙吧。"说着已经挎好包的齐蓝往门口走去。

"哎，蓝蓝，别走，中午在这儿吃饭，教教我做饭。"郑青一着急一把抓住了齐蓝的胳膊。

这个动作刺痛了郑芳的眼睛："真是刮目啊，姐夫亲自下厨！"

郑青听出了郑芳的讽刺，他瞪了郑芳一眼："芳芳，你也来帮忙。"

"我可不破坏你们的和谐，我来得不是时候！"郑芳看到郑青看自己的眼神凶巴巴的，完全不像看齐蓝那样，眼角眉梢都是笑意。她越发地妒火中烧了。

第二十二章　不期而遇

"芳芳，不能好好说话吗？别这么敏感，别这么是非。"

"我是非？我辛辛苦苦帮你教儿子、带儿子、照顾老人，我是非？你倒好，只顾自己风花雪月、左拥右抱的。"

"芳芳，当着孩子胡说什么！"郑青厉声喝道。

"孩子也该知道知道了，他有权知道谁当他后妈！"

"芳芳！你太不知轻重了。我个人的事以后你不要参与，更不要胡乱揣测！外边人拿这个做文章也就罢了，你怎么也胡说八道呢！"

"我胡说八道，你……"郑芳一脸惊愕与羞恼。

"我和林桐已经和平分手，我和蓝蓝更没有什么值得你说三道四的，你最好别捕风捉影。"郑青气得脸都变了色。

郑芳早已满脸是泪："我真是多余！"说完她穿上鞋，拿起包一摔门跑了出去。

"小姨！"郑雷已经听傻了，直到看小姨哭着走，他才着急地喊。

"郑主任，快去追回来吧，对不起，都是我添乱！"

"不追，太莫名其妙了！"郑青依然是很生气。

"我去看看！"齐蓝说着追了出去。

"蓝蓝姐！""蓝蓝！"父子俩同时喊了一声。

齐蓝追出来的时候，郑芳搭乘的电梯刚下去，等到她乘另一部电梯追到院里时，看到郑芳已经跑上了主路。

齐蓝快步追过去，搂住她肩膀低声说："郑芳，别这样，这对郑主任影响不好，到处都是眼睛知道吗？"

这句话非常有效，郑芳赶紧整理了一下头发和衣服。齐蓝悄悄递给她一张纸巾："擦擦脸，先到我车上说话。"齐蓝很快控制住了冲动的郑芳。

两个女人，并肩坐在车后座上，郑芳有些尴尬，她已经意识到自己因妒忌而犯的一连串错误了。

"郑芳，我们这是第二次见面，我从雷雷那里知道你是个好小姨，仅此而已。但是今天，我有个新的发现，你，好像是爱着姐夫？"

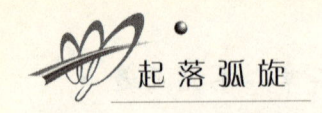

郑芳没有回答，而是深深地垂下了头。

"郑主任来平原省不久我们就因为打球认识了。我闺蜜的老公是郑主任的朋友，这样我跟郑主任接触的机会就多了些，郑主任很随和，我们跟他在一起也就比较随意、放松。尤其是开始给雷雷补作文之后，跟这父子俩的关系越来越融洽。郑主任本质上是个文人，温和、博学、谦逊、周到，我跟郑主任接触只是觉得放松、自然，并且他的人生经历、感悟，经常能够启发到我，并不涉及男女之情。你刚才说左拥右抱，老实说我听着很刺耳。郑主任跟林桐谈恋爱我知道，结束了我也知道，我不至于这么急火火地来当替补。感情我不是不需要，但我觉得感情怎么那么累人！我这身不由己地成了夹在你和姐夫之间作乱的人，这我真没想到，我不知道郑主任是否知道你的心思。"

郑芳默不作声，轻轻抚弄着衣角。

"他从来没跟我提过你，倒是说过林桐，我觉得郑主任应该是无法从亲人的角色定位中扭转过来，你是他妹妹，这个定位应该扎根在他的心里了。如果不是我说的这样，也许不会有林桐吧。我呢，就更不是障碍了。郑芳，我希望我的坦诚没有刺激到你，更希望你能感觉到我的坦诚。"

"我明白，我感觉到了，你说的合情合理，不好意思让你看穿了我的心思。不过我好像明白了，姐夫不是讨厌我，而是从亲人的角色中转换不过来。"郑芳若有所悟。

"好好，谢谢你信任我，更佩服你能这么快平静下来，理性思考。"齐蓝由衷地欣慰和赞赏，这个郑芳到底是个善良明理的知识女性。

"我们回去吧，不然雷雷和郑主任多不痛快啊，孩子好不容易休息两天。"

"我就不回去了，我需要沉静一下，我先回北京了，回头我再给姐夫打电话。"

"我理解，到底是有点难堪，那我送你。"齐蓝说着下车拿起手机准备给郑青打电话商量一下，拿起电话她才发现有郑青的十多个未

第二十二章　不期而遇

接来电！

"郑主任。"齐蓝拨通了郑青的电话。

"嗯,蓝蓝,芳芳怎么样?你们在哪儿呢?我刚下去没找到你们,打电话你没接,给你发了微信。"

"噢,刚才我们在车里说话了,手机不知怎么弄成静音了,没听到。郑芳没事了,我现在先送她去火车站,你照顾孩子吧,没事儿啊!"

齐蓝送走郑芳之后又给郑青打了个电话,说她回家准备准备周一出差。郑青坚持让她过去一起吃个饭算给她饯行。齐蓝考虑到雷雷,怕孩子被大人们闹这一场扫兴,也就依了郑主任。

郑青知道郑芳对自己的心意,但他从未误导过郑芳,一直就态度鲜明,今天郑芳的表现太失水准,逼着他说了重话。郑芳哭着跑了,他虽然也于心不忍,但他觉得必定要有这么一天,让郑芳有些偏离的感情,回到亲情的轨道上来。

而蓝蓝今天的表现,让他更加欣赏这个有礼有节的女孩子。郑芳的话夹枪带棒,句句有所指,齐蓝不会听不出来,但她面对郑芳的失态没有反唇相讥,没有表现出委屈、尴尬,而是积极得体地化解了这场无事生非的风波。

齐蓝在路上又买了雷雷爱吃的百乐门酱牛肉和韩国蒜蓉面包干。

一进门,她就扬声喊着:"雷雷快来接驾!"她不想让孩子受这场风波的影响,她努力地营造着一切如常的气氛。

郑青接过齐蓝手里的东西:"我已经买了很多食材了,怎么又买这么多!"

雷雷已经闻声蹿过来,一眼看到了那熟悉的纯白纸袋包装。

"哇,蒜蓉面包干,给我的!"说着从郑青怀里把袋子抢了过去。

"蓝蓝,你看你惯得他,我都不知道他爱吃这个。"

"哈,男人,不关注这个也对,我本身就爱吃零食,所以传染给了雷雷。"齐蓝说着向厨房走去。

"都洗好了?郑主任刀功还不错呢!"齐蓝看着红红绿绿洗好控

水的蔬菜以及切好装盘的冷拼,感觉郑主任做事还是很有条理的。

"哈哈,都是没有技术含量的活儿,只要肯花时间和耐心。再说我手不笨对吧?"郑青说的也是实情,既有情趣又不虚套。

"嗯,不是不笨,是心灵手巧。怎么着,你这是几个热菜?我炒你看还是我指导你炒?"齐蓝一边排列好食材一边问,她做事总是这样嘴到手到。

"你炒,我观摩,你不来我凑合能动手,你来了,我班门弄斧就有点招架不好。"郑青说着摘下围裙给齐蓝套上。

"哈哈,理解,就跟我当着你打球一样,总是不如你不在时打得好!"齐蓝说着打着了火,她已经把几个要加工的菜按顺序排好了。

齐蓝的动作很麻利、很专业,翻勺的时候,并不是身子后仰拧着脖子,怕油滋的样,她很从容,很酷!郑青看得出了神。

"打乒乓球的手翻勺就是利索,手腕很活!"

"哈哈,对,没错儿,我说我怎么学翻勺没费劲儿呢!"

说笑间,四凉四热上了桌:糖醋排骨、胡椒虾、烤海鲈鱼、清炒芥蓝、酱牛肉、蓑衣黄瓜、芹菜腐竹、爽口胡萝卜。

齐蓝装盘很讲究,餐具选择用心,盛装适量,盘底有垫料,盘上有装点。很普通的几个菜,经她这样一装点、一摆列,顿时有了仪式感。

郑雷伸长脖子看着这一桌讲究的佳肴,不敢先动筷子了。

"玉盘珍羞值万钱,蓝蓝姐,做饭也这么牛啊!"

"哈哈,听听,你这儿子学问大了去了,从我上午来了就一直跟我拽。"

"这孩子嘴皮子越来越厉害了,来,咱开动吧,唯美食与爱不可辜负,喝点红酒?"郑青觉得这桌美食需要点酒来助兴。

"我开!我开!"雷雷抢着去拿酒了。

"郑主任,我开着车呢,你俩喝点儿吧。"

"车放着,打车回去,明天再来开,或者我给你开过去。"郑青边说边把雷雷倒上的第一杯酒递给齐蓝。

第二十二章　不期而遇

"对，对，蓝蓝姐、齐老师，这是拜师宴，必须喝！"雷雷也跟着起哄，敲边鼓儿。

"投降，二比一，你俩劝人都有一套。"

吃完饭郑青坚持打车送齐蓝回家，路上齐蓝告诉他周一出差去云南，可能要半个月左右。

"噢，那我送你吧！"

"不用了，早晨8点多的飞机，你回来正堵车，我坐机场大巴就行。"

"嗯，也好，随时联系报平安啊！"平平常常的一句话，齐蓝有点感动，因为郑主任是那种亲人一样的语气和态度。

齐蓝的第一站昆明，一下飞机，她就开始肚子疼，到了等候行李的时候，她已经疼得站不起来了。

一遇冷热不均她就肠痉挛，这是多年困扰她的顽疾。她蹲在行李传送带旁，她的行李转过来她都没有看到，直到传送带上就剩下孤零零一个大箱子，她才艰难地起身把箱子拎下来，出了大厅。

一群拉活儿的出租车司机围上来，她不管不顾地上了一辆。还好还好，终于坚持到了预订的酒店，疼痛已经有所减轻，她吃了药，洗了个热水澡，躺在床上，竟有劫后余生的感觉。

"郑主任，我到了，一切顺利！"

"嗯，好，注意安全，保重身体。"郑青很快回了过来。

第二天起来就开始调研工作了，中午11点多她从药厂出来时立即被暖融融的空气包围了，昆明她来过几次，都是春夏季节，冬天还是第一次来。昆明的冬天，花常艳，树常青，比北方的春天还温柔。街上既有如齐蓝般裹着大衣来不及调整的北方客，也有穿着超短裙、短袖衫的当地青年，他们从容而行，各安其中，也是一道温和包容的风景。

冬樱花正是盛放的时候，齐蓝来之前已经做了功课。循着有冬樱树的街道走不过十多分钟，她开始担心走错了。迟迟疑疑走到了路的高处，远远望去，路两边粉霞一样的冬樱花像两队衣袂飘飘的少女正

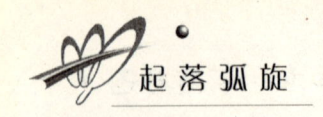

含笑召唤，齐蓝的欣喜一下子到了嗓子眼儿，她深深地吸了一口带有花香的空气，拿出相机……

晚上回到宾馆第一件事，她把一天拍下来的晚樱、茶花、杜鹃、红嘴鸥以及金色的夕阳整理成册，分别发给了齐芸、映竹、郑青。

她在图册扉页写道："昆明冬天的美都在图中了，让荒芜了一冬的眼睛滋润一下吧。美的真正意义在于共享，在共享中得到满足，而满足也就是幸福感的由来了。"

映竹一如既往地夸张："哇咔咔，美呀，心驰神往！"

齐芸则是一贯地惜言如金："真好！"

郑青的回复一反常态地文艺："冬梅粉嫩，杜鹃火红，红嘴鸥欢鸣，夕阳最温情……蓝蓝，我在体会你每一个瞬间的感动！"

齐蓝看到这条回复，尤其是最后一句，眼圈热了，郑主任在感动着她的感动。

齐蓝在昆明的工作四天就完成了，接下来她要去大理。

日程中昆明是五天的计划，最后一晚，她换到了翠湖旁边的昆明君乐酒店，她想好好地拍拍那些从西伯利亚飞来的红嘴鸥。

下午两点入住酒店，她背起设备就跑了出去。翠湖公园和红嘴鸥让她流连了一个下午。

傍晚，她到附近的宵夜一条街一口气吃了五六种小吃，步行回到酒店还感觉饱胀胀的，她住的房间正对着翠湖公园。

这是一家老式的五星级酒店，设施有点陈旧，布置也显得老套，离机场也远了些。齐蓝就是因为它的位置和这个正对着翠湖公园的房间来这里的。

翠湖的晚上是属于音乐人和夜跑族的，口琴声如高山流水，二胡曲如泣如诉，吉他歌谣让旧时光瞬间缠绕……音乐真是能够制造很多小情绪。

齐蓝洗完热水澡，坐在窗前，感官是如此饱满，触目所及是翠湖公园闪烁着温情的霓虹灯和被水波揉皱的倒影，传递到耳朵里的是琴曲、胡声和夜跑人的铿锵声，空气里有甜酒淡淡的味道和烤鱼的浓香……这一切只需端起相机便触手可及。

齐蓝正在准备拍摄的时候，郑青发来信息："蓝蓝，美图迟到了，我的眼好涩。"

齐蓝笑出了声，她秒回："稍候，我正在想把味道和声音传递给你们，在这样的地方，仅仅提供视觉盛宴终是显得吝啬了。"

齐蓝先拍了一段视频发过去，然后才是一组图片。"味道没办法了，靠想象吧。"

十分钟后，郑青回复："留着想象空间的美才是最美！"

第二天上午，齐蓝退房的时候正赶上有一个会议团体在退房，大厅里挤满了人，有三个带队的人在收房卡，那群人看起来有点特别，男女老少都没有明显的职业特征，只是都很兴奋。人群里似乎有一张熟悉的面孔闪了一下，没待齐蓝确认，她已经转身跟同伴拉着行李箱向大门外走去了。

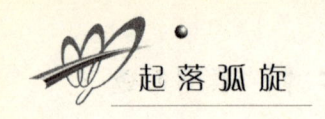

第二十三章　五味杂陈

每天晚上9点左右，郑青都会下意识拿起手机，如果恰好赶上蓝蓝发过来图片，他会很欣喜。如果没有，他会把手机放在触目可及的地方再去看书、读报，静静地等待。而这等待里，内心也是充盈的。比美好更美好的事，是等待美好的事发生。他曾经看到过这句话，而这正是他现在的状态。

快10点了，还没有蓝蓝的信息，他知道蓝蓝今天到大理，是有工作饭局？是旅途劳顿睡了？是出去拍夜景未归？还是不舒服了？郑青桌子上的书已经十多分钟没有翻页了，几行字翻来覆去地看，入眼不入脑，他起身在屋里踱步，又是十多分钟过去了，他决定发个信息问候一下儿。

他正在编写信息时屏幕闪现了蓝蓝的头像信息，他赶紧放弃编写，先打开蓝蓝的信息，是一组大理风光图册，蓝蓝在扉页上写道：我行走在云的故乡，一片云追着另一片云，就像一朵花召唤着另一朵花，这里有上关的风，下关的花，苍山的雪，洱海的月。而我最喜欢的是这里的云。在彩云之南，祥云聚集，人在这里自然沾了几分仙气，这里的白族人路不拾遗、夜不闭户，大街上迎面走来几个人，就有一半是艺术家……

郑青沉浸在齐蓝的图文世界里，那仿佛是另一个世界，遥远美好、

第二十三章　五味杂陈

亲切生动，他回复了四个字：向往，盼归。

齐蓝到大理安顿好之后，联系了大理制药的董秘，约好第二天上午9点见面。然后她就跑到下关去了。

四年前，她曾经在下关的一家民宿住过，那是一个二层楼的小院子，民宿主人是一对来自四川的年轻夫妇，他们开民宿、写书、为客人拍照……在齐蓝眼里他们是把谋生和兴趣完美结合的典范，是找到了诗和远方的幸运夫妻，是食人间烟火的神仙眷侣。

她到小院的时候，小夫妻带客人拍摄去了。金毛先认出了她，它摇着尾巴过来舔她的鞋子，这小东西还认得我！

"小旺，你长大啦！"小旺眨巴眨巴眼，打量着齐蓝。

服务员看出了齐蓝是老顾客，热情地招呼她进去，说老板和老板娘出去拍摄刚走。

"我不进去啦，我来出差，路过这儿随便转转。"

从小院儿出来齐蓝一路追赶着云，漫无目的地游荡，此刻她想象着自己也是一朵自由自在的云。

太行市是难见这样的云的，尤其是冬天，偶尔出现一两个蓝天白云的日子，省政府门前的人民广场上都会有很多驻足仰望或者举着手机拍摄的行人，大家会在朋友圈里晒白云、发感慨：今天天气真好！

在蓝天白云下，走在一方熟悉的街道上，周围都是陌生人。齐蓝感到自由而不孤独，思路天马行空，她试着让悲怀老去，让美好正值青春。

当故乡亲人越来越少时，离开并不觉得悲伤，反倒是近乡情怯。她很久不回北京了，因为亲人都长眠在那里，她还不能平静地面对哥哥的离开。

郑主任来自北京，跟哥哥差不多的年纪，当郑主任跟她说"注意安全"时，她有些恍惚，有几次，她几乎对着郑主任脱口而出：哥哥！

郑主任给她一种天然的亲切感，此刻她幻想着郑主任如果走在她身旁，会是一种什么样的情景？会不会跟她一样放松？会不会任由她

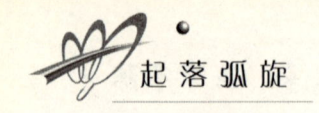

撒欢儿感慨？会不会有车过来的时候，拉住她的胳膊……她发现她每天都会无数次地想到郑主任了。

　　大理制药的调研持续了三天，齐蓝需要的数据资料基本整理完毕，她还需要对整个云南省的医药行业做一个宏观的调研评估。

　　接下来的调研目标比较灵活，她去了曲靖、玉溪、腾冲。白天调研、摄影，晚上整理数据、文字。后几天时间里显得有些紧张了，主要是一路奔波下来，她有些疲惫了，没再给郑主任、映竹、齐芸发图文。

　　在腾冲的最后一晚，先是映竹打电话给她："蓝蓝怎么突然销声匿迹了啊，没事吧？"

　　"没事儿，时间有点儿紧，累了。"

　　齐芸发信息也是那一晚："身体还好吗？是不是跑累了？快回来了吧？"

　　"嗯，有点累了，后天回去，放心。"

　　郑青到10点多也终于沉不住气了："蓝蓝，好几天没消息，遇到什么为难事没有，有事一定告诉我！惦记你！"

　　"郑主任，我没事，就是有点累了，后天就回去了。"

　　"好！这几天太行市降温了，恐怕要下雪，密切关注天气！"

　　齐蓝感觉被温暖包围了。惦记是真情的流露。齐芸的惦记是理所当然，这世上她们是最亲的同胞姐妹，映竹是结交多年没有血缘关系的姐姐，而郑主任，他们认识和相处时间并不长，她跟这父子两个却有一种割不断舍不下的牵连，难道这就是缘了？

　　就要回去了，齐蓝有点儿不舍。不舍的不是云南，而是一人在外多人惦念的温暖，这种被亲情包围的感觉，久违了！

　　小时候，齐蓝曾经喜欢生病的感觉，生病的时候母亲会给她吃小灶、鸡蛋汤、面片或者八宝粥。饭是很平常的饭，只不过母亲会格外用心地做，而且会一勺一勺地喂她，母亲还会不断地过来摸摸她的额头，押押她的被子。姐姐齐芸也会站在床前小声小气地安抚："不苦，快吃吧！吃了就好了！"她赖着不吃药时，齐芸会在旁边小大人儿一样

第二十三章　五味杂陈

地鼓励她。而一向爱逗她欺负她的哥哥齐浩，则用他自己的方式哄生病的妹妹："你要打针不哭我就背着你在屋里转三圈！"

"六圈！"齐蓝伸出拇指和食指比着八的手势。

"笨蛋！还是分不清六和八！"齐浩把她中间三个手指按下去，拉出小拇指："这是六，记住喽！"

"就不！"齐蓝又比成八！

现在只剩下姐姐齐芸了，母亲——最爱她的母亲先走了，走得那么突然，满头黑发里里外外操持的母亲，突然脑出血走了。接下来是父亲，最没想到的是哥哥，齐浩突然英年早逝。

还没有成家的齐蓝，形单影只。一个人也要活得精彩，一个人也要热爱生活，她经常这样鼓励自己。但是坚强有时候很消耗，她羡慕那些爱撒娇爱哭的女人，那是因为幸福，因为有人疼爱。齐蓝从不矫情，她没条件。姐姐齐芸很疼她，但是不在一地，很难设身处地地照顾。映竹是她的老铁，但终归人家有人家的日子，而且最近很不顺心。郑主任的关怀，让她觉得最踏实、最渴望，可是回去后还有什么理由天天联系呢？郑主任会主动联系她吗？

返程，齐蓝订的是昆明到太行市的机票，出发前一天郑主任和映竹姐都告诉她太行市下雪了。

"快回来拍照吧，蓝蓝。千里冰封，万里雪飘，和你的彩云之南完全两个世界！"郑青的语气越来越兴奋了。

"嗯，明天晚上就回去了。"

"告诉我航班，我去接你！"

"你没车怎么接我呀！千万别用公车！"

"怎么会？我是严守八项规定的！叫网约车很方便！告诉我航班吧。"

"要不还是别折腾你了，大晚上的，我坐机场大巴很方便的。"齐蓝其实并不坚定，她渴望见到郑主任。但也不好太麻烦郑主任。

"就是因为大晚上，路又不好才必须接你，下了机场大巴不还得打车吗?"

"嗯,是的。那好吧!"齐蓝不再坚持了。

第二天晚上10点半左右,郑青顺利地接到了齐蓝。

"蓝蓝,穿这么少,没告你这边冰天雪地么!"郑青的埋怨没有一丝作秀的成分。

齐蓝咬着下唇有点撒娇地看着"生气"的郑主任:"不就这么一小截儿路嘛!"

"受风也就是一瞬间的事儿!"

一出机场大厅一股寒气扑面而来,齐蓝缩了缩肩膀:"这风真是厉害!"

"就是说嘛,不听老人言!"郑青说着用胳膊揽住了齐蓝的肩,他高大的身躯为齐蓝遮挡住了裹挟着积雪的寒风。他几乎是把齐蓝夹到了专车上,齐蓝闭着眼,缩着脖子靠在郑主任身旁。很冷,很暖!她多希望这段再长一点,再长一点……

郑主任把她安顿在后座,自己坐到了副驾驶座位上,齐蓝有点失望,她以为郑主任会和她一起坐在后座。但她很快理解了郑主任的做法。有司机在,一男一女坐在一起终归不好,特别是郑主任的身份更得注意。

郑青把齐蓝送到小区大门口,齐蓝下车拉着行李箱站在门口等他的车掉头。

"快上楼!多冷啊!快点!"郑青按下车窗玻璃,焦急地"训斥"!

齐蓝觉得郑主任越来越像家人了。她洗完热水澡躺在被窝里还在回味郑主任那焦急的训斥,那情不自禁的搂抱。她把被子拉过头顶,在里面,在黑黑的暖暖的被窝里羞涩地笑了。

第二天,齐蓝在家休息了一天,上午睡了个懒觉,下午开始起草调研报告。其实她在云南已经把数字和文字模块整理出来了,现在只需要组合润色后串联起来。她从下午两点一直弄到晚上11点。手机静音了,她想一气呵成,但腰疼得坐不住了,她站起来,拿起手机。

"蓝蓝,起来活动活动,不能一股劲儿写,等症状出来,反倒欲

第二十三章　五味杂陈

速不达。"郑青看齐蓝一直没有消息，估计是在赶写报告，所以晚上10点半的时候提醒她。

齐蓝心想，郑主任真神呐！怎么就知道我在一股劲儿写呢？她迅速打出了一行字："郑主任您怎么知道我在一股劲儿写？"犹豫了一下放弃了发送，郑主任应该睡了。

"睡吧，蓝蓝。不写了，11点是极限时间！"郑主任的信息又过来了。

"啊，您还没睡？"

"嗯，看着你呢，你不睡我不睡。"郑青开了个玩笑。

"您还别说，您真跟看见我一样，我就是在一股劲儿写，而且写得腰疼得坐不住了。"

"嗯，知道，因为我也一样经常赶材料赶到连厕所都忍着不去。"

"嗯嗯，同感，郑主任快休息，熬夜是很多疾患的元凶！"

"好，你知道就好，睡吧！"

第二天上班齐蓝又用了不到一上午的时间，把报告赶完，她长舒了一口气："总算做完了一件大事！"

"蓝蓝，今天什么时候有时间？我得见你一面！"齐蓝拿起手机就看到了紫玉姐的信息，听口气好像有什么重要的事。紫玉姐自从上次郑雷生病跟她联系之后，再也没联系过她。

她知道紫玉姐很忙，所以也很少打扰她。节假日她们会互致问候，即便一年不见，任何时候偶遇了都会特别亲。紫玉姐总爱逗她说："哎哟，蓝蓝，你怎么越来越漂亮啊，这可让人怎么活呀！"

今天这是怎么了？紫玉姐口气有点不寻常，是雷雷的事，雷雷早恋了？成绩下滑厉害？跟同学打架了？不好直接跟郑主任说？先跟我说一下？

齐蓝首先想到的还是雷雷，因为除了雷雷的事，紫玉姐会有什么事急火火地找她呢？不会是紫玉姐自己，她有那么一个安定和睦的家庭，能有什么事！

周紫玉的丈夫张坤是二院胃肠科的专家，用他自己的话说，除了

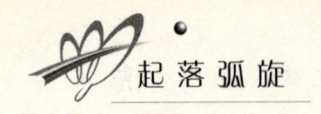

肠子肚子这一块儿的事儿，脑子里没别的。

"他在家是悄无声息的，除了打呼噜。"这是紫玉的话。他们唯一的儿子张恒远在英国留学，一家三口相安无事，各自充实。

齐蓝把紫玉姐约到了家里，凭直觉她认为紫玉姐要说的事，在家里比较好。

"紫玉姐你几点能从学校出来？我去接你。"

"5点吧？我也那时候往你那儿赶吧。别接我，不顺路，一磨蹭就堵车了，我打个车吧。"

齐蓝刚到家一会儿，紫玉就到了，她提了一个大袋子，榴莲、橙子、新疆梨……她总是爱给齐蓝买水果，而且每次见面都爱说："多吃水果，不能一点面食不吃啊，别总想着减肥！"

"哎呀，多沉啊，忘了嘱咐你别买水果，我在网上买什么都很方便，你说你何苦！"齐蓝说这话时才注意到直起腰的紫玉姐，瘦了！原来饱满润泽的圆盘大脸松弛了，双下巴重叠了。

快50岁的紫玉姐一直被朋友们盛赞为"冻龄菩萨"。她将近一米七的个子，偏胖，有腰身，凹凸有致，腿很长也很粗，常年穿运动鞋，走起路来步履轻快。她长了一张宝钗一样的满月脸，脸盘很大，五官却很精致，眼睛总是充满神采，挺秀的鼻子显得有几分庄严。一直笑着的嘴，嘴唇饱满，最特别的就是她的两个大耳朵了，耳垂较大，厚厚的肉肉的，耳唇下边缘快跟嘴角在一条直线上了。她的皮肤一直是白里透红的健康态。

齐蓝认识她十几年，好像变化不大，年轻时不嫩，年长时不老，她们搬到齐蓝家大院时，蓝蓝还是个中学生，而紫玉那时候已经是孩子妈妈了，蓝蓝叫她阿姨，她笑着拍了蓝蓝一巴掌："我有那么老吗？小俊妮儿，叫姐姐！"

从此他就成了齐蓝的紫玉姐，他们夫妻两个都很喜欢齐蓝。紫玉姐虽是为人师表，但说话很接地气儿，俗、真、直、精。

"我就是以貌取人，看上去就招人喜欢的多半儿差不到哪去。"

第二十三章　五味杂陈

她总爱跟张坤抬杠，因为张坤说她的朋友一个难看的也没有。

"姐姐你瘦了，没事吧？"齐蓝拉着紫玉姐，坐到了方桌前。

"有事儿，蓝蓝，我知道你工作忙，但是我憋不住，等不下去了。"紫玉眼里泛着泪光。

"噢，到底怎么了？！"

"我这次体检发现肺部有五个结节，最大的接近一厘米。"

"良性的结节没什么问题呀！"

"恶性可能性比较大，我爸不就是肺癌吗！"

"多长时间了，现在采取什么措施？"齐蓝也乐观不起来了。

"快一个月了，现在只能是观察。无法确定，CT随访观察。"

"不能采取点积极的措施吗？这等着对你的心情是个考验，不是癌也吓成癌。"

"那倒不会，蓝蓝，怎么治病的事儿你别管，我找你一是憋闷，二是想交代你点事儿。"

"哦，别吓我。紫玉姐，你这口气挺吓人！"

"我哪想吓你呀，但要真是癌我得有所准备，现在张坤和儿子都不知道，不到最后万不得已我不告诉他们。"

"嗯，也是，就别都提着心受煎熬了。"

"蓝蓝，我呀，凶多吉少，不是意外，是很正常。我最不放心儿子，我怕我走了，张坤找了后老伴不供儿子上学了，儿子还且得花钱呢！"紫玉哭了。

"哎呀，紫玉姐，你太悲观了，且不说还有可能不是癌，即便是，现在治疗手段也越来越多，针对性越来越强，带癌生存的太多了！再说了，你怎么能这么想张医生呢？多么规矩、厚道的一个人呐！"

"蓝蓝，不用宽慰我，别忘了，我是医生的家属，天天受教育呢，所以我都懂。张坤再老实他也是男人，男人是熬不住的，他肯定会再娶。他要真厉害能降住女人，我就不担心了，他除了会开刀，别的事又笨又窝囊，到时候肯定是女人当家，所以我不能把家都交给他。蓝蓝我

297

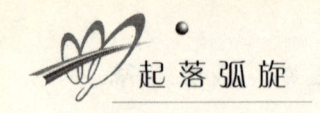

得托付你了，万一我不好，我给你留下够恒远读完博士的钱，另外你也得看着点张坤，别让乱七八糟的女人骗了他！"紫玉说得一本正经，齐蓝也被这可能到来的一切拉进了悲凄无奈的情绪中。

"紫玉姐，你这么说我挺难过，我知道我没有你懂的多，所以关于病我劝不了你，只是这一切都只是可能，你看你现在并没有什么症状，身体还没事，精神不能先垮！我们不能专心地去等待一个痛苦的事情发生，提前酝酿负面情绪，它一旦发生了，马上投入到饱满的悲情中去，它不发生了，也已经难过了很久了，这样不科学呀！应该是身体无痛时，能乐一天算一天，战略上重视，战术上藐视，不然没病也抑郁出病来。"

"嗯，是。蓝蓝，你的话还真有点用。没事儿，我尽量调整，但是我还是得做最坏的打算，万一呢，是吧？最坏的打算我都做好了，我心里会踏实些，所以你得答应我，帮我照顾小的，看着老的。"

"紫玉姐，他们都是成年男人，别说我，就是你，也有很多事控制不了他们。钱的事，有别的办法，至于张医生，我一直很尊敬，我会一直跟他保持联系的。"

"嗯嗯，你知道我这样说说心里就豁亮多了，有时候劝人劝不了自己。蓝蓝，别怪我跟你倾倒垃圾，我是一个人扛不住了，不得不说出来。"

"放心，紫玉姐，有什么事跟我说，多一个人一起面对总会壮壮胆。"

他们一直聊到晚上9点多，齐蓝才想起没给紫玉姐准备点吃的："紫玉姐你饿不饿？我们去吃点宵夜！"

"我不饿，你吃什么我请你。"

"那我也不吃了，我送你，回来吃点水果就行了。"

齐蓝送紫玉姐回家后开车去西山大道兜了一圈。她心里有点压抑，她知道紫玉姐的病不是很乐观，紫玉姐对她的托付更让她心酸！

共同生活了二十多年的丈夫，竟然担心他不供养自己儿子，而这担心又不是没有道理，生活中不乏类似的事。一个成年人总是要随时做好失去所有依靠的准备。孤独地奋斗是常态吧！

第二十三章 五味杂陈

此刻，在这冬夜的旷野里，齐蓝觉得路灯放射出的都是寒冷，那暖黄色的光，在零下十几度的寒夜里是多么的杯水车薪，无能为力。人也是一样，把自身的光热散尽了，剩下的命运那一部分也是束手无策的，但不能因为微不足道就放弃对命运的抵抗，人类的命运是集结在一起的，每一个个体微不足道的努力都会让人类这个共同体走得更远、离幸福更近。

齐蓝这么想着，压抑的心情缓解了很多。10点了，不能再往前开了，她掉头开往市区方向，手机"滴"响了一声，她心中一喜，是郑主任！

靠边停车，拿起手机果然是郑主任。

"今晚还用开夜车吗？"

"不用啦，上午就弄完了。"

"在看书？"

"没有，在西山大道夜游。"

"什么？这么晚去西山大道？"

郑青发过来了语音。

"蓝蓝，怎么这么没安全意识，一个女孩子大晚上往山里跑，年底了，坏人都急了！快回来！"郑青像大人训斥孩子一样，不等对方还嘴一口气地说。

"马上回去。"齐蓝这次特别乖，多久没有人这样"训斥"她了啊！

"到家了吗？"半个小时后，齐蓝刚上楼，郑青的信息就跟进来了。

"嗯，进屋了，您快休息吧！"

"中午午休了，你是怎么了？一个人到西山大道去，心情不好？"

"周紫玉还记得吗？上次雷雷住院，就是她找到的我。"

"你说过，你父母之前的邻居，对你很好。"

"她可能得了癌症，今天下午找我了。"

"噢，癌症也没那么可怕吧，再说还只是可能。我有个球友癌症晚期，好几次跟死神擦肩而过，现在还欢实着呢。纠正不良的生活习惯，尤其是睡眠、饮食和运动，还是有可能逆转的。"

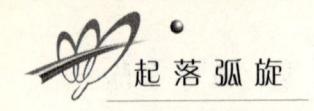

"嗯，她都懂，老公是医生，她也是半个医生。"

"懂不见得做得到，其实形成一个好习惯，经常是需要外力助推，所以在一个群体里更容易形成，运动尤其是。"

"嗯，这倒是。持之以恒的自律很难！"

"周校长给过雷雷不少关照，我该尽点力，可是让她知道你跟我说这些事也不好吧？"

"嗯，连她老公、孩子她都没说。"

"那，他们打球吗？哪天约她打球，让她'巧遇'我那癌症球友？一定不能让她看出是故意安排的。"

"紫玉姐倒是会打乒乓球，但恐怕打得不多，兴趣也不大，你想啊，一个中学校长，多忙啊！"

"嗯，那再想想吧。蓝蓝，你不要太受影响，亲人朋友的事尽力去帮，但情绪不能被牵着走，你之所以能帮他们，正是因为你没处在情绪化中，你能独立地冷静地思考，否则你和当事人一样，你的建议也就不客观了，不要用力过猛，知道吗？"

"嗯，这正是我的毛病，谢谢你，郑主任！这段话是我最需要的。"

"好好，你是个听得进话的人，而且悟性很高，调整一下情绪，好好休息，太阳已经在路上了。"

第二天晚上，齐蓝自己去看了正在热映的《芳华》，她很多年不进电影院了，她总觉得成双入对进电影院才有仪式感，一个人看喜剧会有点滑稽，一个人看悲剧，本身就有点悲剧。

《芳华》讲述的那个年代，齐蓝并不熟悉，但芳华总是伴随着爱情的，而爱情总是打破生活的平静，使人生出现完全不同的景致，这景致虚虚实实。陷入爱情里的人，眼睛是带着滤镜的，就像现在的智能手机，拍照自带美颜功能。

除了利昂，齐蓝并没有实际意义上的爱情经历，她对爱情的认识更多的是来自于旁观，她不知道是不是爱上了郑主任，她更不确定，郑主任对她的好应该怎样定性。她不时地想起他，渴望有他的消息。

第二十三章　五味杂陈

她回到家不到9点，趁热打铁，写了一篇《芳华》观后感，发到了朋友圈。

"只有一直不被善待的人，才最能识别善良。"她觉这句被很多人叫好的话，有点绝对，有点武断。善良的土壤里才最容易长出善良。看透人情却不世故，经历复杂而依旧单纯，遭遇冷漠还依旧善良。这样的人终归是少数，当然何小萍眼里因为善良的稀缺，她对善良更加渴望珍惜，对善良的识别，也更加准确，这是必然的，但并不是只有何小萍们才能识别善良。

她的文章发出一会儿，郑芳点了赞，并在评论区留言："我也刚刚看了《芳华》。

齐蓝没想到郑芳会主动跟她互动。上次风波之后，她送郑芳到高铁站，还是她主动扫了郑芳的微信，她当时觉得郑芳只是出于礼貌而没有拒绝。成为微信好友以来，她并没有见过郑芳的只言片语，而齐蓝的朋友圈对郑芳是开放的。

"那么巧啊，你也去看《芳华》了？"齐蓝在对话框里跟郑芳打招呼。

"是啊，而且跟你同感呢！"郑芳发了一个吐舌头的表情。

"嗯嗯，也是信手拈来，随便写的，也许明天这认识就变了，就是一个即时的思想过程。"

"写得挺好的，逻辑性很强，文字也干净。你的风景散文最美，摄影就更不用说了，我都喜欢，是你忠实的读者！"

"是不是啊！献丑了！"齐蓝也回了一个吐舌头的笑脸。

"雷雷还请你多费心，快期末考试了，我姐夫管不了他的，上次不愉快之后我也不好打电话了，都是我把局面弄成这样！真是见笑了！"

"说远了，我都理解！我很开心，你能跟我说这些，谢谢你对我的信任，我刚出差回来两天，有阵子不见雷雷了，我会尽心的。"

快10点的时候齐蓝想问问郑主任雷雷上周回来的情况，后来想，还是等郑主任找她的时候再问吧。

但一直等到11点也没有郑主任的消息，齐蓝不好再追问了，太晚了。

起落弧旋

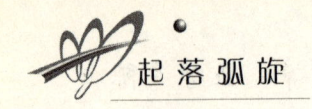

那一晚她睡得很不踏实，几次醒来，黎明时才又入睡，她梦见了母亲站在床前,她想说："妈，您怎么来了？"但她呼不出声，动弹不得！

早晨起床，全身疼痛，站在阳台上舒展了一下越睡越累的身躯。姐姐齐芸发来信息："后天是妈的忌日，没忘吧？"

"没有。"齐蓝望着窗外浑浊阴暗的天，心里五味杂陈，人活着，真是很难有纯粹的悲喜，紫玉姐的病让她心里像压了块石头，郑青的关怀让她感到温暖愉悦，郑芳的释然让她欣慰，而母亲祭日的到来让她悲伤思念。

第二十四章　明察暗访

齐蓝准备出门上班的时候，严和打来电话："蓝蓝，到老太太祭日了吧？去北京吗？用不用我陪你？"

"严叔叔，我不想去了，最近手里活儿太多，我姐姐和嫂子她们都去，我就在路口烧吧。"

"那好吧，什么时候烧？我陪你，别一个人在大街上哭哭啼啼的。"

"好，后天祭日，明天晚上烧吧。你明晚7点到小区门口等我，在附近找个十字路口烧就行。"

第二天下班后，齐蓝先买好了冥币和打火机，准备了小木棍、粉笔，7点一到，她准时出现在小区门口。严和已经在路边的车里等她了。

看她出来严和下来迎住她："走过去吧，前面那个路口就行。"

齐蓝在十字路口的西北口找了一个角落，用粉笔画了一个大圆圈，把冥币倒出来，一沓沓散开，然后双手合十朝北方拜了拜："妈，我是蓝蓝，我来给您送钱，您来取钱吧！"眼泪，说好不流的眼泪又滚落下来。

严和从她手里拿过打火机，把地上的冥币点着了，齐蓝蹲下来用木棍翻动着冥币，火苗炙烤着她流泪的脸，严和没有出声。

齐蓝一边翻动一边念叨："爸，妈，哥哥，你们在一起吗？来取钱吧，能收到吗？我是蓝蓝，哥，你在那边照顾好爸妈……"

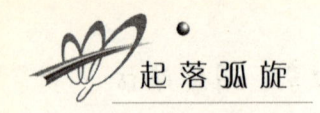

十几分钟后，地上是一堆黑色的闪烁着火星的灰烬，齐蓝看着那灰烬不再出声，等待火星完全熄灭，她才转身跟严和说："走吧。"

严和一路默默地跟着她，好几次看着她的脸欲言又止。

"严叔叔，你有话就跟我说吧，我没事。"齐蓝看出严和有事问她。

"到我车里坐会儿吧，我就不上楼了。"

"好。"

"最近跟程刚有联系吗？"上车后严和就问齐蓝。

"我出差前联系过一次，问候了一下他母亲，好像是确诊了吧，癌。"齐蓝有些无奈。

"哦，应该是，程刚没跟你说别的吗？"严和继续探问。

"没有啊，就是说他母亲的病不好，又不听话，治疗没多久就跑回老家了，他很揪心。"

"嗯？他母亲没在北京住院？"严和捕捉到了关键信息。

"我不太清楚现在的情况，这话是二十来天前了。"齐蓝赶紧补救，她意识到程刚对严和有所隐瞒。

"好了，蓝蓝，上楼早点休息吧。别太难过，生老病死不可抗拒。"严和突然打住不再问了。

"我知道，严叔叔你回去开车慢点，我上楼了。"

齐蓝正准备下车，手机响了，她担心严和误会是程刚的电话，所以有意当着严和的面接通了电话。

"蓝蓝，听出我是谁了吗？"

"嗯，阿姨，听出来了，您最近好吗？"齐蓝听出了是映竹姐的母亲。

"好，好，好得不得了，我听映竹说你去云南过敏了，好点了没有？阿姨这儿有个朋友的脱敏产品特别棒！"

"阿姨，我没过敏呀，您是不是记错了？"齐蓝有点发蒙，这哪儿跟哪儿啊？映竹姐怎么跟她妈妈说我过敏了呢！

"噢，那我听错了，没过敏更好，阿姨这个朋友卖的化妆品特别适合你们这个年纪，明天晚上过来做个皮肤护理，出门回来要保养啊！"

第二十四章 明察暗访

"阿姨,我不一定有时间。"

"没事,蓝蓝,抽空一定过来,是阿姨的老姐们,我只推荐给自己人,是真正的好东西!"

"好好,阿姨,我知道了,我现在有点儿事儿,先不说了,再联系啊。"齐蓝好不容易结束了通话。

"映竹妈妈,我都听到了,我告诉你啊,千万别去,十有八九是传销,专门找亲戚朋友,东西贵得不行,主要是你买了东西不拉倒,拉你入伙,让你介绍熟人,粘上你就跑不掉了。"严和一副门儿清的样子。

齐蓝上楼后,赶紧给映竹姐打电话:"映竹姐,刚才阿姨给我打电话了。"

"什么?这老太太是让你买化妆品吧?"映竹看来知道这事儿,齐蓝大致给映竹学了一遍过程。

"蓝蓝别去!我是没顾上跟你说,最近这老太太疯了,打着我的旗号到处招摇撞骗,很多朋友都打电话问我,简直是丢死人了!她搞的是传销,你知道吧,祸害了不少人,傅校长的爱人姚阿姨也被她忽悠进去了,气死我了简直!"映竹看来是为这事儿上火了。

齐蓝突然想起在昆明酒店退房时看到的那个熟悉的身影就是姚阿姨。

"映竹姐,我在昆明好像是见到姚阿姨了,开什么会。"

"对对,我妈也要去,被我爸拦住了,说是春城三天两夜分享大会。"

"哦,那没错了,我还以为我看错了呢。映竹姐,好好劝劝阿姨吧,老人也是受到了别人的蛊惑。"

"还是她自己有需求,成天想挣钱,成天跟我哭穷,榨我油水不拉倒,还骗我的朋友!"映竹越说越气愤。

"映竹姐,我知道你生气,但是别这么说,阿姨再怎么说也养大了你,不过我也理解,你也就是说说,你对这个养母也算是回报不少了,阿姨也是,要那么多钱干吗!"齐蓝的话两头说着。

"给儿子,儿子是亲的!榨干我!给儿子!这老太太不厚道啊,

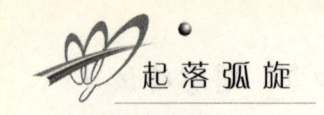

蓝蓝，她到处跟人说我不孝，白养大了我……"

映竹一说起这个养母就一反常态地"不厚道"，她的口头禅是"不厚道啊"。有一次她问齐蓝："蓝蓝，我怎么觉得我开始发福了？"

"没有吧，就是看着挺魁梧。"齐蓝一本正经地说。

"哈哈，不厚道啊，蓝蓝，说一个女人魁梧！"

映竹姐对养母厚道不起来，大概也是积怨太深。养母本来是亲姨，姐姐、姐夫意外去世后抱养了外甥女，映竹从喊小姨、小姨夫改为喊爸妈那天起就不是很情愿，这让养母愤愤不平，你还不乐意呢，我不养你，你在山沟放羊去吧你！不知好歹的东西！说着把指头狠狠地戳在映竹的头上。

映竹那时候不明白：为什么领她来又不喜欢她。慢慢地，映竹已经不指望他们像亲爸妈那样了，她只是盼着长大离开他们，而这也是她拼命学习的主要动力。她考上了中国政法大学，养父母到处炫耀分享教育心得，她一方面嗤之以鼻，一方面也真的感谢他们对她的苛责。

大学毕业后映竹很快嫁给了米文昌。养母曾经嫌弃米文昌农村的家，但考虑到米文昌有出息有前途，工作也体面，就同意了这门亲事，事实上她知道不同意也拦不住。之后看映竹日子过得越来越好，米文昌官儿越做越大，她心里越来越失衡，一方面到处显摆女儿女婿，一方面三天两头跑过来要钱。用映竹的话说："他俩工资都不低，买个高压锅都跟我要钱！"

在他们无休止的讨要中映竹对他们的感情被消耗尽了，只剩下了道义和面子。

自己过好了，不管含辛茹苦拉扯大她的养父母，她不想落这个名声，但她也不甘心被他们得便宜卖乖，齐蓝也就成了她倾诉的唯一对象，常说家丑不可外扬，映竹拿齐蓝是不当外人的。

一连三四天，郑主任没有消息了，齐蓝每天晚上10点都会有所期待，然后是失落，她几次编写好信息又放弃发送。"郑主任还好吗？""郑主任很忙吗？""郑主任雷雷快考试了吧？"这些问句她自己都觉得

第二十四章 明察暗访

是明知故问，她发现自己不会说话了。

这天，齐蓝找到了一个联系郑主任的非常过硬的理由，问问傅校长爱人姚阿姨的事，她想到这个理由时紧张、兴奋、心慌，她没给自己后悔的机会，迅速把信息发了出去："郑主任我在昆明看到傅校长爱人姚阿姨了，听映竹姐说阿姨她们是去开传销会，有些替傅校长担心，您是否试探一下傅校长是否知道此事。"消息发出去，齐蓝一直捏着手机在屋里走来走去，十分钟，二十分钟，半小时，一个小时了，郑主任还没有消息，齐蓝越来越不安，郑主任怎么啦？单位有什么事发生？诬告郑主任的人又使出新招数了？不会呀，没有任何实锤呀，那是郑主任想避嫌了，跟她联系不方便？还是忙？或者是嫌她八卦，齐蓝胡思乱想。

"蓝蓝，睡了吗？这几天每天忙完就11点了，想联系你又怕打扰你休息。"

"嗯，没睡呢。"齐蓝平静的语气后面是一颗惊涛骇浪的心和满是泪痕的脸。原来郑主任只是忙！

"今天太晚了，明天我跟傅校长联系一下，蓝蓝，我先替傅校长谢谢你！"

"郑主任，我不确定啊，反正那个群体不太正常，您说话注意不要太直接，万一人家不是传销呢！"

"嗯，我知道，你考虑问题真够周密！好啦，不许说话了，睡觉！安！"

"嗯，安！"齐蓝陷进了温情中，有一瞬间的眩晕。

郑青找到傅剑锋的结果是，傅剑锋也发现了妻子不对劲儿，像被洗了脑一样。说一种什么液体，坚持喝半年，听力能恢复一大半，已经买了2万多元的产品，每天认真服用产品，体验产品，到处分享。最让傅剑锋难堪的是，她千方百计拉人去开会，去听成功人士的创业事迹，见证百病能医的神奇产品。妻子回来总是眉飞色舞，说要治好病的同时让更多人受益，分享中成就一份事业。

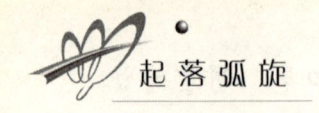

傅剑锋越听越玄乎，他怀疑过这是传销那一套，但考虑到是米厅长岳母介绍去的，他又抱了侥幸心理，没有坚决阻止妻子，另外他是多么不愿意放弃恢复妻子听力的机会呀！哪怕是恢复一点点呢！

妻子是因为药物过敏导致的渐进式感音神经耳聋，曾四处求医无果后才放弃。现在只有残余听力，但妻子很用心用功，靠着观察口型和进入语境后的判断，基本上能和他正常交流，但出去遇到生人妻子就会很紧张，因为不熟悉对方的语言习惯，判断失误就会很多，有时候打岔打到离谱。这让妻子很痛苦，让傅剑锋很难堪，因为他知道妻子不愿让他跟人解释她听力不太好，她不想让别人像教小朋友说话一样，对着她做足口型和表情。

这一切让傅剑锋很心疼，早些年他专注于学术研究，忽视了妻子的病。她的听力下行是一个缓慢的过程，他粗心了，他甚至抱怨妻子。"跟你说话老是心不在焉！"妻子瞪着无助的大眼："我听不清，老问你又怕你烦！"

后来他一跟妻子说话，她就很紧张地盯着他的嘴。再后来有同事和邻居反映："跟你爱人说话，她总是不搭理，是怎么回事啊？"他终于意识到有问题了，带她去了北京同仁医院耳鼻喉科，各种仪器过一遍，结论是感音神经性耳聋，听力不及正常人的五分之一！

确认结论之后，他一把搂住妻子："你怎么不早说呀？你是怎么坚持下来的？"

从此他们走上了寻医问药之路，一线城市大医院都去过，中药针灸也试过，江湖郎中也找过，都没有明显效果。最后配助听器，戴上头疼，死活适应不了，说是还不如聋着好受，傅剑锋是想再打听打听，如果有必要并且技术也成熟的话，他准备给妻子考虑人工再造耳蜗。

两个多月前，米厅长岳母不知怎么联系到了妻子，去开了个产品说明会回来之后，妻子说她的耳朵可能有治了，是美国的品牌，很多患者都上台分享了，傅剑锋当时没有在意，心想产品有用没用的吧，妻子开心就有用。

第二十四章　明察暗访

没想到妻子不仅是开心，简直是亢奋，甚至到疯狂！

家里产品越来越多，不光是治耳朵的，心肝脾肺肾，调理哪儿的都有。她不光自己吃，还追着傅剑锋吃，傅剑锋拗不过她就吃些维c片之类的，只不过几次，她就兴奋地说："你看你脸色完全不一样了！滋润了，饱满了，精神多了！"弄得傅剑锋哭笑不得，怎么睁着眼说瞎话呢？

直到妻子要跑到昆明开会，他才非常严肃地制止她："治病就治病，你跑那么远开什么会呀？"

"有患者分享，有专家讲课！"妻子理直气壮，他没能拦住已经被洗了脑的妻子。郑主任打电话一问，他就明白了这一切。

"郑主任，帮我想想办法，怎么把这傻女人拉回来！"

"如果真是这样，不光是拉回嫂子，我们不能让更多的人拿着血汗钱上当了！"

"好好好，郑主任，听你的！我全力配合！"

周五一下班，郑青就赶紧联系齐蓝。

"蓝蓝，晚上一起吃饭！"

"郑主任，您方便吗？"

"方便，我有正事儿说。想找事儿的人，再怎么小心也会找到毛病的。"

"嗯，那我们去哪儿？"

"你今天限号吗？"

"不限。"

"那我们去开发区丽港，你接我一下吧。"

"好的，快到了给您电话。"

一个小时后他们坐在了丽港的一个小包间里，环境幽静，装修雅致。

"饭菜怎么样我不知道啊，我是从网上看的，口碑不错，主要是环境好，你点吧，你爱吃我就爱吃。"郑青说着把菜单递给齐蓝。

齐蓝也不推辞，很麻利地点了两菜一汤一饭，然后用探寻的目光

看着郑主任。

"先不着急说事儿啊,蓝蓝,你还好吧?"郑青满眼爱怜地看着齐蓝。

"我?好啊……"齐蓝说着摸了摸自己的脸。

"哼,自己也知道瘦了吧!是有计划地减肥呢,还是累了不舒服了?"郑青紧盯着齐蓝的眼睛问。

"没有减肥,年底事多。另外最近睡眠不太好。"

"为什么睡眠不好?劳累过度,还是有心事?"郑青总是至少三个问号。

"抗议!不做选择题了!"齐蓝抿着嘴歪起头,挑衅地看着郑青。

"好好好,你不做我做。蓝蓝是有心事了。"

齐蓝的脸腾地红了,心怦怦地跳。她有些羞涩地低下了头。

"蓝蓝!"郑青的声音有些异样了。

"蓝蓝,我也是,最近睡眠不好,老是惦记你,你感觉到了吗?"

"嗯。"齐蓝的头垂得更低了。

"郑主任,我知道你惦记我,其实我收不到你的消息总是不踏实。"齐蓝鼓足勇气说出了心里话。

"嗯,蓝蓝,一样,我们一样。"郑青的声音水一样漫过来……两个人温润在这温柔里了。

菜很快上来了,郑青深吸了一口气,坐直身子,用尽量正常的声音说:"先吃饭,吃饱了,我真有事交代你。"

"嗯。"齐蓝听话地拿起筷子。

二十分钟后他们就吃完了。

"傅校长爱人的事,可能真是比较严重,从傅校长介绍的情况来看,基本可以确定不是正常的公司和产品了,销售模式很像传销,但还不能最后确定,还需要深入敌后一探究竟。"

"您是想让我去调查?"

"不限制人身自由,所以你去应该没问题。"

第二十四章　明察暗访

"我知道,映竹姐的母亲邀请我不是一次两次了,我一直说没时间,现在正好可以就坡滚驴应邀去看看。另外我想带上叶丹。"

"嗯,那太好了!不过你先跟映竹沟通一下。"

"好,我明白。"

"好啦!这件事就说到这儿。今年春节准备怎么过?"

"今年没做出行打算。"

"北京还有亲人吗?"

"有,嫂子侄子。就是我不太愿回去。哥哥不在了,父母亲也都安葬在那里,我一到北京总是很伤心,都是痛苦的记忆。"

"我明白。以后就不是了,因为我的家也在那里。"

"嗯,我想想。"

"不要想啦。为了我,今年回北京过春节好吗?那样我们能随时见面。我必须回去啊,四位老人都在北京,我舍不得把你一个人扔在这里。"

"嗯。"齐蓝低着头,声音发涩了。

"哭啦?蓝蓝,是我不好,让你伤心了。"郑青伸过手抚摸了一下蓝蓝的头。

"没有,没伤心。"齐蓝抬起头,带着泪花的双眼勇敢地注视着他——她早就心之所系的这个人。

"好,蓝蓝,不觉得委屈就好。我比你大太多,有婚史,有孩子,我一直怕委屈了你。"郑青诚恳地表白。

"别说了,我都不在意!不,我都在意,这一切都是吸引我的原因。"

"谢谢蓝蓝,我心里有底了,我会好好疼你的。"

"嗯。"齐蓝含笑点头,她正视着郑青热烈的眼睛。

"我们回去吧。"郑青帮齐蓝穿好大衣,戴上帽子,轻轻地拍了她一下,"走吧。"

一切是那么自然亲切,温情克制。

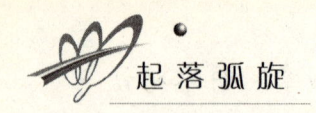

两天后的晚上 7 点半，齐蓝拉着叶丹参加了在康乐中心十二楼举办的"XX 产品分享会"。

映竹姐的母亲谢阿姨在门口接应了她们。

"呀！蓝蓝！快上楼，一会儿没座位了！这姑娘是？"穿戴隆重的谢阿姨看着叶丹问。

"阿姨，这是我朋友宋薇。跟我一起来看看。"

"欢迎欢迎，这姑娘多洋气啊，用了我们产品好给好好宣传啊！"

齐蓝和叶丹随谢阿姨上了十二楼。活动地点是一个五十多平方米的大会议室，长条桌摆得很挤，最后面腾出了三分之一面积的空地，密密麻麻摆满了方凳。前台桌子上摆着各种包装的产品、水、证书、报纸……有桌子的座位已经被占满了。

一个三十多岁打扮时尚、妆容精致、有领导范儿的女人，堆着满脸职业的笑容穿梭于人群中，握手、点头、微笑，接待着"老人儿"领来的新人。

齐蓝和叶丹这对新人一进来，立即引起了她的重视，齐蓝的身高和外形在这群人里很显眼，而叶丹的时尚大气更是引人侧目。领导范儿女人一边跟身边人握手，一边警惕地看着齐蓝她们。

谢阿姨刚才在走廊里跟人说了几句话的工夫，齐蓝和叶丹就已经进屋了，这会儿谢阿姨赶紧挤过来："来来，蓝蓝、薇薇，我给你们介绍张总。"

她推着齐蓝，拉着叶丹，走到了被称为张总的女人面前："张总，这是我女儿的朋友齐蓝、宋薇，都喜欢咱们的产品。"张总微微一笑，左手抚胸轻轻点头，然后先向齐蓝伸出手："欢迎！"又转头对着叶丹："欢迎！"

整套动作秀感极强，看得出她在齐蓝和叶丹面前努力表现得优雅矜持。叶丹抓着齐蓝的手，在手心儿里抠了两下，意思是：看，多能装。齐蓝使劲捏了捏她的小手，意思是：我知道，淡定。

在张总的协调下，前排有两个人腾出了座位让给齐蓝和叶丹。

第二十四章 明察暗访

"谢谢!"谢阿姨夸张地感谢。

"谢谢张总,谢谢张总啊!"她一脸的受宠若惊,因为她带来的尊贵的新人得到了张总的特别照顾。

活动开始时已经8点了,因为不断有"老人儿"向张总请求:"张总,我邀请的新人正在路上,等会儿行吗?"

"催一下,人满了,我们马上开始。"

"大家静一静,我们的活动马上开始了。今天来的朋友都是非常幸运的朋友,因为我们非常荣幸地邀请到了公司华北区总经理崔立行崔先生!崔总原来是一名月薪只有3000元的打工族,因为爱人生病,一个偶然的机会接触到了我们的产品,爱人久治不愈的结肠炎,在服用我们的产品两个月后彻底痊愈,两个月啊!朋友们!结肠炎是非常顽固的慢性病,癌变风险极高,而我们的产品两个月就攻克了这座堡垒!崔总由此也发现了巨大的商机,他果断辞去了工作,加盟了我们公司,不到半年就拥有了100多人的团队,月收入从3000元一直飙升到6万,现在崔先生已经荣升为我们华北区总经理!崔总的月收入是个谜,我们一会儿请崔总给我们揭开这个谜底!有请崔总为我们分享他的成功故事,以及我们卓越的产品!"叫张总的女人讲得面色绯红,眼睛流光溢彩,声音高亢激昂。

会议室爆发出热烈的掌声和跺脚声、欢呼声,崔立行从会议室后方一路跑上讲台,边跑边招手,像是凯旋的英雄。

"朋友们,晚上好!"崔立行的晚上好是喊出来的,下面的"老人儿"马上回应:"晚上好!"

声音震耳欲聋!新来的菜鸟们面面相觑。崔立行又提高了八度:"晚上好!"台下应声者也提高了八度:"晚上好!"

"好!非常好!成功的第一关:在人前大声说话,克服羞涩心,始终保持乐观的奋斗状态。"崔立行的开场白立刻引起台下共鸣,掌声又一次响起来,叶丹又抠了抠齐蓝,齐蓝示意她别动。

"朋友们,刚才张总说我的月收入是个谜,确实,没用过咱们公司产品的人可能不信,但是只要你用了,你受益了,你就会知道这是多么大的商机!我们的事业也很简单,简单才能做大,我以前打工时就是个勤奋的打工族,但是勤奋没有改变我的收入,更没有改变我的命运,我依然挣扎在谋生水平。但是我很幸运,我选择的这家公司给了我做成一份事业的机会,使用产品分享产品,让更多的人受益,让更多人加入我们的团队,产品会为我们说话,团队会为我们赚钱,朋友们这样的事业好不好!"

"好!"台下群情激昂。

"这样的事业简单不简单?"

台下没有回应。崔立行在台上走了两圈,面露玄机:"没人敢说简单嘛,那我现在告诉大家,我们的钱赚得到底多简单!"

接下来他讲了一个多层次提成的奖金制度,明显的金字塔形,符合传销特征。

"我就是靠着咱们公司卓越的产品和优厚的奖金制度,实现月入20万的!"

"哗……"台下又是一阵掌声和跺脚声,崔立行在众人的仰视中走下讲台。

接下来是产品分享,一个个使用产品受益的患者走上讲台,情真意切、痛哭流涕地分享使用产品的体会。

分享的人越来越多,演讲越来越亢奋,也越来越拙劣,但是会场的人除了齐蓝和叶丹只是偶尔随声附和外,其他人都摩拳擦掌,好像发现了金矿。

"蓝蓝、薇薇,怎么样?兴奋吧,多少人靠这家公司成功啊!"谢阿姨也是满脸通红,眼睛放光。

齐蓝没来得及反应,叶丹先发声了:"嗯嗯,这产品真厉害,能治这么多病!"

"那可不,赚钱靠的就是产品好。"谢阿姨眼睛更亮了。

"来!蓝蓝、薇薇跟我来填个表,以后拿产品就是会员价了。"

第二十四章　明察暗访

谢阿姨趁热打铁。

齐蓝刚想推辞，叶丹给她使了个眼色，意思是别管，看我的。齐蓝、叶丹跟着谢阿姨挤在签约的队伍里，十几分钟后叶丹也刷刷刷填好两份顾客资料表，然后跟谢阿姨道谢后，拉着齐蓝跑出来。

"你怎么填的表啊？"一出门齐蓝紧张地问。

"身份信息和电话都是错的，放心没事。"

"嗯，还是你灵活。"

"我暗访过好多家类似的公司了，这肯定是传销了。小姨你只管劝好你的朋友，千万别再做这个了！会钝刀子割肉，越赔越多的，其他的事交给我运作。你别管了啊，我按步骤来。"

"好吧，丹丹。你得注意安全啊！"

"没事，这不是那种涉黑的传销，充其量就是集体撒谎骗人。用高价产品从中谋利，他们能骗就骗，骗不成不纠缠，所以没危险，但社会危害性很大，骗亲人、骗最好的朋友，直到榨干为止。那些产品大部分是维生素的不同包装，吃不好也吃不死，所谓治好了的也真有，全靠意念。"

叶丹说起来头头是道。

"看来你是真懂啊！那我不管你了啊。"

"好，别管了小姨。"

她们各自上车。

"抓紧找小姨父啊，又要长一岁了！"叶丹从车窗探出头喊了一句。

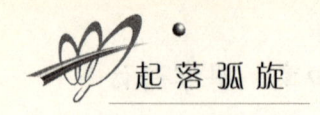

第二十五章　空城不空

齐蓝目送叶丹的车走远才上车,她先给郑青拨通了电话说:"活动结束了,我在车里,叶丹刚走。"

不知从什么时候开始,她叫不出"郑主任"了,她不知该怎样称呼郑青。直呼其名?她做不到;亲热的称呼?她也叫不出口。她只能绕开称呼,这让她有点儿别扭,郑青发现她为称呼问题纠结时,曾半开玩笑地说:"要不你叫我老牛?"

齐蓝半天没反应过来,姓郑为什么叫老牛呢?后来她突然想起"老牛吃嫩草"。

"呸!"她羞红了脸。

"蓝蓝你其实很少女知道吗?我就喜欢你这不沾染俗气的样子,特别本真。"

这会儿郑青听齐蓝又不带称呼地直接说事儿,他准备解决这个问题。

"蓝蓝,称呼问题得解决,因为我们总有出现在人前的时候,就叫老郑吧,叫叫就亲了。"

"好吧,老郑。我现在电话里跟你汇报?"

"别呀,我好不容易有理由见你呢!"郑青又逗蓝蓝。

"你再出来就晚了吧,要不我拉你转一圈?"

第二十五章　空城不空

"好吧，快到了通知我，我下楼。"

齐蓝到了郑青宿舍大门口停下车才准备给他打电话，她怕打早了他提前下来了。号码拨出去好长时间，郑青没有接听。

刚想挂掉，有人敲她的车窗，一扭头，郑青正把脸贴在玻璃上朝她笑，她赶紧开锁，郑青带着一身寒气坐在她旁边。

"不是说好打电话再下来吗？多冷啊！"齐蓝心疼地埋怨。

"我想早一会儿见到你。"郑青脱口而出。两个人都沉默了，狭小的空间里涌动着躁动的气息。

郑青突然侧过身搂住了齐蓝："蓝蓝！"

"嗯。"齐蓝乖乖地趴在郑青肩上，郑青不停地用带胡楂子的脸摩擦她，她心里一阵悸动，头往后一仰娇嗔地说："胡子太硬了！"郑青想吻住她嘟起的嘴，但他吸了一口长气，忍住了。

"好了，开车吧。"郑青替齐蓝整理了一下头发。

"嗯！"齐蓝也镇定了一下心绪，发动了车。齐蓝开得很慢，他们沿省政府门前的裕山大道从西到东，又从东到西……

齐蓝把今天看到听到和观察到的情况在脑子里整合了一下，跟郑青作了清晰的汇报。

"嗯，好，我明白了。你这小外甥女真给力，从第一次见，我就觉得这孩子透着一股利索劲儿，青春扑面，大大方方，说话办事条理清楚，逻辑严谨。90后都这么厉害了，后生可畏呀！"

"哈，你作报告呢，叶丹要知道你这么夸她，得多高兴啊，这么大的领导这么认可她。"

"孩子确实让人眼前一亮。"郑青更加肯定地说。

"蓝蓝，我在前面下车吧，你早点回去休息，咱俩分工，我跟傅校长沟通一下情况，让他一定阻止他爱人继续参加这种活动，割断联系。你跟映竹谈吧，她恐怕得费点儿劲儿劝她母亲。那些骗子就按叶丹的步骤处理吧。我同时也会与有关部门沟通一下情况。"

"嗯，好，你赶紧回去休息吧，我看你要感冒。"

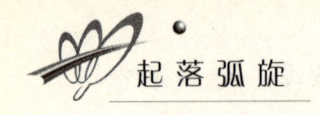

"嗯，是嗓子不舒服了。我上楼喝水。"

"嗯，对，喝白开水。"

"好。"郑青在齐蓝的脸颊上轻轻吻了一下，下车了。他看着齐蓝的车掉头开走才上楼。

寒假前最后一个周末了，齐蓝早早地就去学校门口等雷雷。天太冷了，她不舍得让孩子骑单车回去了。

雷雷一见齐蓝就神秘兮兮地问："蓝蓝姐，老郑被俘虏了？"

齐蓝一怔："你这孩子！"她使劲儿拍了他一巴掌，雷雷跑开了几步又凑了过来："你会优待俘虏吗？"齐蓝来不及反应，他又上来一句，"没关系。优待俘虏的儿子就行。"

齐蓝故作生气，仰天叹道："这孩子不能要了啊！"

他们到家的时候，郑青正在厨房里忙活，齐蓝到厨房看了看，就跟着雷雷进屋检查他一周的功课去了。

"蓝蓝姐，你不用管我，我反正跟着学校的进度复习了一遍，感觉自己差劲的部分也返工了。没什么问题！去帮爸爸吧，我对他的厨艺极大地不放心。"

"好吧，好吧！自己学会儿。饭好了叫你！"

齐蓝到厨房先把门关上："你知道你儿子说什么吗？"她忍着笑意问郑青。

"他呀，说不出什么中听的话，准是挖苦我拜倒在你石榴裙下。"

"哎！靠谱儿！真是父子连心啊。"齐蓝一拍手说。

"哈哈，看老爸笑话，臭小子！"郑青突然笑出了声，他似乎看到雷雷促狭的样子和齐蓝被捉弄的呆萌表情。

"他说的不是石榴裙，他说老郑被俘虏了，还要求我优待俘虏的儿子。"齐蓝又凑过来小声说。

郑青快忍不住了，齐蓝捅了他后腰一下："别笑，别让孩子听到。"

雷雷一放假郑芳就来接了，齐蓝之前就答应雷雷走之前请他吃顿大餐。她跟郑芳也已经在微信上打过招呼，但郑芳因为票不好订，日

第二十五章 空城不空

期往前提了一天，齐蓝请客也就往前提一天。

几件事凑到一起了，下午5点她从公司下班后先去严叔叔公司帮程刚敲定一个春节期间的广告宣传文案，和郑芳雷雷吃饭定在7点半，时间非常赶。

幸好程刚的文案并没有多少需要大改的，不到一个小时他俩就搞定了，齐蓝匆匆忙忙准备走。

"齐姐！"程刚喊住了她。

"嗯？"

"今晚请你吃顿饭，一年了！"

"哦，不行！我今天得请人！"

"请什么人？我方便一起去吗？我一起请齐姐和齐姐邀请的人。"

"嗯，也没什么不方便。好吧，那快收拾咱们一起走，我得去接他们。"

"那这样，定在哪儿？我先去饭店，你去接人。"

"燕山大酒店自助。"

"好嘞。几位？"

"四位。"

齐蓝接上郑芳和雷雷之后，一边开车一边跟郑芳交代："有一个广告公司的经理，我的朋友。今天帮他们弄文案，刚结束非要请客，我说我得请客，他坚持一起去，没事吧，郑芳，雷雷？"

"没关系呀，反正都是为了陪雷雷。"

"我更没关系，只要有好吃的。"

程刚买好了四位的餐票，在顶楼的自助餐厅门口等齐蓝她们。他看齐蓝带着两个人走过来，赶紧喊了一声："齐姐。"

郑芳愣了一下，觉得这人有点面熟，门口人来人往的，齐蓝就没介绍，她朝程刚点了点头："咱们先进去吧。"

四人落座，齐蓝一一介绍，郑芳一直看着程刚发愣。直到大家各自去拿盘取菜，她还在发蒙，看着程刚摆肩的动作和脚尖先落地的走

起落弧旋

路姿势,她突然想起来了:"哦,是他!635路公共汽车上遇到的那个人。"她差点叫出声。

三个月前,她因公要去大兴区莱茵河畔小区的一户居民家里,从单位去路比较远,所以午饭之后她没有休息就出来了。

正是午休时间,公交车上没有多少人,车到幸福路的时候,没人下车,车起步几十米了,坐在司机后边座位上的一个三十多岁精瘦矮小的男人,突然站起来:"哎、哎!下车!"

女司机没有吭声,更没停车。男人急了:"师傅,停一下,我过站了。"

"下一站吧。"司机有点不耐烦。

"我他妈刚喊你停车的时候不刚刚出站吗!"男人蹿到了司机右侧,伸着脖子开始骂骂咧咧。

"嘴巴干净点!"司机厉声喊。

"我就骂你个臭娘们儿!"说着跃跃欲试要动手。

郑芳此时就坐在门右侧的座位,她看不下去了:"哎呀,行了,不就一站路嘛!走几步吧!"

"闭你妈的嘴!"男人拧着脖子狰狞着脸对着郑芳,然后他突然转过身一把揪住女司机的头发,"我叫你停车!"

司机受到突然袭击只好紧急刹车,整车的人不由得向前扑去。这时,从后面座位上突然站起一个高大的小伙子,两步跳到男人跟前,一把攥住男人的右手腕,然后用右臂肘使劲儿给了男人后背一下子,顺手反拧过男人的右胳膊。

男人"哎哟"松开了司机的头发。

"你妈的放开我。"男人又骂,高个子小伙子手下又一使劲。

"就你这小身板还嚣张呢!"

这时被堵在后面的车纷纷鸣笛催促,司机重新发动了车,小伙子看男人不吭声了,一松手往前搡了他一把,男人踉跄几步扶住了座位靠背。他嘴动了动,不敢出声了。

第二十五章　空城不空

车到下一站男人窝腰低头扭曲着脸下车了。

车上立即活跃起来：

"这种人不讲理！"

"没素质！"

"就是，太过分了！欺软怕硬！"

"唉，什么人都有，真差劲！"

刚刚制服男人的小伙子嘴角撇了一下，没有出声。郑芳心里一阵鄙夷，一个瘦小的男人要横，一车人鸦雀无声，无赖走了，都义愤填膺了。

又过了两站，郑芳该下车了，小伙子也跟她一块儿下了车，她想打个招呼并表示感谢，但小伙子看来很着急，一下车甩开大步晃着肩走了。

四人都取好菜就座了，齐蓝带头举起了酒杯："借花献佛，今天是我请客，程总买单，来来，碰一下咱就开动了啊。"

四只酒杯碰到了一起，郑芳抿了一口饮料，看着程刚："程总，你对我有印象吗？"

"哎哎，叫程刚吧，印象？我想想啊。"程刚侧着眼看了郑芳将近一分钟。

"没印象，真想不起来。"

"北京，635路公交，幸福路上。"郑芳提醒。

"噢！"程刚大叫一嗓子，把齐蓝惊得身子一颤。

程刚指着郑芳："你是坐在最前边那个姑娘。"

"哈哈！是！我本来下车想追着你道谢呢。你大步流星头也不回地走了。"郑芳笑着站起来，隔桌向程刚伸出手。程刚也站起来，实实着着地握住了郑芳的手。

雷雷忍不住了："这是什么和什么的故事，小姨？"

"别着急，雷雷，坐我旁边来，先让故事的男女主角团聚。"齐蓝把雷雷的杯盘拿到自己这边来，让郑芳跟程刚坐在一起。

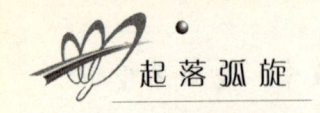

接下来郑芳讲述了事情的经过。"哇！厉害呀！哥，你不怕那小子有刀子啊？"雷雷眼神充满了崇敬。

"有刀子也得上啊，那种情况其实靠本能，看不下去了就出手，不想那么多。"程刚说着端起了酒杯，"咱不说这事儿了，说多了矫情。"

郑芳显然对程刚印象很好，吃饭过程中一直在跟程刚说话。快结束时，齐蓝脑子里突然一个闪念，郑芳、程刚，男单女单，公交奇缘，她准备顺水推舟了。

"哎，你们俩再去玩儿会儿吧，也算久别重逢啊！程刚带郑芳到咱太行市转转，我送雷雷回家。"齐蓝对程刚眨眨眼。

程刚马上会意："没问题，郑芳，给我完成任务的机会吧！"

"好好，反正也不太晚，转一圈就送我回去吧。"

"遵命！"

原定第二天上午齐蓝去送站，结果晚上快11点的时候程刚打电话："明天我送他们去火车站啊，都说好了，你就别管了。"

"好好加油！"齐蓝鼓励道。程刚一定明白"加油"的含义。

程刚听从了齐蓝的劝告，去年11月带母亲去北京做了检查，最终确诊是肺癌。母亲坚持不治了，说是想早点去那边见他爸，他软磨硬泡，一次次痛哭流涕地劝说，总算说服母亲做了手术。出院后程刚在北京租了房子，请了保姆。

他的校园媒体项目进展很顺利，签约学校已经三十五个了。意向广告主也有十几家了，现在只等他从严和公司脱身，就可以全面展开运营了。当然前提是她母亲病情稳定。

齐姐的美意他当然领会。带郑芳兜风时，他们已经彼此了解了对方的基本情况，他很坦诚地介绍了自己，他感觉郑芳这姑娘很亲切、很真诚，让人踏实、温暖、放松。他同时感到了郑芳对他强烈的好感，他们互加了微信。送郑芳回家时，他提出明天送站，看得出郑芳很开心。

春节倒计时了，齐蓝因为要回北京过春节，所以提前安排了对太行市亲朋好友的探望和问候。

第二十五章　空城不空

紫玉姐那里她去过了，情况比预期要好，目前没什么症状，一直在喝中药调理，或许是中药起了作用，或许是心气平和了，看起来气色好了很多，说话又开始妙语连珠了。其实紫玉姐本身就是个乐观的人。齐蓝看到紫玉姐的状态后，心里一块石头一下子就被搬开了，虽然还不能排除，但她感觉紫玉姐已经能平静面对了。

映竹姐的情况，比较让人揪心，跟老米一直貌合神离，人前做戏，人后冷战。母亲虽然在映竹的"威胁恐吓"下不再做那产品了，但也不消停，三天两头儿地要钱，动不动就一把鼻涕一把泪地说养了个白眼儿狼。

映竹听齐蓝说要去北京过春节，有些失落，齐蓝和郑青的事她隐约知道。齐蓝没有直说，但话里话外已经流露出来了。映竹不多问，不是不关心蓝蓝，而是她觉得她最近心情有点灰，对男人的认识，受老米事件的影响也有一定的偏见，她不想在这样一个非常时期用不太客观的说法影响蓝蓝，她相信蓝蓝判断力是不会出大问题的。

齐蓝也看出了映竹姐的心思。她不想秀甜蜜刺激映竹姐，所以，关于郑青她俩是心照不宣的。

节前的几天，齐蓝因为每天下班后要去串门，而郑青也有很多工作上的事要处理，她俩一直没有见面，直到腊月二十九早晨，两个人才在高铁站会师。

一上车郑青就握住了齐蓝的手："蓝蓝，这是我梦里出现过多次的画面，和你一起去旅行。"郑青侧对着齐蓝小声说。

"嗯，我也是，可惜路程太短了，明年咱去个远地方，把咱俩年休假调在一起。"齐蓝建议道。

"先这么计划，我这儿有时候身不由己啊！"郑青怕到时候有什么任务压下来，所以不敢跟齐蓝敲死。

"知道哇，工作第一！"齐蓝说了一半，后半句她对着郑青耳朵，"爱情第二。"

郑青使劲捏了捏齐蓝的手指："哎，蓝蓝，你办了件大好事啊！"

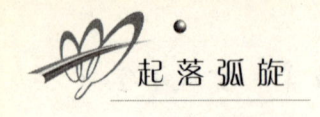

"哪件？我天天办好事！"

"别吹，毛主席都说，做点儿好事并不难，难的是一辈子做好事不做坏事。"

"快说，哪件？别扯远了。"

"芳芳的事啊，我听雷雷姥姥说芳芳好像恋爱了，就是那个程刚吧。"

"哦，这俩人够快啊，我也没起多大作用，人家两人有段公交奇遇，英雄救美。"

"哦？说说听听，你怎么没跟我说呢。"

"你哪有空听这个呀，天天忧国忧民的，见面就教育我。"

"不是吧，不客观了啊，蓝蓝。"郑青故作委屈状。

"反正每次见你，很多话没机会说，老觉得时间太快，主要也是不想太消耗你，其实感情要是热烈了，也是很消耗人的。"

"嗯，是。要不说平平淡淡才是真，咱俩悠着点，平平淡淡长长久久。"

"嗯，同意。"

他俩还没来得及说春节期间的具体安排，火车就要进站了："一会儿我先送你回嫂子那，我不进去。"

"不用，绕那一大圈干吗？我又不是路不熟，各回各家吧，可惜我没妈啦。"蓝蓝眼里又闪现了一丝哀伤。

郑青赶紧搂住了她："不难过啊，你缺什么我就是你的什么。"

"嗯嗯。"齐蓝使劲点头。

下了车，郑青把齐蓝送上地铁才招手离去，虽然过两天就能见面，但他心里仍是很不舍。

蓝蓝春节只有嫂子陪伴，至亲都不在，终究是孤独的，虽然蓝蓝很懂事，不跟他提任何要求，但他知道蓝蓝一定希望他陪她过春节，可眼下他要把自己分成好几瓣，他亏欠老人的太多了。

雷雷回来之后，大部分时间在姥姥姥爷家，爷爷奶奶也就这一个

第二十五章　空城不空

孙子，常年不见，想是必然，但他们知道姥姥姥爷更想见到外孙，这也多少能抵消一些丧女之痛。

郑青本想回来之后把四位老人都接到他家里，两家凑在一起过年。他先跟父母提出了这个建议，母亲在电话里不假思索："不可行，人老了都不愿离开自个儿的老窝儿，换了地方哪儿哪儿不熟，你那常年没人住，缺这少那的，另外房间也不够，大家都休息不好，还有就是街坊邻居也要串门拜个年呢！不方便了。青啊，你就别跟岳父母说了，他们肯定也不愿意，但人不会像我一样直接说。人家最想的也就外孙，就让雷雷陪他们吧。"

"妈，你们一年到头见不到雷雷几次。我……"

"没事啊，别为难儿子，你两边跑就行了。"

郑青心想，他哪是两边跑啊，他还有个心心念念的蓝蓝呢，他准备合适的时机再跟父母说蓝蓝的事，蓝蓝还没有做好见他们的准备。

听齐蓝说要回北京过春节，嫂子关姗立马来了精神头儿。她原本也是个勤快的人，只是齐浩的突然离世，对她的打击史无前例。痛定思痛之后她发现高估了自己的坚强。

每一件旧物，每一个场景，每一个情形甚至是一种味道，都可能触发她对齐浩的回忆和思念，经常是前一秒还是满脸的笑意，后一秒却湿润了眼睛。

儿子齐歆在天津上大学，刚刚成年却依旧稚嫩，给不了她多少安抚，倒是她得承担起为父为母的双份责任。经济上他们没有压力，但齐浩苦心经营十几年的公司假手他人了。

小姑子齐蓝在她最痛苦的时候，帮她妥善处理了齐浩公司的善后。她感激这个能干、直率的小姑子，但齐蓝好像并不愿意接近这个寡嫂，也许是睹物思人吧，齐蓝来京上坟总是来去匆匆不肯驻留。

这次肯回来过春节，让关姗很意外，想想小姑子也是没地儿可去了。大姑子齐芸要去婆家，齐蓝能投奔的亲人也就是她和齐歆了，这么一想关姗有点心疼这个要强而孤独的小姑子。

起落弧旋

她请了家政公司，把家里做了彻底保洁。被褥、床上用品更换一新，又换了一批绿植盆栽，齐蓝的屋里在回来的头一天预订了鲜花。这个家太缺亲人，太缺温暖了。

腊月二十九一大早，她就问齐蓝的车次，想去西客站接她，但齐蓝死活不让接。

"嫂子别接我，你在家做饭吧，我不带啥东西，轻装简行。"齐蓝最终没有告诉她车次。

齐蓝到家是中午 11 点多。关珊看着背着双肩包进来的小姑子，进门抽鼻子闻饭味儿的动作像极了她哥哥："你做带鱼啦，嫂子？"

"你不是爱吃又嫌腥气不爱做吗？"关珊接过小姑子的包，转身时眼里已经蓄满了泪，齐蓝太像她哥哥了，神情、声音、走路的姿势。

齐蓝一进门看到沙发旁金色的大地球仪，心里抽搐了一下，她想起齐浩站在地球仪前拨来拨去的，给她讲大唐盛世时拜占庭帝国的方位。

她换好鞋直接去了洗手间，一边洗脸一边流泪，刚刚擦干脸涂上面霜，眼泪又出来了。

"蓝蓝，先洗澡还是先吃饭？"嫂子在门外喊她了，她推门出来时眼睛还是红的，她看嫂子也像是刚哭过，但姑嫂两个都不提及。

郑青下车，先去了岳父岳母家，他每次回京不管雷雷在不在，都是先回雷雷的姥姥家，带回来的东西也是悉数放到姥姥家，去父母那里时再重新买，他尽力做好每一个细节，他想最大限度地安抚两个老人。郑媛不在了，他只会对他们更好。

郑青在路上的时候，雷雷已经打了两个电话："爸，快到了吧？我都馋饿了。"

这孩子的口味是姥姥姥爷培养出来的，所以一到姥姥姥爷家就像饿死鬼转世。

他进门的时候，饭菜正在上桌。

"我这点儿掐得准吧！"岳父有些得意。

第二十五章 空城不空

"爸，妈，辛苦了！"郑青看满桌子的佳肴，知道岳父岳母忙活了很久。

"芳芳呢？"

"小姨有人管饭了，以后不用咱们操心了！"雷雷抢着回答。

"哈哈，好啊好啊，进入情况挺快呀，爸妈，芳芳跟你们细说了吗，她那个男朋友？"

"说啦，说啦，那孩子都来过一趟了，挺体面，挺懂事。"岳母说起小女儿的事满脸是笑。

"哦，这么快就上门？"

"不算正式上门，是来送点年货，人家是不上楼的原来说，芳芳拿不动。"

"哦，好、好、好。"

程刚处理完严和公司的事，没等放假就回了北京，母亲的病离不开人，保姆春节要回老家，现在北京对于他又有了新的牵挂。他和郑芳的感情，因为有了公交见义勇为事件的铺垫，发展又快又稳，起码他们对彼此的道德水准是坚信不疑。看似内向寡言的郑芳，在程刚面前像被施了魔法一样滔滔不绝，手舞足蹈，而比郑芳小两岁的程刚倒像个宽厚的哥哥，呵护宠爱。他成功地把郑芳变成了小女孩。人都说在最爱的男人面前，每个女人都有返老还童的绝技，看来确是。

春节不过六七天的时间，郑青是恨不得讨个分身术的，两边的父母要陪伴，两边父母的亲戚要串串，在京的朋友同事也要看看，还有最朝思暮想的蓝蓝！

年前他没能抽出时间再见齐蓝，初二下午他才分身出来，约了齐蓝见面。齐蓝的亲人虽然在北京，但他听说齐蓝从来没在北京好好转过，连王府井都是一晃而过。其实郑青这个地道的北京人也没转过，有记忆以来好像一直就在跟时间赛跑，并没有多少从容优哉的日子。

郑青到东直门接了齐蓝到王府井，看着人流密集的步行街，"这哪是空城啊，多热闹啊！"齐蓝听说春节的北京是座空城。

起落弧旋

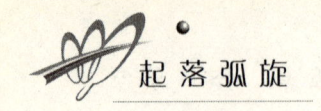

"别听网上以偏概全的说法，那只是很小的几个区域的情况，多数地方还是很热闹的，北京本地人就有1300多万呢，还有外地春节来北京旅游的，这几年也越来越多，再有就是像咱俩这样回北京过节的，总之是有出有进，只不过是出大于进，但是说空城是不切实际了。很多景点比平时人还多，前门商业区、琉璃厂庙会、地坛庙会等好多庙会，石景山、罗锅巷、八大处，还有就是咱们来的这儿。不过我不建议你吃这儿的东西啊！"郑青看着盯着热气腾腾小吃的齐蓝已经不听他说话了。

"我说我要吃了吗？"齐蓝反击。

"你那眼珠子快掉锅里了！"

"夸大其词，自以为是！"齐蓝现在经常顶嘴了。

"你越来越不听话了！"

"我干吗要听你的话呀？你说话太长，不敢问你事，问点儿事儿你就是一篇报告，职业病！"

"哦，以后注意，据说小朋友的注意力只能集中三分钟。"

"据说老同志说话没有刹车系统！"

在他们甜蜜斗嘴的时候，林桐和她的初恋男友就在离他们几十米的地方。

和郑青和平分手后，林桐思来想去还是找个宠她的人结婚吧，她在军校的同学对她长追不懈很多年了，彼此熟悉到不用说话，虽说少了些浪漫，但踏实稳定。她不是小女孩了，也许，兜兜转转，关于感情，关于缘分，早有定数，否则初恋何以有这么执着的追求？从了吧。

2018这个春节，在北京和来北京的人都知道：空城不空，很温暖，很繁华，很热闹。王菲、那英相约九八之后又牵手了2018，齐蓝、郑芳、林桐都在这个春节在北京与所爱牵手。

第二十六章　清微淡远

春节过后，也就快 2 月底了。2 月本来就短，中间又加了个最重要的节日，所以这个月对一般单位来说工作量较小。即便如此，放假回来的人们仍然不能安心工作。

这个期间，各单位"一把手"最操心，管太严了，大家说你不通人情，一年到头，就这么几天还不让尽兴；稍一松口，人们又得寸进尺，恨不得十五以后再进入状态。

郑青一回来就忙得不可开交，齐蓝知道他忙，尽管自己也是还处在春节的余兴中，但也没有缠着他见面，只是每天晚上微信联络。

她先去看了映竹姐，别人都是每逢佳节胖三斤，映竹姐却瘦了，眼睛看着更大了，里面盛满了忧郁和无奈。

"映竹姐，你看你瘦的，这么长时间了，你也该释怀了。"

"蓝蓝，我没法信任他了，他做的每一件事，说的每一句话，我时时刻刻都在信和不信间挣扎，累！"

"我觉得你太极端了，老米算得上一个诚实本分的人。"

"我原来也一直这么认为，但我没想到他撒了这么大的谎，闯了这么大的祸，枉我那么信任他，真是害死我了。"

"这件事确实出乎意料，但是男人犯这类错误的太普遍了，何况老米是仅此一次，不是惯犯啊。最好的人都是犯过错误的过来人，是

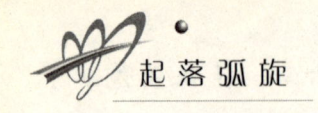

莎士比亚说的吧，好像是。"

"谁知道他是不是仅此一次呢？也许只是暴露了这一次。老实人最具有欺骗性。钱钟书说，忠厚老实人的恶毒，就像饭里的沙砾或剔骨鱼片里未净的刺，总给人以不期然间的痛。"

"哈哈，咱俩别拿名人的话打架了，都教条主义了，你俩这样长期冷战下去，结果肯定不会留在仅此一次了，他需要温暖，需要释放，你给不了，他就可能出去找了。"

"找吧，那就是自找死路！再有一次，我一天都不宽容他，马上离婚！"映竹说着就好像那一天已经来到了般地愤愤然。

"映竹姐，为人处事上，你一直是我的老师，你理性、客观，做事有条理，受情绪支配的时候很少。但我觉得你现在还处在情绪中，这样对很多人和事的判断都带着你的情绪，所以说遇到事，先处理情绪，后处理事情。"

"嗯，我知道，我走不出愤怒的情绪，劝人没问题，轮到自己了，知易行难哪！"

"要说你当律师的，见到的爱恨情仇很多了，应该比我们看得更开才对。"

"你说对了，蓝蓝，我见了太多的爱恨情仇、同室操戈，也许是人性的阴暗面见得多了，心寒了，老米出事只是个引爆点吧。"映竹若有所思。

"嗯，这么说有点道理，但是映竹姐，你也算满腹经纶，我还得借名人的话，罗曼·罗兰说：世上只有一种真正的英雄主义，那就是认清生活真相后，依然热爱生活。这话说得到家儿了！活着是需要点英雄主义的。"

"嗯，蓝蓝，谢谢你这么苦口婆心，我一个当姐姐的让你这么揪心，真是的！"

"说什么呢，谁都需要安慰其实，不是因为你大几岁你就百毒不侵，再说了朋友是干什么的，你最难过的时候肯定会有我出现。"

第二十六章　清微淡远

"蓝蓝，除了一男，我好像最亲的人就是你了。"映竹动情地说。

"老米也是你最亲的人，阿姨他们虽然有些行为欠妥，但也终归是亲人。但朋友还是必须要有的，这辈子要有一两个死党，比要有伴侣都重要。"

"没错，在追求幸福的路上，最重要的事情之一就是要有死党。苦也好，乐也好，只属于你一个人，这世界上没有第二个人知道，没人分享，没人分担，那活着就真没意思了。"

"所以啊，我们都是幸福的！"

"对！我们是幸福的，从明天起，做一个幸福的人！"映竹说着，伸出右臂张开手和齐蓝"啪"地一击掌。

"哎，不说我了，反正就这样了，还能再坏到哪儿去呢！你俩怎么样，进展顺利吧？"映竹确定齐蓝知道她在问什么。

"嗯，挺好的，你没怪我没及时跟你说吧，其实我家里人现在也不知道这件事，我这次回北京，我嫂子还要给我张罗呢。"

"怎么会怪你呢，就是父母健在，你也不一定第一时间去告诉他们啊。毕竟是成年人了，感情的事保持独立思考比较好，别人看到的终究太表面、太肤浅，而人性深处的东西是通过密切接触体会出来的，只能意会，所以谁的判断也代替不了你的感觉。"

"嗯，很对！你到底是过来人，很深刻的，对情感的认识。"

"唉，认识深刻有什么用啊，照样受伤。"映竹又拉回到自己的处境里了。

"忘了那点伤吧，谁一辈子不是伤痕累累呀！"

"你知道人生最困难的三件事是什么？"映竹突然抛出这个问题。

"不想思考，我也答不对，版本太多，上你的答案吧。"

"一保守秘密，二忘掉所受的创伤，三充分利用业余时间。"

"哦，有点意思，我消化一下啊。"齐蓝仰着头念念有词。

"认同第三条，充分利用业余时间确实很难，有爱因斯坦的理论做依据，他说，人的差异在于业余时间。"

"你是唯名人至上，蓝蓝！"

"不是，我是唯真理至上。"

"等你受过了伤，你就知道第一条也是真理了。"

"老郑不会伤我的！"齐蓝娇羞而笃定。

"嗯，你现在这种状态很正常，你要预见到他会在将来某一时刻伤你，你就不会跟他走进未来了。"

"即便伤我，也一定不会是主观故意，女人在情感上受伤，多半是自我的感觉吧。蒙田不是说过吗，让人感觉受伤的不是事情本身，而是人对事情的态度。就说你吧，老米这件事要说是伤害的话，他首先伤害的是自己，他突破了底线，让你们的情感有了瑕疵，而解除婚姻又不是他的本意，但他作为过失的一方，得不到你的原谅，他被自己违心的行为伤害了。你对这件事不应该感觉到被伤害，你又不是个依附于他生存的弱者，你从物质到精神都很独立，你只需要对这件事有一个客观的态度和一个解决的办法，不要老悲愤了。"

"道理是这样，他的本意也绝对不是伤害我，可能是我的理想主义在作祟吧。"

"嗯，最美的东西永远在追求中，别指望真的拥有。老郑，我也并没有美化他、神化他，作为凡人、俗人，他肯定有很大局限性，不可能没毛病，我只需要确认他没有我不能容忍的硬伤就可以了。"

"蓝蓝，你这么想很客观，但愿你言行一致，别到时候为点小事就全盘否定。"

"嗯，你要提醒我，我跟他年龄差距有点大，目前来看没什么不可调和的因素，如果我们之间闹矛盾，应该是我的毛病多些，老郑这个人很温和，什么事都不走极端，但他在原则问题上也不会轻易妥协。所以我觉得我们的相处是有原则的，虽然很多人说感情没有原则，所以很多人才处理不好感情。"

"也许你的老郑确实与众不同，恋爱期间仍能坚守所谓的原则，半个圣人了那就是。"映竹说这话时，并没有讽刺的意思，她多么希

第二十六章 清微淡远

望纯情高贵的蓝蓝遇到一个真君子！

而当映竹说"半个圣人"的时候，齐蓝想到的是郑青多次的"发乎情，止乎礼"，他非常克制，更不曾有冒犯任性之举。齐蓝很感动，对于郑青的适可而止，她觉得正是因为郑青的坚守和克制，给了他们的感情循序渐进、健康发展的足够空间，也使这份感情因为适度的距离而保持了美感。

春节上班后的第一个周末，虽然只休息周日一天，但这一天被安排了太多的内容，上班前一天才从外地赶回来的人们终于可以大扫除、逛超市……对于春节没有过够的小伙伴们，自然是可以吃吃、喝喝、聚聚、玩玩。

郑青这一天最想做的有两件事：打球、见蓝蓝。让他高兴的是鱼和熊掌他可以兼得！

"蓝蓝，明天上午，咱俩一起去傅校长那里打球怎么样，你没别的安排吧？"周六下班后郑青给齐蓝打电话征求意见。

"我的安排从来都是服从党的安排，郑书记！"齐蓝又调皮了。

"哈哈，好，嘴越来越甜了，晚上早点睡，明早8点接上我一起走可以吗？"

"好吧，哎，有别人吗？咱们一起出现好吗？"

"应该有，但不会多，我没细问，无所谓呀，男单身女未婚，受法律保护的，哈哈，没事儿啊。傅校长不是个八卦的人，咱俩的事儿我没正面跟他说，但我也没想隐瞒他，顺其自然吧，别为这些事操心，我心里有谱。"

第二天早晨8点，齐蓝准时赶到了郑青宿舍大门口。和以前一样，郑青已经在等了。

蓝蓝今天梳了一个高马尾，虽然这样有点扮嫩，但打球时头发不会因汗湿粘在脖子上。天气已经没有寒气了，她脱掉了羽绒服，换上了豆沙绿中长款风衣，下身是一条发白的不太夸张的破洞牛仔裤，脚上直接穿好了打球的运动鞋。

起落弧旋

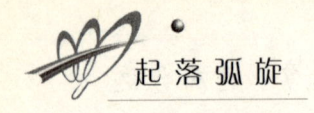

郑青上车后就侧着头一直注视着她。

"干吗这么死盯着人家啊？不绅士啊。"

"哈哈，我要再不绅士就难找绅士了。你今天青春扑面，很悦目。"

"你看着舒服就好，我这件风衣五六年了，我还怕你说我土值爆表呢。"

"我们蓝蓝穿什么都气质值爆表！"

"老郑，你终归是北京人，看着斯斯文文，其实挺贫的，你是隐形贫嘴人！"

"我为了讨你这小朋友欢心，我贫得很努力呀，唯恐变成中年油腻男。"郑青故作可怜相。

"哼，戏精！"

"哈哈，free style。"郑青把从雷雷那学的网络语言都用上了。

两人一路说笑，十几分钟就到了师大。约定的是八点半。

"早不早？"齐蓝问。

"没事儿，咱先上去吧。"

他们上到二楼的时候，就听到了三楼乒乒乓乓的声音，郑青一步两阶地加快了速度。

"傅校长已经来了。"

"噢。"齐蓝追了上去。

三楼乒乓球馆，只有东南角一个台子在开战。郑青一眼看出了面对着他的傅剑锋，另一个背对着他的大个子看不出来，两个人杀得正凶，连郑青、齐蓝进来，他们都没发现。

郑青快步向东南角走去，齐蓝的脚步却凝滞了，这个背影好熟悉！这个躬身的动作好熟悉！不可能！不可能！他不可能跑回来打球！正在齐蓝努力抗拒的时候，"背影"说话了，一声上扬的"Sorry"让齐蓝彻底凌乱了，"利昂！"利昂回来过春节了！

"蓝蓝，怎么啦？快点儿！"郑青看着齐蓝在楼梯口站着不动，以为她想起了什么事儿或者不舒服了。

· 第二十六章　清微淡远 ·

　　蓝蓝扭头想跑，可是来不及了，利昂听到蓝蓝两个字立马收住拍朝这边看过来，果真是齐蓝！

　　他放下球拍，几步跑过来，惊喜地看着慌乱的蓝蓝："齐蓝，终于又见到你了！"

　　他一把拉住了想往后退的齐蓝："亲爱的，真的是你！"齐蓝推开他："利昂，你回来过春节？"齐蓝远远地看见郑青呆立着看着他们。

　　"是的，我陪柳梅来过节。见到你太开心了！"他说着要过来拥抱齐蓝。

　　齐蓝往后退了一步，指着远处的郑青说："那是我男朋友，走吧，过去我给你们介绍一下。"

　　齐蓝快步走到郑青面前，指着跟过来的利昂："利昂，我的球友，三年前他在这里做外教时认识的。"然后她转向利昂，"郑青，我的男朋友。"

　　郑青先反应过来，微笑着向利昂伸出手："你好！"

　　利昂微微弯腰、点头，然后握住了郑青伸过来的手："很高兴认识您，郑先生，可以和你打球吗？"

　　"当然可以！"

　　傅剑锋这会儿终于明白了这里的故事：三年前利昂是师大的外教，齐蓝来这里打球认识了他，后来两人成了好朋友。

　　他走过来对郑青和利昂说："你俩可都是高手，今天这场巧遇真是天意。"

　　接下来，郑青、利昂开始练球热身。先打对角线，后拉直线，正手位、反手位交替对练。乒乓球呈流线型来回飞动，声音清脆悦耳。

　　几分钟后，练习结束，友好比赛拉开序幕。郑青直握球拍，身子微躬，两眼紧盯对手的手形，做好了接发球准备。

　　人高马大的利昂横握球拍，站在反手位，毫不客气地手腕一抖，一个漂亮的反手上旋球发过来。郑青回球保守，搓了一下，球偏高过网。

　　利昂泰山压顶般一记重拍，力大无穷，球"啪"的一声落案弹起利昂本以为拍死无疑，没想到郑青身轻如燕，一蹿老远，把这个又重又急、又凶又狠的球削了回去。

郑青直板正手削球一绝，展示了他接球处变不惊、手感超稳的风采。

利昂也不含糊，大吼一声，侧身又是一记爆冲，球飘向郑青反手位大角。郑青早有防范，大步横跨反手中远台，娴熟地用反拍又削回一球。

此人果然厉害，利昂摇摇头笑了。一般人经不起他一板重扣，更经不起他一板爆冲。郑青居然连接两招，脚步纹丝不乱，手法变换有谱，回求准确无误，确实是高手！

郑青对这个老外也是刮目相看，这人势大力沉，动作迅雷不及掩耳，颇具西方人的凶悍和威猛，饿虎扑食，疾风快流，而且落点、角度、旋转都非同寻常，是个难缠的家伙。

郑青加强了旋转力度，一板比一板转，板板暗藏杀机。这两人一攻一守，一冲一削，煞是好看。第一个球就进入状态，争夺激烈，这并不多见。

利昂久攻不下，有点心急。郑青守球有效，但也未把对方削死，心里也在盘算。

突然他在接利昂拉球时托了一个长长的不转球，利昂不知有诈，一板拉球出界，一比零。

利昂如法炮制，他想如果郑青还是如前接发球，他将直接反拉对方反手位大角，一招毙命。但他万万没想到郑青已经投石问路，看准了来球的旋转方向，决不会重蹈覆辙。只见他瞄准来球，猛地加力推了一个直线球，出手突然，球速极快，推了利昂正手大空当，利昂一脸无奈地摇头。

行家伸伸手，便知有没有。头两个球，虽有回合，但已看出郑青属于上风球，利昂势如猛虎，郑青稳如泰山，两个人杀得难解难分。但在关键球的处理上，郑青明显技高一筹，最终直落三局，将利昂斩于马下。

第二十六章　清微淡远

三局下来，身强力壮的利昂脸色通红，微微喘息，大汗淋漓。俊朗儒雅的郑青则好像刚刚热身，浑身血脉正处于偾张状态。

闪展腾挪，飘逸如风，他的这种太极打法，体力节省，发力科学，游刃有余。

利昂由衷地佩服郑青，他打得过瘾，输得开心，并且又学到了新技法！他边擦汗边向郑青伸出大拇指：非常棒！

郑青从心里喜欢这个老外，他像个大男孩，执着顽皮，打起球来恨不得将对手拍死、吃掉，凶悍无比。但打完球后，一脸和善，爽快直白，不带一丝虚伪，没有半点狂躁，是个好小伙子。他也向利昂伸出了大拇指：你也很棒！

利昂拉起背心擦了擦汗，又在衣服上蹭了蹭汗湿的大手，然后走过来握住郑青的手："郑先生，你是我遇到的最强的对手！"

郑青使劲握了握利昂的手："彼此！"

利昂转向齐蓝："蓝蓝，你的老公很厉害！"

齐蓝红着脸笑道："谢谢！你们都很棒！代我向柳梅、柳姐问好！"

傅剑锋知道郑青的规矩，肯定不会留下吃饭，尽管今天有充足的理由，来了国际友人嘛，但他没有使劲挽留。

看着收拾行装准备离开的郑主任，他有点无奈："郑主任，你一次都不肯破例，那我就不留你们了。"

两人一前一后出门，齐蓝显得很沉默，她不知道郑青怎么看待她和利昂的关系，尽管拥抱一下，叫声亲爱的是西方很平常的礼仪，但利昂的表情、语气和神态，仍然是能看出很多问题的，她准备合适的时机跟郑青解释清楚。

郑青看齐蓝有点反常，已经估计到了她跟利昂或许发生过什么，但那是过去，是认识他以前的事，无论发生了什么，他都会尊重历史，他爱的是现在的齐蓝，而他也确认：齐蓝是爱他的。

"蓝蓝，我们在外面吃点吧，不回去做了。"郑青对正要发动车的齐蓝说。

起 落 弧 旋

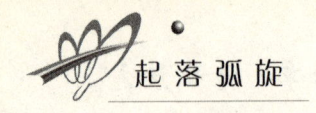

"好吧，去哪儿呢？前边右转有个小放牛行吗？"

"行，放羊都行。"郑青有意开玩笑活跃气氛。

吃饭的时候，齐蓝几次欲言又止，她觉得一句两句说不清楚，而且环境也比较嘈杂。

"蓝蓝，你都没吃什么，是不舒服了吗？"

"没有，过了一个春节，吃胖了，我有意少吃点。"

"我不嫌胖，吃吧，饿着多痛苦啊！"郑青说着把脆皮鸡往齐蓝面前推了推。

吃完饭郑青征求齐蓝意见："下午怎么安排？要不一起回家？"

"不了，我下午赶个约稿，送你回去我也就回去了好吗？"

"好，忙完联系。"郑青虽然相信齐蓝肯定是有约稿要赶，但齐蓝的情绪还是有问题，这种情况下，他刨根问底地打问，齐蓝会反感，他只能表达他的理解。

齐蓝放下郑青，想去找映竹姐聊聊，但她考虑老米可能在家，于是她又调转车头朝自己家开去。

也许老郑并没有误会什么，那解释什么呢。利昂的表现现在想想也没什么不正常，久别重逢，欣喜、激动。

郑青和傅校长的表现只是对她和利昂是旧识感到惊讶，唯一不正常的就是她自己了。

齐蓝一路上终于理清了思路，利昂已经看到了她的郑先生，知道她心有所属就够了，而她自己也要释怀那段并没有酿成什么后果的情感经历。

天涯有这样一个朋友，曾经有那样一段故事，它被时间变成了经历，在以后的岁月中，这经历会不断被过滤，最后只剩下唯美的部分。

接下来的几天，郑青没问过什么，关于利昂。而齐蓝也一如既往地忙工作、想郑青，构思她的小说。

周六，雷雷下午放学后会直接到她这里来。郑青昨晚就回北京了。他终于可以经常回京看望老人了。

第二十六章　清微淡远

"小妈妈提前上岗了，老郑解放了。"有一次他看着提前给雷雷准备美食的齐蓝这么说。

齐蓝此刻坐在她花房的竹椅上，正午的阳光透过落地窗，完完整整地覆盖住她。海棠花已经盛极而衰了，香雪兰只开了一朵，独立而傲娇，常春花一年四季地开，这会儿倒有些零落，稀稀疏疏地开了几朵，一副不想争春的淡然。

金丝荷叶正风光！这波金丝荷叶大概早恋了，往年1月才羞答答地开，这次头年12月就大大方方绽放了，到了2月已经开得极尽绚烂，登梯爬竿，蔚为壮观，俨然成了花树！其香气更是毫不吝啬地闯入客厅和书房，钻进书页，挤进发肤，寻找隐匿的情郎，无论你在哪里，都会被它一口一个牙印地咬住，深吸一口，那便是沁人心脾的诠释啦。

齐蓝站起身，拿起相机，她要定格它的千娇百媚，以不负她恣意绽放的深情。调焦、对光、找角度，无论她怎样折腾，都拍不出她的恣意，她的壮美，她的无处不在的横行！更不要说她那勾魂摄魄的香气了！

她又坐回到竹椅上，用所有的感官感受着早春二月的花事。

花朵是最不实用而最美丽的生命，她用她的美丽无声地召唤着能感知她美丽的另一个生命，她是我们通向精神世界的一个窗口，让我们暂时地脱离对有用、实用的过度追求。

齐蓝沉浸在这"无用"的美丽中，那天的重逢已变成了一个浅浅的梦，醒来已经云淡风轻，清微淡远，只剩下嘴角的一点笑意和挥之即去的朦胧。

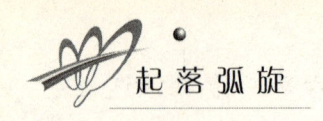

第二十七章　悲喜交集

　　2018年春天来得比较早,3月初的时候,风已经很暖了,走在街上,视野里依然是光秃秃的,但细看树上的芽簇都鼓胀胀的,已经颇为肥壮,性急的已经钻出来了。

　　站在楼上往下看,街道两旁已经是若隐若现的绿了。正是绿色遥看近却无的时候,天气的暖让人筋骨舒展,精神抖擞。

　　这个春天最兴奋的要数严和与程刚了。一季度中国经济形势稳中向好,广告主信心增强,广告业和早春一样持续回暖,传媒行业对高效触达的媒体渠道争夺也日趋激烈。

　　严和在这轮渠道争夺中,有着先天的优势,太行市传统媒体渠道基本在他的掌握中,这些渠道的广告主都是他的老客户,他关注开发新的媒体,这些都是潜在客户。

　　让严和困扰的是,程刚作为得力干将,却在关键时候掉了链子,从春节回北京之后就很少露头了,初八回来交代了一下工作,就又请假照顾母亲去了。

　　母亲重病,孝子陪伴,天经地义。严和不能不准假,更何况程刚主动提出只拿半薪。但严和隐约觉得程刚在搞事情。

　　这天下午下班后,严和把齐蓝约到公司,"蓝蓝,来我公司吧,叔叔太需要你了,这个行业的前景和我公司的情况你都清楚,不比你

第二十七章 悲喜交集

现在的差事差啊！"

"不行严叔叔，我不想离开证券业，虽然现在投资者怨声载道，但这正是韬光养晦的时候，这个市场除了知识外，经历极端的行情越多，对人的成长价值越大，我不能出来，出来就进不去了。"

"唉，你就是一根筋，其实以你的学习能力和勤奋精神，做什么都能做好。"严和发现齐蓝挺拧其实。

"理解我吧，叔叔！"齐蓝双手合十作可怜状。

"能不理解你吗，你知道叔叔不会为了自己的利益拖累你就行了，你过来其实是共赢。"

"我知道，我知道，我就是舍不得我的专业，守得云开见日明，我不能在最萧条的时候撤。将来的话，没准儿。"

"嗯。知道程刚在北京的情况吗？"严和突然话锋一转。

"知道点，他母亲化疗了吧，情况不是太好。"

"不是说这个，我是说他项目的事儿，你早知道对吧？"

"我不知道太具体的，知道他一直还是想独立撑摊儿弄点事儿。"齐蓝有所保留。

"这我也预料到了，野心不小啊！"

"野心不是坏事吧，有野心没祸心就好，不是说所有男的都是自己野心的奴隶么。"齐蓝想把话题岔开。

"他的项目你知道到什么程度？"严和并不顺着走。

"还是做媒体吧，严叔叔，你别问我太多，该说的时候他会跟你摊牌的。之前认识不久的时候他跟我说过，等他给你的餐饮渠道媒体运营正常了，他会再考虑开发新项目。现在这块业务已经很稳了，我觉得即便他现在离开，也不算背信弃义。当然，你对他也不薄。"

"话是这么说，但我这么重用他都留不住他，心里还是有点不舒服啊！"

"我理解，有才能没平台的人多了，严叔叔也不要这么专情啊，哈哈！"齐蓝开了句玩笑。

"有才能，没平台，给了平台，翅膀硬了就展翅，难哪！所以培养自己的人最重要！"

"嗯，是。这情况比较普遍，马云不是说么，员工离开的原因最根本的两点是：一钱没给到位，二心委屈了。"

"那你说程刚是哪一条？"严和把问题抛给齐蓝。

"这个，我不是程刚，并不了解他的诉求，我觉得这两条都有。但关键是你目前给他的角色不符合他的人生定位，他要的可能是创业成功的快感和不断追求新挑战的刺激，或许是，我说不好。"

"哈哈，你说得够好！留住人才，一直是所有企业家面临的难题，各有各的招数，用钱留住还是属于最好办的，当钱也留不住的时候，就比较费劲了。联姻，变成自己人也是常用手段。"

"严叔叔，你不会是想把严语介绍给程刚吧？"

"哈，脑洞大开你真是！不至于，一是我不至于利用女儿，二是程刚不值得我动那么大干戈。"

"噢，那就好。"

"程刚有对象了？"严和突然又问，关键问题他总是问得很突然。

"肯定在谈着吧，风华正茂的能闲着么。"齐蓝含糊其词。

"你跟那郑主任到什么程度了？"严和这句话憋了很久了，齐蓝怕这句话也怕了很久了。

"正常交往吧，彼此都没发现对方的大毛病。"齐蓝不想说得太具体，但严叔叔过问这个问题是情理之中，她不能回避。

"他没发现你有大毛病很正常，你就没大毛病。对他，不要过早下结论，这些政府官员作秀惯了，戏精附身那是分分钟的事儿。你，嫩多了！"严和有点愤愤，似乎看到了一群戏精。

"严叔叔，你太偏激，也不光政府官员戏精啊。其实生活中每个人都有演员的成分，要不说人生如戏嘛。"

"你偷换概念了，两码事儿！蓝蓝，你跟这个郑青学滑头了，跟我绕圈子，不单纯了啊。"严和笑了。

第二十七章 悲喜交集

"就是不傻了呗？"齐蓝也跟着调皮。

"不，是个傻孩子，基本上是属于一个傻孩子的挣扎。"

"严叔叔，你又拿我寻开心！"

"严叔叔不开心呐，很多闹心的事呢。你的事儿我也揪心呀，怕你逆反一直没问你，但是想想就觉得哪儿不对，你说你一个姑娘家，过去就给那么大的小伙子当后妈，想好了？！"

"从来就没觉得这是个问题，所以就没想，要是孩子特小吧，我倒是得想想，我有没有能力带。现在孩子都这么大了，不用我受什么累，关心、爱护、引导就可以了，我能做到。"

"嗯，那最好，两个人过日子，毕竟有很多琐碎问题，你要有准备，别想得那么完美，到时候落差很大，你接受不了。"

"嗯，我知道了。"齐蓝想尽快结束谈话。

"又不耐烦了，别急着下结论，别急着做决定，好饭不怕晚，给自己点时间。Time to restore the truth。"

"哈，时间还原真相。严叔叔，不错啊，你讲英语特别好听。我记得你刚回国的时候，整天耸着个肩，中英夹杂，我又反感又羡慕！"

"哈哈哈，别说你反感，我现在都特别反感那时候的自己，光那个 OK 的口头禅，我就费了很大劲才克服掉！OK？"

"哈哈哈哈……"两个人一起爆笑。

谈话后的第三天，严和召回了在京的程刚，解除了和他的合作关系，工资按全薪支付给了程刚。

程刚没想到严总会走这套路，这个结果让他省心省力，但又感觉有点难堪，说白了他是让严总炒了。

尽管严总说得很得体："小程啊，我看出来了，你心不在这儿了，又不好意思炒我这老头子的鱿鱼，我识趣点吧，你就海阔任鱼跃吧，工资结算到这个月底，全薪，别跟我客气，让我最后咬着牙豪爽一次！哈哈哈。"

"我被严总解放了，齐姐。"从公司出来程刚打通了齐蓝的电话。

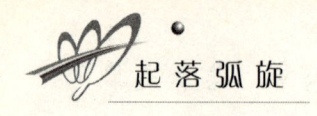

"噢，严总没有为难你吧？"

"没有，说得挺客观，就是我还是心里不太好受。"

"嗯，可以理解，面上挂不住还是？你有准备吧？我是说心理上。"

"嗯，有，本来也不想耗工资，就是一直没好意思开口，严总这突然主动提出来，我有种被抛弃的感觉，也是矫情，哈。"

"可不就是矫情么，一直盼着自己单飞呢，现在自由了，又不得劲儿。"

"呵呵，就是，就是，齐姐，严总怎么突然用这招？"

"嗯，这我也没想到，倒是找我打听过你，我没说具体的。严总多聪明个人哪，不会勉强一个心不在焉的人。"

"嗯，也对。"

"那边项目怎么样了？"

"开始试运营了，很快就会有资金回流。"

"噢，祝贺，阿姨呢？稳定吗？"

"不太乐观，放疗、化疗、生物治疗多管齐下了，对身体伤害还是很大的。"

"嗯，你多陪陪阿姨吧，别太执着于做大事。"

"唉，其实也不是我非要做大事，是只有做成点事才能缓解我的压力，寻找心理平衡吧。我母亲这事儿，我也是逃避，现在主要是保姆和芳芳照顾。"

"看看，芳芳多好，你算捡着宝了。"

"嗯，谢谢齐姐！芳芳，我真是很满意。"

"嗯，祝福你们，早点结婚吧，让阿姨高兴高兴。"

"嗯，想呢，没敢跟芳芳提呢，毕竟时间太短，齐姐帮我旁敲侧击一下？"

"哎呀，这事儿我还掺和呀！我看吧，找机会。"

这之后不久，齐蓝还没顾上找机会跟郑芳聊，程刚出事了。

晚上 11 点是齐蓝必须上床休息的时间。这天，她刚躺下准备熄灯，

第二十七章 悲喜交集

手机滋滋地震动起来,她本能地坐了起来,谁呀?这么晚了。

她最怕的就是半夜手机响,老郑是知道的,一般10点以后老郑不会找她。

"齐姐,你休息了吧?"程刚的声音有些发抖。

"你说,什么事?"齐蓝有点恼怒。

"我出了点事,齐姐,你得帮我!"

"电话里能说清吗?"

"齐姐,你得辛苦一趟,到严总公司来吧,严总也还在呢。"

"严总知道你找我了?"

"知道。"

"好吧,二十分钟。"

齐蓝到公司时,看会议室的灯亮着,就直接推门进去了。

严和、程刚在会议桌两边坐着,严和脸色很难看,程刚一脸羞愧。

"严叔叔。"

"嗯,让程刚跟你说吧,我去歇会儿。"

"怎么回事,快说!"严和刚一出门,齐蓝就焦急地问。

"去年国庆节的时候,我跟业务部的王小丽一起值班,平时她就爱跟我逗,我没招惹过她。那天晚上她叫的外卖,非得请我,还要了红酒。她很能喝,你知道吧,一瓶红酒半个小时就干了。不知道她又从哪儿变出了一瓶白酒,我当时说不喝了,她就咔咔咔,自己连干了三杯,说我太拿捏,太拿自己当个领导,我就被激火了,也连干了三杯。后来又喝了多少,我不记得了,我就记得在值班室的沙发上,她扒开了自己的上衣,让我看看她的心,对我的一颗真心。她白花花的乳房就那么袒露着,我喝了那么多酒,又,又是她主动,我昏了头,齐姐!"

"啪!"齐蓝两步绕到程刚跟前,狠狠抽了他一个耳光。

"你真恶心!"齐蓝气得声音发抖。

"她后来一直找我,我没再碰过她。她想当业务部经理,我说你得做出成绩,我好跟班子提议,就这么一直糊弄着。她越来越喜怒无常,

345

也威胁过我，我没当事儿。我心想，女孩比男人的名声重要，她抖搂出去对她也没好处。直到有了芳芳，我就更刻意地躲她了，我说年底会找机会跟严总透透风，她一直等着。直到严总公布了我离职的消息，她翻脸了，她找严总告我强奸，说手里有录音，如果严总不妥善处理，她就报警。"程刚说完，五官皱在一起，咬着牙，狠狠地捏了一把额头。

"严总肯定不会提拔这样的人，所以你找我有什么用？！"齐蓝还在气愤中。

"不用，齐姐，只要严总不上交，不推动她报警，我有办法处理。"

"你到底是不是？"

"强奸？"程刚瞪大了眼睛。

"嗯，你保证你说的是实情吗？你确信她手里的证据不成立吗？或者根本没有证据。"

"我确信，齐姐，我绝对没有强迫她。如果她有强奸现场的录音，那也一定是伪造的。她的目的很明确，就是威胁，我怕的不是她的威胁，我怕芳芳知道，我怕严总……"

"不会，严总不是个下作的人，也不会落井下石。前提是你确实没有隐情，否则，他也不会为保你连累自己。"

"我明白，齐姐，只要你别让芳芳知道。严总那儿，你让他消消气。毕竟，我一个离职的人给人家惹了麻烦，让他先稳住王小丽，我去给她找下家，她业务能力不错，又豁得出去脸，有公司要她。"

"芳芳这儿，我不会说的。你，既往不咎，下不为例！"

"谢谢齐姐，谢谢齐姐，我就不发誓了，让时间证明吧，我知道好歹，遇到芳芳，我三生有幸！"

王小丽后来如愿以偿当上了另一家传媒公司的业务经理，带走了严和的几个客户，程刚答应严和介绍几个新客户过来。

程母在经历了四个阶段的化疗后，已经瘦成了纸人，她坚持要回老家喝中药。程刚和郑芳苦苦规劝，程母只有一句话："让我死到家里，让我守着你爸！"程刚没有办法，只好依了母亲，好在天气已经暖和了。

第二十七章 悲喜交集

农历三月二十六，挑了个好日子，他和郑芳一起，把母亲、保姆一起送回了老家。

家里好久没住了，满目的衰败凄凉。郑芳一进门就闷头干活，铲除了院子里的荒草，晾晒了被褥，厨房餐具都煮在了大锅里……

坐在院里晒太阳的程母，看着这没过门的儿媳妇，泼辣、厚道、细心，两行清泪从深陷的眼窝里流了出来，毫无血色的脸突然一阵潮红，咳咳咳，她又咳嗽起来。

"妈！"程刚跑过来扶着妈妈的背。

"刚子，早点儿娶了芳芳吧，妈使使劲儿，再熬熬，妈想见到孙子再走，到那边跟你爸也有个交代……"

"妈……"程刚趴在母亲腿上。

"好好跟芳芳说，别难为人家，好好跟人家老人说，说咱不会亏待人家闺女。好好挣钱哪，刚子，要不你拿什么对人家好啊。多金贵的北京闺女啊，嫁给咱们，咱得知足啊，得对得住人家……"程母说到最后，开始靠在椅子上喘气。

"妈，你别说了，你歇会儿，我都知道。你安心养病，我才能好好挣钱，你得听话，妈！得等着我们给你生孙子，你得给我们看孩子！"

在院子一头清理杂物的郑芳，断断续续听着母子的对话，眼泪啪嗒啪嗒砸在了瓦砾上。

程母的病情恶化是在回老家半个月之后，头痛、呕吐、咳血，交替折磨着这个饱受摧残的母亲。

郑芳没等程刚开口，就说服了父母，准备五一跟程刚在老家举行婚礼。

婚礼前两天，齐蓝就赶到了程刚老家，帮忙张罗。郑青离不开，就全权委托了蓝蓝。程刚邀请了严和，但是严和委婉地拒绝了，他说他母亲就是肺癌去世的，他怕看到那场景，他委托齐蓝代随份子。

程刚为了让母亲高兴，婚礼的全部程序全依母亲的老礼儿来。他事先告诉郑芳："芳芳，陋习很多，很土，忍着点儿，就当演戏，全是为了妈开心。"

"放心吧，但是不知我爸妈会不会看不下去？"郑芳有点忧心。

"我跟爸妈好好说说。"

"嗯！"

郑芳父母对这个一表人才、生意成功的女婿还是很认可。尤其郑芳母亲，看见程刚大手大脚给他们花钱就心疼得大呼小叫："你说你这孩子挣钱多难哪，这么糟蹋。咱是一家人，羊毛出在羊身上，以后再这么花钱，妈生气了啊！"

"妈，我就是看你们舍不得花钱，心酸，别心疼我花钱，钱是王八蛋，花了咱还赚！"

"别心疼啊，妈，我不是挣死工资的，这俩钱不算个钱。"

郑芳父母是头一天到程家的，因为仓促，路又远，他们也没惊动七大姑八大姨，齐蓝成了郑芳娘家亲戚的全权代表。程刚这边的亲戚基本都在本村或邻村，婚礼头天晚上的歌舞会全都来看节目了，郑芳和齐蓝被程刚拉着叫了无数个叔叔、婶婶、大爷、三哥、大娘……

"这是我老婆，这是大姐。"他分别指着郑芳和齐蓝跟亲戚们介绍。

晚上7点半，门外的临时舞台上，几个青春妖艳的女子开始跳舞，音乐声让人觉得心肝发颤。

齐蓝拉过程刚："这样搞好吗？阿姨禁得起这么折腾吗？"

"唉，村里都这样，这都是按我妈的意思来的。"

晚会结束后是铺床仪式，铺床的是几个和新郎新娘属相不犯冲的中年妇女，男人一律不许进入。床上除了放上大枣、花生、麦子等之外，还要压上一块砖，大意是早生贵子，顺风顺水一类的美好祝愿。

第二天早晨天不亮，程刚这边的朋友们开始装饰婚车。

郑芳、郑芳父母和齐蓝头天晚上被送到了邻村的亲戚家做临时娘家。

早晨6点，婚庆公司的化妆师开始给郑芳化妆。化妆师是一个20岁出头的女孩，看起来还算清爽。郑芳因为少了试妆过程，所以由齐

第二十七章 悲喜交集

蓝现场跟化妆师沟通，提要求。

"底妆要清透一些，眉毛要出来一个眉峰，这样，嗯？新娘这个嘴角要上扬，下唇线画成这样的弧度……"齐蓝一边比画，一边跟化妆师交代。

郑芳突然想起了姐姐郑媛，姐姐如果在，也不过如此吧。

在齐蓝的指导下，郑芳的妆容清丽、自然、饱满，非常适合她温和纯净的气质。

8点半，门口鞭炮响、唢呐鸣，接新娘子的车队到了。因为不是真正的娘家，所以程刚并没有被刁难，直接就到了郑芳的房间。一进门，程刚愣住了，眼前的仙女是他的芳芳吗？

柳眉轻描，淡晕红腮，双眸泪光盈盈，洁白的婚纱把她的脸衬托得晶莹透亮，虽说没来得及定制，但这婚纱真像是量身定做一样的合体。郑芳平时很少穿修身的衣服，这件收腰露肩裙摆蓬起的婚纱让她看起来窈窕轻盈，像云间公主。

"北方有佳人，绝世而独立！"程刚动情地赞美自己的新娘，两人含泪拥抱在一起。

齐蓝也看得眼睛湿润了，手机这时候在口袋里嗞嗞地震动起来。

"老郑到了！"齐蓝一边掏手机一边说。

"嗯，你到了，我们这边马上出发了，程刚已经接上芳芳了。嗯，不用，不用，你找个安静的地方猫着吧啊！"

"程刚，一会儿到那边别特意介绍老郑啊，有人问就说是中学老师。"

"嗯，明白，明白。"

吉时到，程刚、郑芳向娘家父母行礼之后，程刚背起郑芳走向婚车。齐蓝坐在了主婚车后边的另一辆车上。

十多分钟，车队就到了程刚家，程刚扶郑芳下了婚车，门口堵满了来参加婚礼的亲戚、朋友和来看热闹的乡亲。

"呀！真漂亮！大城市的姑娘就是不一样！"人群中发出一片毫

起落弧旋

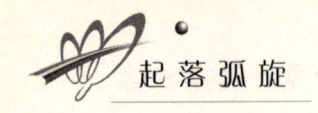

不掩饰的赞美声。

郑青也在这群人中，他今天早晨从太行市坐高铁又转乘出租来到这里，他不认识这儿的每一个人，所以就听从齐蓝的指挥，先猫到安静的地方等着。

看郑芳下车那一瞬间，他也眼眶湿润了，这孩子终于找到了义无反顾的归宿，终于嫁给了拿她当公主的程刚。这一切还得感谢齐蓝呐。齐蓝，天使一样的蓝蓝，帮助了多少人啊！

郑青随着人群往院里走去，突然有人拉了一下他的胳膊："老郑。"

"啊，蓝蓝，你从哪冒出来的呀？我刚才找你半天。"

"我早看见你了，一副刘姥姥进大观园的傻样！"

"哈，我还真是第一次参加农村的婚礼，流程也挺复杂呀。"

"也是请婚庆公司，土洋结合吧。"

"什么时候我也猪八戒背媳妇？"郑青突然小声贴着齐蓝的耳朵说。

"这人，结婚也跟风啊，他们这么急是为阿姨的病，咱们着什么急呀！"

"不，我着急，我也有病。"

"胡说什么，好日子别瞎说！"齐蓝使劲拧了郑青胳膊一下。

"我真有病，着急娶媳妇的病。"郑青继续耍赖。

"你今天怎么了，大早晨起来就喝高了一样！"齐蓝侧脸从头到脚审视了郑青一遍。

"不闹了，我真是被刺激到了，芳芳终于有了满意的归宿。"

"嗯，芳芳自己很知足。"

"嗯，我没怎么接触过程刚，但你看好的人我信得过。"

齐蓝听郑青这么说，心里突然掠过一阵阴影，王小丽的事在她心里挥之不去。

程刚母亲是在婚礼后一周去世的。这一周母亲极度痛苦，而程刚万箭穿心！母亲大部分时间在睡觉，而睡觉的姿势只有一个，在椅子

第二十七章 悲喜交集

上 90 度躬腰坐着，床上找不到能睡的姿势！程刚经常是半蹲在母亲身旁，想用自己身体的痛苦分担母亲的痛，麻痹自己的神经。

母亲此时像他小时候看到的冬天挂在院子里铁丝上风干的白菜，干瘪、脆弱，触碰不得，脸上只剩下一层皮嵌着几个洞，完全脱相了。

偶尔意识清晰时，她会试图伸出手抚摸程刚，但她的胳膊已经无法支撑起她的手，她身体各部分之间完全是零落的，已无法协调运作。

程刚拿起母亲干枯的手放在自己头上："妈，别着急！"

他看着呼吸急促的母亲因发不出声而憋得紫红的脸，他不知道母亲哪里能碰，他想把母亲抱在怀里，可那样会加重母亲的痛苦。

母亲在这样的煎熬中挣扎了六天，最后留给程刚的一句话是："这口气咽下去怎么就这么难！"没提孙子，没提父亲，没提她曾关注的一切！生理极度痛苦时，意识是涣散的吧，大概只求一死了。

母亲的死，受尽折磨之后的死，让程刚彻底明白了：世间美好的一切，都需要有自己和亲人的健康来支撑。他娶到了温婉可人、厚道能干的芳芳。他还在蜜月中，洞房花烛夜，金榜题名时，历来被认为是人生大喜，但他和芳芳因为母亲的病，母亲的痛苦，没有品尝到一丝新婚的甜蜜。

必须健康！这是对自己，对芳芳，甚至是对社会的义务。

生命是从生走向死的过程，时刻提醒自己，每一天都是向死而生，就会更加珍惜生命，重视健康，对生的依恋和对死的恐惧是人之常情，死亡提示的积极意义就在于让我们好好活，健康地活，在真善美中活，只要时刻意识到死的存在，人也就接近于神圣，自觉地生活在至善至性中。

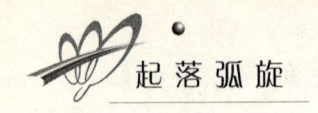

第二十八章　黑白分明

五一过后，郑青又一次正式跟齐蓝讨论结婚的话题："蓝蓝，我不想让你太晚生孩子，会增加很多风险。"

正在吃着饭的齐蓝停止了咀嚼："老郑，你是累得还是怎么回事？最近说话总是头上一句脚上一句的。"

"别打岔，你明白。"

"咱结婚吧，趁天气还不太热。"

"怎么着，跟天热有什么关系呀。你还准备大操大办哪！"

"那怎么可能，我是说咱们简单收拾一下新房吧，置办东西咱不得跑么，大热天肯定不好啊。"

"结婚后住我那去，这儿出来进去都是你的同事，不自在。"

"上门女婿呀，不干！"郑青笑着逗齐蓝。

"那不谈了。"齐蓝佯装生气。

"谈吧，谈吧，小姑奶奶，起码你同意结婚了，只剩下什么时间结婚的问题，我这么理解对吗，齐老师？"

"别得意，时间才是最关键的，五十年后再结婚还有意义吗？"

"所以啊，蓝蓝，咱们只争朝夕吧，我真的担心你做不成妈妈。"

"不会，很多人40岁还生二胎呢！"

"人家那是二胎呀！"

第二十八章 黑白分明

"咱家也是二胎，不有雷雷呢。"

"又调皮，咱好好说话啊。我发现你很皮。这个月收拾完房子，下个月领证先住一起，婚礼什么时候办、怎么办咱俩再商量，这样可以吧？"

"嗯，我想想。你父母那里呢，什么时候去，我得先拜见吧？"

"嗯，我安排一下，春节的时候已经跟他们介绍了你的情况，他们很满意。主要是你对我们父子俩都这么好！雷雷跟爷爷奶奶经常说你。所以他们虽然没见你，但好感爆棚啊！"

"不会见了我本人失望吧？"齐蓝担心这父子俩太美化她了。

"不会，只能是越见越喜欢，说真的，你没遇到过不喜欢你的人吧？"

"太夸张了，你直接说人见人爱，花见花开得了。"齐蓝嘴上这么说，但心里为郑青这最高级的赞美而感动。起码，她的老郑是全面认可她的。

接下来的几天，齐蓝业余时间开始设计他们的新房。她的房子原本是按一个人居住设计的，现在要重新布局一下，硬装基本不需要，只是布局调整，家具更新即可。

周六上午，郑青出差没有回来，齐蓝准备去家具城转转。她从家里出来不一会儿，胡萍打来电话。

"她怎么突然找我呀？"齐蓝有点纳闷儿，还是两年前的中秋节，严和请客，胡萍也出席了。齐蓝那是第一次见胡萍，浓妆艳抹，趾高气扬的胡萍没给她留下多少好印象。出于礼貌，互相留了个联系方式。当时胡萍还要加她微信，她委婉地拒绝了，胡萍脸上很不挂。那以后，她们没有过联系。

"胡阿姨。"齐蓝迟疑了一下，还是接了起来。

"蓝蓝，是蓝蓝吧？"胡萍的语气很慌乱。

"阿姨，是我！怎么了？您说。"齐蓝以为是严叔叔病了。

"你严叔叔，刚被警察带走了！"

"为什么？在哪儿带走的，带到哪儿去了？"齐蓝焦急地问。

353

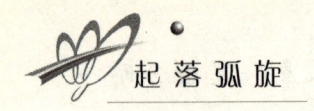

"在家里，单元门口带走的。没说为什么，也不知道带到哪儿去了。"

"阿姨，赶快落实一下，人带到哪儿去了？"

"我找谁落实啊，我谁都不认识。蓝蓝，你认识人多，赶紧给你严叔叔想想办法。"

"我尽力，我尽力。这件事肯定不简单。谁轻易敢动严叔叔啊！我抓紧联络人吧。您也想想还有什么人可用，严语舅舅不是律师吗？他应该公检法很熟啊！"

"别提了，你严叔叔跟我弟弟关系僵得不行，人家不会管他的！"

"好了，不说了。我赶紧打电话呀！"齐蓝心急火燎地掐断了胡萍的电话。

两个小时后，齐蓝转了很多弯儿打听到，严和被西山区公安分局红河刑警队以涉嫌非法拘禁罪刑事拘留。

齐蓝马上打电话告诉胡萍，胡萍说她完全不知情。不知道严和非法拘禁这回事儿。

"阿姨，你别着急，严叔叔不是不懂法的人，这里边应该有比较复杂的情况，您现在赶紧委托律师。如果严叔叔24小时之内放不出来，就极有可能被正式批捕，24小时后警察会通知家属，但人我们是见不到的，只能委托律师见严叔叔才知道具体情况。"

"蓝蓝，不能找找人把你严叔叔先救出来吗？"

"阿姨，没那么简单，严叔叔在平原省也算个人物了，既然敢抓他，也肯定是有充分准备的。现在全国都在扫黑除恶，非法拘禁不就是属于黑么。正是风口上，即便严叔叔是被冤枉的，也得有个侦查期，现在找人，官越大越谨慎，弄不好就落个干预办案。"

"那怎么办呢，蓝蓝，我什么也不懂，你得救你严叔叔，他出不来公司就乱了！"

"我会一直想办法的，现在先搞清楚严叔叔到底是不是被陷害设计，什么人干的？"

"好好，蓝蓝你头脑清醒。你严叔叔都特别佩服你，你可得管他

第二十八章　黑白分明

呀！"胡萍不断恳求齐蓝。

"阿姨，现在就别说这个了。我其实也挺蒙，怎么就跟非法拘禁挂上钩了呢！"

24小时之后，严和没被放出来，红河刑警队通知了家属，并下达了刑事拘留通知书。

齐蓝他们了解到的基本情况是，有四个严和曾经的生意伙伴共同报案举证，严和在5月3日至5月15日，因债务纠纷多次非法拘禁他们超过24小时。

齐蓝隐约知道这几个人，为首的叫刘虎，名下也有一个传媒公司，是做高速路牌灯箱广告起家，传统媒体萧条的几年，刘虎的公司因为广告形式单一，生意难以为继，公司只剩下了空壳。

这两年据说开发了个新媒体项目，在南京运营得很成功，严和对他们的项目很感兴趣，他曾经跟齐蓝说："这几个小子挺执着的，这个项目开发了好几年，几个孩子的身家性命都押到这上头了，他们说现在没钱了，注入几百万的话，这个项目马上就起来！"严和说这话的时候，月牙一样的眼睛是放光的。

齐蓝见过刘虎，猛一看粗手大脚很憨厚，但细看身上有股子匪气，礼貌、修养有明显作秀的成分。所以当严和兴致勃勃谈论到刘虎和刘虎的项目时，齐蓝总是唱反调或者心不在焉。

有一次严和问她："你是什么意思，这项目不能做？"

"项目如果是真的挺好，但人不行。人不行，什么也做不成！"齐蓝很肯定。

这让严和很不高兴："你都没有接触过他们怎么就判断人不行。是看着长得粗拉？"

"绝对不是，是直觉。刘虎那小子眼神游移不定，跟人不对视。偷着看人，说话太大，嘴太甜……反正我看他不地道。"齐蓝说出了他对刘虎的感觉。

"哈哈哈……"严和听齐蓝这么说，反倒放松了，"就这个呀，那是看你，你是漂亮女人哪，看我这老头子他就不那样。"

后来严和不再跟齐蓝讨论这方面的话题，他知道齐蓝不待见他们。齐蓝在严和公司又遇到过几次刘虎和他的随从，她也并不搭理他们，但她看得出来，刘虎到严和公司越来越有主人翁姿态，不那么低眉顺眼装孙子了。

怎么就成非法拘禁了呢！齐蓝不知道这中间有多少故事。几派势力想达到什么目的？严叔叔到底投没投那个项目？她的疑问太多了。

她跟郑青说了严和的事，郑青听得很认真。听完之后郑青很果断地说："我现在不能做什么，警察不会无故抓人，你也别瞎折腾，静等！到能确认被冤枉的时候再说。"

"那你就不能给打听打听啊！"齐蓝对郑青的态度很不满意。

"我一打听就是干预办案，我没有这方面的私人关系。只能通过公对公的手段。我这儿也不对口啊！"

齐蓝想想也是，她不再难为郑青，但收拾房子、领证结婚的事被严和突然出事给搅黄了。

严和最终还是被正式批捕！律师见到了严和，严和介绍了详细情况并让律师委托齐蓝处理公司的几件事。

告严和非法拘禁的就是刘虎和刘虎的手下，年初的时候，严和与刘虎签订协议，严和投资 300 万元注册新公司启动刘虎的新媒体项目，严和控股。

第一期资金 100 万打给刘虎购买设备。刘虎收到资金后，迟迟不购买设备并提取了大量现金，严和要求提供 100 万元资金去向并打印银行流水账单，刘虎拒不提供，后严和发现有问题，多次约刘虎到公司对账。刘虎最终交代，他用 100 万元资金还了以前公司的债务，并写下保证书，保证 3 月底凑齐购买设备的 100 万元资金。

3 月底，刘虎食言，严和翻脸，撤出项目，并逼迫刘还钱。期间多次谈判，但从未限制刘虎等人的人身自由。

5 月刘虎等人借扫黑除恶东风，告发严和非法拘禁，主办警官红河

第二十八章　黑白分明

中队副队长于光辉是刘虎的朋友。

齐蓝听律师介绍的情况，心里已经明白了整个事情的脉络。把严和抓起来，刘虎不用还钱，于光辉名利双收：打掉"涉黑团伙"（于光辉跟律师说严和是团伙作案），收受刘虎的"感谢"。

于光辉敢这么做应该是把各种可能性都考虑到了，严和是个人物，但我偏偏敢动他，而且是乘国家严厉打击黑恶势力的东风！帮严和说话的人也会掂量掂量：人家敢抓，为什么？

那一晚，齐蓝彻夜未眠。她为严叔叔身陷囹圄而痛心，为警匪勾结而气愤。为自己无能为力而焦虑，她写了一篇文章发到了"今日头条"，以抒发心中郁闷。

赤诚之托

两个小时前准备入睡时，是鼓励了自己半天的：今天要补觉，至少要睡六个小时……但终归长睡不属于我，长夜是让我醒着陪它的吧。

每天四五个小时睡眠的时候，是无梦的。可是刚才，许是知道自己将有很长的睡眠，上来就是梦境！

我梦见父亲来了，在黑暗中的客厅跟我说话："我把你哥拉回来了，这几天都不上班了……"急匆匆穿衣开灯去迎他们，可是找不到衣，打不开灯！惊醒，再无睡意。

最近，很多朋友提醒、劝说：晚上不要熬夜，十一点前必须睡。自然，我也是知道的，而我偏也是夜深人静的时候才能写出些什么，我是说写出完全是自己心念的东西。

文字是任何时候都可以的，心念却只有晚上才悄悄地升腾起来，提示我观照自己的内心。

通常，我听到这心声是拗不过的，手抄笔录折腾一阵子，以不至于让身体落下灵魂太远。而这一折腾，便又摧残了身体。

一个人要隐藏多少秘密，才能巧妙地度过这一生。仓央

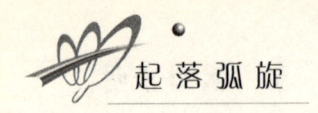

嘉措这样说，隐私是人人都有的，但终究隐私多了会不堪重负。秘密越少，幸福指数就越高。当我领悟到这一点的时候，我的行为标准也相对确定了。我不说出来的事也并不怕人知道，怕人知道的事我不做。况且我总觉得我不够巧妙，我的能力只够支撑我的赤诚。

我总是想让更多人参与我真实的人生，而我也能结识更多和我有同样愿望的人。每一个参与我人生的人，都是我的读者，你们读到的就是真正的我，每一篇文章都是我给你们的信，每一个字都是我心里想出来的。

这声色犬马的世界，心声常被噪音淹没，所幸，有人在寂静漫长的黑夜写些从世俗的泥沼里跋涉出来的文字，以不负赤诚之托。

今夜，我想说：让我痛苦的早已不是我，我是无所谓的，我常常感到心疼，为受苦的亲人，为蒙冤的好人，为所有竭尽全力仅仅能活着的人们。

越是寂静，我越是听到善良的生命痛苦的悲鸣。

为消除这声音，我能做的最切实的，就是记录。

齐蓝的文章发出去一会儿，郑青发来语音邀请：

"蓝蓝，你不能老这么熬夜！你刚发的文章我看了，不要被自以为是的正义感推到悲壮的情境中。"

"别管我，你快睡吧！"齐蓝明白郑青是在怀疑严和是不是真有问题。

"你不睡我也不睡。"郑青挤对齐蓝，他认为这样一说，齐蓝就会乖乖就范。

"你跟我耗什么呀，我是心里郁闷，你又没什么事。"齐蓝的话里明显带着怒气。

"蓝蓝，你郁闷我能开心吗？我知道你在为严和的事闹心，现在

第二十八章 黑白分明

需要等法律程序，已经批捕了，公安这边也就争取到了两三个月侦查期。检察院最后诉不诉那要看证据链能不能形成了。蓝蓝，别瞎着急了，要真像你说的，这个罪名根本不成立的话，那对方的目的也就是借扫黑关严和几个月。"

"说得多轻巧，严叔叔被关几个月的话，损失会很大的，精神、身体、名誉、公司经营……都会受很大影响。"

"那是必然的，现在整人不都是这么整么，先把对手搞臭，让对方名誉受损，商誉减值，严和也是打擦边球了我估计。好了，咱不讨论这事儿，你不要涉足太深，朋友落难，能帮多少帮多少，不要越俎代庖。你的身份不适合在这件事上太抛头露面。"

"对你有影响？我不是没让你做什么吗？"

"我是怕你最后受伤害，严和毕竟跟你没有血缘关系，也不是合作关系，你这么为他奔走，难免会有人想歪，尽量别授人口实。"

"噢，是你想歪了吧！"齐蓝使劲克制着愤怒，郑青居然这么敲打她，明哲保身也就算了，居然怀疑她跟严叔叔的关系！

"你今天怎么这么不可理喻，从严和出了事儿，你看你，正常生活秩序全被打乱了，就是有血缘关系的亲叔叔，也不至于这样吧？更何况……"

"更何况什么？你说清楚！你少敲打我，我算看清了，妨碍不着你的时候，你千好万好，影响到你一点儿，你就冠冕堂皇地扯皮，对谁你都不会有牺牲精神！"齐蓝几乎是在喊了。

郑青的耳朵被震得嗡嗡的，他知道这种状态下已经没法儿沟通了。

"蓝蓝，你静一静吧！"说完他果断地掐断了语音。

"哎，哎，你挂了？"齐蓝对着手机喊了两声，发现郑青连句晚安都没说就自顾自挂断了！她使劲儿把手机扔到床上，瞬间泪流满面……

在她最困难最难过的时候，也是她最需要有所依靠的时候，老郑，她的在别人眼里有权有势的老郑，居然这么冷漠，而且冷漠得理直气壮、冠冕堂皇。一瞬间，她产生了离开他争口气的念头，她竟被这个念头

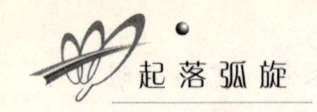

鼓舞了一下，是谁说：失去比拥有踏实多了！

接下来几天，齐蓝指挥胡萍去拜见她给介绍的几个朋友，争取取保候审，虽然希望不大。另外，齐蓝还要照看着严和的公司，完成严和交办的几件事。

映竹作为公司的法律顾问在这次事件中只是例行公事地参与，并不过多涉入。她跟齐蓝说："让张律师弄吧。"张律师是胡萍请的律师。

对于映竹的态度，齐蓝觉得也在情理之中。映竹在工作上历来就很有原则，她说："被冤枉的人多了，得看自己有没有能力救，没有给力的关系，乱找人，适得其反。"齐蓝觉得映竹和郑青都是受理性支配，只有她被感性支配着！想到郑青，她心里一阵刺痛，郑青从那天晚上挂断语音，居然再也没找她！

映竹觉察到了齐蓝的沉默里有微怒。这天下午下班她给齐蓝打电话："蓝蓝，晚上过来包饺子吧？"

齐蓝明显迟疑了一会："噢，好吧。需要路上捎什么过去吗？"

"不用，我今天下午没去所里，都准备好了，过来就行了。"

齐蓝到映竹家的时候，饺子已经包好了。一男上晚自习不回来，老米不在。

"现在煮还是再等会儿？"映竹过来问进门就靠在沙发上的齐蓝。

"太早，等会儿吧，也不饿。"

"蓝蓝，你不能是这个状态，严总出事你着急是肯定的，毕竟这么多年的感情了。但你要摆正自己的位置，不能大包大揽，最后吃力不讨好。"

"我也没有想讨谁的好，让谁感激我，就是没法儿作个旁观者，感情上、道义上，都过不去。"

"我懂，我也是心疼你，单是对严总，我会像对待平常的工作一样，但对你，我就做不到了。我正在想办法，想我的办法，跟张律师那边不冲突。"

"噢，映竹姐，快跟我说说你的办法，有新的突破口？"

第二十八章　黑白分明

"刘虎这个项目属于一女多嫁，他同时跟三家公司签订了独家控股协议，在严总之前，这个项目已经卖过一次了。如果证据确凿，这显然是诈骗，刘虎一旦以诈骗罪被拘留，对严总就非常有利了。当然，对方肯定不会束手就擒，应该也有所准备。"

"嗯，太好了！这也从侧面解释了刘虎他们为什么走这步险棋，把严总弄进去，如果严总不进去，可能很快就会落实他们诈骗的事实。"

"应该是这样，他们先下手了，目前这一步我们被动点，主要是他们有保护伞，而且借了政策的东风。严总是商人、名人，目标太大，一举一动备受关注，而且说实在的，生意场上有几个真正的朋友啊，落井下石的多。"

"嗯，我已经深有体会了，平时那些在严叔叔面前阿谀奉承的人们这会儿都躲得远远的看热闹。"

"也正常啊，多一事不如少一事。"

"也是严叔叔太不会为人，抠门，嘴损，风光的时候看不到他得罪了多少人，出了事儿就知道了！也不知道他现在在里面知道反省不？"

"反省肯定少不了，但不是这方面。他肯定反省轻视了刘虎他们这类貌似朴实的小人物。严总就是太自信了，以为谁也骗不了他。"

"对，聪明反被聪明误，比他厉害的人多了，人家都懂得韬光养晦，只有他，聪明天天写在脸上。"

"蓝蓝，你对严总认识挺客观的呀，我以为你看不到这些，毕竟你们交往太深。"

"嗯，我是尊重严叔叔，一是父辈的朋友，二是严叔叔对我的成长也很有帮助，但他的毛病我一直看得到。也有过很多争论，但严叔叔总觉得我太年轻，我的话他认为太书生气。"

"嗯，他才书生气，他看起来多油多江湖似的，骨子里是个书生。"

"没错儿，他老占小便宜吃大亏，小事儿上抠抠唆唆，大事上有底线，也舍得付出、投入。"

"嗯，我一开始是反感严总的，后来也是通过很多事，接近客观

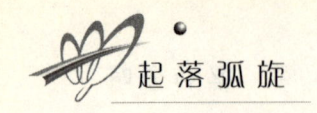

地认识了这个人,有能力,有良知,有底线,有毛病,而且毛病很显眼。"

"但愿严总这一跟头起来能改掉一些毛病。我都郁闷死了,房子收拾了一半儿也不弄了。"

"郑主任怎么样?你这么折腾人家该不高兴了。"

"咱不提他。"齐蓝心里又漫过一阵痛……

"吵架了?你可别抱怨郑主任,这样的事他不好插手。就是你折腾得厉害喽,都有可能有人说后台是他,所以理解他吧。嫁给清官,你就得准备受委屈呀!"

"哼,岂止是委屈。别人受冤他跑得欢着呢。去年弄了个素不相识的何晓强,巡视组巡视时被冤枉了,生生闹到省政府找到他,他为给人家伸冤折腾得欢呢!现在严叔叔这儿的事他避之不及。"

"这就对了,何晓强跟他没任何私人关系。他管着也坦然,严和跟你这关系这么近,郑主任避嫌是应该。再说,他也不确定严和是被冤枉的。"

"对,他就是这么想的。如果我现在事不关己高高挂起,他巴不得呢!可是我做不到。严叔叔岁数不小了,也算个人物,现在突然被扣了个罪名进去了,心理落差多大呀!张律师说看守所四十个人一个屋,全是涉嫌非法拘禁,真真假假的都有,家属也都是没头苍蝇一样乱找人,乱送礼,又成了一些人的创收机会呀。"

"理解呀,可别为严和这事再跟郑主任别扭了,该收拾房收拾房。尽人事,听天命。"

齐蓝没有吭声,她心里明白,不是闹别扭这么简单了。她需要好好想想,到底,她要不要这份只能锦上添花的感情,她觉得也许她并不了解郑青,也许她只是陶醉在自己爱他的感受里了,一旦她的内心有变,郑青的光环也就随之褪去了。

郑青后来又联系了齐蓝几次,都被齐蓝拒接了,他心里既委屈又隐隐地失望,知书达理、热情乖巧的蓝蓝,遇到事怎么也这么不可理喻!他觉得,确实,不只是齐蓝需要静静,他也要退后一步,好好审视一

第二十八章 黑白分明

下自己、齐蓝,以及他俩走到一起需要翻越的障碍。

齐蓝原本以为,郑青几天联系不到她,会沉不住气上门找她,她每天一回到家就侧着耳朵听门铃,音响不开了,电视不看了,连抽油烟机都不用了,唯恐错过郑青的敲门声,以至于他失去耐心。门铃终于没有响过,她甚至检查了门铃是不是没电了。一天两天……一周过去了,连雷雷也失去了联系,她想一定是郑青阻止了孩子跟她联系,她确认是郑青对她没电了,郑青对她失望了,她不懂事了,不顾全大局了,不是郑青眼里高贵大气的女子了……郑青就坡下驴了,他本身也想结束这份感情了。她委屈甚至怨恨,但随着时间的延长,她开始担心郑青了,他不至于,不至于这么一声不吭,是不是遇到什么麻烦事了,直到后来,她已经不指望他们能和好如初了,她只求郑青平安顺利!

严叔叔的事让她焦急,郑青的销声匿迹让她不解、伤心、担心。齐蓝遇到了亲人连续去世以来最大的危机。她有时候整夜整夜地工作,只有工作着、努力着、奋斗着,她才能得到一些安慰和鼓舞。

她没跟任何人倾诉,包括姐姐齐芸和闺蜜映竹,她觉得这一切只能她一个人承受,因为她们要说的,她都知道,也都认可,但是,那种想念、那种委屈、那种不甘、那种幽怨,只能在时间里钝化,最终她会妥协在时间里。她盼着时间快一点儿,盼着严叔叔的事早日拨云见日,也仍然盼着:郑青突然出现在她面前。

自从跟映竹见面后,在严和的事情上,齐蓝的心定住了,她坚信严叔叔无罪,她也确定刘虎他们诈骗。

这件事两边互相咬着较劲,于光辉挖空心思落实严和的非法拘禁罪,映竹齐蓝她们悄悄查证落实刘虎的诈骗证据。

进入6月,太行市的天气已经很炎热了,齐蓝觉得空气都透着焦躁,她的不安越来越严重,郑青应该是出问题的可能性比较大了,但如果问题很严重,老米应该知道,映竹姐会告诉她。那现在没消息,只能说郑青在主动回避她,一想到这里,齐蓝的心就抽搐,她既希望郑青平安无事,又不甘心是郑青主动回避她。她不愿相信,也无法面对:

起落弧旋

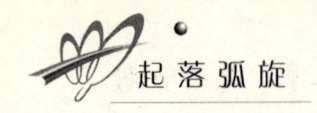

一份已经在谈婚论嫁的感情就这么脆弱！她在酷热中感受到了彻骨的寒！她迅速地消瘦了。

她戴上了母亲留给她的一直有些紧的玉镯子，看着晶莹剔透的镯子晃荡在纤细的腕子上，趴在桌子上，无声地哭了。

"妈，您不是说玉能护主吗？您不说只要心善就没过不去的事儿吗？妈，我没做过坏事，为什么活得这么难啊？！妈，我坚持不住了！"齐蓝终于忍不住失声痛哭了。

门铃，在她最绝望的时候，在她终于不再盼望的时候，清脆地响了！她趴在桌子上的身体一惊，她懂得了那句"感时花溅泪，恨别鸟惊心"。她没有立即开门，她用面巾纸使劲抹了两把眼泪，门铃声变成了有些急促的敲门声。

她整理了一下头发，跑过去打开门。

郑青，眼睛都凹进去的郑青，一步跨进来，回手锁上门，站在玄关的垫子上就抱住了满脸泪痕的齐蓝！

他越抱越紧："蓝蓝，蓝蓝，过去了，都过去了，对不起，对不起，让你伤心了，让你着急了……"

齐蓝使劲呼应着郑青的拥抱，她双手紧紧地环住他的腰，踮起脚，胡乱地吻着郑青的脸："我知道，我知道你有事儿了，对不起，对不起，我怀疑过你……"

所有的委屈、猜疑、担心，在这一刻，都已消融在这热烈的拥抱和亲吻中了。原来，彻底的交流不是用语言的，而是用心，用感觉，用身体。

齐蓝跟郑青赌气的第四天，省纪委一行六人调查组进驻省政府研究室，此次调查是中纪委接到有关郑青的举报材料后，责成省纪委尽快调查核实，省委主要领导也做了批示。调查持续了两周，眼见所有的举报都要被证伪时，罗列使出了昏招儿！他通过手机匿名短信造谣，中伤郑青，内容不外乎受贿、通奸、搞帮派等，这些信息被多频次发到了机关同事的手机上。罗列以为，这手段确实低级，但又最安全，

第二十八章 黑白分明

他的理论支撑是：突破人物身份设定的行为模式是最好的伪装，不会有人想到这么小儿科的行为是他罗列干的。

但多行不义必自毙，因为匿名短信诽谤涉及违法，公安介入，罗列还是被先进的技侦手段挖出来了，他就是匿名短信的发送人！随后检查人员又在其电脑里发现大量冒充不同身份、以不同口径、写给不同部门的举报信。至此，罗列无中生有，诬告、陷害郑青的行为已成事实。而调查组对研究室的账目检查没有查出任何问题，调查的结果反而显示：郑青作风廉洁，管理规范，工作扎实，群众基础良好。

调查期间，虽然并没有限制他的人身自由和通信自由，但他为避免躲在背后的小人进一步制造新的事端，为了不给齐蓝添麻烦，他狠心中断了和齐蓝的联系，也找了个借口嘱咐雷雷，这段时间不要联系齐蓝。聪明的孩子已经感觉到爸爸的处境，但他没有追问。

"蓝蓝，你说你胡思乱想半天，心里千军万马踏过，就是没想到我也遇到了麻烦，要不说无巧不成书呢，好事多磨，行了，别难过了啊！"此刻，郑青抱着一直流泪的蓝蓝轻声地安抚着。"嗯，你也别难过了！"齐蓝蜷缩在郑青怀里，用头使劲摩擦他的胸膛。

"老郑，咱不当这个官儿了行不行？"齐蓝突然坐起来按着郑青的肩膀说。

"那我干吗去，咱俩到山区隐居，男耕女织，采菊东篱？"郑青笑着逗齐蓝。

"我没问题，除了你，对很多诱惑我都免疫。"齐蓝还是一本正经。

"好了，别幼稚了，我哪能那么厌呢，这点波折就逃跑，我不但要继续当官，我还要好好当官，当个好官，做出点成绩，造福一方。"

"又想说我唱高调儿，停！"郑青捂住了齐蓝的嘴。

随后几天，被还原了清白的郑青，通过公安厅的球友暗中关注了解了一下严和的案子，很多证据都指向刘虎他们属于团伙诈骗，而严和的非法拘禁罪名无法落实证据。

"老郑，刘虎他们诈骗立案了，估计刘虎一进去，严叔叔就该出

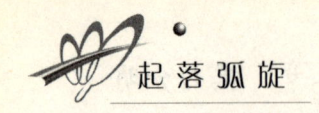

来了。"两天之后,齐蓝兴奋地给郑青打电话。

"好好,颠倒的黑白终究会被纠正,罗列诬告了我三年,把自己搭进去了。"

"嗯,这个混蛋早该遭报应!"齐蓝眼前浮现出罗列那张虚伪的胖脸。

"蓝蓝,好好儿的,想我们自己的事儿啊!"郑青不想再提罗列。来平原省经历的这一切,都是他该补的课。

第二十九章　花好月圆

　　8月中旬，严和无罪释放，刘虎等人在逃。
　　一周后齐蓝才见到恢复自由的严和。
　　"蓝蓝，吃点什么，叔叔得好好请你。"
　　"怎么一见面就说吃啊，我这来的路上准备了一肚子的话劝你，以为你得多么义愤填膺呢。"
　　"哈哈，人在江湖飘哪能不挨刀，蓝蓝，别劝我，你想说的话我都知道，咱不矫情，不叫个事儿。说想吃什么，叔叔得好好慰劳慰劳你，着了大急了跟着。"
　　"没事，也长了见识了，叔叔，我请你吧，你身体没事吧？"
　　"吃了一夏天冬瓜大锅菜，睡地铺……哈哈哈……"严和说了一半突然大笑起来。
　　"叔叔，你没事儿吧？"齐蓝有点紧张。
　　"没事儿，一笑泯恩仇。"严和不想当着这个为自己奔波了一夏天的晚辈发泄情绪了。
　　严叔叔的事告一段落，齐蓝终于可以抽身出来忙自己的事了，立秋后的天气，一早一晚有些凉意。被酷暑折磨了一夏天的人们每天关注着温度变化，齐蓝更是，她要等天气凉爽了开始收拾她的新房。
　　立秋真像人们说的，名字很凉快，天气依然很热，就像一个远期

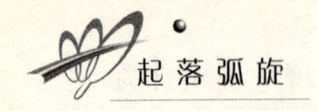

票据，真正兑现尚需时日。它不像春天，一夜之间，千树万树梨花开。接着炎热便尾随而至。秋凉却是缓缓甚至"偷偷地"降临。可谓轰然入夏，悠然入秋。所谓气有节，风有度。

郑青看齐蓝每天念叨"哎呀，怎么还这么热呀"，打趣道："你就那么迫不及待呀！"

齐蓝一时不明白他指什么，反问了一句："啥？"

"长虫！"郑青模仿河南人的口音回答她。

齐蓝突然爆笑，她想起了郑青给她讲的关于蛇（长山微水一带发音为 shá）的笑话。微水人和河南人一起走在山里，微水人发现一条蛇，指着说：啥！河南人心想，怎么连长虫都没见过呢，就告诉微水人说："长虫！"微水人心想这明明是啥（蛇），怎么说是虫子呢，就又指着蛇大声说："啥！"河南人急了，告诉你了还问，一跺脚又喊一遍："长虫！"微水人更急了，"啥！""长虫！"……两人没完没了，直到面红耳赤才明白：微水人管蛇叫啥，河南人管蛇叫长虫。

齐蓝止住笑说："天热不想干活，这房子什么时候收拾啊！"

"来，坐好咱商量一下。"郑青说着把蓝蓝拉到他腿上。

"这叫坐好啊，人家刚才坐得好好儿的。"齐蓝说着双手环住郑青的脖子，下巴抵住他的肩膀。

"蓝蓝，房子不大动了好吗？到时候买几件家具，重新布局一下就行了，两三天搞定，别为这事儿劳神了。"

"嗯，总想弄得稍微隆重一点，我这儿有点太简单了。"

"简单不简陋，我喜欢，咱不弄得花里胡哨的，看着累。再有半个来月就是雷雷妈妈的三周年祭日了，我想咱们三个一起去看看她，让她放心，也让雷雷看到我们对他妈妈的尊重和怀念。"郑青说完摇了摇趴在他肩上的蓝蓝。

"嗯，好，我原本也有这计划的。还有就是，我除了姐姐齐芸就没别的直系亲属了，我想带你去我父母的墓地祭拜一下，这样我心里好受点儿。"

第二十九章　花好月圆

"好，就这么定，到时候，先去祭拜岳父岳母，再去看雷雷妈妈。"

"还有啊，我好长时间没顾上打球了，这些天我想打几场球，别数落我啊！"郑青佯装害怕地说。

"装吧你，我什么时候限制你打球了，我是说你打球时间太长，运动量要适度嘛。"

"好好，谨记教导。那我明天上午去打场球行吗，你明天睡个懒觉，我上午打完球跟他们吃顿饭，午饭后过来，下午咱俩干活儿，怎么样？"郑青安排得头头是道儿。

"哼，早都定好的事儿了，还装模作样走程序跟我商量。去吧，去吧，没意见。哎，你们还在外边吃饭哪，不怕小人做文章啊！"齐蓝有点像惊弓之鸟了。

"让你这一说，我什么也不能干了。不用公款，不是工作时间，都是没有利益瓜葛的球友，怕什么！"郑青心里有尺度。

第二天上午9点，国威乒乓球俱乐部一开门，郑青和五个球友就前后脚儿都到了，郑青到这个俱乐部打球是春天的时候，周树立介绍的，他说这个"国威"有两个陪练是省队退役的，环境好，收费不高，去国威打球的没有初学者，都是有一定水平的了。郑青个人出钱买了600元的次卡，按次收费。这也就是罗列说的"用公款租用豪华乒乓球馆、请私人教练"。

大家两三个月没见到郑青，都很想念。

"郑哥，你太长时间不露面了，哥儿几个是真想你了！"药厂的大杨搂着郑青的肩说。

郑青跟他们认识充其量半年的时间，但关系处得很好，他们都来自基层，直爽、厚道、朴素，虽然知道郑青是省里的领导，但他们没人开口求过郑青什么事儿，也不瞎打听，郑青看得起他们，认他们做朋友，他们就很知足。

对于热爱乒乓球的人来说，打球的时间总是过得贼快，郑青跟五个球友分别对阵了几局，意犹未尽就中午了，昨天大杨在电话里就跟

369

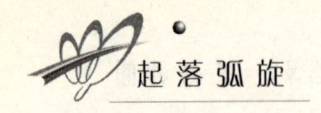

郑青说好了明天打完球，中午到农耕主题餐厅喝啤酒。

农耕主题餐厅是一个废弃车间改造的，装修很贴近大自然，面积很大，全开放式，桌距较远，食客互不影响。

"这地方不错，别有洞天啊！"郑青一进到高大、宽敞的大厅，立即感觉到一股夹杂着饭菜香的清新凉爽之气。

"嗯，这是我堂妹小花跟人合伙开的，菜都很有特色，正经的物美价廉。"大杨赶紧接话道。

几个人来到大厅南侧一个较大的门板改造的长桌前，落座之后郑青说："好久不跟大家聚聚了，今天咱不AA制，我请客。"

"哪能啊，郑哥，今天是我招呼的，自然是我请客，这是我堂妹跟人合伙开的店，吃着好了以后常来就是了。"说着他扫了一下桌上的二维码，打开菜单征求着大家的意见开始点菜，菜名都很有意思，"偷来的鸡""村口二亩地""春蚕吐丝"……点完菜，点一下付款，就可以静等服务员上菜了。

"嘿，真先进啊，这多省事儿啊，不介的话服务员在旁边等着等得人心慌。"球友老李感叹道。

"哈哈哈，点个菜你心慌啥呀，你就是脸儿太薄，怕点慢喽服务员不耐烦。"五子让老李逗乐了。

"谁说不是呢，大杨，教教我，我也得学着用这先进玩意儿。"老李说着凑过去看大杨的手机。

点完菜不过五分钟，六大杯冰镇扎啤和凉菜就上来了。

"来来来，为今天能凑到一块儿干杯啊。"郑青举杯提议。

大家几口扎啤下肚，顿觉热气消了不少。

"我今天跟你们交手，感觉都有进步啊，五子长进最大，给大家说说体会，咱不光一块打球乐和，切磋技术、交流体会也是一乐啊。"郑青饶有兴致地说。

"行，那我先说说吧。"五子放下杯子说道，"这打球吧，治懒病，身子懒、脑子懒都打不好，我这段时间，打完回去就琢磨，看打球的视频，

第二十九章 花好月圆

看完就模仿，针对自己的弱点和毛病训练，不是老想着输赢，输赢不重要，每天得有点长进。"

"五子说得好！我就是脑子有点懒，琢磨得少，进步慢。我岁数大了，就图个乐和，这刚不上班儿了吧，没抓儿没落儿的，一想到打球，我就提神儿，有个寄托，还能锻炼身体。"老李接过五子的话茬儿说。

正说话儿功夫儿，"偷来的鸡"上来了，小巧的木架子上挂着烤得皮焦肉嫩的农家鸡，香味冲击着在座的每个人。

身材魁梧的尚志，此时站起来，掰了一个鸡腿放到郑青盘子里，憨笑着说："我打球就是为了吃，心安理得地吃，吃完打球消耗掉，健康重要，口福也重要啊，只有打球，鱼和熊掌才可兼得。"

"哈哈哈……"一桌人又被逗笑了。

"瞧你那点出息，三句话不离吃，领导在呢，你就不能拔拔高儿啊！"阿森笑着拍了尚志一巴掌。

"哎，哪有什么领导啊，再说，尚志说得挺好啊，大实话，现在多少人为了减肥不敢张嘴啊，咱们打球的人，这方面的顾虑小多了确实。"

"确实是，郑哥。不光这个呀，咱家属顾虑也小多了，一不担心咱喝酒搓麻，二不惦记咱出来瞎搞，家庭和谐啊，少置气。"阿森深有体会地说。

"强身健体这我就不说了，我觉得咱打球的人心里敞亮，有什么不高兴，一场球打完烟消云散，球友见球友，啥事儿都没有！来，干杯，菜不够接着点，放开吃啊。"大杨豪气地一饮而尽。

"来，我也干喽！大伙儿说得真好！这乒乓球的魅力呀，只有咱们身在其中的人才更有发言权。我即兴做了一首诗，为咱们的聚会助兴。"郑青说着站起来，环视着众人，激情饱满，朗若洪钟。

乒乓感赋

快乐乒乓聚国威，大厅宽阔银球飞。

台上劲敌杀声起，场下良朋和风吹。

龙腾虎跃英姿展，健身益智本意归。

相逢有缘同欢喜，运动养生是精微。

"好！好！咱郑哥真是文武全才！"众人鼓掌喝彩。

"来来来，为咱们是乒乓人一起干杯！"郑青说完也破天荒地一饮而尽。

蓝蓝其实也没睡懒觉，她琢磨着得做回京的准备了，她先跟姐姐齐芸做了沟通，齐芸对妹妹嫁给郑青是有些顾虑的，年龄差距是一方面，她主要担心妹妹当不好后妈。齐蓝告诉她，自己跟雷雷关系比跟郑青还铁时，她也就释然了。

妹妹的性格招孩子喜欢这她是知道的，侄子齐歆一年见不到几次小姑，但只要一见就恨不得把攒了一年的笑话讲给小姑听，用他的话说，小姑一是听得懂，二是听完准是用爆笑配合，不像他妈妈关珊，你很投入地讲半天，甚至笑得讲不下去，她听完木然地瞪着你："没听出有什么笑点！"

小姑是与时俱进的，讲多新的东西都能瞬间心领神会。

这样的妹妹应该是能和那个"大儿子"雷雷处好吧！但齐芸总觉得有点委屈妹妹了，虽然那个郑青看起来是个谦谦君子，但毕竟有婚史，有孩子。但蓝蓝看起来很满足，这样她也就一心祝福妹妹了。

齐蓝又跟嫂子关珊报告说"名花有主了嫂子"，关珊早就听说小姑子找了个当官儿的，这会儿听齐蓝说要回北京祭拜父母，她竟比齐芸还激动："好好好，喜事儿，喜事儿，咱们家该有点喜事了！到家来，嫂子送你们去。"

嫂子一直就是个热情好客、爱大包大揽的人。

"不了，嫂子，我就是告诉你一声，我们这次回去除了祭拜咱爸妈，还要去他亡妻坟上看看，带着孩子。"

"嗯嗯，应该的，应该的，蓝蓝，要大气一点，死者为大，要尊重。"

第二十九章　花好月圆

"我知道，嫂子，等我们把这些事都办完了，咱们再聚啊。"

9月15日正好是周六，郑青给雷雷请了半天假，下午两点他们三个人就坐上了回京的高铁，准备第二天一早从北京开车去墓地。

雷雷第一次跟郑青、齐蓝一起出行。三个人的座位只有两个是挨着的，雷雷跟一个奶奶调换了座位，硬是坐在了郑青和齐蓝的中间！他坐的本来是郑青的座位，坐好后一本正经地跟郑青说："爸，您在边上坐可以随便转转，我们年轻人聊聊。"

齐蓝没等郑青开口就拍了雷雷一巴掌："怎么说话呢，老同志会伤心的。"

郑青看着这一大一小两个"孩子"，笑骂了一句："帮派！"果真溜达去了。

看爸爸真走了，雷雷压低了声音跟齐蓝说："你们这是来真的了！我怎么办哪？"

"我们什么时候玩儿假的了，碍着你什么啦？"齐蓝有点蒙。

"你是我姐姐呀！"

"没错儿啊，以前是，现在是，将来还是！"齐蓝一副这事儿我说了算的口气。

"好！"雷雷伸出右手跟蓝蓝姐击掌。

在车上三个人就商量好，下了车雷雷去姥姥家看姥姥、姥爷，郑青和齐蓝回他们原来的家，第二天早晨郑青开车接上雷雷一起去墓地。

齐蓝原想自己住在郑青家附近的快捷酒店，她心里还是有点抗拒那个有郑媛影子的家，她很想知道郑媛是个什么样的女人，郑青那么爱她，一定是个漂亮温柔的女人吧？她一定也很爱郑青吧？她走得一定很不舍吧？她刚刚走了三年，她的丈夫成了我的丈夫，她是欣慰还是不甘？我这么贸然登堂入室不好吧？

郑青知道齐蓝的心思："蓝蓝，心里还是有点抵触吧？这边的家我会一直保留，这是用媛媛的特级教师身份优惠买的。曾经，媛媛是女主人，现在你是女主人啊，哪有女主人不回家的道理？媛媛如果知

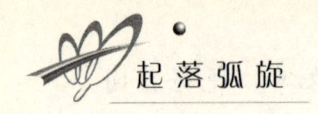

道来了这么一个善良美丽的女主人，一定会非常欣慰的。"

齐蓝被郑青说动了，最终随郑青走进了他们的家——他们原来的家。

家里干净、清爽，家具实用，整面墙壁柜的强大收纳功能使这个家一点也不零乱，墙上并没有郑媛遗像，这让齐蓝舒了一口气，她想象了很多次那样的场景：一进门，郑青的亡妻迎视着她。

"来坐下，先喝口水，收拾一下东西，一会儿我们出去到附近吃点东西，然后看看买点明天用的供品。"郑青安顿好蓝蓝就去主卧了，齐蓝低头开始玩儿手机，她觉得她最好别东张西望的。

郑青再出来的时候拿了几本影集："你可以看看，这，是我的过去。"郑青把影集放在蓝蓝面前的茶几上。

齐蓝仰头看了看郑青，没有说话，她抿着嘴，轻轻地翻开了郑青的历史……

"你那时候没现在帅，傻乎乎的！"齐蓝看着二十来岁的一脸稚气却又努力做成熟状的郑青，笑出了声。

"雷雷妈妈看起来很温婉、恬静，但眼神很坚定，是个有主见的人，我猜是她管着你。"齐蓝扭头看着郑青。

"蓝蓝，你观察能力很强，确实是。媛媛是一家之主，我除了工作、学习、打球，其他什么都没过问过，媛媛是里里外外一把手，我连水、电、气阀门都不知在哪儿，雷雷也是她一手带大的。媛媛很泼辣，很乐观，这点跟你很像。你看雷雷么，几乎不哭，从小就很少哭，随他妈妈。"郑青说起郑媛，满是追忆和怀念，在他的追忆里，郑媛是完美的，或者说郑媛的突然离世，郑媛的见义勇为，为她的生命画上了完美的句号。她作为一个贤妻良母，作为一个有正义感、有勇气、临危不惧的女性，在郑青心里永生。

齐蓝静静地听着郑青的回忆，她再一次感受到了郑青对亡妻的爱和敬佩，她没有醋意，她心疼眼前这个男人，三年前他该是承受了多大的打击啊！

第二十九章　花好月圆

他们准备下楼吃饭的时候，程刚打来电话："齐姐，本来想带芳芳一起过去请你们吃饭。芳芳说跟姐夫已经说好了，明天她就不去了，她妊娠反应太厉害了。"

"噢，我知道，我听郑青说了，你也别过来了，好好照顾芳芳吧，生意怎么样？"

"挺顺利的，我这回挺稳，不着急扩张，放心吧。"

"程刚吧，这小子可真是个人物，什么事儿都压不垮他。"郑青很欣赏这个年轻人的韧性和干劲儿。

"嗯，他俩过得真不错，开始我还总担心他俩性格有冲突呢，还真是一物降一物啊，说起来江山易改禀性难移，那是没遇到真爱，遇到真爱，改起来有动力了，什么毛病都能改。"

"嗯，成为最好的自己才对得起配得上那个真爱的人，这就是最好的感情，双方都想变得更好。"

"嗯，咱俩也是，我老怕自己毛病多配不上你，我现在不那么任性了吧？"

"我从没觉得你任性过，有时候调皮、孩子气，那正是我喜欢你的地方，倒是我啊，在机关干了这么多年，难免说话按套路，思想也一定程度僵化，没你有活力，你知道我每次见你，一下子身心就轻快起来。"

"我饿了，郑主任，检讨会结束吧。"齐蓝仰着脸撒娇。

"散会，齐蓝同志留一下儿。"

"嗯，遵命，齐蓝同志留下来陪领导吃饭。"

郑青原本想就近吃完饭买祭品，齐蓝一下楼说想吃炸酱面，郑青又开车带她去了朝阳区静安里的一家老北京炸酱面。

吃饭的时候郑青想起那天球友聚会的农耕餐厅不错："哎，咱太行有家特别有特色的饭店，等回去咱抽空去吃一顿。"

"好，只要你不嫌弃我胖，你说去哪儿吃就去哪儿吃。哎，要不咱们叫上映竹姐他们，咱吃了人家多少饭啊！"齐蓝提议道。

"没问题呀。说到映竹我想起来了,那个饭店是个叫小花的人跟人合伙开的。不会是老米那个邻居小花吧?"郑青突然想起大杨姓杨啊,那堂妹不也姓杨吗!

"啊!不会吧,姓什么呀?"

"杨啊,我这也是刚转过筋儿来。"

"我回去侦查侦查再说吧,这可不是闹着玩儿的,亏你想起来了!"齐蓝抚着胸说。

吃完饭他们又去买了供品,回到家10点半。

"我睡哪儿?"齐蓝站在客厅不知道哪个房间合适。

"睡雷雷房间行吗?书房也有个沙发床,还得打开,麻烦。"

"就睡雷雷房间吧,我先去洗漱了。"齐蓝说着把自己的个人用品拿到雷雷屋里。

郑青从背后抱住她:"蓝蓝,委屈吗?"

"没有啊,你也快收拾,早点睡,明天还得起大早呢。"

第二天一早,5点多他们就起来收拾,接上雷雷时,雷雷还没醒。"爸,蓝蓝姐,我再睡会吧。"说完自己蜷缩在后座上睡了。

"这小子得改口啊!"郑青开出市区后看了一眼后座上熟睡的雷雷,突然来了这么一句。

"昨天在火车上,他就是跟我说这事儿呢。"齐蓝马上意会到郑青说的什么。

"结果呢?"郑青追问。

"结果就是我还是蓝蓝姐,过去是,现在是,将来也是。"

"这关系没理顺哪!"

"称呼而已,同一内容,条件不同,可以有多种形式,不要教条主义。"

"暂不辩论,先这样,我没事儿,等弟弟或者妹妹报到了,会很困惑!"郑青说完意味深长地瞥了蓝蓝一眼。

齐蓝向后座努努嘴,用眼神制止了郑青说下去。

第二十九章　花好月圆

　　他们先到了齐蓝父母的墓地，齐蓝没让雷雷跟着上山。她和郑青来到半山腰父母的墓前，她蹲下来用毛巾仔细擦拭了墓碑，摆好祭品，三叩首之后，拉过郑青："爸、妈，这是你们的女婿郑青，以后就有人照顾我了，你们放心吧！"郑青向岳父岳母鞠躬致意。

　　下山的时候，看着齐蓝悄悄擦去眼泪的动作，郑青一阵心疼，齐蓝还这么年轻，却已经经历了失去三位至亲的打击，而他很少看到蓝蓝流眼泪，也是有泪往肚里流的坚强的孩子。郑青往前赶了几步，追上齐蓝牵住了她的手。

　　到了郑媛墓地，雷雷给妈妈擦拭了墓碑，摆上祭品之后，磕完头拿出打火机，"雷雷，这不让烧纸，一会下山烧。"郑青以为儿子要在墓碑前烧冥币。

　　"我不烧纸钱，我给妈妈写了封信。"雷雷说着从口袋里掏出两张折叠好的作文纸，他蹲下来，点燃了那封信："妈，我要说的话全写在这儿了。"

　　郑青、齐蓝看着一脸虔诚的孩子，眼睛湿润了。郑青使劲儿捏了捏齐蓝的手。

　　"妈，我走了。"雷雷烧完信，朝妈妈的墓碑鞠了一躬，转身向下走去。

　　"媛媛，你看，儿子长大了，越来越懂事，我今天带蓝蓝和雷雷来看你。"齐蓝这时候往前跨了两步，深深弯腰鞠躬："姐姐放心吧，我会照顾好孩子和郑青。"

　　从北京回来，郑青和齐蓝买了几件家具，业余时间他俩基本都在归置房间，齐蓝的零碎东西不多，平时又养成了井然有序的习惯。三天时间，他们就收拾妥当了。

　　"蓝蓝，房子基本就这样了，后天咱们去把证领了吧。"

　　"嗯，你是这么打算的呀！领证就是结婚啊，咱们虽然不大操大办，但你得给我点仪式感啊！"

　　"噢，仪式感，咱现在是先领证成为合法夫妻，需要什么仪式你

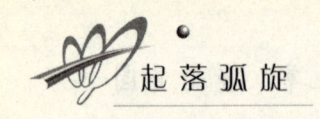

说了算，国庆节旅行结婚？"

"不，太仓促，旅行结婚我同意，但我得好好设计设计，不能光傻跑、傻玩、傻拍照吧。"

"那得什么时候？"

"明年春天，我设计一个路线，设计出内容。"

"你不会领了证还让我当单身汉吧？"

"你要愿意也行，你住你家，我住我家。"

"我不愿意，我不愿意，我恨不得今晚就过来。"郑青装作急赤白脸地说。

"你不觉得缺了点什么关键步骤吗？"齐蓝启发郑青。

"让我想想，关键步骤，关键步骤，什么呢，提示一下，一个字。"郑青请求齐蓝。

"哼，不提示，想不起来就不领了。"齐蓝好像真生气了，她转身独自去书房了。

齐蓝站在书房的窗前，突然有点伤感，父母不在了，哥哥不在了，她人生最重要的时刻，没有人祝福，她就要这样无声无息地嫁了！想着想着，她的眼泪下来了。

"齐蓝，蓝蓝。嫁给我好吗？"郑青突然在她身后大声说道。

齐蓝一回头，发现郑青单腿跪地，举着一个紫红色的首饰盒。

"呀，你怎么净搞突然袭击呀，从哪儿变出来的呀！"齐蓝不知道郑青怎么突然就有了求婚戒指。

"蓝蓝，嫁给我！"郑青不解释，一直跪地举着盒子。

"好好！"齐蓝接过盒子，扶起郑青。

郑青紧紧地抱住齐蓝："蓝蓝，这个盒子在我身上装了好几天了，去北京前就取回来了，我早就订了，这几天一直想跟你求婚，老是不好意思，刚才你说关键步骤，我早明白，故意逗你，没想到你这么容易上当，给逗哭了，对不起。"郑青轻轻抚着齐蓝的背，像哄孩子一样温柔。

"也不是你逗的，就是有点伤感，人生最重要的时刻，亲人不在

· 第二十九章　花好月圆 ·

身边。"齐蓝说着，趴在郑青肩上哭出了声。

"哭吧，哭嫁！"郑青抱紧齐蓝，一直拍打着她的后背。

9月21日，九二一，就爱你。这一天很多新人举办婚礼，也有很多人选择这一天办结婚登记。齐蓝和郑青9点多赶到的时候，大厅里已经有六七对在等候了。

"这么多人哪！"齐蓝小声嘟囔。

"今天是好日子啊，九二一，就爱你。"郑青抓过齐蓝的手放在自己的掌心，另一只手覆盖上去，拍了三下："就爱你！"他第一次在公开场合对齐蓝做出亲密动作，齐蓝下意识地朝四周打量，她看到其他几对比他们还腻。"这真是环境改变人哪！"齐蓝收回目光看着郑青说。

"跟他们没关系。"郑青望向那几对依偎在座椅上等候的情侣。

"齐蓝今天就要成为我的合法妻子，我可以大大方方地跟我的妻子示爱！"郑青说着搂着齐蓝的肩坐在了椅子上。

齐蓝平时最怕等候，等人、等车、等菜上来……等待一久她就焦躁，而今天，这种等候，让她感到甜蜜、幸福，甚至神圣。郑青当众示爱让她觉得她的爱情可以公示了，这对女人很重要！女人喜欢随时能表达的感情，他们在展示幸福中获得满足，从而放大幸福感。

领证出来是11点："蓝蓝，中午我不能陪你，今天中秋节前最后一天了，单位有些事情处理，我下午早点过去，嗯？"郑青又捏了捏齐蓝的手。

"好，我现在送你回去。"齐蓝今天一直是羞涩、乖巧，声音轻柔。

送郑青回单位后，齐蓝靠在车里，闭目缓神，从此她的生命和另一个人紧紧地连结在一起！她突然睁开眼睛，从包里拿出大红的结婚证书，翻开，看着在镜头前不会笑又使劲挤笑的郑青，手指轻轻地戳着他的脸："傻样儿！"

齐蓝没有再去单位，她直接开车回家，进门就像影视剧的快动作一样忙活起来，她先把所有房间整个归整擦拭一遍，换上桌布，把从

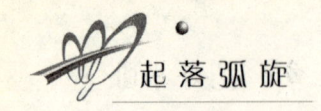

自己阳光花房采下来的鲜花插到瓶里，摆好红酒。

收拾好房间她开始做饭，郑青吃饭很简单，口味跟她很像，每次吃着齐蓝做的饭，他都会很满足："你做的菜特别合我的口味，不用我说什么，你就把握得特准。"

今天，齐蓝没有考虑郑青的口味，她觉得今天可以不务实些，她做了几个有含义的菜，尽管他们的名字有些夸张甚至故弄玄虚、哗众取宠，但她今天要的就是这种仪式感，她想象着郑青听到这些菜名时会说："真能琢磨！"

"绝代双骄""青龙卧雪""甜甜蜜蜜""一国两制""白发齐眉"，她看着这几个菜名，自己先乐了，绝代双骄是红绿两种辣椒，青龙卧雪是黄瓜条卧到白糖上，甜甜蜜蜜是红糖蜜豆，一国两制是去皮和不去皮的红白两种花生米，白发齐眉是粉丝蒸扇贝。这几个菜都没技术含量，只是一个创意，摆的是一种寓意，吃的是一种心情。

齐蓝检查了一下冰箱库存，缺少几种食材，她立即叫了永辉超市的外送。

准备好一切，刚刚5点，老郑说早点回来，她赶紧冲了个澡，她不想身上有油烟味儿，她化了一个淡淡的妆容，穿上了郑青给她买的橙红色V领束腰长裙。她发现这件裙子没有想象中那么土，质料柔软，做工精细，剪裁用心，她高挑的身材和偏白的皮肤驾驭这件长裙恰到好处。原来老郑也是用了心的。

一切准备妥当，她坐在沙发上，开始编辑信息，明天就开始三天的中秋假了，这三天，她谁也不想见，只想好好跟郑青在一起，不用看表、看时间地在一起。但是她要给她的亲人、朋友发去及时的问候和祝福，虽然她不想告诉他们，她领证了，但她要分享给他们她的喜悦，她的满足，她的憧憬。

一直就疼爱她的姐姐齐芸，给了她无数关怀呵护和照顾的映竹姐姐，重获自由的严叔叔，身体有惊无险的紫玉姐姐（紫玉的肺部结节已经解除警报），正在孕育宝宝的郑芳夫妇以及已经在回京高铁上的

第二十九章　花好月圆

雷雷，都收到了齐蓝热情洋溢、充满喜庆的祝福和问候。公婆那里，她想和郑青一起打电话祝福，国庆节她再去正式拜见。

快6点了，这个说下午早点回来的家伙还不露头，齐蓝心里嘟囔着，但她并不打电话催，她知道，郑青人、事缠身，能回来的时候会第一时间回来。

她又一次整理了房间，又一次全身上下检查了自己。"一丝不苟啦！"她对自己说。

她坐在餐桌前，摸摸花儿，动动盘子……

郑青就是这个时候抱着一束花儿进来的。"蓝蓝！"他看着跑过来的齐蓝愣住了，齐蓝看着郑青手里的玫瑰也愣住了。

"你真像个漂亮的小媳妇！"郑青说着凑过来吻了一下她正要反驳的半张开的嘴。

"老郑，你真像个拍马屁拍到腿上的二傻子！"

"嗯，今天就是二傻子了，二傻子给小媳妇献花，九朵紫玫瑰代表我无言的深情，两朵红玫瑰代表我们两颗相爱的心，这一朵蓝玫瑰是开在我心中的高贵的蓝蓝，九、二、一，蓝蓝，就爱你！"

"哇！"齐蓝接过郑青递过来的九二一三色玫瑰，喊了一声就突然断电一样的不发声了，低头看着手里的玫瑰，她逼回就要滴落的泪水，恢复了她的调皮："这平时不浪漫的人，一旦浪漫起来，可真是一鸣惊人呢！"

"谁说不是，我都被自己惊到了，原来想让花房送过来，后来我想那不行，我必须亲自捧给蓝蓝这个九二一，你知道我从花房捧出这束花，打上车，一路从院里走过来，需要多少勇气吗，真像二傻子呢！哈哈哈……"郑青觉得齐蓝赠给她的"二傻子"太形象了！

"来来，二傻哥，我的创意也不输你，青龙卧雪，绝代双骄，一国两制，甜甜蜜蜜，白发齐眉。"蓝蓝按寓意顺序一个一个掀开了她的作品。

"你厉害，你厉害，我老婆真是天才，本以为我这三色九二一玫

起落弧旋

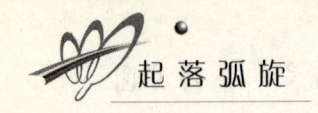

瑰有石破天惊的效果，没想到你这个简直是地动山摇了！"郑青从背后抱住齐蓝，探头看着满桌艺术品感叹。

他俩今天都尽情地夸张。其实仪式感本身就是适度夸张和强化。

一瓶红酒，五个菜，一对进入互捧模式的夫妻，到晚上10点的时候，他们还沉浸在彼此给彼此的惊喜里。

"老郑，你回去吧，明天早晨再过来。"齐蓝突然抓住郑青的手，用请求的口气说。

"啊？为什么？为什么赶走亲夫？"郑青半开玩笑地说。

"老郑，再给我两天的时间，后天，中秋节，月亮圆的时候……"齐蓝俯下了头。

"好，又是一个好创意，好寓意，月圆、人圆、床上共婵娟。"

"你这会儿不是二傻子了，是二嘎子，什么床上共婵娟，苏东坡知道你这么糟蹋人家的词都会气活过来。"

"哈，这叫雅与俗并行不悖。"

"老郑，你不会生气吧？"齐蓝怕她的"不近人情"让郑青不开心。

"不生气，但是有点心急是真的，我自从跟你在一块，老得用那句话稳住自己。猜猜是哪句？"

"比美好更美好的事，是等待美好的事发生。"齐蓝大声说。

中秋节晚上，月亮升起的时候。心满意足的郑青抱着齐蓝的一只胳膊安静地入睡了。齐蓝熄了所有的灯光，静静地躺在郑青身旁，准备听月亮，其实她听不到什么。月亮圆了，也是无声无息的，她听到的是人类对月圆的咏唱。

楼上的电视开得很响，楼下的孩子哭得正嘹亮，床头柜上的手机明明灭灭地晃，大体是各种版本的中秋问候亮相。

今天我是一个新娘，没有婚纱，没有伴娘，但是，有花，有酒，有他倾世的温柔。尤其是，在这月圆的时候！齐蓝这样想着，带着一颗圆满的心，睡了。

第三十章　群英荟萃

元旦假期第一天，齐蓝也睡了个懒觉。

本来5点钟，她的生物钟准时把她叫醒了，她看了看身旁熟睡的郑青，想悄悄地起身，试着不惊动他。她刚抬起半个身子，郑青闭着眼，伸过长臂就把她按了下去，然后转过身来搂住了她。

她只好屏住呼吸扎在他怀里，等他再次睡熟，这一等，就把自己等着了。再次醒来的时候，已经7点了。

几束清冷的白光，透过厚重的深蓝色窗帘的缝隙，向屋里窥探。天好像比平时这个时间更亮些。齐蓝噌地一下坐起，凭着常年摄影的敏感，她意识到这个天气不寻常。郑青这次没再阻拦她，而是把身子转向另一边，意思是，我还得睡会儿。

齐蓝麻溜地披衣下床，跑到客厅的落地窗前。哇，下雪了！她差点喊出声。

雪花在窗外轻盈地舞动着，地上已经铺了一层薄薄的白雪，没有脚印，没有早行人。齐蓝把窗户拉开了一点缝隙，寒风裹挟着雪花，扑打在她身上、脸上、头发上。

她似乎闻到了雪的清香，听到了风的歌唱。她伸出手，几片雪花落入掌心，握住它们，握住这冬天的精灵，这天使的羽毛，齐蓝闭上眼，深深地呼吸这被雪花洁净了的空气。

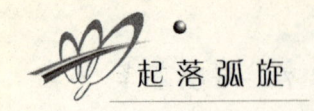

"哈，雪里已知春信至，好一个娇美的凭栏人！"郑青不知什么时候已经站在她身后。

"哎，吓我一大跳，你怎么走路一点声音也没有啊！"齐蓝嗔怪着。

"我就差踩着脚走啦！是你太专注了。"郑青说着拉上落地窗，从身后把齐蓝揽住。他们一起静静地望着窗外，雪花继续在窗外优雅从容地舞动，整个世界似乎寂静无声，地上的雪，慢慢变厚了。

对面棉纺厂宿舍红瓦的尖顶上，却只有零星的几片薄雪，那雪洗的红色，此时干净亮眼，齐蓝幻想着那里应该冒出几缕炊烟，那就是一幅静谧浪漫寒冷而又温馨和谐的画面了。

"雪轻轻地落下，那是多少人心中的诗和童话。"齐蓝轻轻吟出了汪国真的诗句。

"这是开得最短暂，也是开得最多的花啊！凉凉的，却不知温暖了多少心灵的家。"郑青接了过来。

"哎，汪国真的诗你也背这么熟啊！我以为你只是喜欢律诗呢。"齐蓝有点惊讶。

"我喜欢所有能触动我心灵的美好的东西。"

"嗯，沉浸到一种情境中，才会有这种感觉，就是心特别静、特别满足，就像现在，这雪就让我特别安静、满足。我喜欢这种感觉。"齐蓝眼睛依然盯着窗外，像是对雪说，又像是自语。

"那我就是能让你安静、满足的人吧？"郑青摇了摇怀里的齐蓝。

"算吧！你多数时候让我踏实安静，有时候也让我着急无奈。"

"比如？"

"比如你一打球就忘了时间，说好打两个小时，你四个小时才回来。辩白的时候总是说，路途啊，看别人打呀，等等，都不带换词儿的，懒得搭理你了都。别的事都有谱，一打球就不靠谱。"

"哈哈哈……"郑青忍不住大笑起来。

这笑声叫醒了这宁静的早晨。

"人无癖不可与交，以其无深情也；人无疵不可与之交，以其无

第三十章 群英荟萃

真气也。"

"哼，你倒会引经据典。爱球成痴也不能没时间观念啊，我喜欢摄影，也算痴迷，但我守时啊，我什么时候因为摄影，让你等过我呀？"齐蓝显然不服气。

"哎，下午聚会，你要多拍些照片，准备好设备。人尽其才，物尽其用啊！"郑青很巧妙地转移了话题。每次被齐蓝揭短时，他都用此法化解，屡试不爽。

"哎，对了，我看看相机是不是没电了。"齐蓝说着掰开郑青的手臂，向书房走去。郑青笑望着妻子的背影，一脸的宠溺和得意。

一想到下午又可以大干一场了，郑青就摩拳擦掌。半个月前，傅剑锋就问他元旦怎么安排，他说准备带孩子回北京看看老人。

"剑锋你有什么安排？"郑青紧接着问。

"我是想忙完年底的工作，咱们该聚聚了吧？手痒了，把大家叫一块，好好打一场球。你晚一天回北京怎么样？"

"可以考虑。"郑青一听打球立刻就来了精神。但他需跟家人协调一下时间，雷雷和齐蓝的假期安排他还不知道。

"不用考虑，齐蓝肯定同意，咱俩先定了吧，假期有三天呢，咱们就用半天的时间，30日下午，这样不耽误大家后两天的安排。"

"嗯，好吧，先初步这么定。"郑青觉得傅剑锋已经考虑很周到了。

"好好好，就到我们学校打吧。我今年在学校搞过两次邀请赛，学校很支持。场地布置，人员通知，这些事都我来做。"傅剑锋一听郑青同意了，赶紧趁热打铁地敲死。

"嗯，人不要多，不要杂，不要大张旗鼓。咱就是球友聚聚，打打球，叙叙旧，不吃不喝啊！"

"没问题，就是准备点茶点水果吧！我这边有几个老师打得不错，还有陆军学院的两个球友，剩下就是咱俩都认识的人了，郑主任，你看你这边还有什么人可以叫上？"

"嗯，我看吧，我这儿也有几个。米厅长他们两口子肯定得叫上吧！

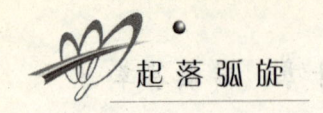

还有基层的一个干部打得不错。这样吧，到周末再敲定吧！"

"好好，就这样了。"

上周末的时候，他们敲定了活动的具体细节，齐蓝也非常支持，雷雷更是欢呼雀跃，这小子跟郑青一样，一提打球就兴奋。

郑青想到儿子打球时生龙活虎的小样儿，想到蓝蓝这个小妈跟儿子这两个"老铁"，他发自内心地欣慰。多不容易，多难得啊！蓝蓝把雷雷带得这么好，媛媛该放心了吧。

"哎，老郑赶紧洗漱，马上吃饭了，吃完饭咱们去映竹姐家？还是把雷雷叫回来？"齐蓝一边在厨房忙活，一边招呼着郑青。

雷雷昨天下午放假后就跑到映竹阿姨家找一男去了，晚上自然又是赖着不回家。

"噢，好，咱别去映竹家了，让人家清静清静吧！一会儿，你打电话让雷雷回来。"郑青吩咐着齐蓝。

"好吧，你快点，马上吃饭了。那吃完饭我们就准备一下明天回北京的东西。"

一眨眼工夫，餐桌上摆上了红薯小米粥、蔬菜鸡蛋饼、凉拌青萝卜。郑青看着桌子上五颜六色的健康早餐，禁不住夸赞道："蓝蓝你手太快了！说实话，我开始都没想到你会做饭。"

"你早些年要认识我的话，我还真不会做饭。我学做饭也不过是近三四年的事儿，给映竹姐帮厨帮出来的功夫，唉！"说到映竹，齐蓝叹了口气。

"好好的，怎么又叹气？"

"我是替映竹姐上愁，好好的日子，让老米给毁了，映竹姐多能干啊！挣钱、带孩子、做家务，样样都行。你说这老米也太烧包儿了，跟个杨小花弄出这么档子腻歪事，现在两个人貌合神离的，一个楼上，一个楼下，也不在一块儿住，连一男都看出事儿来了。"

"还分居呢？"郑青有点惊讶。他以为他们两口子青梅竹马的感情，是经得起冲击的，看来没那么简单！真应了那句话，和好容易，如初

第三十章　群英荟萃

难啊！

"你多开导开导映竹，男人犯了一次错误，纠错又很彻底，就别老揪住不放了，老米其实算得上是个本分人，也是映竹太强势，让老米在家庭中有失落感，他俩的性格反差，还是比较大的。"

"嗯，这倒也是，映竹姐当律师的嘛，嘴太不饶人，能干也能说。"

"咱家蓝蓝也能干能说啊，但不压人，不强势。"郑青不失时机地赞美，让齐蓝很受用。

"我确实不强势，干吗非要咄咄逼人，一争高低呢？我这人没有好胜之心，所以也成不了大事。"

"一切都恰到好处，正合我意。"

"嘴上抹蜜，口是心非。"齐蓝娇嗔道。

吃完早饭，齐蓝正刷碗的时候，郑芳打来电话问，下午是不是一起过去。

"芳芳，你去行吗？肚子里宝宝不怕吵吗？"齐蓝半开玩笑地问。

"哎，没那么娇气，程刚愿意让我去给他助助威。你们打得都那么好，就他一个菜鸟，信心不足啊！"

"哈哈，还真当比赛了啊！主要是年底了，大家一起聚聚。不都是打球认识的么，到一起共同语言最多的就是球了。你告诉程刚，打好打赖没人笑话他啊，就当学艺去了。再说了，有你姐夫和傅校长这两个高手，谁打得过他们啊！"

郑芳打趣说："就你老公厉害！"

"你可别老说没人打得过我啊，高手在民间，打得好的多了，咱只不过是圈子小而已。"齐蓝一放下手机郑青就马上提醒她。

"我认识的人反正就是你和傅校长打得最好，哎，傅校长今天会不会请个民间高手过去？"

"嗯，有可能啊，听他说有个陆院的教官打得不错，下午也过去。"

"噢噢，期待！"

"期待什么？期待有人打败我？"

"对呀，没有对手就没有高手！行了，不说了啊，我先给雷雷打电话。"

"映竹姐，下雪了看到了吗？"

"嘿，两个孩子早出去玩儿了一圈了，这么点雪就想堆雪人儿。"

"哈，雪地是孩子们撒欢儿的乐园！雷雷呢，这孩子老是赖在你们那儿，让他接电话吧，他爸让他回家呢。"

"楼上打球呢正，回什么家呀，下午不就一起去师大了吗，俩孩子学一会儿玩一会儿的，好着呢。没别的事儿挂了啊，中午我给孩子们做点好吃的。"

"哎！"没等齐蓝说话，映竹那边挂了电话。

"你儿子中午又有好吃的了，映竹姐不让回来。"齐蓝朝坐在沙发上看报的郑青说。

"嗯，我都听到了，我是怕给映竹添麻烦，既然映竹愿留，那就在那儿吧，你抽空多买些东西给人送去，雷雷老白吃白喝的不行。"

"嗯，我知道，你不用操心这个。"

中午的时候，雪停了。太阳紧跟着就迫不及待地出来了，骤雪初霁，雪地上的阳光格外刺眼。主路上的积雪已被清理干净，只剩下边边角角的一片片、一堆堆的白雪释放着寒气。向阳的地方，雪开始融化了。

雷雷不回家，齐蓝和郑青简单地吃过午饭就准备出发了。郑青把运动装直接套在了衣服里边，齐蓝却不肯，嫌鼓鼓囊囊影响形象。她穿了件湖蓝色暗条长款羊绒连衣裙，配了一条黑色绣花丝巾，外边是浅驼色长款羽绒服，同色系短筒皮靴，头发编了一个松松的麻花辫。

这样的穿搭让她看起来清新雅致而又充满活力！郑青看着走在前面的齐蓝，高挑秀美的身影在路两旁的白雪衬托下更加清丽脱俗！他不禁感叹：女人真是这个世界上最美的风景！

两点刚过，齐蓝他们轻车熟路来到了师大乒球馆，场地已经布置好了，两百多平方米的场馆被隔出来一半，六张球台东西各三张，中间留了宽宽的通路。南面休息区用几个长条桌拼起来了一个长方形大

第三十章 群英荟萃

桌，桌上铺上了暗灰色木纹仿古台布，桌的中央居然有一大束百合花插在透明的广口聚酯花瓶里！果盘里有各种坚果茶点和水果。北面墙上挂了一个横幅："平原省师范大学庆元旦、迎新春乒乓球友好邀请赛"，条幅下面的方桌上配置了音响设备。

齐蓝和郑青进来时，大厅里正播放着这两年火遍大街小巷的歌曲：《我们不一样》。

"时间转眼就过去，这身后不散的宴席，只因我们还在，心留在原地，张开手，需要多大的勇气，这片天，你我一起撑起……"齐蓝一边往里走，一边随着哼唱起来。

"每个人都有不同的境遇，我们在这里，在这里等你。"

"别光顾着唱，先过去打个招呼。"郑青在她身旁小声提醒。话音刚落，傅剑锋从他们身后追了过来。

"郑主任，齐蓝，我去门口迎你们了，转身接了个电话就给错过了，真不好意思！"他边说边伸出手，郑青握住他的手说："哎呀，客气了，熟门熟路的迎什么，再说天气这么冷！"

"应该迎，应该迎，我是东道主啊，天冷心热，终于可以好好打一场了！"傅剑锋显然情绪高涨，也许是常年与年轻学生们在一起的原因，他言谈举止中总有一股蓬勃的气息！

傅剑锋把郑青齐蓝引领到休息区的长桌旁，桌边已经坐了五六个人，郑青齐蓝都不认识，傅剑锋一一给做了介绍之后就又出去迎宾了。桌边的几位原来都是师大的老师，刚刚布置完休息区。

齐蓝郑青落座不一会儿，映竹老米就带着雷雷和一男过来了。两个孩子一过来就围住了齐蓝，争抢着跟齐蓝说话，像是多久不见似的。郑青、映竹和老米看着这熟悉的场面不约而同地笑着摇头。

"哎，咱们这些大人哪，只有蓝蓝有孩子缘！"映竹首先发出了感慨。

几个人正说笑着，何晓强、邓蕊夫妇带着一身寒气进来了。在座的只有郑青熟悉他们，他们快步走到郑青面前："郑主任，我们没晚吧？

起落弧旋

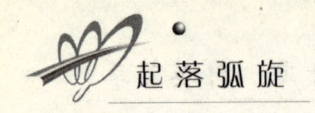

本想早点到帮着布置一下场地，没想到突然下雪，路有点滑。"

"不晚不晚，你们最远，来，我给你们介绍一下。"说着郑青转身给何晓强夫妇一一做了介绍。

大家对他们非常热情，所有人都知道，郑主任的朋友没有不靠谱的。"郑主任的朋友"这个身份就是人品和素质的保证！当然，得是经过郑主任认证的。

程刚扶着郑芳进来的时候，大家已经从休息区散开四处活动了，映竹、老米和两个孩子已经开始了双打热身，郑青陪着何晓强夫妇说话，齐蓝拿出相机调试，准备拍照。

齐蓝首先看到了程刚他们进来，郑芳正要甩开程刚奔齐蓝过来，齐蓝伸出手阻止："别动！"

咔嚓，快门一闪，拍下了小两口恩爱的瞬间。齐蓝低头翻看了一下刚拍的照片，然后又端起相机准备再抓拍几张。

这时她看到傅校长陪着一男一女走进来，男的一身戎装，中等身材挺拔壮硕，有着职业军人特有的英武、轩昂和冷峻。他旁边的女人，一件黑色长款羽绒服敞开着，里边是一条质地柔软的乳白色羊毛长围巾，一双平底黑色新款短靴非常俏皮，白皙的脸上眉目清秀，神气活现……

这女的好面熟啊！齐蓝一时愣在那里想不起来是谁。

傅校长带着刚进来的一男一女走到郑青面前，还没等他开口，郑青已经站起来脱口而出："林桐！"

"郑主任，你好！"林桐大方地先伸出手。郑青一边握住林桐伸过来的手一边看向她身边的军人。

林桐往前拉了军人一把："杨森，我男朋友，陆院的教官，傅校长的球友。"

几个短句，几个关键词，郑青已经明白了一切，他向杨森伸出手："欢迎你，杨森。"

"郑主任好！桐桐跟我提起过您，今天一定跟您好好学习球技！"

第三十章 群英荟萃

"哈哈,你们自己都介绍清楚了,省我的事儿了!"傅剑锋在一旁笑着说。他其实也是刚刚知道林桐是杨森的女朋友。

"齐蓝,我爱人,你们见过的。"郑青拉着刚刚走过来的齐蓝介绍道。

两个女人很自然地笑着拥抱,"好久不见!""好久不见!"

两点半,人基本到齐了。傅剑锋走到条幅下的方桌前,拿起麦克风敲了两下,然后又放回去说:"我嗓门大,咱人也不多,就不用麦克风了。"

"这一年马上就要过去了,为辞旧迎新,为大家的健康快乐,我们举办了今天的活动。今天来的都是我的朋友和同事,我们职业不同,岗位不同,年龄不同,但我们都热爱乒乓球。我们因球结缘,打出了感情,锻炼了身体。乒乓球让我们身心两健,家庭和睦……前几天我看到一个报道,英国权威医学杂志《柳叶刀》刊发了一个涉及120万人的研究,结论是:包括乒乓球、羽毛球、网球在内的挥拍类球类运动和有氧体操,是身心健康受益最高的运动!我们这些人都深有体会了。我们有不同的境遇,不同的脾气性格,但我们都爱球成痴。这小小的乐趣,让我们克服了很多困难,让我们保持了对生活的热情,也让我们大家结下了不解之缘。今天,就让我们用一场友谊赛、联欢赛,送走不平凡的2018年,迎来充满希望的2019年!"

"好!"雷雷和一男,一边高呼着响应,一边要跑开去换衣服。

"先别这么着急孩子们!今天来参加活动的最大的领导,也是我最强的对手,就是郑主任。请郑主任讲几句!"

郑青快步走到傅剑锋跟前,转身跟大家说:"傅校长已经把我要讲的都讲了,我们是一群不打不相识,越打越相知的球友。今天来这里的,没有领导不领导的,就一个相同的身份:球友。我打球,我健康,我快乐!打出友谊,打出水平,打出开心!我们还是开打吧!请傅校长宣布比赛方法和规则。"

"那好,我看大家都跃跃欲试了。我们比赛分两个组,不分男女,不论年龄,小组内循环。两个组的第一名决出冠亚军。现在抽签分组。"

起落弧旋

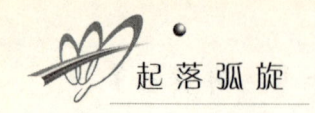

"等一等,还有我们呢!"一个带着英语韵味的男声响起。齐蓝一惊,这不是利昂的声音吗?果然,利昂拉着妈妈柳梅一路小跑着过来了。

"傅校长,对不起,我们来晚了。"利昂气喘吁吁地跟傅剑锋说,同时也向众人弯腰致歉。

"没关系,没关系,没耽误比赛。"傅剑锋一边跟利昂、柳梅握手,一边转向众人:"给大家介绍一下,柳梅,柳老师,利昂老师。他们母子都曾在我们学校任教,既是我的同事也是我的球友。他们的加入会让我们今天的活动更丰富、更热闹、更多彩!现在抽签分组。"

分组的结果:郑青、杨森、何晓强、梁映竹、程刚、一男等一组;傅剑锋、齐蓝、米文昌、利昂、雷雷、柳梅等一组。

分组结束后,利昂才走到齐蓝面前:"蓝蓝,你好吗?柳梅前段时间身体出了些小问题,我临时回来看看她,正好听说傅校长组织这个活动,我们就应邀过来了。能看到你真高兴!"

"嗯,我很好。看你还这么生龙活虎呀,我也很高兴,我去问候一下柳梅吧。"说着齐蓝向柳梅走过去,利昂也跟了过来。

郑青本想过去打个招呼,看他们三个人说得正热烈,就先去热身练球了。

小组赛中最有意思的两场比赛是:郑青对杨森;傅剑锋对利昂。郑青第一次跟杨森交手,感觉他球风凌厉,技术全面,进攻意识非常强,是敢打敢拼的军人作风。但球路变化不大,很快被郑青抓住了弱点,最终打成2:1。

傅剑锋和利昂已经不是第一次交手了,双方可以说是知己知彼。利昂一向以力量和速度见长,今天有齐蓝观赏,尤其超水平发挥。他仗着身材高大、速度快,连连扣杀,虽说失误较多,但还是给傅剑锋构成一定的心理压力。这场比赛比郑青与杨森的比赛更有观赏性。傅剑锋和利昂打球,看上去很专业,很潇洒漂亮。大家都围拢过来的时候他们俩也有意地加强了表演成分,尤其是利昂,胜负不重要,来这

· 第三十章 群英荟萃 ·

儿参加活动，亮几式，学几招，开开心，见见朋友们，他就心满意足了，更何况今天他还意外地见到了齐蓝。所以当他以1∶2输给傅剑锋时，并没有一点失败的沮丧。他放下球拍，热情地拥抱着傅剑峰。

"傅校长，你的球越打越棒了。"他由衷地伸出两个大拇指。齐蓝此时也向利昂伸出大拇指。

最后的决赛毫无悬念地在郑青与傅剑锋之间进行。他们在各自的小组赛中比较轻松地拿到了第一。

继上次平原省第十六届群众运动会嘉宾组大赛以后，他们在一起打球也有过几次交手，双方各有胜负，打得非常放松和快乐，但并没有真的较过劲。这次是在亲密球友范围内的一次较量，虽不像大赛那样刺激，但为更好地切磋球技，为荣誉而战的冲动还是在两个球友心中膨胀。

傅剑锋主场作战，占据天时地利人和之优。郑青对这个球馆并不生疏，而且，有着特殊的舒适感。何况来的都是球友关系，也都十分密切，所以也并不占劣势。

上次交锋以来，双方作为有素养、有情义、有悟性的业余高手，都很善于学习对方的长处，弥补自己的短处。傅剑锋的周旋技巧、相持能力明显增强；郑青的进攻意识、搏杀能力大为提高。双方的这次比拼，将会更有看点。球友们、老师同学们和一些喜爱乒乓球的球迷们，站在两旁拭目以待，期待即将上演的好戏。

果不其然，傅剑锋与郑青，横刀跃马，披挂上阵，裹挟着两股强劲的气流，一下子碰撞在一起，立刻呈现出火爆的场面。两人你来我往，各显神通。看上去像是一场球艺、球技和球风的表演赛，但分明是一场真刀实枪、剑拔弩张、短兵相接的白刃战。

双方比分交错上升，几乎没有落差。无论谁，每赢一分都极为艰苦。可以说，杀得飞沙走石、地动山摇。经过四盘的激烈厮杀，双方的体力消耗都很大，但两人依然斗志昂扬，拼劲十足。比赛实行五局三胜制。双方又像上次对决一样，打成2∶2平。

起落弧旋

惊险而残酷的决胜局开始了，又一次战云密布，扣人心弦。双方愈战愈勇，愈战愈烈。两人都像魔术师一样，把个小小的银球，玩耍得千变万化，风情万种。时而像离弦的利剑射中落点，时而像神秘的幽灵飘忽不定。时而像重磅的炸弹，在对方台上轰鸣，时而像旋转的陀螺，朝对方面前飞来。

比赛像上次一样，打成 10∶10。郑青发球，他出人意料地作了个移动式发球。这种发球，他平时一般不用，到关键时刻才拿出来。只见他站在正手位，左手向上一扬，把乒乓球抛出了一个弧线，身体轻步移到反手位，收缩小臂向下一抖手腕，发出了一个强下旋球，威力十足。

傅剑锋并不为对方罕见发球所动，目光紧盯着来球，侧身晃撇了一板，将来球回到郑青反手小三角附近。这个球回得质量非常高，郑青无法起板，只好回摆了一板，但球有些出台。傅剑锋手疾眼快，一个侧身，犹如猛虎下山一般，转腰，收臂，出手，一气呵成，打出一个高质量的直线前冲球。说时迟那时快，郑青一步雀跃退出很远，反手削接了这个不可思议的高难度球。傅剑锋始料不及，动作稍显迟缓，回球过网偏高。郑青抓住战机，侧身抢攻，一记漂亮的、山呼海啸般的重扣，逼得傅剑锋退台防守。郑青犹如蛟龙出水，腾空跳起连扣五大板。傅剑锋远台放起了高球。当第六个高球落到郑青网前右手位时，郑青突然极限大角度斜线拉冲，银球翻转着向下飞去。傅剑锋奋力扑救，摔倒在地，球落在傅剑锋拍子上反弹过网。郑青想都没想，出手如电，顺势将球牢牢控制在傅剑锋右手侧网前。傅剑锋虽然迅速站立起来，但为时已晚，眼睁睁看着来球落地！

这一分球的争夺，如此卓绝和戏剧性，攻防转换，如影随形，斗智斗勇，精彩迭现，让大家看得目瞪口呆！

此时，轮到傅剑锋发球。他定了定神，似乎想让自己镇定下来，还有机会。他一翻手，发了一个逆下旋球。不幸的是银球扎网，发球失误。场上比分定格在 10∶12。

傅剑锋这次友谊赛又是以同样的比分惜败。这场球虽然又是以微

第三十章 群英荟萃

弱差距输球，但他输得心服口服，因为双方都已经超水平发挥。

傅剑锋拿过工作人员递过来的毛巾，边擦汗边调侃着对郑青说："还是郑主任，技高一筹。我为什么总是第二？今天我把原因找到了，因为你姓郑，我姓傅啊！"说罢他仰头大笑。

郑青也被逗笑了，他真诚地说道："你我不分伯仲，平分秋色。你才是我真正的对手啊！"

在郑傅大战的整个过程中，大家始终热烈欢快，亢奋度不比比赛的人低。傅剑锋的学生们、部分教职员工，还有他的一些球迷们，自然组成了为傅校长摇旗呐喊助威的啦啦队。利昂和他的中国妈妈柳梅也都希望傅剑锋取胜。郑青这边没有啦啦队，但心理上支持郑青的阵容则格外强大。齐蓝虽说是希望郑青遇到强劲对手以激发其斗志，但她终究更乐见老公所向披靡。雷雷，挥拳为爸爸加油，爸爸是他心目中的大英雄。郑芳，为姐夫暗暗使劲，她不由得想起了郑媛，如果姐姐能看到这个场面该多好。何晓强夫妇，盼望郑主任赢球，郑青作为他政治上的贵人，他将永志不忘。林桐，不露声色，但心底还是有一种说不清也说不出的情愫，默默为郑青助力。米文昌、梁映竹、杨森、程刚等人则是为两边助阵，为精彩叫好。

活动结束时，已是华灯初上。雪花又来装扮夜色了。众人忙着更衣。郑青落了落汗就直接套上了外边的衣服。他默默地站在球馆大厅的窗前，看着路灯下飘飞的雪花，轻快飘逸，上下翔跃，感觉那是生命的律动，是灯对雪的温情。此时，他突然进入一种超然的境界，来平原省三年多来的一幕幕情景、一件件往事重叠在眼前，在斑斓夜景中随雪花滚动。

"老郑，是不是累了？"不知什么时候，齐蓝静静地站在郑青旁边。

"不累，就是有点感慨呀！我即兴做了首诗，读给你听啊，不然一会儿就忘了。"

雪日抒怀

茫茫人海终有缘，不打不识恰开端。

起落弧旋

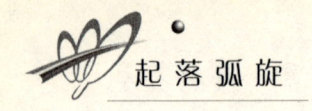

　　赤橙黄绿花千放，酸甜苦辣果万全。
　　风景历尽真情在，玄机参透归梦圆。
　　乒乓为媒球趣舞，群英荟萃雪满天。

　　"好诗，好诗！"齐蓝由衷赞美着郑青的即兴之作。

　　郑青收回目光，深情地看着齐蓝，四目相对，无限爱意在雪夜里蔓延。

　　"老郑，咱们还走回去吧。人家都说，下雨天走着走着脑子就进水了，下雪天走着走着就白头了。"

　　"哈哈，好，那咱们走，一直走到白头！"郑青牵起齐蓝的手走进雪夜中。

尾　声

　　郑青和齐蓝的婚礼是在春节举行的，春节假期加上婚假，他们和双方亲人在京小聚之后，便踏上了"青蓝云南之旅"，在苍山之麓，洱海之滨，齐蓝穿上婚纱，指挥着郑青，自助完成了婚拍。

　　"夫人，你已经留下了穿着婚纱的倩影，咱是不是不用避孕了？"郑青期待他们的宝宝能孕育在这浪漫的旅程中。

　　宝宝终究没有来锦上添花，直到4月底，齐蓝婚后第三次例假时，她有些不安了，自己悄悄去医院做了检查，结果显示：双侧输卵管伞端粘连，双侧输卵管狭窄子宫内膜异位。

　　尽管大夫说有治疗方案和治愈可能，但她听出来大夫更倾向于她做试管婴儿，她没有表态，她觉得是不是太强求？回家憋了两天，她还是告诉了郑青。郑青安慰她说："现在医疗技术手段这么先进，一定有办法，咱积极治疗。"

　　五一节前一天，英子的堂婶突然给齐蓝打电话，说英子找齐老师。齐蓝上次去看英子还是一个多月前，那时候英子奶奶刚去世，爷爷身体本来就每况愈下，加上老伴去世，畜生儿子依然杳无音信，老人伤心悲愤。他自己说要不是为这个小孙女儿，他就随老伴去了。

　　英子很懂事，知道爷爷难过，更知道爷爷心疼自己，她跟齐蓝说：老师，我将来到了城里，一定把爷爷接走。

起落弧旋

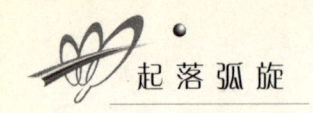

齐蓝到王坪村后，才知道英子的爷爷一周前扔下英子，也撒手走了，英子成了实际意义上的孤儿！暂时住在堂婶婶家里。

英子见到齐蓝时，那渴望的眼神儿，仓皇的小样儿，让齐蓝的心揪得紧紧的，她甚至有一股立即带孩子离开这里、逃离苦难的冲动。孩子并没有提出任何要求，她只是本能地在无助的时候，想到疼她帮她的齐老师。

返程的路上，齐蓝想到自己的病，她突然觉得，也许这一切都是天意，是最好的安排。她不能生孩子，但她能做母亲，她是雷雷的母亲，她有一个亲她爱她的儿子，现在，老天是要再送给她一个女儿吧？

她一回家就跟郑青说起了英子的情况，她说着的时候有几次眼里盈泪，郑青真切地感受到齐蓝那颗悲悯之心和对英子无法隔断的母爱般的情感。

他默默地听完齐蓝的讲述，沉默一会儿后，突然扳正齐蓝的肩膀，眼睛直视着她："蓝蓝，我们收养英子吧！"

"老郑，你也这样想吗，你同意吗？你会喜欢英子吗？英子她聪明漂亮……"齐蓝趴在郑青怀里，激动地哭了。

8月份的时候，郑青家双喜临门，雷雷考上了北京理工大学，英子的领养手续已经全部办完，齐蓝和郑青已经把她带在身边，这个获得新生的小姑娘在齐蓝郑青的呵护教育下，正在以让人难以置信的速度蜕变，齐蓝说英子的变化比她的绿萝开花更让她惊艳。

本以为事业、家庭一切已经定型的傅剑锋，在这一年，人生却像爵士乐一样，朝着意想不到的方向走去。膝下无子的他，天上突然掉下个大儿子！

国乒队的楚小成突然找到傅剑锋，见面递给他一封信说："傅校长，这是我妈妈留给你的信。"

楚小成的妈妈白珊珊曾是傅剑锋的未婚妻，是平原省一所中专学校的老师，二十二年前，在傅剑锋忙着收拾新房准备结婚的时候，白

尾 声

珊珊突然留下一封信消失了,她消失得很彻底,辞了职,离开了傅剑锋,离开了太行市。

她在信中只说她跟傅剑锋有缘无分,希望傅剑锋别恨她,也别找她,并祝福傅剑锋早日找到真爱。

当时年轻单纯书生气十足的傅剑锋,怎么也想不明白珊珊为什么突然离开,为什么没有争吵、没有分歧,毫无征兆地离开?他先是找到白珊珊学校,校方告诉他,半个月前白珊珊就已经辞职。然后他又找到白珊珊的老家,他们支支吾吾说不知道她去哪里了,跟家里没联系。

他知道白珊珊离开他是有计划的,所谓突然,所谓没征兆,是因为他的迟钝,他的一厢情愿。他不再找了,所有迹象表明,白珊珊没有遇到意外,没有身处困境的不得已,这就够了。

乒乓球和现任妻子姚静梅,陪他战胜了那段时间的脆弱、狂躁和怨愤。姚静梅用自己的善良真诚和无声的陪伴,治愈了这个受伤的男人,也得到了这个男人真爱。

白珊珊的信告诉傅剑锋,他看到这封信时,她已经永远离开了,她很抱歉,她给他的生离死别都是这样轰轰烈烈!楚小成是他的儿子,她当年离开他跟着生意人楚冠平离开太行去了深圳,她不知道自己已经怀了傅剑锋的孩子,她带着身孕嫁给了楚冠平,楚冠平在小成十岁时,车祸意外死亡,到死也不知道楚小成不是他亲生儿子,他留给他们母子足够的家业。

她说她一直关注傅剑锋的消息,她也偷偷打听过他的情况,知道他一直没有孩子,她知道自己得了白血病之后,想最后为傅剑锋做点什么,她告诉了楚小成真相,如果傅剑锋看到了这封信,也就见到了自己的儿子,那说明儿子听了她的话。

最后她告诉傅剑锋,小成是个好孩子,很像他。

傅剑锋看完信,看着眼前举手投足甚至说话声音都像自己的楚小成,走过去拍了拍他的肩:"走,陪爸爸打场球!"

那天晚上,姚静梅趴在傅剑锋肩上说:"老傅,小成妈把我心里

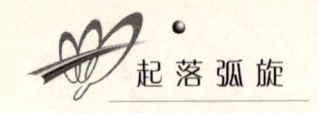

的包袱拿走了，你有儿子了，咱们有孩子了。我是真心高兴啊！"

　　严和在刘虎等人落网后，把公司交给总经理管理，只留了一小部分股份过户给严语，其余部分变现，变现所得一部分留给胡萍，一部分用来扩建西山区的龙兴寺。7月酷暑时节，他已经找到了他人生的清凉地，8月份，在扩建中的龙兴寺，剃度出家了。
　　商海浮沉半生，繁华落尽，归隐修行。父亲的出家给严语带来深深的触动，她很快嫁给了在新西兰开小超市的、老实巴交的华人小宋，不帅不多金但是很爱她。胡萍守着万贯家财却很沉默了。"找碴儿三人组"黯然解体。

　　程刚的人生在这一年开了挂，公司在创业板上市，年初时，郑芳给他生了一对龙凤胎。8月份的时候，两个孩子已经牙牙学语了。

　　映竹和老米两口子冷战近两年后，在齐蓝的调解下，有破冰迹象。
　　郑青说的农耕主题餐厅那个小花，果真是杨晓华，她在走过了跟米文昌的感情歧路之后，终于意识到：靠天靠地不如靠自己，尊严只能靠奋斗获得。她和一个同乡大叔合伙开了农耕主题餐厅。
　　大叔为了供养上大学的弟弟妹妹，只身一人在城里打工，服务员、配菜工、厨师、行政总厨，终于熬到弟弟妹妹自立，自己也一技在身。他把多年的积蓄投资了农耕主题餐厅，招工时遇到了同乡小花，虽不是科班出身的小花，对餐饮行业很有悟性，手头也利索，做大叔的助手半年后，已经能够独当一面，大叔给了她股份，并直截了当地跟她表白，知根知底志同道合的两个人很快在一起了。
　　齐蓝把她侦查来的有关小花的信息传递给映竹后说："人家小花饭店开得红红火火，小日子过得好好儿的，早跟你家老米风马牛不相及了，你说你还在这儿较什么劲哪！"
　　映竹心里也明白，老米这两年一直在尽力弥补对她的伤害，只是

·尾　声·

她太追求完美。这本身也是一种刻薄吧。她想，是该下台阶的时候了。

罗列被免去现职，并受到党内严重警告处分。他一直称病在家，除了接送孙子外，基本不出门，公园不去了，菜也不买了，球更不打了，黄花鱼一样，出门溜边儿走，就怕有人跟他打招呼。

老婆赵玉阁早没有了当年的格格派头儿，买菜做饭带孩子，还得小心翼翼地看着罗列的脸色，她担心罗列抑郁成疾，毕竟罗列在，她就有丈夫，孩子们就有父亲、爷爷。

于露虽然厌恶罗列，但也不好落井下石了，况且，她和罗列，也是周瑜打黄盖。

罗列对于露再也没有任何感觉了。他不知道自己那些年对女人那股子劲儿，是饱暖思淫欲还是家庭没温暖，想到这里，他冷笑了两声，他是笑自己，到现在还在找理由。

一切根本就都是他一手造成的，家庭没温暖？当年是他死乞白赖追赵玉阁的，他贪图了人家的权势。至于对郑青的疯狂陷害，是他利令智昏，他知道，如果不是郑青息事宁人，他的处理结果会更严重。他心里是愧疚的，但道歉显然太轻了，他只能默默地忏悔，他过街老鼠一样的余生已经是最大的报应了。

雷雷开学前两天，郑青接到了调令，调任太行市委副书记。郑青要奔赴新的工作岗位，雷雷要去北京上大学，英子也要到太行市西三里小学上学了，这个刚刚聚合起来的一家四口，三个人面临着新的环境和角色。

"老郑，今年对咱们家来说有划时代意义，咱们去拍一组照片作纪念吧？雷雷，英子，去拍照好不好？"齐蓝一个个儿地招呼。

"孩子们愿去就去吧，你安排好再叫我。"郑青正在整理资料。

"雷雷，英子，干吗呐？没听我喊你们啊？"齐蓝说着朝雷雷屋里走去。

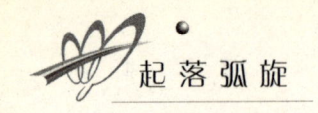

"妈妈，哥哥把他好多东西都给我了，妈妈，你看，这些本子和笔够我用一年了。还有这个，望远镜……"英子兴奋地叽叽喳喳。

"好好好，英子谢谢哥哥。"齐蓝拍了拍英子水嫩的小脸儿。

"雷雷，利索点，收拾完了咱们一家人去拍几张合影。"齐蓝催促道。

"去哪儿拍？小妈？要不去太行之门吧，拍好了我回北京嘚瑟嘚瑟，他们肯定不知道是太行市。"

"好，就太行之门，那我找你叶丹姐给咱们拍啊，人家是专业。"

"丹丹，在哪儿呢？"齐蓝拨通了叶丹的电话。

"小姨，我在雄安新区，正想过两天给你打电话呢。"

"啊，跑雄安新区去啦？那用不上你了，本来想请你过来给我们拍几张全家合影呢。"齐蓝有点遗憾地说。

"呦，那近期肯定是不行了，我调到平原日报社雄安新区记者站了，刚来时间不长，忙得不行。"

"小姨，这里一派生机，正在建设中，过两年，我请小姨全家来新区，那时候这里会是水林田淀间的生态城市，比周庄气派多了，美多了！"叶丹说起新区好像是在夸自己家乡一样自豪。

"好的，期待！丹丹你先忙，我们准备出门了。"

450米高的太行之门，是平原省国际金融中心地标，是京津冀国际金融的全新高度。大楼外观设计映照中国古筝的曲线和中国长袖舞的灵动，具有琴弦和舞动双袖的流线之美。顶层360度螺旋形三维观景台，可供游人饱览太行市城区全景。

齐蓝先把三个人摆列好，又跑到支架旁调试相机，她迅速奔跑回三个人中间的空位时，雷雷喊了一声："小妈，快归队！"郑青伸手拉住跑过来的齐蓝。

一家四口生动的形象定格在太行之门开阔的观景台上，背后是巍巍太行和山脚下太行儿女创造的文明之城。

· 后 记 ·

后　记

　　有段日子，朝思夕计，思考着跟读者朋友们说点儿什么。什么是我想说的，又是读者不厌听的，这并不好把握。今天醒来，在清凉的晨风中，我似乎听到了来自心底深处的声音——郑青、齐蓝、傅剑锋、梁映竹、程刚、叶丹……我想念你们！

　　《起落弧旋》已经完成一段时间了，书中的人物经常不约而至来到我面前，我感受得到他们，有时甚至恍惚间拿起手机，想在通讯录里寻找他们，旋即哑然失笑，哪里有郑青、齐蓝们，他们不过是我虚构的人物。但现实中又时时处处可见他们的影子活跃在我的生活里，他们分明是被我邀请进故事里的现实人物！

　　故事的情节有虚构、有组合、有想象，人物和情感却是真真切切、恍如眼前。我在梦里无数次和你们约会，对视你们灼灼的目光，分享你们灿烂的笑容，触摸你们苦涩的泪水，倾听你们饱含着热爱的虔诚声音……谢谢你们走进我的生活，成全了我的创作。我把生命中和你们的种种相遇展现在读者面前，把我不能做或者做不到的让你们做到了。这本书调遣了大量生活经历和素材，承载了我和你们有交集的部分人生，那是一些让我流连忘返、刻骨铭心的过往。

　　我出身军人家庭，自幼接受红色熏陶和传统教育，十七岁奔

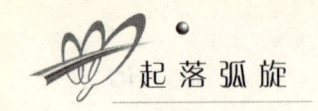

赴农村广阔天地，度过了艰苦而难忘的知青生活。参加工作后经受了多岗位、多层次的历练，曾从事机关公文起草、决策咨询、文史研究、经济管理、行政事务、统一战线等多项工作，积累了较丰富的工作经验和大量生动鲜活的生活素材，而这正是文学创作的触发点。尤其是，因对乒乓球运动的热爱，使我对业余乒乓球运动爱好者这个群体有较深入的了解，这个群体随着国乒的所向披靡而日益壮大。有资料说中国会打乒乓球的有3亿人，每周坚持打乒乓球每次一小时以上的达8300万人。数字是否准确姑且不论，能够确定的是：乒乓球运动是国人充满自豪与感情的体育项目，乒球热正以磅礴的文化力量改变着国人的精神面貌。中国的老百姓尤其是广大业余乒乓球爱好者正以前所未有的热情，看乒乓、谈乒乓、学乒乓、爱乒乓，国乒精神正潜移默化地在这个群体渗透。作为这个特定群体的一员，我邂逅、结识了一大批不同年龄、性别、职业、阶层的业余乒乓球爱好者，他们之间发生了一系列多姿多彩、生动曲折的机缘巧合，演绎了爱恨、生死、起落、曲折、坎坷、成功等人生传奇。他们的故事，他们的追求，他们的悲欢催生了我的创作冲动：用我笨拙的笔开启对这一特定群体的探索与表现之旅成了萦绕我心头的执念。

　　我的文学梦始于中学，文学创作实践贯穿了我的学生时代、知青生活和从政生涯。学习工作之余，创作发表了较多带有时代烙印和生活气息的诗歌、散文。1995年创作了长篇小说《冰封雪落霜满天》，时任河北省作家协会主席，现任中国文联主席、中国作协主席的铁凝审读并作序。时隔二十四年，我退居二线，有了较多的业余时间，可以从容地把我了解到的一个个事件、情景、故事、人物，筛选、提炼、重塑、升华，用长篇小说这一容量大、表现力强的文学形式呈现出来。这个过程使我得以品味不同的人生，探索不同的灵魂轨迹，弥补人生的有限性。当然，这对我是个巨大的挑战：如何让身边的人和事更生动、更典型，如何在精

· 后 记 ·

彩与平庸并陈的生活中提取有价值的素材，如何平衡自我陶醉与激起读者共鸣，如何恰到好处地传递自己对生活、对文学、对作品中的人物、对读者的善意和虔诚，这些问题我都曾严肃认真地思考过，方才落笔。

　　在《起落弧旋》的创作中，经常困扰我的是：内心风起云涌，下笔软弱无力。畅想"笼天地于形内，挫万物于笔端"，但深知笔力不逮。"皓首更觉知识浅，老来正是读书时"，大半生的行政管理和文字工作，老来对文学，尤其是小说情有独钟。虽然常有人调侃写书的越来越多，读书的越来越少，但正如故事主人公齐蓝日记中写的一样："我总想让更多的人参与我真实的人生，而我也能结识更多的和我有一样愿望的人。每一个参与我人生的人，都是我的读者；每一篇文章都是我写给你们的信。……在寂静漫长的黑夜里写些从世俗的泥沼里跋涉出来的文字，以不负赤诚之托。"文学将是我和时代有机互动的主要形式，保持对生活的敏感，时时刻刻发现新世界，把生活中领略到的趣味、哲思用讲故事的形式表达出来以释放自身微弱的能量。"苔花如米小，也学牡丹开"，生活中的热爱能化解压力和困扰，使人保持昂扬向上的生命状态和达观健康的精神气质，希望我稚弱但不乏真诚的文字，能给读者一些有益的提示和温暖向上的力量。

　　在文学创作上，我是一个蹒跚的学步者，所幸，一路得到众多师长和朋友的扶持、鼓励、指导和帮助。《起落弧旋》这部拙作得以完成，与大家热诚无私的帮助息息相关。感谢著名作家、原文化部部长王蒙先生的亲切勉励；感谢曾任国务院参事室党组成员、副主任方宁先生拨冗作序；感谢中共河北省委常委、宣传部长焦彦龙"祝贺你笔耕不辍，不断有佳作问世"的真诚鼓励；感谢著名运动员、乒乓球"大满贯"获得者王楠的热情祝福；感谢乒乓球奥运冠军、中央军委军事体育训练中心乒乓球队队长王涛的衷心寄语；感谢花山文艺出版社社长张采鑫、《长城》杂志

405

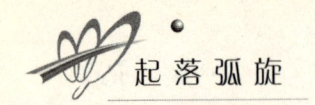

主编李秀龙的专业指导和鼎力支持；感谢红色文化专家、河北省文史研究馆馆员陈平，河北省体育局乒羽管理中心主任董克清，《河北收藏》执行主编王平以及很多帮助过我的同志们、朋友们！一部作品，牵动劳烦了这么多人，有不安，更有温暖和感动！我深深感到这部作品，还有很多不足和缺憾，这正是我成长的动力，也是努力的方向。此刻，对书中的人物，对帮助过我的师长亲朋，不由得生出浓浓的眷恋和感恩。

且歌且叹且珍惜，每一次难舍的离开，都是为了最后的归来；每一步艰辛的探索，都是为了走出一条更加坚实宽广的新路。

这，只是一个新征程的起点。

作　者

2019年7月于石家庄